KB217982

짜증나니까
퇴근할게요

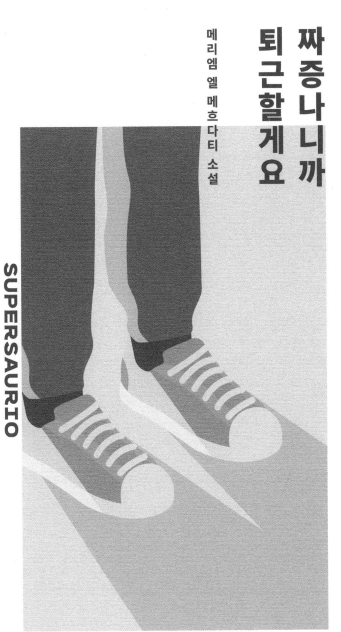

짜증나니까
퇴근할게요

메리엠 엘 메흐다티 소설

SUPERSAURIO
Meryem El Mehdati

엄지영 옮김

들

나의 어머니, 어머니, 어머니, 나의 아버지에게,
나의 형제들에게,
그리고 나의 친구 호르헤 데 카스칸테에게
이 책을 바칩니다.

일러두기

1. 역주와 편집자 주는 구분하지 않았습니다.
2. 본문에 인용된 모든 도서는 『』로, 영화, TV 프로그램, 노래, 연극 등은 〈〉로, 앨범명은 《》로 표기했습니다.
3. 본문 가운데 일부는 말맛을 살리기 위해 맞춤법을 따르지 않았습니다.
4. 본문 속 외래어 표기는 국립국어원 외래어 표기법에 준했으나, 일부는 현지 발음이나 통용표기를 따랐습니다.

차 례

New message _ ✗ ✗

To: **practicas.meryem.elmehdati@supersaurio.com**

Subject: **1부**

인턴 사원

Send

1   **2016년 11월**

    내가 이 세상에 태어나고 싶었는지 물어본 사람은 아무도 없었다. 혹시 누군가 그런 질문을 던졌다면, 나는 '아니'라고 대답했을 것이다. 물어봐주셔서 고맙습니다. 마음씨가 참 고운 분이시네요. 흥미로운 제안이지만 아니요, 나는 태어나고 싶지 않았어요. 음소거, 차단, 왼쪽으로 밀어서 삭제하기. 사는 건 영 쉽지 않다. 우선 매사에 조심해야 된다. 우리는 아주 나약한 존재니까.

    아빠의 팔에 매달리던 나는 어느새 스물다섯 살이 되어, 외국인이나 질나가는 고등학생들이 앉을 빕한 버스의 맨 뒷

줄에서 숨죽여 울게 되었다. 그날은 겨우 인턴십 직무 하나를 얻기 위해 5차 면접까지 보고 돌아오는 길이었기 때문이다. 마지막 면접을 마치고, 완전히 녹초가 되어 온몸이 찌뿌둥한데다 관절까지 쿡쿡 쑤시는 와중에 나 자신이 아무 짝에도 쓸모없는 인간이라는 생각만 하며 그 자리를 나섰다. 본인을 어떤 동물에 가장 가깝다고 생각하느냐는 면접관들의 질문에 나는 고작 '개미'라고 대답했다. "개미들은 혼자서 아무것도 못하지만, 한데 모이면 무슨 일이든 할 수 있기 때문이죠"라고 덧붙였다. 그 대답을 하면서 구역질이 조금도 나지 않았던 건, 나는 이미 뇌가 멈춰 아무것도 느끼지 못하는 빈껍데기 인간이 되어 있었기 때문이었다. "결과는 곧 전화로 알려드릴게요"로 끝나는 이 웃기지도 않는 쇼는 한 달 이상 지속되었다. 여기까지 오는 데 버스 요금으로 7.55유로나 냈고, 이제 집으로 다시 돌아가는 데 7.55유로를 써야 한다. 카나리아제도*에서 사람들이 아직도 컨테이너를 불태우지 않고, 경찰차가 거리에서 학생과 기자들을 쫓아다니면서 고무탄을 쏴대지 않는다니, 정말이지 이상한 일이다. 사람들이 우리 존재를 기억하도록 카탈루냐처럼 스페인으로부터 독립하겠다고 위협이라도 해야 하지 않을까? 이러고 가만히 있으니까 하루하루 지나가도 회사로부터 아무런 연락을

● 북아프리카의 서쪽 대서양에 위치한 일곱 개의 주요한 섬으로 이뤄진 스페인령의 군도.

못 받지.

고백하자면 나는 애초에 고요한 바다처럼, 유유히 흐르는 강물처럼 조용하고 차분한 사람이 아니다. 내 안에는 언제나 어떤 분노가, 어떤 원망이 꿈틀거리고 있다. 하지만 분노조절장애를 걱정해야 할 수준은 아니다. 멀쩡하게 잘 살고 있으니까. 보라, 지금도 활짝 웃고 있지 않은가. 나는 마냥 건강하고 행복한 어린 시절을 보냈다. 특별한 자아를 만들어줄 어떠한 트라우마도 없었다. 과거에도 그랬고, 앞으로도 계속 그렇겠지. 나라는 인간을 제대로 마주하니 그냥 그렇게 살아갈 내 현실이 빤히 보였다. 나는 두 손을 천천히 폈다 쥐었다. 꼭 쥔 주먹으로 벽이라도 칠까 생각해봤지만 손이 아픈 건 또 싫어서 꾹 참았다.

처음에는 스스로 화가 났다는 사실을 인정하기 어렵다. 주변 사람들은 불편한 상황을 좋아하지도 않고, 누군가 화났다는 걸 알면 그 사람을 위로하거나 말을 들어주거나 뭐든지 하려고 애쓸 거다. "그건 부정적인 감정이야, 그런 건 건강하지 않아"라면서. 그러니 분노가 겉으로 드러나지 않도록 마음속 깊이 묻어두고, 아무렇지 않은 척해야 한다. 실제로는 분노에 휩싸여 이성을 잃고 폭발해버릴 지경인데다, 아무것도 보이지도 들리지도 않는 상태여도.

'진심을 말하는 것'도 약간 비슷하다. 세상 사람들 모두가 순수함의 결정체처럼 매사 솔직할 것을 간절하게 요구한다. 진심이라…. 하지만 진심을 말한 뒤 입안에 남는 쓸쓸한 뒷맛을 좋아하는 사람은 아무도 없을 거다. "네 감정을 솔직하게 말해봐"라면서 곧바로 "아니, 그런 식으로는 곤란하고"라 덧붙이는 꼴이다. 우리는 결국 누구에게나 상냥해야 한다. 특히 여자라면 더더욱 그러기를 강요받는다. 가슴 밑바닥에서부터 분노가 부글부글 끓어오르는 사람은 결코 매력적이지 않을 테니까. 그러니 상냥하게 대하자, 상냥하게 대해, 상냥하게 대하라고. 누가 내 머리를 밟아도 상냥하게 대해야지. 내 팔을 등 뒤로 꺾다가 끝내 부러뜨린다고 해도, 상냥하게 굴어야지….

이런 상황에서 누군가 내게 잘 지내냐고 묻는다면, 뭐 힘들긴 하지만 그렇게까지 '개'망한 건 아니니까 결국 걱정 말라고 대답할 거다. 인턴 자리 하나 구하지 못했지만 내 인생은 아직까지 멀쩡하게 굴러가고 있다. 그러니 모두들 말은 고맙지만, 도와주지 않아도 되니까 그냥 나 좀 내버려두었으면 좋겠다. 그리고 제발, 그렇게 안타깝고 걱정된다는 얼굴로 쳐다보지 말아주었으면… 이상한 짓은 안 할 테니까요, 그렇게까지 정신 나간 사람은 좀처럼 없다고요.

무엇보다 내가 항상 화나 있는 것도 아니다. 내 분노는 일종의 배경음악으로, 머리 뒤편에서 조용히 물방울이 뚝뚝 떨어지지만 어떻게 고칠지 모르겠는 수도꼭지 같은 것이다. 다행히 매일매일 바쁘게 살다보니 뚝뚝 떨어지는 물소리를 들을 여유조차 없어졌다. 가끔 잠이 안 올 때만 들릴 정도지.

아무튼 그 웃기지도 않은 면접을 보고 오는 데 다 해서 15.1유로나 들었다. 버스 좌석에서 울고 또 우느라 화장은 다 지워진 지 오래였다. 버스 한구석에서 사람들이 이 사실을 눈치채지 못하도록 조용히 코를 푸려는 스스로의 모습이 그야말로 가관이었다. 나는 면접복으로 마땅한 '어른' 옷이 없어서 엄마가 빌려준 비싼 실크 셔츠를 입고 있었다. 우스꽝스러운 스타일링으로 사람들을 웃기는 피에로와 다름없군. 면접관들 눈에는 "외모가 아니라 실력으로 평가받을 거야!"라고 다짐한 사람처럼 보였겠지.

머릿속에서 늑대 두 마리가 울부짖었다. 한 마리는 "그딴 일로 기죽지 마, 넌 아직 젊고 능력 있고, 열심히 공부했다는 것을 증명하는 서류도 있어"라고 외쳤지만 다른 한 마리는 이빨을 드러내고 씩씩거리며 "그러니까 내가 귀에 못이 박히도록 말했잖아. 차라리 의대에 갔어야 했다고 말이야!"라고 쏘아붙였다. 나는 왜 이렇게 화가 나 있는 걸까? 나도 잘 모르겠다. 모르겠으면 그저 미소나 짓기로 했다. 이건 삶에 대한 내 나름대로의 철학이다. 그 진리는 4.95유로에 판매되는 빨간색 네슬레 초콜릿 박스(22개입)에서 얻었다. 박스 뒷면을 보면 각 초콜릿 안에 어떤 내용물이 들어 있는지 알 수 있는데, 사람도 이렇게 겉과 속이 똑같아야 한다. 그러니 웃기로 한다. 말을 덧붙이자면 이 초콜릿 박스 안에는 내가 제일 좋아하는 아몬드초콜릿이 몇 개나 들어 있지만, 네슬레는 사악한 대기업이라서 나는 더이상 이 빨간 박스를 사지 않는다. 대신 맛도 똑같고 가격도 훨씬 더 저렴한 '슈퍼사우루스' 초콜릿을 산다.

요점은 이렇다. 누구든 이 세상에 한번 태어나면 계속 나이를 먹다가 결국에는 죽어 사라진다는 것이다. 물론 자식을 남길 수 있겠지만, 그렇지 않은 사람들도 있다. 아무리 생각해도 나는 자식을 낳을 것 같진 않다. 내가 부모님에게 그런 말씀을 드리면 그들은 잔뜩 겁먹은 표정으로 동시에 이렇게 소리쳤다.

"아스타그피룰라*, 그런 말을 함부로 하면 안 돼."

우리 딸이 가끔 저런 이상한 소리를 한다는 얼굴로 말이다. 물론 진지하게 고민해본 건 아니지만, 하늘나라 천사님

---

* '알라의 용서를 간구하나이다'라는 뜻으로 이슬람인들이 율법을 어겼을 때나 일상 기도에서 자주 암송한다. 보통 아이고, 저런 같은 감탄사로 사용된다.

들은 이미 내 말을 모두 듣고 있을 것이다. 어른들과 인생중대사를 논할 때에는 아이러니나 유머가 끼어들 여지가 없다. 자식을 갖지 않는다고 정말로 세상에 종말이 올까? 아이를 낳지 않는다는 건 내가 죽고 난 뒤에 아무도 존재하지 않게 된다는 의미일 테다. 하지만 생각은 언제든 바뀔 수 있는 거 아니냐며, 사람들은 너도 나이가 들면 생각이 바뀔 거라고 입을 모았다. 세상을 다른 방식으로 보게 될 수도 있겠지. 내가 눈이 돌아서 직장 동료들과 커피 타임에 내 뒷담화나 하는 남자와 아이 셋을 낳고 싶어지는 식으로.

지금의 내 모습이 어렸을 때 상상했던 모습과 전혀 다르다는 생각에 숨이 턱 막혔다. 나는 머릿속으로 멋지게 성공한 내 모습을 그려왔다. 어른이 돼서 독립하고, 우리 부모님처럼 식사를 마친 후에 서로 계산하겠다고 일행들과 다투는 모습을 말이다. 어느 날, 친구들끼리 모일 때마다 항상 따라 나오던 한 친구의 애인은 내게 이런 말을 넌지시 던졌다.

"그게 바로 네 문제야. 너는 죄다 어른들이 시키는 대로만 미래를 상상해왔겠지, 순한 양처럼…. 그러다 이제야 현실을 보게 된 거야."

그가 이딴 소리를 내뱉을 때마다 나는 혹시라도 내 생각을 그에게 들킬까 일부러 그의 시선을 피하곤 했다. '저렇게 못돼 처먹었으니, 분명히 스물일곱 살에 머리가 훌렁 벗겨질 거다'라고 저주를 퍼붓고 있었기 때문이다. 입 밖에 낸 적은 없었지만. 그렇게 똑똑하시고 그렇게 앞일을 훤히 내다보시는 분께서 왜 우리와 똑같은 처지실까?

뭐라도 한마디 쏘아붙이고 싶지만 입을 다문다. 나의 가장 큰 단점은 닥쳐야 할 때를 모르고 나불거리다 입 때문에 망하는 헛똑똑이인 것이니까. 나는 자주 이분법적으로, 확언하듯, 인신공격의 오류*를 범하면서, 마니교적 사고**로, 수전 손택에 대해 말을 자주 했다. 일단 한번 입을 열면 내 말을 100퍼센트 확신한다는 표정으로 블레이저 재킷을 펄럭이고 콧등 위로 안경을 추켜올리면서 조금도 망설이지 않고 말하지만, 실제로는 아무것도 몰랐다. 하지만 누구도 내가 허점투성이 인간임을 알아차리지 못하도록 어떤 것이든 구글에서 팩트 체크를 300만 번 이상 반복하기 전까지는 절대 입밖으로 내지 않았다. 그렇게 나는 항상 똑똑한 척하면서 내 손으로 내 목을 졸랐다. 세상 돌아가는 이치를 다 파악한 사람처럼 보이려고 시간을 많이 써야 했으니까. 나는 마땅히 그 수고로움을 감수해냈다. 그것도 아주 잘 해냈다.

하지만 어른들이 바라는 대로 아이가 성장하는 건 당연한 일이다. 어른이 아이 한 명을 콕 집어서 허리를 숙이고 아이

●　발화자의 말이 아니라 발화자를 트집 잡아 그의 주장을 비판하는 오류.
●●　세상을 둘로 갈라놓고 한쪽은 전적으로 옳고 다른 쪽은 전적으로 그르다고 보는 행태를 비난할 때 쓰는 표현.

와 눈높이를 맞추어가며 "어디 보자, 너는 커서 뭐가 되고 싶니?"라고 묻는다면, 그건 장래 '직업'을 묻는 것이지 장래 '희망'을 묻는 것이 아니다. 어른은 '아이가 바라는 것'에는 전혀 관심이 없다. 우울하게도 엄연한 사실이다.

여기 의사나 우주비행사가 되고 싶은 소녀가 있다. 성장하는 내내 소녀는 계속해서 '장래 희망'을 질문받게 될 것이다. 나중에는 건축가나 학교 선생님이 되고 싶다고 대답할지도 모른다. 아이와 마주치는 모든 사람들은 마치 인사를 건네듯 "너는 뭐가 되고 싶은 거니?"라고 묻는다. 다음에는 이렇게 대답할지도 모른다.

"글쎄요, 천사가 될지 악마가 될지 모르겠는데요."

따지고 보면 사회는 늘 그런 식으로 우리를 대했다. 굉장히 복잡한 질문들을 아무것도 아니라는 듯이 남의 발 앞에 툭 던져놓으면서 사람을 짜증나게 만든다.

초등학교에 첫발을 내딛는 순간부터 고등학교를 졸업하는 날까지, 이제 힘든 일은 다 끝냈다고 제 몫을 다 해냈다고 생각하는 그 순간까지도 우리는 한 가지 대답만을 머릿속으로 그리며 보내야 한다. '앞으로 살면서 무얼 해 먹고살 것인지', 그것을 알아내는 데 그 아까운 학창시절을 다 보낸다. 태어난 지 얼마 안 된 인생의 초반에는 부모님의 선택으로 내 모든 인생이 돌아간다. 공립유치원으로 보낼까, 영어유치원으로 보낼까? 학교는 공립학교 혹은 사립학교, 국제중학교 아님 동네 중학교? 학원은 발레를 보낼까? 아니면 중국어나 영어학원… 다 우리에게 좋은 미래를 보장하기 위한 선택들이다. 우리는 그냥 열심히 공부만 하면 된다. 왜 그래야 하는지는 하나도 모른 채.

우리집은 워낙 가난했기 때문에 내 교육 문제는 곧장 그 자리에서 결정됐다. 공립초등학교, 공립중고등학교, 공립대학교로. 좋은 성적을 내서 장학금을 받고, 훗날 집안의 자랑거리가 되라는 무언의 압박을 느끼기도 했다. 여기서 '가난한'이라는 표현을 써도 좋을지 모르겠다. 요즘 사람들은 '근면한'이라고 대체하는 것을 더 좋아하는 것 같다. 대부분의 경우, 열심히 일해봐야 아무 소용도 없지만. 가난에서 절대 벗어날 수 없을 테니까.

가족들과 식사하는 자리에서 온전히 우리 머리로, 혼자 결정한 대학교 전공과 각종 선택들은 비수가 되어 심장에 꽂히게 된다. "미술사를 어디에 써먹어? 그 분야에 비전이 있니? 너 똑똑하고 외국물 좀 먹었잖아, 이모한테 한번 설명해봐"… 이런 말이나 들으면서. 실제로 미술사는 예시일 뿐이지만 크게 다를 바 없다. 내가 좋아하는 것 가운데 돈다발 속에서 헤엄치게 될 만큼 직업 전망이 좋은 것은 하나도 없었다. 철학자는 어떻게 먹고살까? 기자들은, 진실을 말하는 것으로 먹고살려나? 차라리 공대를 선택했어야 했다고, 그랬다면 두각을 나타냈을 거라고 결국 아쉬워하게 된다. 엔지니어는 항상 필요하지만, 언어학자는 대체 어디에다 써먹을까? 더구나 아이를 좋아하지도 않는 내가 아이들이 40명 넘게 바글거리는 교실에서 be동사나 가르치면서 35년의 인생을 보내고 싶을까? 끝내 못 참고 난동을 부려 뉴스 사회면에 대서특필되는 게 꿈이라면 모르겠지만.

오래전 부모님은 가족과 평소 알고 지내던 이들을 모두 뒤로한 채 조국인 모로코를 떠났고, 자신들이 한 번도 가져보지 못한 것을 나에게 주기 위해 많은 것을 희생했다. 그들은 미래에 내가 의사나 엔지니어, 아니면 적어도 변호사라도 되기를 꿈꿨을 것이다. 그런데 이제 와서 고개를 빳빳이 세우고 언어학 학위를 따겠다고 말한다니, 장난하자는 거야? 야, 정신 차려!

나는 계속 나이를 먹어갈 것이다. 가족에게 짐이 된다는 이유로, 시간이 촉박하다는 이유로, 역사상 교육을 가장 많이 받았지만 역사상 가장 낮은 임금을 받고 역사상 가장 많은 카페인을 섭취할 뿐만 아니라 역사상 가장 불안정하고 우울하고 콤플렉스가 많은 세대라는 이유로, 살짝 정신이 나간 채로 새벽 3시 27분이 되면 이력서를 여기저기 보내기 시작했다.

운이 좋으면 언젠가 어느 회사에서 인턴으로 일하게 될 것이다. 고작 인턴 자리를 얻고 너무 기쁜 나머지 집 발코니에서 얼간이처럼 엉엉 울게 되겠지. 공부했던 것과 아무 관련도 없는 직무겠지만, 적어도 몇 달 동안은 일을 할 수 있게 된다. 백수에서 인턴이 되는 것이다. 불안감과 일상이 구두 밑창에 달라붙은 껌처럼 발목을 잡겠지만, 잘 이겨낼 수 있을 것이다. 매일 아침, 입을 꾹 다물고 사람들이 기대하는 모습으로 잘 차려입고는 회사 건물로 들어가겠지. 실내등의 눈부심, 멋진 구두들의 또각또각 소리, 동료들의 허황된 허세가 담긴 향으로부터 고통받다가 안전한 집에 돌아오고 나서야 자신의 본모습으로 돌아오게 될 것이다. 그리고 그것은 현실이 되었다.

'무슨 일이 있어도, 지금 일하고 있는 회사를 내가 물려받을 일은 없다.'

영리한 사람이라도 가끔 잊어버리는 이 말을 회사에서 수시로 되뇌어야 한다. 나도 모르는 사이 커피 향기와 덜거덕

거리는 복사기 소리에 무감각해지다가 결국에는 로봇으로 변해버릴 테지. 그러다보면 언젠가 갑자기, 더이상 이 짓을 견딜 수 없어 회사를 떠나 엄마의 품으로 돌아가고 싶은 날이 올 것이다. 구글에 "회사가 나를 자르게 만드는 법"을 검색해봐도 마땅한 방법이 나오지 않으면 잠시 눈을 감고 두 손으로 얼굴을 감싸쥘 것이다. 만약 내가 여기서 스스로 목숨을 끊는다면 어떨까? 가령 옥상에서 뛰어내리거나 화장실 칸막이 안에서 핸드백 끈에 목을 매단다면, 그다음에 무슨 일이 벌어질까? 내 죽음을 조사할까? 나를 죽음으로 몰고 간 원인을 밝혀내기 위해 검색기록을 확인할까… 같은 허튼 생각으로 머리가 가득찬다.

다른 회사로 옮기려면 최소 경력 3년은 되어야 하는데, 아직 그 기준을 충족시키지 못했다. 역시 천국은 민주적인 합의가 아니라 습격으로 얻을 수 있는 곳일까[*]? 본인 나이의 두 배나 많은 사람들과 한 사무실에서 한번 일해보고, 여전히 똑같은 생각을 하는지 한번 확인해보길. 우선 나부터가 아직도 어디가 더 지옥인지를 모르겠다.

결국 나는 앞으로도 계속 나이를 먹게 될 것이다. 죽음에 관한 공상은 회사에서 시간을 때우기 좋을뿐더러 대화가 너무 숨 막혀서 맨정신으로 있기 힘들 때, 잠시 머리를 식힐

[*] 사상가 칼 마르크스가 동료인 루트비히 쿠겔만에게 보내는 편지(1871년 4월 12일) 속 문장을 패러디한 말이다. 편지에서 마르크스는 사회주의 자치정부 '파리 코뮌'의 성과를 "하늘에 대한 습격"으로 표현한다.

수 있는 행복한 장소가 될 것이다. 이게 나의 비결이다. 내가 '아직' 세상을 떠들썩하게 자살하지 않은 것도 바로 그 이유 때문이다.

하얀색 포플린 셔츠, 검은색 스키니진, 옥스퍼드 구두, 물기가 묻어 곱슬곱슬한 머리카락, 다크서클, 멍한 얼굴로 확인하는 메신저 '읽음' 표시. 나의 오피스룩은 모두 아만시오 오르테가[•]가 유행시킨 것이다. '젊지만 진지하고, 활동적이면서 다재다능한 사람'이라는 것을 나타내려고 나름 노력한 스타일이다.

위치: 유리로 둘러싸인 상사의 사무실, 마호가니 책상 앞.

"좋아요, 어디 봅시다. 지난 몇 달간 우리 슈퍼사우루스에서 일해본 경험에 점수를 매긴다면 10점 만점에 몇 점을 주시겠습니까?"

그는 종이에 적힌 질문을 그대로 읽었다. 하느님의 무한한 지혜와 자비로 저를 흔들리지 않게 붙잡아주시고, 저 사람의 마음에 쏙 드는 대답을 하게 해주소서.

아홉 살(나의 별자리는 게자리라서 친구들과 우의가 두텁지만 매우 예민하고 고집이 셀 뿐 아니라 심술궂다)이 되던 해 여름, 나는 카사블랑카에 있던 할머니의 이웃집 옥상 테라스를

[•] 의류 브랜드인 자라(Zara)나 버시카(Bershka)가 속한 패션그룹 인디텍스 (Inditex)의 창립자.

향해 세 달 동안 달걀을 집어던졌다. 매일 오후, 나는 달걀 한 상자를 사서 옥상으로 올라가 이웃집을 내다보다가 그 집 화분, 빨랫줄에 걸린 옷, 손자들이 놓고 간 장난감 등등 눈에 띄는 족족 달걀을 투척했다. 어느 날 이웃집 주인이 우리 할머니를 욕하는 소리를 들었는데, 그 말이 계속 머릿속을 맴돌았기 때문이다. 나를 다크 히어로 배트맨이라 부르시길. 내가 한 짓을 후회하느냐고? 아니, 후회하지 않았다. 그럼 요 몇 달간 슈퍼사우루스에서 일한 경험은? 그건 달걀로 복수한 시간에 대한 업보가 분명했다. 나는 한참 말을 고르다 더 이상 침묵을 지킬 수 없다고 느껴질 때 대답했다.

"지난 몇 달 동안 참 많이 배웠습니다. 특히 저의 부족한 점을 감안하면 더욱 그렇고요…. 제가 맡은 업무에 문외한이었지만 그것을 매번 새로운 도전의 계기로 삼았습니다. 항상 업무를 시작할 때, 부서에서 세운 목표 목록을 참고자료로 활용하고 있고요."

우리끼리니까 하는 말이지만, 슈퍼사우루스에서 일한 경험에 점수를 매긴다면 마이너스 1점밖에 못 준다. 하지만 인턴보조금 명목으로 매달 500유로씩 받고 있으니 미소를 짓고 고개를 끄덕이면서, 그들이 내 면전에서 아무 질문도 던지지 않기만을 진심으로 바랄 뿐이었다. 이곳에서 반복되는 나날이 관타나모수용소에 수감된 범죄자들과 다를 바 없지만, 그래도 나는 끝까지 참고 버틸 것이다. 나는 상사가 원하는 만큼, 원하는 바로 그 인물이 될 것이다. 시너지 효과? 방법을 모색해서 어떻게든 만들어내겠습니다. 비즈니스 콜? 제가 맡아서 일정 조율하겠습니다. 전략적 프레임워크를 만들기 위한 교차 전략? 책임지고 개발해오겠습니다.

"네, 하나 더 질문드립니다. 당신 부서의 동료들과의 관계에 점수를 매긴다면, 10점 만점에 몇 점을 주겠습니까?"

"사실 저는 모든 분들께 큰 도움을 받고 있다고 생각합니다. 궁금한 점이나 의문점이 생길 때마다 그분들이 인내심을 가지고 저를 기다려주시니까요. 만약 그분들의 도움이 없었다면 저의 회사생활은 지금과 같지 않을 겁니다."

"그럼 욜란다와의 관계는 어떻습니까? 둘이 잘 지내고 있나요?"

슈퍼사우루스 유한회사는 카나리아제도에서 가장 중요한 슈퍼마켓 체인이다. 슈퍼사우루스의 마스코트인 '사우리토'는 3미터 크기의 하늘색 공룡이다. 그 녀석은 하얀색 나비넥타이를 매고 노란색 망토를 걸치고 있다. 눈치챘을지 모르겠지만 사우리토에 사용된 색깔들은 모두 카나리아제도의 국기 색이다. 나라면 상징성을 한껏 살리기 위해 양쪽에 프레사 카나리오®를 넣어 마무리했겠지만, 뭐… 친구들은 내가 멜로드라마를 좋아해서 스토리텔링에 미쳐 있다고 하니까. 슈퍼사우루스는 군도 전체에 총 211개의 점포를 가지고 있다. 그중 57개 지점이 그란카나리아섬 전역에 분산되어 있고 그중에서 세 지점은 2·3층짜리 대형마트다. 하나는 그란카나리아의 라스팔마스에 있었고, 나머지는 텔데와 아르기네긴에 위치해 있다. 세 매장 모두 지하주차장, 카페테리아, 어린이 놀이시설을 갖추고 있으며, 어디든 똑같은 향기를 풍겼다. 덧붙여 57개 매장 가운데 20개가 '슈퍼사우루스 익스프레스'다. 나는 이런 정보를 훤히 꿰고 있었기 때문에 1차 면접 자리에서 눈 하나 깜짝 않고 이 내용을 줄줄 읊을 수 있었다. 물론 내가 스스로를 '개미'라고 말하기 직전에 말이다. 우리 슈퍼마켓 매장은 대부분 섬의 남쪽에 집중되어 있다. 관광객들은 그곳에서 해동해서 데워먹는 바게트 하나를 2유로씩이나 주고 산다. 나는 푸에르토리코 데 그란카나리아®®에 살고 있는데 거기에는 일반 슈퍼사우루스 매장 한 곳 외에 슈퍼사우루스 익스프레스가 두 군데나 있다. 하나는 오래된 쇼핑몰 안에 입점해 있고, 나머지는 주민이 5000명도 안되는 해변에 자리잡았다. 그 해변에는 맥도날드도 두 곳이

●   카나리아제도가 원산지인 마스티프 종의 대형견. 제도 국기 중앙에도 이 개 두 마리가 그려져 있다.
●●   그란카나리아섬의 남서쪽 해안에 위치한 지역.

나 설치되어 있다. 나의 상사는 이런 사실을 모르는 듯했다. 아마 내가 푸에르토리코에서 이런 사실을 알고 있는 최초이자 유일한 사람이 아닐까. 세 곳을 제외한 모든 매장은 전부 단층으로 된 일반 슈퍼사우루스 매장이다. 며칠 전, 나는 어느 회의에서 푸에르토리코에 새로운 쇼핑몰이 건립될 예정인데 관련 부서가 그곳에 매장을 입점시키고자 협상하고 있다는 소식을 들었다. 그게 사실이라면 기존의 슈퍼사우루스 익스프레스 두 군데는 어떻게 될지 모르겠다. 어쩌면 문을 닫을 수도 있겠지. 그렇다면 정문에 서 있는 그 거대한 공룡은 재취업 교육을 받고 고용노동청 강좌를 몇 개 수강한 다음, 지금과는 전혀 다른 일자리를 찾아야 할 텐데. 그때 공룡은 해변에 있는 가판대에서 술잔을 기울이며 이렇게 말하겠지. "딱히 불만은 없어. 그래도 난 다른 곳에 일자리가 있으니까."

매일 아침 출근하면, 나는 8층짜리 회사 건물을 둘러싸고 있는 커다란 간판 조명을 쳐다봤다. 1층에서 3층까지는 우리 섬에서 가장 큰 대형마트인 '하이퍼'사우루스가 차지하고, 나머지 층은 전부 본사 사무실이다. 화려한 색을 뽐내는 조명은 슈퍼마켓보다 놀이공원이나 버시카 매장에 어울릴 법했다. 제일 먼저 녹색으로, 이어 연보라색과 빨간색으로 빛나다가, 다시 파란색 그리고 노란색으로 빛났다. 날이 어두워지면 저 광고판만이 거리를 환하게 밝혔다. 그 조명 아래에서 나는 이따금씩 헤드폰 볼륨을 최대로 높여 음악을 들으면서 마치 클럽에 있는 체하곤 했다. 회사 사무실에 들어가려면 건물 오른쪽 입구에서 신문 좌판대 바로 앞에 있는 엘리베이터를 이용해야 한다. 그 엘리베이터에서 동료들과 마주치지 않으려고 선반 뒤에 숨은 적이 한두 번이 아니다. 1층 매장에는 계산대, 과일과 채소 코너, 고급 식료품 코너 그리고 그 옆으로 제과점과 아주 큰 카페테리아가 있다. 멤버십 카드를 만들면, 주유소에서 할인받을 수 있는 포인트가 적립되고 물건을 구매할 때마다 자판기 커피가 무료로 제공된다.

"네, 네." 나는 웃으며 대답했다.

"물론이죠. 저희 관계가 그렇게 껄끄러운 것 같지는 않습니다…. 그냥 성향이 조금 다를 뿐이니까요."

그녀와 나는 성향이 엄청나게 많이 달랐다. 우선 나는 그냥 평범한 인간인데 그녀는… 도대체 정체를 알 수가 없다. 앞으로 또 어떤 일이 벌어질지 모르지만 이 점만큼은 분명히 밝히는 게 좋을 것 같았다. 나의 상사인 페란 마티키—원한다면 '페란' 혹은 '마티키'라고 불러도 된다—는 자기 손을 물끄러미 내려다보며 한숨을 지었다. 가엾은 사람 같으니…. 속으로 괴로워하고 있는 모양이었다.

"당신이 여기서 잘 적응하지 못할까봐 걱정했다고요."

나는 손으로 욜란다의 얼굴을 후려갈기는 상상을 여러 번 했다. 그녀의 사무실을 찾아가서 그녀가 있는 것을 확인하고, 그녀에게 달려들어 묵사발을 만드는 장면 말이다. '징계 해고' '경찰 신고 가능성', 나는 이 단어들을 구글에서 검색했다. 이래 봬도 나는 정보에 밝은 사람이다. 정말로 그녀를 다치게 하면 합의금을 물어야 할지도 모른다. 아무리 생각해도 돈까지 쥐가면서 그녀를 때릴 이유는 없었다. 그럴 가치조차 없다.

"저희 둘 다 서로를 이해하려고 나름대로 노력했다고 생각합니다."

우리 두 사람은 상극이라는 것만 이해되었다.

"그렇다면 정말 다행이군요. 더이상 귀한 시간을 빼앗지 않을게요. 다만 요즘 어떻게 지냈는지, 또 회사생활에 어려움은 없는지 궁금해서 몇 마디 물어본 것뿐이니까요. 혹시 내가 도와줄 게 있을까요?"

저를 정규직으로 채용해주실래요? 아니면 욜란다를 해고해주시겠어요?

"아뇨, 없어요. 전부 괜찮습니다. 감사합니다."

그가 흡족한 미소를 띠자, 나도 따라 미소를 지었다. 나는 상황에 따라 거울이 되거나 블랙홀이 될 수 있는 사람이다. 욜란다와 화해하거나 사이좋게 지내느니, 차라리 과속으로 달리는 자동차에 몸을 던질 것이다. 나는 90년대에 태어나, 2000년대에 청소년기를 보냈다. 나는 로우라이즈 바지, 영화배우 케이트 윈슬렛이 비만이라고 말하는 사회적 시선, 실낱같이 가느다란 눈썹 등 꼴불견이 판치는 세상에서도 꿋꿋이 살아남았다. 그러니 지금의 시련 또한 잘 이겨낼 것이다.

그날 왓츠앱의 그룹 채팅방 '삐약이 세 마리'에서 우리가
나눈 대화.

[2016.11.21.]

< **나:** <u>ㅇㅇㅇㅇ</u> 생각해보니까 오늘 욜란다 생일인 것 같은데? 쟤
　 지금 화장실에서 혼자 좋다고 낄낄거리는 중. 아무래도 우리 팀
　 이름으로 꽃이라도 보내야 할 듯ㅋㅋㅋㅋㅋ [16:12]

> **테레사:** 미친! ㅋㅋㅋㅋㅋㅋㅋ 그럼 진짜 사주든가. [16:13]

> **테레사:** 예쁜데 똥 냄새 나는 꽃으로 사줘. [16:14]

< **나:** ㅋㅋㅋ 웃음 참느라 죽는 줄. 휴… 못 봐주겠네. [16:15]

> **카르멘:** 아니면 장례식 화환이라도 보내. 저걸 보니까 당신 생각이 나더군요, 이러면서 ㅋㅋㅋㅋㅋ [16:16]

> **카르멘:** 킥킥대면서 화환에 셀로판지나 둘러서 줘. [16:16]

< **나:** ㅋㅋㅋㅋㅋ 저 꽃을 보니까 당신이 생일 파티를 준비하면서 '모두 초대했다'고 매일같이 하던 말이 떠오르더군요… 나를 쏙 빼먹었으면서 말이죠… 이러면서? ㅋㅋㅋㅋㅋㅋㅋ 정말 멍청한 여자라니까. [16:16]

< **나:** 돈 때문에 이 꼴을 참는다는 게 안 믿겨지네. [16:17]

"그럼 당신 이름에는 아무 뜻도 없어요?"

빅토르가 곤혹스러워하는 기색이 역력했다. 나는 어깨를 으쓱했다.

"네. 죄송하지만, 아무 의미도 없어요."

슈퍼사우루스 유한회사의 준법감시팀은 직원 네 명과 인턴 한 명으로 구성되어 있다. 우리 회사의 이사 겸 부사장이자 준법감시팀 팀장인 페란 마티키는 여기서 8년째 근무 중이다. 우리는 모두 그를 '마티키'라고 불렀는데 어떤 이유에서인지 욜란다만 그를 이름으로 불렀다. 또다른 직원으로 빅토르 마르케스와 페드로 오테로가 있다. 이들은 각각 마흔한 살과 마흔세 살 먹은 한심한 인간들로, 마티키를 보좌했다. 그들과 같이 일한 적은 그리 많지 않았지만, 협업을 할 때마다 지치고 기진맥진해졌다. 그들은 나만 보면 언제나 상투적인 질문을 던지곤 했다. 처음에는 나를 잘 알고 싶어서 그러는 줄 알았다. 그런데 이제는 상대방이 포기하고 자기 말에 무조건 동의할 때까지 절대로 끝나지 않을 토론과 논쟁을 벌이기를 좋아할 뿐임을 깨달았다. 어떤 사람들은 그들을 복도에서 마주치면 피하기까지 했으나, 정작 그들은 이를 눈치채지도 못하는 것 같았다. 자기들끼리는 항상 붙어다녀서 그런지 죽이 잘 맞았다. 아무튼 그들을 보고 나면 기분이 영 언짢아졌기 때문에 종종 나는 일부러 멍한 표정을 지으며 그들이 하는 말을 못 알아들은 척했다. 그들은 둘 다 이베리아반도 출신이었다. 마지막으로 이 팀에는 욜란다가 있다. 나는 그녀가 일하는 것을 본 적이 없어서 담당 업무가 무엇인지 정확히 몰랐다. 내가 보기에 그녀는 회사 창업일부터 입구에 장승처럼 서 있는 거대한 사우리토처럼 그저 자리를 뭉개고 있는 것 같았다.

빅토르가 고개를 절레절레 흔들었다.

"당신네들의 이름에는 항상 어떤 의미가 담겨 있는 줄 알았어요. 가령… 심오한 뜻 같은 것 말이죠. 대학 다닐 때, '바드르'라는 이름을 가진 친구가 있었는데, 아주 멋진 녀석이었죠. 그런데 그 이름이 무슨 뜻이었냐 하면…"

'당신네들의 이름'이라니. 보면 볼수록 재수없는 놈이다. 나는 싱긋 웃었다.

"음, 달의 위상변화를 가리키는 이름이었던 것 같아요. 그래서 당신의 이름에도 무슨 의미가 있을 줄 알았죠."

바드르는 보름달을 뜻한다.

"듣고 보니 그러네요." 나는 마음에도 없는 말을 했다. "오늘 저녁에 부모님께 한번 여쭤볼게요. 저만 몰랐을 수도 있으니까요."

"그래, 그게 좋겠네요. 부모님께 한번 여쭤봐요. 뭔가 뜻이 있을 테니까. 그런데 말이죠, 누구랑 다르게 그 친구는 술도 잘 마셨어요."

그는 친근감의 표시로 나를 툭 치는 시늉을 했다. 그 꼴을 보느니 차라리 산 채로 살갗이 벗겨지는 게 나을 것 같았다.

"글쎄요, 잘 아시겠지만," 나는 영혼 없는 웃음을 지었다. "친구들이 창문으로 뛰어내린다고 해서 저도 그래야 한다는 법은 없잖아요."

정말 이 자리에 오고 싶지 않았다. 회사생활에서 가장 짜증나는 것 중에 하나가 바로 '시간 외 업무'라는 말이다. 말도 안 되는 억지다. 하루 아홉 시간 이상을 사무실에서 보내고 퇴근했는데, 함께 일한 사람들과 한잔하려고 바에 들른다면… 업무에서 벗어나기 위해 술을 마시는 거라지만, 그 자리에서 나누는 대화는 대부분 일에 관한 것이니 업무의 연장선이 아닐 수 없다. 휴대폰 화면을 보니, 벌써 저녁 8시가 되기 10분 전이었다. 오늘 오전에 마티키는 욜란다의 메일을 내게 전달하면서 말했다.

"아무래도 욜란다가 당신도 참조에 넣는다는 걸 깜박한 모양인데, 오늘 여기 참석하세요."

마티키와 나는 욜란다가 그걸 잊었을 리 없다는 걸 알았다. 하지만 나는 수많은 인턴들 중 하나일 뿐이었다. 내 감정 따윈 중요하지 않은 마당에 내 견해가 중요할 리는 더더욱 없었다. 그래서 나는 참석 하기로 했다. 빅토르가 아니라 그가 나더러 창문에서 뛰어내리라고 하면 나는 그의 말대로 했을 것이다. 안녕히 계세요, 여러분.

처음에는 이런 자리가 그다지 나쁘지 않았다. 나는 불평만 늘어놓는 사람이 아니라 오픈마인드로 앞장서면서 행동하는 사람이 되려고 했다. 그래서 나는 이 사람들 또 저 사람들, 모든 사람들과 이야기를 나눴다. 준법감시팀의 여성으로서 말이다. 누군가 내게 맥주를 갖다주거나 진토닉을 권할 때마다 나는 고맙다는 말과 함께 정중히 사양했다.

"저는 술을 안 마시거든요. 미안합니다. 죄송하지만, 저는 술을 안 마십니다. 정말 죄송합니다만 저는 술을 마시지 않아요."

그러면 내가 듣는 대답도 다 거기서 거기였다.

"네? 왜죠? 자, 한 잔만 마셔요. 걱정할 것 없어요. 그냥 맥주일 뿐인데요, 뭘. 한 잔도 안 마셔요? 그러지 말고 어서 마셔봐요."

서로 고집을 부리다 지치면 일단 사람들이 내게 건네는 건 뭐든지 다 받았다가 가게 후문에 있는 화장실, 우산꽂이, 조화를 심어놓은 화분에 몰래 쏟아 버렸다. 그렇게 일곱번째 밖에 나갔을 때 누가 내 뒤에서 헛기침을 했다. 나는 쭈그려 앉아 트로피컬 맥주병을 허공에 든 채 꼼짝없이 얼어버렸다.

"안녕하세요?"

나는 천천히, 아주 천천히 몸을 돌리면서 0.001초를 최대한 길게 늘리려고 노력했다. 그러고는 천천히 자리에서 일어섰다. 그의 얼굴은 낯익은데 이름이 생각나지 않았다. 나는 말없이 멍청한 얼굴로 그를 바라봤다. 그렇게 한동안 아무 말도 하지 못했다.

"괜찮아요?"

그는 's' 자를 숨을 내쉬면서 강하게 발음했지만, 여기 출신은 아니었다[*].

"원래 술을 안 마시거든요." 내가 대답했다.

"술을 안 마신다고요?"

"네."

그가 웃었다.

"그렇군요."

"사람들은… 그런데도 나한테 계속 맥주랑 술잔을 가져다 주고…."

"그런데 당신은 술을 입에 안 대죠."

"한 방울도요."

"맥주 한 잔도요."

"술을 안 마신다고 하면 왜 다들 '맥주 한 잔도요?'라고 대꾸하는 거죠?"

그는 내 말을 듣더니 조금은 이해한다는 듯 고개를 끄덕였다.

"어쩌면 놀라서 그러는 건지도 모르죠. 사실 맥주 한 잔은 아무것도 아니니까요."

그는 바지 주머니에 손을 찔러 넣었다.

● 카나리아제도에서는 스페인 남부와 카리브해를 비롯한 남아메리카 일부 지역과 마찬가지로, 음절 끝에 있는 's'를 [h]로 강하게 발음하는 경향이 있다.

"하지만 당신 말이 옳아요. 그건 말도 안 되는 소리예요. 나처럼 술이 안 받는 사람들은 맥주 한 잔이든 한 방울이든 못 마셔요"

나는 말을 계속했다.

"그런데도 저기 있는 사람들은 나만 보면 모두 한마디씩 한다고요. '왜 술을 안 마시는 거지, 응? 에이, 그러지 말고 맥주 한 잔 정도는 마셔야지.'"

"속이 많이 상한 것 같네요."

"그럼요."

"그래서 화초들에게 독을 주는 건가요?"

"화초요? 이거 플라스틱으로 만든 건데요."

"플라스틱으로 만든 거라고요?"

"플라스틱으로 만든 조화라고요."

나는 화를 참지 못하고 같은 말을 반복했다. 그러자 그는 다시 웃었다.

"보기 흉하지 않아요?"

여기 사람들과 함께 일하면서 내 입으로 진심을 털어놓은 것은 이번이 처음이었다.

"네, 보기 흉하네요."

그는 담뱃갑을 꺼냈다.

"연봉으로 10만 유로 이상 받는 임원들을 위해 퇴근하고 회식하면서, 그 자리를 장식하려고 화분에 플라스틱으로 만든 꽃을 꽂다니."

나는 눈썹을 치켜올렸다. 연봉이 10만 유로일 수 있군. 나는 인턴십 수당으로 월 500유로밖에 못 받는데 말이다.

"방금 전까지만 해도 당신은 저게 조화인지 몰랐지만요."

"하지만 이젠 알아요. 역시 '아는 것이 힘'이에요. 너무 옛말인가. 혹시 이 말을 들어본 적이 있는지 모르겠네요."

그럼요. '프랑스이즈 베이컨$^{France\ is\ bacon}$●'도 아는데요.

"뭐라고요?" 그가 내게 물었다.

나는 그를 쳐다봤다.

"뭐라고요?" 그가 무슨 말을 하는지 모르겠어서 되물었다.

"뭐라고 했잖아요."

"아무 말도 안 했는데요."

"아, 당신이 무슨 말을 한 것 같아서요. 내가 잘못 들었나 봐요. 혹시 불 있어요?"

"아뇨. 담배를 안 피워요. 미안해요."

그는 자리에서 일어나 나를 바라봤다.

"당신은 술도 안 마시고, 담배도 안 피우는군요. 그러니 술이나 담배 이야기만 나오면 정말 골치 아프겠어요."

● 영국 철학자이자 정치인 프랜시스 베이컨(Francis Bacon)은 『수상록』(1597)에서 "지식 그 자체가 힘이다"라고 말했고, 여기서 프랜시스 베이컨이라는 이름을 희화화한 것이다.

나는 어깨를 으쓱했다.

"대신 먹는 건 아주 좋아해요." 나는 말했다.

그는 담뱃갑을 다시 바지 주머니에 집어넣었다. 잠시 후, 그가 내게 손을 내밀었다.

"난 오마르라고 해요. 품질관리팀에서 일하죠."

"난 준법감시팀의 메리엠이에요."

나는 그의 손을 있는 힘껏 꽉 쥐었다. 나는 진지한 사람이고, 올곧은 사람이고, 그렇게 호락호락한 사람이 아니라는 걸 알려주려고.

"그럼 욜란다, 마티키와 같이 일하는군요."

"빅토르와 오테로하고도요."

내 말을 듣는 순간, 그가 웃은 것 같았다. 하지만 그는 웃음을 숨기려고 일부러 헛기침을 했다.

"빅토르와 오테로라고 말하는 순간, 당신 얼굴이 마치 고양이 앞에 있는 쥐처럼 변하던데요."

겁에 질린 내 표정을 보자 그는 서둘러 하던 말을 마무리했다.

"걱정하지 말아요. 내가 봐도 한심한 인간들이니까요. 자기 일을 열심히 해도 모자랄 판에 항상 여기저기 돌아다니면서 사람들이나 못 살게 굴고 말이죠."

"사실 그분들이 어떤 사람인지 잘 몰라요."

"당신이 마음에 들어서 하는 말이에요." 그가 덧붙였다.

"그건 그렇고, 내 손이 으스러지는 줄 알았다고요."

"미안해요. 그냥 이게 좀… 요상해서요, 이런 게."

나는 손으로 우리 둘을 가리켰다.

"나를 길 잃은 바보처럼 대하지 않고 말을 건 사람은 당신
이 처음인 것 같아요. 어쩌면 누군가가 내 정체를 들춰내려
고 저 쓰레기통 뒤에 숨어 우리를 촬영하고 있을지 몰라요."

"〈언더커버 보스〉˙처럼 말이에요?"

"그런데 아무리 봐도 당신은 별로 '보스' 같진 않네요."

나는 멋쩍게 씩 웃었다.

"위장하려면 아무도 나를 못 알아보도록 변장을 철저히
해야 한다고요. 가발, 마약 거래상 같은 옷차림 등 정체를 숨
길 수 있는 거라면 뭐든 해야죠."

2009년부터 베텐쿠르 가의 남매인 알마와 하신토, 그리
고 산타나-모레노 가의 형제인 안드레스와 아돌포, 이렇게
네 명이 슈퍼사우루스를 공동소유하고 있다. 네 사람은 회사
를 소유하던 은행 채권단으로부터 체인점을 인수했다. 어느
날 아침, 썩은 내 나는 욜란다의 서류 상자를 정리하다 읽은

● 영국 채널4에서 대기업 CEO들이 자기 회사의 일용직 사원으로 위장취업하여 벌
어지는 사건을 깜짝카메라 형식을 빌려 진행하는 리얼리티 프로그램.

바에 따르면, 1966년 슈퍼마켓 엘 사우루스는 당시 티만파야 은행이 공동소유하고 있던 프리미엄 벤처스에 매각된 다음, 엘 사우리토로 개명되었다고 한다. 얼마 후, 노르웨이의 다국적 기업인 아우텍 인터내셔널이 이를 인수해서 이름을 사우리토 유한회사로 변경했다. 하지만 큰 손실을 입은 아우텍 인터내셔널은 2001년 영국의 사모펀드인 킬그레스 파트너스에 회사를 매각했다. 그런데 사우리토 유한회사는 이미 5억 300만 유로의 부채에 시달리고 있던 터라 결국 은행 채권단의 손에 넘어갔고, 그후 네 사람의 인수가 이뤄졌다. 이것이 지금까지의 상황이다. 나는 과거부터 현재까지의 슈퍼 사우루스에 관한 모든 정보를 취합해서 A4용지 반 장 분량의 차트로 요약했다. 그러자 마티키는 내 이메일에 간결한 답장을 보냈다. "잘했어요, M." 나는 그가 진심으로 한 말인지 아니면 비꼬는 투로 말한 건지 알 수 없었다. 집으로 가는 버스에서 나는 항히스타민제를 먹었다. 욜란다의 서류 상자에 먼지가 너무 많이 쌓여 있어서 알레르기 증상이 나타났기 때문이다. 정확히 1시간 13분 동안 재채기가 계속 나왔다.

"지금 보니까 제법 마약 거래상 티가 나는데요. 잘하면 칼리의 마약 카르텔 두목이 될 수도 있을 것 같아요."

그가 다시 고개를 뒤로 젖히며 호탕하게 웃음을 터뜨렸
다. 하여간 재미있는 사람이었다.

"잘 들어요. 저 안에 있는 사람들에게 너무 솔직하게 말하
지 말아요. 그래 봐야 제대로 듣지도 않을 테니까요."

나는 안경을 손으로 밀어올렸다.

"그런 거라면 걱정하지 마세요." 나는 말했다.

"나는 생각을 절대 입 밖에 내지 않으니까요."

4   2016년 11월

내 이름은 메리엠이다. 딱 두 음절이다. Mer-yem. 스페인어에서 '-y(이)'는 보통 '-ll(에예)'로 발음하지만, 지역마다 발음이 달라 대부분 나는 메레임 아니면 메레인이 됐다. 그 외에도 사람들은 나를 메이렌, 메리엔, 메이렘, 메이레네, 메이레메, 미리암, 마리안, 마리아네, 메이레멤이라고 부르기도 했다. 휴대폰 속 사진첩 폴더에는 다른 사람들이 내 이름을 요리조리 변형하고 철자를 다시 조합하거나 아예 바꿔버리고 재해석한 스크린샷이 100개 이상 들어 있다. 나는 지금도 그 폴더를 볼 때마다 깜짝깜짝 놀랐다. "장미꽃에서는 똑같은 향기"가 난다…● 어쩌고저쩌고. 나도 잘 알고 있었다. 셰익스피어는 공립학교에서도 배우니까. 만약 당신 이름이 나와 비슷하다면, 그러니까 이름이 너무 이상하고 낯설어서 상대방이 그런 이름을 한 번도 들어본 적 없다고 하면, 당신은 이름의 유래를 설명하면서 한 가지 교훈을 얻게 될 거다. 상대방이 두 음절로 된 고유명사를 가지고 시비를 걸면 속으로야 짜증나겠지만, 어떤 일이 있어도 결코 이를 내색하지 않아야 한다는 것을 말이다. 나는 그렇게 태어났고 자라왔기에 직장에서 어떤 사람이 몇 주째 이메일에서 나를 '메이르메'라고 부를 때마다 '여섯 글자짜리 이름을 복사해서 붙여넣는 것이 그렇게 어려운가?'라고 생각은 하지만, 그 생각을 붙잡아 꼼짝 못하게 만든 다음, 입 밖으로 나오지 않도록 꿀꺽 삼켜버렸다. 그래도 그 말이 항상 혀끝에서 맴돌면 혀를 깨물었다. 죽지는 않았다. 다만 점점 더 화가 날 뿐이었다. 그러나 나는 카나리아 사람, 그러니까 여러 설문조사에 따르면 스페인 전역에서 가장 섹시한 억양을 가지고 있을 뿐만 아니라 어떤 역경에도 굴하지 않을 만큼 강인한 의지와 인내심을 소유한 사람이다.

중학교 3학년 때 메르세데스 수학 선생님은 나를 '메리 제인'이라고 불렀다. 선생님은 처음 그 이름을 입에 올리며

● 셰익스피어의 『로미오와 줄리엣』에 나오는 구절인 "이름이라는 것이 무슨 소용인가? 다른 이름으로 불러도 장미꽃은 똑같이 향기로울 텐데"를 말한다. 어떻게 불리는진 중요하지 않다는 뜻이다.

나를 바라봤고 나도 그녀를 쳐다봤다. 그렇게 서로를 멀뚱멀뚱 쳐다보다가 결국 내가 내 이름을 바로잡았다. (그러고 나자 몇몇 남자아이들이 "피터 파커●"라고 소리지르기 시작했다. 요즘도 가끔 그 아이들이 생각날 때가 있다. 다들 잘 지내길 바랐다. 한 명은 요즘 택시를 몰았다. 어느 날, 무심코 택시에 탔는데 고개를 들어보니 운전기사가 그 아이였다. 걔도 나를 알아보았다. 나는 당장 택시에서 내리고 싶었지만 차는 이미 출발한 뒤였다. 하마터면 택시 뒷좌석에서 토할 뻔했다. 택시에서 내릴 때 그가 무슨 말을 했지만 나는 제대로 알아듣지 못한 채 뒤도 돌아보지 않고 도망쳤다. 며칠 후, 그는 페이스북에서 나를 찾아 어렸을 때 내게 한 짓에 대해 사과하겠다는 네 문단이나 되는 장문의 메시지를 남겼다. 나는 재빨리 그의 프로필을 눌러 그를 차단했다. 부디 조용히 죽었으면… 그리고 주마등처럼 스쳐지나가는 내 얼굴을 보았으면….) 나는 메르세데스 선생님을 굴복시킬 의도가 없었던 반면 선생님은 끝내 나를 무릎 꿇리려고 했다. 결국 내가 포기했다. 나는 풀이 죽은 모습으로 선생님에게 칼자루를 넘겨주었다. 그후로 어떻게 되든 상관하지 않고 무슨 일이 있어도 반대하지 않았다. 이제는 상대방이 원하는 대로 내 이름을 부르도록 내버려뒀다.

미리암, 메리암. 내 이름을 어떻게 부르든 이젠 한 귀로 들

● 만화이자 영화인 〈스파이더맨〉에 나오는 주인공의 이름으로, 메리 제인이라는 등장인물과 사귄다.

고 한 귀로 흘렸다. 내 이름을 밝힐 때 가끔 이렇게 말했다.

"차라리 신분증을 보여줄게요. 그게 더 빠를 거예요."

나는 이름 가지고 티격태격 싸워봐야 삶에 전혀 도움이 안 된다는 것을 깨달았다. 내 이름이 미에네레도 메리아네도 아니라는 것을 알고 나면 사람들은 "아, 그런데 여기 이름이 아니네요"라거나 "그런데 당신은 카나리아 사람 같네요" 아니면 "이름이 정말 예쁘군요. 처음 들어보는 이름인데, 혹시 어디 출신이죠?"라고 했다. 사람들은 내가 이런 식으로 취조당하는 것에 얼마나 이골이 나 있을지는 전혀 관심 없었다. 그리고 지난 25년 동안 내 이름에 대해 얼마나 많이 설명했는지도 그들의 알 바가 아니었다. 대화를 하나하나 기억한다고 해서 영원히 반복되는 이 질문이 내 어깨를 짓누르는 것을 막지도 못할뿐더러, 덜 무력해지는 것도 아니었다. "난 여기, 섬 출신이에요"라고 말하면, 항상 "네, 그렇겠죠. 그런데 '정확히' 어디 출신이냐고요"라는 대답이 돌아왔다. 그럴 때마다 나는 돌아서서 한마디 따끔하게 쏘아붙이는 장면을 상상하며 혼자 통쾌해했다. '빌어먹을, 내가 정확히 어디 출신인지 알아서 뭐 하게, 이 자식아. 도대체 묻고 싶은 게 뭐야, 무슬림이냐고 묻고 싶은 거 아니야? 툭 까놓고 얘기해보라고.' 하지만 내가 그렇게 말하면 상대방도 기분이 무척 상하겠지. 따지고 보면 그 사람이 무슨 큰 잘못을 저지른 것도 아니고, 단지 궁금해서 물어봤을 테니까. 그래도 속 시원하게 말했어야 할까? 하지만 화를 꾹 참고 항상 사람들에게 미소 짓고 친절하게 대하면서도 "이젠 내밀 뺨도 없는데 상대에게 내 뺨을 내미는 것도 진절머리 난다"고 계단 아래에서 뒤늦게 소리지르는* 사람은 항상 나였다. 그럼에도 끝까지 원하신다면 다른 뺨도 내밀 테니까 여기부터 때리기를. 나는 자포자기했다. 무기도 없고 이미 오래전에 항복했다. "모로코 출신이에요." 결국 이렇게 말했지만 사실 거짓말이었다. 나는 여기서 태어났고, 여기서 자랐고, 여기서 공부했고, 지금까지 줄곧 여기서 살았다. 카나리아제도에서 말이다.

그래서 오늘도 나를 붙잡고 내 출신을 물어보는 우편배달부에게 화를 내지 않았다. 얼굴에 미소를 띠고 그가 묻는 말에 조목조목 대답했다. 나는 세상에서 가장 예의바르고 얌전하고 차분하고 사근사근한 사람이니까. 그가 외국인등록증 번호를 알려달라고 해도 나는 얼굴색 하나 바꾸지 않고 신분증 번호를 줄줄 읊었다. 그도 그럴 것이 모두가 나를 매리엠, 메이렌, 메레예넨이라고 부르는 판국에 외부인이 어떻게 내가 스페인 사람인 줄 알겠는가. 나도 내 이름이 메리엠이 맞는지 종종 확신이 서지 않는데. 이처럼 길고 이상하고, 여기

● 재무총감 자크 네케르의 물음에 제대로 대답하지 못한 철학자 드니 디드로가 계단을 다 내려오고 나서야 적절한 이야기와 농담이 떠올랐다는 일화에서 비롯된 표현이다.

사람들과 다른 이름을 갖고 있으니 말이다. "자, 신분증에 뭐라고 쓰여 있죠? 스페인 왕국, 그것도 아주 크게 써 있죠. 내 눈에만 그렇게 보이는 건가요?"라고 신분증을 그의 얼굴에 집어던지며 말하고 싶었지만 실제로는 이렇게 말했다.

"자, 여기 있으니까, 잘 보세요."

나는 그가 손으로 가리키는 곳에 서명을 하고, 마티키가 보낸 소포를 받는 내내, 내 목소리가 조금도 흔들리지 않았다는 것에 나 자신이 너무나 자랑스러웠다. 하지만 파란색 조끼 차림에 노란색 헬멧을 쓰고, 저 거지같은 디지털 기기를 든 그가 얼마나 짜증나고 얄미웠는지 모른다.

시간이 지날수록 정말로 나를 화나게 만드는 것이 무엇인지 알아차리기가 점점 더 힘들어졌다. 내가 여기서 얼마나 오래 살았는지도 모를 사람들이 나를 절대 카나리아 사람으로 보지 않는 것인지, 아니면 내게 붙는 '이민자' 꼬리표와 달리 나는 평생 모로코 출신이 되었던 적도 될 일도 없을 거라는 것인지.

나는 키 작은 사람들에 관한 나름의 이론을 가지고 있다. 누군가를 모레니토morenito라든가 모리토morito●라고 부르면 자신이 인종적 편견이 덜한 사람이 될 거라 믿는 인종차별주의자들처럼 나도 '난쟁이 똥자루'라고 종종 말했다. 나도 모르게 그런 말이 불쑥 튀어 나왔다. 자애로운 하느님 덕분에 내 생각을 자유롭게 표현할 수 있었다. 키 작은 사람들은 둘 중 하나다. 좋은 사람이거나 개자식이거나. 프란시스코 프랑코는 키가 163센티미터였다. 그가 꿈에나 알았을까? 마거릿 대처는 166센티미터고, 베니토 무솔리니는 169센티미터에

● 모레니토는 피부색이 검은 사람을, 모리토는 아프리카의 이슬람인을 의미한다. 둘 다 무어인을 비하하는 표현이다.

불과했다. 윈스턴 처칠의 키는 167센티미터 정도였다. 그리고 뇌세포 두 개로 사나 싶을 정도로 멍청한 인간들만 재미있어하는 개미 프로그램* 진행자의 키는? 방금 구글에서 확인해본 결과, 대략 164센티미터라고 한다. 내 이론의 훌륭한 방증들이다.

내가 아는 사람 중에서 가장 못된 사람은 나보다 키가 훨씬 작았다. 그녀의 이름은 욜란다다. 엘리베이터나 사무실에서 마주치면, 나는 그녀를 내려다보며 그녀가 무슨 생각을 하고 있는지 짐작했다. 무슨 상상을 하고 있는지도. 내 자리에 앉아 있으면, 항상 검은색 곱슬머리를 단단히 묶어 올리고 다니는 그녀의 정수리에 시선이 쏠릴 수밖에 없었다. 저렇게 머리카락을 세게 묶으면 편두통이 생기지 않을까 궁금했다. 그녀가 평소에 매정하고 심술궂으며 독하게 구는 것도 바로 저 묶음머리 때문일지도 모른다.

복도를 지나가다 마주치면 욜란다가 내게 인사를 건네는 날도 있고, 그렇지 않은 날도 있었다. 나는 직장 밖에서 그녀가 어떤 삶을 살지 혼자 상상하곤 했다. 밖에서도 똑같은 표정을 짓고, 똑같은 말을 할까? 친구는 있을까? 내 경우를 말하자면 내가 어디에, 그리고 누구와 같이 있는지에 따라 두 인격을 왔다갔다했다. 나는 그 사실을 잘 알고 있었기에 실

---

* 스페인의 텔레싱코 채널에서 방영한 TV 프로그램 〈흰개미들〉을 가리킨다. 주로 연예인들의 과거 사생활을 다루는 프로그램으로 2007년에서 2020년까지 방영되었다.

제로 내가 누구인지 분명하지 않을 때가 종종 있었다. 나의 진정한 모습은 출근하기 전에 다른 사람으로 변신하기 위해 옷차림과 행동거지를 바꾸는 나일까, 아니면 보통 때의 나일까? 내가 그녀에 대해 슬슬 느끼기 시작한 것처럼 그녀도 똑같이 내게 반감을 가지고 있는지 궁금했다. 그녀는 나를 보면서 무슨 생각을 할까? 유독 힘든 날에는 그녀가 왜 나를 이런 식으로 대하는지, 왜 그렇게 못되게 구는지 궁금했다. 반대로 내가 그녀에게 그런 언사로 불쾌감을 준 적은 단 한 번도 없었다. 객관적으로 보아도, 나쁜 일만 생기면 모두 내 탓인 것처럼 나를 다그치는 그녀의 소통방식은 한번 당해보면 그 누구도 그냥 넘길 수 없을 것이다.

점심식사를 마친 뒤 시간이 멈춘 듯 사무실에서 아무 소리도 들리지 않으면, 섬 남쪽에 있는 어느 집을 머릿속에 그려봤다. 우선 한구석에는 샛노란 태양을, 그리고 푸르른 하늘 아래에는 높게 솟은 하얀 벽들과 빨간 지붕을 넣었다. 욜란다는 가장 안쪽에서 어른거리는 검은 그림자였다. 틈만 나면 내게 비를 뿌려, 구름이 없는 곳에서도 나를 흠뻑 적시는 존재였다. 아무튼 그 집에 정원은 없지만 수영장은 있다. 그 집은 어느 주택단지에 있는 타운하우스인데, 주민들이라고 해야 대부분 10월에서 다음해 5월 사이에 찾아오는 관광객들이라서 아이들이 떠들며 노는 소리는 거의 들리지 않는다. 그 관광객 무리는 모두 햇볕으로 피부가 벌겋게 달아오른데다, 밖에 있을 때 땀이 흘러내리지 않도록 래시가드를 입고 다니며, 그런 차림으로 버스에 올라 내 옆자리에 앉는다. 그러면 그들의 팔과 무릎이 내 팔과 무릎에 닿고, 선크림 냄새가 코를 찌른다. 너무 피곤해서 몸을 주체하기 힘든 날, 빈자리가 없을 때에는 외국인 관광객이 자리를 양보해주기를 바라며 배를 최대한 부풀려 임신한 척을 한다. 배에 손을 얹은 채 그들을 빤히 내려다보고 있으면 언젠가 한 명이 자리에서 일어서기 마련이다. 나는 이를 평화적 저항의 한 형태라고 생각한다. 그란카나리아는 영국, 독일, 스웨덴, 노르웨이에서 몰려드는 술 취한 코끼리들의 하차장으로 변해버렸다. 그런 사람들이라면 이제 지긋지긋해서 더이상 견딜 수가 없었다. 물론 그들에게 당신들 나라로 돌아가라고 큰소리치는 이는 아무도 없다. 아무래도 그들은 백인이니까.

욜란다는 내 상상 속의 집을 구입하려고 은행에서 대출을 받았을 테지. (물론 다 내가 지어낸 이야기였다. 사실 나는 그녀가 어디 사는지도 모르고, 그녀의 집이 어떤지도 몰랐다.) 그녀의 집에는 반려동물도, 어린아이도 없다. 거기에 있는 것이라고는 적막과 스위스 시계처럼 매일 정확한 시간에 털려

나가는 먼지뿐이다.

　오직 회의록 작성만을 위해 참석하는 회의에서 그녀가 가끔 내 옆자리에 앉을 때마다 나는 그녀가 고무로 만들어진 것은 아닌지 확인하기 위해 검지로 그녀의 얼굴을 건드리고 싶은 충동을 꾹 참아야 했다. 진짜 인간인지 아닌지 알아보려고 말이다. 우리는 팔레스타인과 이스라엘이나 마찬가지였다. 다만 한 사람은 자기 사무실이 있는 반면, 다른 사람은 따로 방이 없어 누구라도 지나가다가 불쑥 들어올 수 있는 좁은 칸막이 속에 있었다. 혹시라도 그녀가 내게 내려와 새로운 방법으로 나를 처벌하거나 배척하고, 순식간에 나를 한 줌의 재로 만들어버릴까봐 항상 경계를 늦추지 않고 있었다.

　"여기 있는 서류철 상자 500개를 가져가서 스캔한 다음, 원본은 모두 파기하세요. 오늘까지 다 해야 됩니다. … 아직도 하고 있어요? 일단 놔두고, 섬 반대편 매장에 좀 갔다와야겠어요. 이 서류들을 거기 갖다주세요." 오늘 하루종일 옴짝달싹 못하게 자질구레한 심부름을 쉰아홉 번이나 시켜놓고 무슨 낯짝으로 한참 전에 맡긴 일을 아직도 못 끝냈느냐고 말할 수 있지?

　모든 사람들이 훤히 들여다볼 수 있는 내 자리에서, 경계선 인격장애*를 가진 그녀 덕분에 나는 내 일상을 화려한 오

● 자아상이나 대인관계, 정서가 불안정하고 충동적이어서 스스로나 타인에 대한 평가가 일관되지 않고 변화무쌍한 모습을 보이며 감정의 기복이 심하다.

렌지색과 짙은 파란색으로 물들이곤 했다. 그녀가 상냥하게 대하는 날도 있지만, 매몰차게 나오는 날도 있었다.

"내 생일 파티에 여러분 모두를 초대할게요." 그녀가 말했다. 그리고 곧바로 덧붙였다.

"우리 여직원들은 모두 롱드레스를 입고 올 거예요."

이 사람은 얼굴에 철판을 깔은 게 분명했다.

"어제는 애인과 함께 파티 케이터링 업체에 가봤어요."

치밀하게 계산된 발언이었는데, 그녀가 노리는 목표는 언제나 똑같았다. 나를 기분 나쁘게 만들고 따돌리면서, 내가 자기와는 천지 차이고, 어떤 수를 쓰더라도 자기처럼 되지 못하며, 영원히 자기 같은 사람이 될 수 없다는 점을 명백하게 드러내려는 속셈이었다.

가끔 숨어서 울기도 하는—대부분 그녀 때문이다—화장실에서 머리를 이리저리 굴려봤다. 더이상 견딜 수 없어질 어느 날, 아주 천천히 돌아서서 그녀의 얼굴을 빤히 바라보며 다른 동료들이 보는 앞에서 큰 소리로 도대체 내게 무슨 문제가 있느냐고 물어보면 어떻게 될까 궁금했다. 물론 그런 짓은 하지 않을 거다. 나는 아직 돌아버리지 않았고, 욜란다는 여전히 정정하니까.

사실은 이렇다. 내가 슈퍼사우루스에 첫 출근을 한 날, 상사는 휴가 중이었다.

'지금은 부재중이라 업무용 이메일에 거의 접속하지 않습니다. 긴급한 사안이 있는 경우, 제 동료인 페드로 오테로(pedro.otero@supersaurio.com), 또는 빅토르 마르케스(victor.marquez@supersaurio.com)에게 연락하시기 바랍니다.'

나는 그후 며칠이 지나서야 마티키를 만날 수 있었다. 그는 나와 악수를 나누고 빅토르와 오테로를 소개한 다음, 커피를 권했다. 그러니 내가 사무실에 첫발을 내딛은 날, 나를 맞이한 사람은 바로 욜란다였다. 나는 최선을 다했다. 그녀를 좋아하고 싶었다. 그녀의 마음에 들고 싶었다. 나는 활발하고 능동적이며, 심지어 적극적인 태도로 회사생활에 임했다.

'저분이 우리 팀에서 유일한 여성이니까 많은 걸 배울 수 있을 거야. 회사는 경쟁이 엄청 치열한 곳인데, 여기서 그토록 오랫동안 근무한 데에는 그럴 만한 이유가 있겠지.'

나는 혼잣말로 중얼거렸다.

그녀는 내가 일할 작은 칸막이 공간을 보여주고, 탕비실과 복사기가 어디 있는지 설명해주었다. 나는 그녀의 책상 위에 놓여 있던 우니온 데포르티바 라스팔마스*의 문진을 손으로 가리키며 물었다.

"UD 라스팔마스의 팬이신가요?"

그녀는 나를 위아래로 훑어보더니 편안하게 직장생활을 하도록 내버려두지 않겠다고 결심한 듯, 내 질문에 아무 대꾸도 하지 않았다. 그때 그녀가 몰래 지었던 표정과 속으로 했던 말을 죽을 때까지 모를 거다.

"미리암, 바쁘니까 정신 차리고 시키는 거나 잘해요."

물론 나는 그녀가 시키는 대로 했다. 그것 말고 내가 뭘 할 수 있었겠는가.

● 카나리아제도의 도시인 라스팔마스를 연고로 하는 축구 클럽.

늦었다 늦었다 늦었다. 너무 더워서 내가 땀을 흘리는 건지, 생리가 시작된 건지, 아니면 조기 폐경의 첫 징후를 겪고 있는 건지 도무지 알 길이 없었다. 사하라사막에서 불어닥친 미세한 모래 폭풍이 온 세상을 뒤덮고 있어서 하늘은 파란색 대신 오렌지빛으로 물들어 있었다. 달릴 때 숨을 쉬면 모래 먼지가 눈과 목 안으로 들어가 마치 용암을 마시는 듯 타들어가는 느낌이 들었다. 그런데 우중충한 얼굴로 돌아다니는 관광객들을 보고 있으면 기분이 좋아졌다. 그러게 왜 남들 다 일하는 겨울에 해변에 오고 그러세요?

생리대 광고에 나오는 여자들은 카메라를 바라보고 미소 지으며 '여자라서 행복하다'는 생뚱맞은 멘트를 날렸다. 다만 그녀들은 여자라서 행복한 이유가 무엇인지 설명하진 않았다. 3유로 64센트만 내면 생리대 열여섯 개 묶음 한 팩을 살 수 있어서 행복한 걸까? 아니면 문제의 생리대가 얇고 날개가 달려 있지 않아서? 그것도 아니면 초대형 날개형 생리 대지만 흡수력이 워낙 뛰어나 팬티에 부착하면 아무렇지도 않게 일상생활을 이어갈 수 있어서 행복한 걸까? 생리대 광고에 나오는 여자들은 활짝 웃으며 활동적인 자세를 취했다. 그 모습을 보고 있으면 여성의 육체라는 세계가 어떻게 돌아가는지 그딴 건 몰라도, 그 광고를 개발하고 만들고 아이디어를 짜낸 인간이 생리를 한 번도 경험해보지 못했을 거라는 확신이 들었다. 대체 어떤 여자가 이번 달에도 임신하지 않아 몸속에서 무언가 떨어져나가고 터지고 허물어지면서 모든 것이 흘러나가는 동안 광고 속 여자들처럼 곡예를 부리고 싶어질까?

약속에 늦은 나는 서둘러 우리 '삐약이'들과 늘 가는 바의 늘 앉는 구석자리로 향했다. 거기 앉아 있는 카르멘과 테레사를 발견하고는 마치 연극의 한 장면처럼 과장된 몸짓을 살리며 내 도착을 알렸다.

"미안해, 애들아."

나는 숨을 헐떡거리며 테이블에 다가갔다.

"오늘 하루종일 얼마나 힘들었는지 몰라. 그 못된 욜…"

나는 말을 다 끝맺지 못하고 테레사를 가리켰다.

"어머, 너 머리 잘랐구나."

"맞아. 얼른 앉아. 지금 우린 지난 10년 동안 내가 저지른 업보들을 하나하나 되짚어보는 중이니까."

나는 놀란 눈으로 그녀를 쳐다봤다.

"그런데 너 어제… 한바탕… 치고받고 난리였다며…."

"보아하니 악순환의 고리를 끊으려는 것 같아." 카르멘이 대신 설명했다.

"그런데 머리 나한테 어울려? 금발로 염색할까 했었거든."

테레사는 선글라스를 이마에 걸치고 있다가 빗질하듯이 뒤로 밀어 넘겼다. 그녀의 머리카락은 턱 끝에 겨우 닿을까 말까 했는데, 정말 예뻤다.

"너무 예뻐." 카르멘과 내가 동시에 말했다.

그제야 나는 백팩을 의자 옆 바닥에 내려놓고 앉았다.

"고마워, 애들아."

"그냥 바뀐 모습에 너무 놀라서 그래." 내가 대답했다. "늦게 와서 미안해. 뭔가 중요한 얘기를 놓친 것 같네."

"그러니까… 어제 깜박 잠들었는데 별안간 계시를 받았어. 무슨 말이냐면, 내가 푹 빠졌던 놈들은 항상 나랑 헤어지고 나서야 평생의 사랑을 만나게 된다는 사실을 깨달았다는 거지."

그녀는 휴대폰을 힐끗 보더니 화면을 잠그고 테이블 위에 올려놓았다.

"인생은 내게 숨 돌릴 틈도 주지 않아. 쉴 틈조차 주지 않는다고. 그놈들이 자기한테 '진정한' 사랑이 무엇인지 가르쳐줘서 고맙대. 한심한 놈들."

어렸을 때는 좋아하던 여자 친구들도 있었고, 그다지 좋아하지 않은 친구들도 있었다. 그런데 당시에 왜 그 아이들을 싫어했는지 이제 와서 설명할 길이 없다. 다만 그들과 함께 있으면 영 어색했다는 것만 기억날 뿐이다. 그 무렵 우리의 역학관계는 변화무쌍하고 불확실하기 짝이 없었다. 한 발짝만 잘못 내디뎌도 영원히 따돌림당하는 신세가 되고 말았으니까. 한동안 세상에 둘도 없는 친구 사이였다가도 며칠 지나면 언제 그랬냐는 듯이 서로를 미워했다. 나는 내성적이면서도 욕심이 많고 거만했다. 내게는 또래 아이들의 모든 것이 바보짓 같아 보였지만 청소년기에 사람을 만나고 사귄

다는 것은 생존 게임에 가깝다. 적어도 나한테는 그랬다. 그
때만 해도 집단에서 왕따당하는 것보다 더 무서운 것은 없었
기 때문이다. 무리에 끼지 않고 혼자 다니기 위해 치러야 할
대가(조롱, 손가락질, 무력함)는 너무 컸다. 우정을 쌓을 수 있
었던 조건들, 즉 나이, 거주지, 사회계급 등은 우리의 힘으로
는 어떻게 할 수 없는 것들이었기에 종종 무슨 노력을 하든
어색하고 거북한 기분이 들기도 했다. 같은 반 아이들은 이
런저런 것에 빠져 지냈지만, 나는 아무리 해도 그런 것들에
관심을 가지지 못했다. 처음에는 억지로 좋아하는 척했지만,
결국 모든 것이 두 배로 싫어지고 말았다. 오랫동안 내가 문
제인 줄 알았다. 그래서 내 뾰족함을 납작하게 펴서 잘 숨겼
고, 가끔 빽빽하게 쌓아놓은 마음에 들어가지 않는 것들은
억지로 쑤셔 넣어버렸다. 아이들이 다시는 나를 안 끼워줄
수도 있으니 초대를 거절하지도 않고, 다른 뚜렷한 목적도
없이 그들과 쇼핑몰을 돌아다니기도 했다. 쉬는 시간에는 잡
지 〈브라보〉와 〈슈퍼팝〉에 나오는 심리테스트를 하고 내가
과연 배우 잭 에프론에게 어울리는 여자인지 아닌지 알고 싶
어 안간힘을 썼다. 그리고 우리 반에서 누가 아이라인을 그
리고 다니는지, 또 누구 엉덩이가 큰지 같은 이상야릇한 기
준에 따라 헤픈 여자인지 아닌지를 가리곤 했다.

그러다 인터넷을 알게 되었다. 어느 날 구글 검색창에 '시리우스 블랙*의 죽음에 관한 여러 가지 설'이라고 쓴 다음, 검색 아이콘을 클릭했다. (그때는 2004년이어서 집에 인터넷이 없었다. 그래서 과제를 해야 되는 날이면 푸에르토리코 쇼핑몰에만 있던 피시방으로 가서 오후를 보냈다.) 가설은 매우 다양했지만, 많은 사람들은 이를 넘어 미스터리 부서에서 일어난 사건에 관해 자신만의 견해를 내놓는 데 심혈을 기울였다. '시리우스 블랙은 죽은 게 아니라 다른 현실, 다른 아스트랄계**, 림보***, 혼수상태…에 있었을 뿐이다.' '해리는 그를 구해야 했다.'

그렇게 나는 '해리라티노HarryLation'라는 사이트를 발견하고 계정을 만들었다. 처음에는 다른 사람들이 쓴 이야기만 열심히 읽었지만, 몇 달 후부터는 내 글을 쓰기 시작했다. 나는 열세 살 때 처음 팬픽션을 발표했다. '릴리 에반스와 제임스 포터의 첫 데이트는 어땠을까'라는 주제로 쓴 글이었는데, 댓글 다섯 개가 달렸다. 글솜씨가 좋지도 않은데다 스토리도 시시했지만, 즐거운 경험이었다. 시간이 지나면서 실력도 점점 좋아졌다. 그래서 해리라티노를 떠나 팬픽션계의 프리미어리그인 '팬픽션넷'으로 갔다. 거기서 내가 읽은 글은 대부분 나보다 나이가 많고 필력도 뛰어난 여자들이 쓴

* 영국의 판타지소설 『해리 포터』 속 주인공 해리의 숙부.
** 오래된 오컬트 용어로, 아스트랄로 이루어진 영적세계다.
*** 세례를 받지 못하고 죽은 유아처럼, 원죄 상태로 죽었으나 죄를 지은 적이 없는 사람들이 머무르는 곳이다.

것들이었다. 그들에게서 많이 배웠다. 그 무렵 팬픽션은 답답한 현실에서 벗어날 수 있는 탈출구인 동시에, 세계 곳곳에서 나와 같은 것에 골몰하던 사람들과 소통할 수 있는 창구였다. 어쩌면 나는 어디에도 적응하지 못할 만큼 이상하고 기괴한 사람이 아니었을지도 모른다. 내게 문제가 있었다면, 푸에르토리코 쇼핑몰의 피시방이 너무 작아서 질식할 것처럼 답답했다는 것밖에 없었을지도 모른다. 나는 열여섯 살이 되었을 무렵에는 드라마 〈X파일〉, 〈하우스〉, 〈스킨스〉, 만화 『블리치』, 『원피스』, 판타지 소설 『해리 포터』, 『트와일라잇』, 『얼음과 불의 노래』, 『드래곤랜스』 등에 관한 글을 썼다. 열다섯 살 때, 내 『트와일라잇』 팬픽에 댓글을 달았던 테레사와 카르멘을 만나게 되었다. 나는 이따금씩 그들이 나의 첫번째 팬이었다는 사실을 그들에게 상기시켰다.

"그 계시를 받고 일어나서 머리를 자르러 갔다는 거구나."
"마치 베로니카가 지옥을 경험한 뒤 다시 태어나기 위해 삭발을 하고 새 사람이 되기로 마음먹은 것처럼 말이야."
"난 베로니카가 누군지 몰라." 내가 말했다.
"드라마 〈베로니카 마스〉를 말하는 거야. '한 올 한 올, 되살아난다.'"

나는 여전히 포커페이스를 유지하고 있었다.

"뭐라고?"

"네 글을 인용한 거야." 테레사가 따지듯이 말했다. "네가 쓴 글 그대로."

카르멘이 웃었다.

"젠장! 난 그런 글을 쓴 기억이 없는데."

나는 바지 뒷주머니에 휴대폰을 꺼내 팬픽에서 사용하는 내 닉네임을 구글에 검색했다.

"게시 날짜: 2006년… 헐, 진짜네. 나도 이제 늙었나봐."

"어쨌든 중요한 건 나는 다시 태어났고 이제 완전히 새 사람이 됐어."

카르멘과 나는 분위기를 깨지 않으려고 서로 얼굴만 바라보며 아무 말도 하지 않았다.

"언젠가는 〈문제의 지도〉를 업데이트할 생각이지?"

〈문제의 지도〉는 내가 1년 동안 집필해온 팬픽이었다. 마지막으로 업데이트한 것은 슈퍼사우루스에 인턴으로 들어가기 일주일 전이었다. 더이상 팬픽을 쓸 시간도 여유도 없었다. 요즘에는 서류를 복사하고 보고서를 다시 읽거나 프레젠테이션을 배우기도 벅찼다.

"그러고야 싶지. 요즘에는 직장인들에 관해 쓰고 있어. 그런데 좋은 아이디어가 떠오르질 않네. 근데 테레시타, 너랑 헤어지면 평생의 짝을 만나게 된다는 걸 어떻게 알아?"

"그건, 그놈들이 나랑 깨지고 몇 주만 지나면 자기들 딴에 는 머리를 쓴 건지 은근슬쩍 티내는 사진에 '나의 비타민'이 나 '작지만 위대한 혁명' 같은 터무니없는 태그를 달아 업로 드하기 시작하거든. 그 사진은 대부분 두 사람의 셔츠만 보 이게 찍은 거울 셀카지."

그런 사진은 인스타그램에서 내가 가장 좋아하는 사진 Top 3에 들어간다. 나머지 두 개는 야외에서 누군가와 손을 잡고 있는 여자의 뒷모습 사진, 그리고 '행복해서 죽을 듯'이 라는 글과 함께 해변에 남은 발자국 사진이다.

"그런데 괜찮은 거야?" 내가 물었다.

"응. 괜찮은 것 같아."

"어제 요가 끝나고 나오는데 눈물이 나더라고." 카르멘이 말했다. "요가 스튜디오를 나가자마자 이상하게 울음이 터지 는 거야. 뭔지 알지."

"아니, 모르겠는데."

"아무튼 그랬어, 그랬다고. 사실 왜 그랬는지 나도 잘 모르 겠어. 아무 문제도 없거든. 벤츠도 잘 있고, 나도 잘 있고, 강 아지 다나도 잘 있고…."

"마감 시간에 맞춰야 한다는 압박감 때문에 그런 거 아냐?" 나는 테이블 위에 휴대폰을 내려놓으며 말했다.

카르멘은 일러스트레이터로 일하는데, 종종 거절하기 힘든 대기업이나 브랜드로부터 작업 의뢰를 받았다. 그래서 마감 하나를 끝내면 쉬지도 못하고 바로 다음 작업을 해야 했다.

"난 긴장하거나 신경이 날카로울 때면 아무것도 아닌 일에도 눈물이 나더라고. 며칠 전에는 마음이 편안해서 아무한테 신경질을 내지도 않았는데, 갑자기 이런 생각이 들지 뭐야. '세상에, 메리, 지난 3년 동안 남자랑 키스를 못 했네.'"

내 말을 듣고 둘 다 빵 터졌다.

"3년 동안?"

"응, 3년 조금 넘은 것 같아. 그 사실을 깨닫고 얼마나 당황했는지 몰라. 바로 틴더를 다운로드해서 30분 동안 들여다봤어. 계속 왼쪽으로 획획 넘기고*, 넘기고, 넘기다가 우울해져서 아예 앱을 지워버렸고."

나는 그 유명한 '눈맞춤'이라는 것이 실제로 있다고 믿었다. 누군가를 처음 만났는데 내가 그를 바라보고, 그가 나를 바라보면 '눈이 맞는' 것이다. 내가 '척하면'이라고 운을 떼면, 미소 지으며 '척이지'라고 받아치는 남자가 어딘가 있으리라. 하지만 틴더는 생각보다 지루했다. 그냥 남자들은 따

● 데이팅 앱 '틴더'에서는 상대가 마음에 들면 사진을 오른쪽으로 넘기고, 마음에 들지 않으면 왼쪽으로 넘긴다.

분한 것 같다. 지루하지 않은 남자들은 무서웠다.

'호세, 33세. 나중에 우리가 박물관에서 처음 만났다고 아이들에게 말하게 될 거예요.' '페드로, 29세. 크로스핏, 맥주, 그리고 영화 〈파이트 클럽〉.' '마티아스, 31세. 재즈, 크로스핏, 그리고 일몰.'

놀랍게도 다 다른 사람이었다. 인간들이 사이코패스처럼 보이지 않으려고 무난한 성격인 척 서로 모방하는 경향이 있다는 주장에 고개를 끄덕이게 됐다. 특히 여성의 경우, 강한 성격 때문에 피해를 입을 수 있기 때문에 더욱 본모습을 숨긴다. 문득 사랑을 찾는 것은 면접을 보러가는 것과 비슷하다는 생각이 들었다. 이제는 모두가 직업을 구하듯 사랑을 찾고 있어서 슬프고 당황스럽다. 그건 진짜 자기 모습이 아니지 않은가. 선택받으려고 거짓말을 조금 보탠 거지. 오른쪽으로 넘겨달라고 말이다. '재즈, 크로스핏, 그리고 일몰'이라는 소개문을 읽으면, 자신은 다른 사람들과 똑같다는 사실을 어필하는 것 같았다. 재미도 진정성도 없다. 여기까지는 그런대로 넘어갈 수 있었다. 왼쪽으로 넘겼더니 이렇게 막 찍을 거면 셀카를 왜 올렸을까 싶은 30대 대머리 남자가 나타났다. 대머리 남자가 문제라는 건 아니지만, 이제 막 스물다섯 살인 내가 좋아하는 타입은 아니었다. 여전히 남자를 외모만 보고 판단하니까. 다음 남자는 벌거벗은 상체 사진만 올려놓았다. 그다음 남자는 자신이 가부장적이라서 '여성스러운' 여성을 찾는다고 했다. 그다음 사람은 온통 아프리카 아이들에게 둘러싸인 사진만 가득했다. 더 이상 사랑에 환상을 가질 수가 없어 앱을 삭제했다. 틴더의 가장 나쁜 점은 도저히 설명할 수 없을 정도로 자신이 나약하다는 느낌을 준다는 것이다. 어떤 남자의 메시지에 곧장 답장을 보내지 않으면, 그 남자는 '이럴 거면 애초에 나와 매칭을 왜 한 거야, 별로 예쁘지도 않은 게'라는 말을 가장 먼저 내뱉었다. 다들 콧대 높은 여자들이라면 진절머리를 쳤고, 아무 이유도 없이 적개심을 갑자기 드러내서 겁이 났다. '안녕, 예쁜 아가씨'와 '엿이나 처먹어, 걸레 같은 게'는 동전의 양면처럼 공존해서 던지면 어느 쪽이 나올지 모른다. 적어도 조커는 미칠 만한 몇 가지 이유라도 추측할 수 있었는데, 이들에게는 뭐가 문제였던 걸까.

"이제 남자 안 만날 거야." 테레사가 말했다. "언제라도 수녀원에 들어갈 마음의 준비가 되어 있으니까."

"테레사 수녀님."

"듣기 좋은데."

"메리엠 수녀님은 어때?"

테레사가 웃음을 터뜨린다.

"그럼 카르멘 수녀님은?"

"듣고 보니까 모두 수녀하고 어울리는 이름이네."

"특히 메리엠이 어울려."

"왜인 줄 알아? 메리엠을 우리말로 옮기면 마리아거든. 몰랐으면 책 좀 읽고 교양을 쌓아라, 얘들아."

그럼에도 불구하고 나는 여전히 사랑은 존재한다고 믿는다. 2005년에 나온 영화 〈오만과 편견〉을 수도 없이 봤지만, 그걸 보고 나면 항상 만족스러운 한숨이 나왔다. 나를 우습게 알고 오만하게 대하던 남자가, 내가 자신을 엄청 경멸한다는 사실을 알고는 마음을 바꿔 내 발 앞에서 무릎을 꿇게 되는 장면을 보고 싶지 않은 여자가 있을까? 원수에서 친구로, 친구에서 연인으로… '혐관*'의 정석이니까. 내 사랑관이 이 모양인 것은 어쩌면 어려서부터 헨리 밀러나 헨리 찰스 부코스키의 작품 대신 팬픽션을 읽고 자랐기 때문일지도 모른다.

● '혐오관계'의 줄임말로, 서로 싫어하거나 라이벌 혹은 원수 관계였던 두 사람이 사랑에 빠지는 설정으로 자주 쓰인다.

8   **2016년 12월**

주방에서 냉장고를 열고 어젯밤 아빠가 만들어주신 마쿠
다[*], 자알룩[**], 엠파나다[***]가 든 통을 꺼냈다. 사람들은 서
로 다른 두 세계가 섞이지 않는다고 말하지만, 난 잘 모르겠
다. 우리집 냉장고만 봐도 국가 대통합이 이루어졌는걸?

집을 나서기 전에 백팩에 뭐가 들었는지 하나씩 살폈다.
업무용 노트북, 확인. 물병, 확인. 휴대폰 충전기와 헤드폰,
확인. 지갑, 확인. 에어컨을 워낙 빵빵하게 틀어서 영하 4도
로 느껴지는 사무실에서 일할 때 필수품인 카디건과 스카프,

●   감자퓌레에 마늘, 고추, 소금, 달걀, 치즈를 넣고 튀기는 모로코식 감자튀김.
●● 익힌 가지와 토마토로 만든 모로코식 샐러드.
●●● 빵 반죽 안에 여러 속재료를 넣고 굽거나 튀겨 만드는 스페인 요리. 지역마다
    넣는 속재료가 다르다.

확인. 그리고 앞으로 여섯 시간 동안 욜란다에게 구박을 받아야 한다는 생각은 애써 머릿속에서 지웠다. 거실에서는 부모님의 기도가 한창이었다. 나는 기도가 끝날 때까지 기다렸다.

"나를 위해 기도한 거야?"

내가 묻자 엄마가 말했다.

"너와 네 동생들을 위해 하루도 빠짐없이 기도드린단다."

오전 7시 15분에 버스를 탔다. 91번 버스 기사는 이미 내 이름을 알고 있다. 매일 아침 알람이 울릴 때마다 인턴십 근무를 포기하고 싶은 마음이 굴뚝같았다. 헤엄도 못 치는데 발밑의 얼음이 깨져 얼음장처럼 차가운 물속에 빠지는 것만 같다. 하지만 부모님한테 하소연하고 싶어도 차마 입이 떨어지지 않았다. 두 분을 생각하며 집에서 버스 정류장까지 걸어갈 때면, 누군가 이불로 내 몸을 감싸주는 것처럼 마음이 포근하고 따뜻해지는 느낌이 들었다. 우리 부모님도 지나온 길이다. 나도 부모님처럼 마음을 단단히 먹고 잘 견뎌내겠다고 다짐했다.

9   2016년 12월

슈퍼사우루스 슈퍼마켓 유한회사 본사 건물에는 언젠가 이 기업을 물려받을 거라고 믿는 사람들이 여럿 일하고 있다. 여기에는 키가 큰 사람, 작은 사람, 뚱뚱한 사람, 마른 사람, 금발, 갈색 머리, 백인, 흑인 등 모든 종류의 사람들이 다 모여 있다. 그중에는 머리를 빡빡 민 사람과 대머리도 있다. 그렇다고 내가 대머리들을 싫어하는 것도, 무서워하는 것도 아니다! 우리 회사는 인사팀이 틈만 나면 자랑하는 직원 국적 리스트를 가지고 있다. 신입사원을 채용할 때마다 마치 포켓몬고 게임을 하듯이 모든 국적의 사람들을 모으는 것을 목표로 삼은 것 같다. 회사에는 스페인인, 영국인, 멕시코인, 베네수엘라인, 콜롬비아인, 카메룬인, 그리고 심지어 프랑스인도 있었다. 전 세계의 모든 사람들이 차별받지 않고 채용됐다. 하지만 그들은 대부분 재고관리 담당자나 계산대 직원으로 일했다.

여기 직원 다섯 명 중 세 명은 과거에 자녀들이 공학 학위를, 그게 안 되면 법학이나 경제학 학위라도 받도록 등골이 빠지게 일한 노동자들의 자식이었다. 공식적으로 확인된 자료는 아니고 나 혼자만의 추측에 불과하다. 티셔츠를 입고 출근하는 청년을 이상한 눈으로 쳐다보는 그들은 한때 미래의 희망이었지만, 지금은 아침에 빳빳하게 다림질한 와이셔츠 칼라에 넥타이를 단정하게 매고 발목 바로 아래까지 내려오는 바지를 입은 공룡이 되었다. 그들은 아직도 손목시계를 차고 다녔다. 이제 그들은, 오피스 제품군을 능숙하게 다룰 줄 알고 3개 국어를 구사할 뿐만 아니라 MBA에서 데이터 분석과 경영회계학 석사학위를 받고 그들 뒤에서 '망할 베이비붐 세대들'이라고 욕하는 젊은이들―보통 그들보다 열 살에서 열다섯 살 정도 어리다―과 경쟁을 벌여야 하는 처지였다. 그럼에도 불구하고, 내가 관찰한 바에 따르면 두 세대의 직원들 사이에는 많은 공통점이 있었다. 양측 모두 돈도 못 받는 야근을 하고, 굳이 하지 않아도 되는 업무도 기꺼이 맡아서 하는가 하면, 결코 받지도 못할 인정을 받기 위해 무한히 참고 견뎠다. 결국 그들은 때가 되기도 전에 기운이 소진되어 무기력해져버렸다. 물론 그들 사이에는 차이점도 있었다. 이전 세대는 주택담보대출을 받았고 승용차와 자녀들이 있으며 한 달에 2000유로 이상을 벌었다. 반면 젊은 세대의 경우… 그렇지 않았다.

열일곱 살 때, 나는 언어와 외국어에 능통했기 때문에 통번역학을 공부해야겠다고 생각했다. 단지 글 쓰는 걸 좋아한다고 해서 언론학을 공부할 만큼 어리석지는 않았다. 굳이 이런 이야기를 꺼내고 싶지는 않았기에 나는 지금 하는 일이 천직이라고 둘러대기 일쑤였다. 부모님은 속상해하거나 내게 역정을 내지 않았다. "네 자신을 믿고 너의 꿈을 펼치도록 해, 우리는 모두 네 편이니까." 내가 부모님에게 들은 말이다. 그 말이 내게 도움이 되었냐고? 적어도 그 덕분에 지금 무슨 시험을 준비하고 있지는 않았다. 내 친구 실비아의 말마따나, 엄마를 쫓아가는 새끼 오리들처럼 모두가 볼로냐 과정[*]에 따라 공부했고 취업 준비를 철저히 마쳤다. 나는 학사 과정을 마치고 석사학위를 받은 다음, 또다른 석사학위를 취

[*] 영국, 프랑스, 독일, 이탈리아 등 29개 유럽 국가들이 이탈리아 볼로냐에 단일한 고등교육제도를 설립하여 유럽 대학들의 국제 경쟁력을 높이고자 1999년에 출범한 프로그램을 말한다. 2010년까지 이 프로그램에 따라 가맹국 내에서는 어느 대학을 나오든 유럽 국가 어디서든지 취업할 수 있는 자격 요건을 갖추게 된다.

득했다. 그러고 나자 뭘 하면서 살아야 할지 확신이 서지 않아서 오페어●를 하러 갔다. 또다른 석사학위를 땄어야 할까? 멍멍. 방금 그 말은 개소리다. 아무튼 여기로 돌아와서 카나리아제도에서 가장 가격이 저렴한 슈퍼마켓 체인을 운영하는 회사에서 인턴을 하게 되었다.

내가 처음 슈퍼사우루스 유한회사 본사 사무실에 발을 들였을 때, 내 계좌에는 단돈 100유로도 없었고 어떤 적금도 들어놓지 않았을뿐더러 여기서 나를 정규직으로 채용할 것이라는 믿음도 전혀 없었다. 라스팔마스대학 장학 재단의 취업 알선 프로그램에서도 나를 어떻게 해야 할지 몰라 쩔쩔맸다.

"당신의 이력은 다소 복잡하네요." 담당직원이 말했다.

"독일어만 할 줄 알았어도…."

그는 소음기를 장착한 총으로 내게 직격탄을 날렸다. 카나리아에서는 모든 게 이런 식이었다. 모든 것이 수포로 돌아가고 어떤 스펙도 통하지 않아 어찌할 바를 모른다면, 그래서 잠시 숨을 돌리고 마음을 추스른 후 이제 어떻게 해야 할지 결정할 시간이 필요하다면, 언제든지 서비스 부문에 들어가 관광업으로 생계를 꾸려나갈 수 있었다. 영어와 독일어만 할 줄 알면 됐다. 게다가 조금 서툴러도 노르웨이어도 할 줄 알면, 섬 남쪽에 있는 호텔 프런트에서 서로 먼저 데려가

● 외국인 가정에 입주하여 현지의 문화를 체험하는 동시에 어학공부를 하는 문화교류 프로그램.

겠다고 칼을 들고 싸우고도 남을 것이다. 프랑스어는… 나는 왜 카나리아제도에서 프랑스어를 배우려 했을까? 내가 프랑스인이라면 휴가 때 굳이 카나리아에 가지는 않을 텐데 말이다. 대신 알제리, 튀니지, 아니면 모로코처럼 예전에 식민지였던 나라에 가겠지. 오랜 세월 동안 식민 지배를 당해서 프랑스어가 그곳의 문화 언어가 되었기 때문에, 가더라도 이질감을 전혀 느끼지 않을 테니까…. 아무튼 나는 내 '복잡한 이력' 때문에 결국 기대치를 낮추고, 빈자리만 있으면 어디든 가기로 했다. 그래서 택한 것이 카나리아 주요 기업인 슈퍼사우루스의 준법감시팀 유급 인턴십이었다.

어떤 이유에서인지 회사는 다른 남자 지원자 대신 나를 채용했다. 회사에서 인턴으로 일한 처음 한 달 동안, 나는 매일 아침 출근할 때마다 누군가 갑자기 나를 가리키며 "잡았다. 사기꾼"이라고 소리칠까봐 가슴을 죄었다. 나는 분명 젊고 활발하고 적극적이고 결단력이 있었다. 나는 팀으로도 일할 수 있었고 혼자서도 일할 수 있었을 뿐만 아니라, 긍정적인 태도로 모든 일을 빨리 배웠다. 이 내용을 이력서에 기재했고, 전부 사실이었다. 나는 스페인어, 영어, 프랑스어 3개 국어를 구사했고, 외국에서도 거주해봤으며 여러 기업에서 정말 많은 인턴십 경험을 연이어 쌓았다. 게다가 오피스 제품군은 물론, 여러 가지 프로그램도 다룰 줄 알았다. 위의 내용은 모두 사실이었지만, 머릿속으로 되새길 때마다 내 이력과 능력을 왜곡하고 윤색해서 거짓말을 친 것처럼 느껴졌다. 그들 모두를 속였기 때문에 이 자리에 있을 자격이 없는 것 아닐까 불안했다. 실제로 나는 회사를 물려받을 듯 구는 그들처럼 말하지 않았고, 그들처럼 옷을 입지도 않았으며, 무엇보다 아무리 노력해도 그들처럼 사고할 수가 없었다.

그런데도 나는 여전히 여기 있었다. 예전에는 다른 사람들이 문제라고 생각했지만, 이제는 여기에 어울리지 않는 게 바로 나라는 사실을 알고, 확신하고 있었다. 나는 여태 모은 돈을 이 회사의 주식에 투자하지 않았고(물론 다른 회사에도 돈을 쏟지 않았다), '구글 알리미'로 슈퍼사우루스와 관련된 소식을 받지도 않았으며, 동료 직원들과 함께 찍은 사진도 별로 없었고, 퇴근 후 사내 모임을 제안하는 두들 앱에서도 항상 '아마도 갈 예정' 아이콘을 클릭했다. 나는 집을 사는 데 필요한 주택담보대출에 대해 듣고 싶지 않았고, 스트레이트 치마나 세로줄무늬 바지를 입고 싶은 마음도 없었을 뿐만 아니라, 다른 사람 아이들의 사진이나 동영상에도 일절 관심이 없었다. 솔직히 말해, 직장 동료와 친구 사이의 경계를 모호하게 만드는 것은 정신 건강에 해로울 것 같았다. 나는 매일 정시에 출근해서 정시에 퇴근하며 회사에서 일어나는 일로 내 감정이 휘둘리지 않도록 노력했다. 회사 정문을 나서면서 업무 일정표에서 하루를 지웠고 그다음날까지 누구에 관해서도 알고 싶지 않았다.

본사 건물 8층 회의실에 전 직원이 앉아 있는 동안, 나는 회의실을 유심히 둘러봤다. 나는 휴대폰을 쥔 손을 무릎 위에 얹은 채 맨 마지막 줄에서 몸을 반쯤 숨기고, 앞에 앉아 있는 고위 임원들을 살폈다. 맨 앞줄에는 사장과 부사장, 각 부서장이 앉아 있었고, 두번째 줄 맨 오른쪽에는 지점장인 페르난도와 그에게 귓속말로 무언가를 속삭이는 경리팀의 마르시알이 보였다. 임원 비서인 루시아 1과 루시아 2(내가 붙였지만 정말 재미있는 이름이다)가 휴대폰에 뭔가를 엄청 빠르게 입력하고 있는 모습도 보였다. 맨 왼쪽에는 빅토르와 오테로가 의자에 앉은 채 자세를 여러 차례 바꿨다. 나는 다리를 꼬았다. 그러곤 "남자친구가 생기면 휴대폰 연락처에 '나의 변태 나르시시스트'라고 저장해놓을 거야"라고 트위터(현 엑스)에 빠르게 입력하고 '게시하기'를 눌렀다.

늦게 도착한 욜란다는 "미안, 죄송해요, 미안"이라며 마음에도 없는 사과를 하고, 나를 보고도 멈추지 않고 또각또각 구두굽 소리를 내며 그냥 지나쳤다. 나는 언제나 마지막 줄에 앉아 회의가 끝나자마자 나갈 준비를 하는 반면, 욜란다는 맨 앞줄을 선택했다. 내가 아는 한 그녀는 이 회사에서 가장 충성스러운 직원이었다. 그녀는 루시아 2의 왼쪽에 딱 하나 남은 자리에 앉았다. 내가 마음만 먹었다면 그들과 나란히 앉을 수 있는 1초, 아니 1000분의 1초의 순간이 있었다. 그랬더라면 나는 문서상에는 존재하지 않지만 실제로 직원들 생활의 여러 측면에 관여하는 우리 회사의 말괄량이 삼총사 같은 조직의 일원이 되었을지도 모른다. 물론 그런 조직이 있다고 해도 IT팀 직원들—아마도 괴짜들이 많아서 그런 것 같다—이나 파견직과 인턴 사원들은 끼지 못할 것이다. 내가 근무하기 시작한 첫 주에 루시아 1과 루시아 2는 내게 와서 슈퍼사우루스가 인턴을 정규직으로 채용한 사례가 없다고 친히 알려주었다. 그녀는 나를 위해, 그러니까 혹시라도 내가 헛된 희망에 빠지지 않도록 미리 경고한 셈이다. 나는 작은 미소를 지으며 그녀에게 감사를 표했다. 나는 그녀에게 "저는 꿈이 큰 사람이 아니니까 걱정하지 않으셔도 돼요"라고 대꾸했다. 요즘 그녀는 이따금씩 곁눈질로 나를 흘끔거렸다.

오른쪽으로 고개를 돌리자, 몇 자리 떨어진 곳에 앉아 있는 품질관리팀의 오마르가 보였다. 그는 내게 미소를 지었다. 나도 미소로 화답했다. 드디어 인사팀 마카레나 부장이 도착했다. 그녀는 오늘 우리에게 아주 중요한 이야기를 할 예정이었다. 그녀의 표정은 매우 진지했지만 보고 있자니 갑자기 웃음이 터질 것만 같았다. 입만 벌리면 곧바로 토할 것 같은 표정이었기 때문이다. 이 정도는 금방 눈치챈다. 할말이 있는데 도대체 어떻게 말해야 좋을지 모를 때마다 나도 저런 표정을 지으니까. 나는 웃음을 참으려고 허벅지를 꼬집었다. 오마르가 눈썹을 치켜올렸고 나도 그를 따라 했다. 넷플릭스 드라마 〈나르코스〉에 나오는 마약왕 파초 에레라가 떠올랐다. 내 웃음소리가 회의실에 들릴까봐 조마조마했다.

"이 소식을 전하게 되어 정말 유감입니다."

마카레나가 입을 열었다.

"요즘 많은 분들이 구조조정 계획에 대한 소문을 들으셨을 것 같습니다. 물론 본사에서 구조조정을 하진 않겠지만, 계산원들을 감원할 계획입니다."

그러자 모두들 쥐죽은듯 조용해졌다. 더이상 두려워할 것도 없었다. 안도감 때문인지 뭔지 이유는 모르겠지만, 앞줄에 앉은 누군가가 웃음을 터뜨렸다. 계산원들은 다른 종, 그러니까 '꽤나 배운' 종에 속했다. 하지만 아무도 그들을 신경쓰지 않았다. 나는 소리 내지 않으려고 입술을 깨물었다. 회사에서는 시범 사업으로 슈퍼마켓 1층에 셀프계산대를 설치할 예정이었다. 직원들이 남아돌고 있었다. 내가 직원들을 바라보고 있는 만큼 항상 나를 쳐다보는 사람이 있다는 사실을 깨닫는 데 엄청나게 많은 시간이 걸렸다.

오전 10시 43분, 나는 디나르디 카페에서 일하는 남자에게 환경보호를 위해 내가 가져온 텀블러에 커피를 담아줄 수 있냐고 묻자, 그가 내게 말했다.

"그 텀블러에 어떻게 커피를 담아요. 그건 스타벅스 텀블러인데." 그리고 계속 말했다. "거기 커피는 비싸기만 하지 정말로 좋은 커피 맛이 나지 않는다고요."

나는 커피를 잘 알지 못하는데다 커피를 공짜로 준다고 해도 그가 주는 건 마시지 않을 것 같은데… 어떻게 대답해야 할지 모르겠어서 빙긋 웃고 말았다. 하지만 내 상사 마티키는 스타벅스 커피를 좋아했다. 만일 그가 내게 점프하라고 하면 나는 몇 미터를 뛰면 되냐고 물을 것이다. 그런 그가 내게 커피 심부름을 시켰는데, 카페 직원은 (제발 부탁이니) 스타벅스 텀블러에 커피를 담아줄 수 있냐는 내 질문에 당연히 담아줄 수 있지만 나를 위해 텀블러에는 커피를 담을 수 없다는 엉뚱한 대답이나 하고 있다. 남자와 나는 서로 멀뚱 멀뚱 쳐다봤다. 나는 그가 결국 이기리라는 것을 직감했지만 낙담하지 않고 내가 정말 원하는 것은 맛이 형편없는 스타벅스 커피가 아니라 진짜로 좋은 커피, 디나르디 커피를 그냥 이 텀블러에 담아달라는 거라고 반복해서 말했다. 그러자 남자는 커피를 텀블러에 담을 수 없으니 종이컵에 주겠다고 했다. 나는 휴, 휴 연달아 한숨을 내쉬면서 그에게 상사의 카드를 건넨 다음 종이컵은 되면서 왜 텀블러는 안 되느냐고 따졌다. 종이컵은 딱 한 번만 사용할 수 있지만 텀블러는 1000번도 넘게 쓸 수 있기 때문에 여기에 커피를 담으면 쓰레기가 덜 나온다는 사실을 모르는 걸까? 그러자 그는 텀블러 끝까지 커피를 채우면 커피의 맛과 향이 사라지기 때문에 바람직하지 않다고 설명했다. 지구를 살리기 위해 종이컵에 든 내용물을 텀블러에 담기만 하면 된다고, 그러면 지구가 더이상 버틸 수 없을 때 나타날 사막에서 우리 모두 물이 없어서 말라 죽게 되는 것을 막을 수 있다고 아홉번째로 설명하려는 내 고집을 그 남자는 결국 꺾고 말았다. 가장 부유한 사람들과 다국적 기업들이 지구상에 자기들만 존재한다는 듯이 자원을 남용하는 것을 당장 막자는 것도 아니고, 단지 직장 상사에게 커피를 갖다줄 때 종이컵 대신 텀블러를 이용하자는 것뿐인데 말이다. 오늘 하루도 나쁜 놈들이 승리했다.

마티키가 우리를 한자리에 불러모으더니, 우리 부서에서 없어지는 직책은 하나도 없겠지만 슈퍼마켓 직원들이 가장 직접적인 타격을 입게 될 거라고 알려줬다. 정리해고 조치는 시간문제였고 불가피한 측면이 없지 않았기에, 그 사실을 모르는 이는 아무도 없었다. 일단 셀프계산대가 문으로 들어오면, 계산원들은 창문으로 하나둘씩 빠져나가게 될 게 뻔했다. 나는 단 한 번도 입을 열지 않았다.

"우리는 정말 좋은 팀이에요." 그가 말했다.

"제 업무도 중요했지만, 제게는 세세한 부분까지 꿰뚫는 안목이 있었던 것 같아요. 올해 우리 팀은 커다란 성과를 거두었습니다. 물론 우리는 두려워할 필요가 없지만, 단 한순간도 긴장의 끈을 놓아서는 안 되겠죠."

내가 욜란다의 얼굴을 쳐다보자, 그녀도 나를 바라봤다.

"우리가 정말 유능한 인재들이라면 무슨 수로 우리를 쫓아낼 수 있겠어요?" 오테로가 말했다.

빅토르가 맞장구를 쳤다. "성과, 성과, 무슨 수를 써서라도 더 많은 성과를 올려야 하죠. 그게 비결입니다."

욜란다는 자기가 하고 싶지 않은 일을 하나둘씩, 결국 모두 내게 떠넘겼다. 예컨대 서류를 시간순으로 정리하고 스캔하고 파기하는 일, 각 계열사와 경영관리팀의 대표자 명단을 업데이트하는 일, 우리 팀 경비보고서를 만드는 일, 내년에 내가 여기 없을지도 모르지만 내년 예산을 짜는 일, 마티키가 물류팀, 커뮤니케이션팀, 법무팀 등 타 부서와 진행하는 모든 회의의 회의록을 작성하는 일, 마티키의 커피 심부름하는 일을 내가 도맡았다. 나는 욜란다가 나를 고문하기 위해 고안한 이 업무들이 어느 순간 양날의 검으로 변했다는 사실을 깨달았다. 내가 푼돈을 받으면서 이 일을 혼자 처리할 수 있는데, 과연 저 여자가 쓸모 있을까? 나는 그녀를 보고 미소 지었다.

6층 탕비실의 전자레인지 안에서 빙글빙글 돌아가는 찻잔을 보면서 사랑과 증오에 대해 골똘히 궁리했다. 전자레인지의 주황색 불빛이 찻잔을 비추자, 내가 저 무생물과 같은 처지라는 느낌을 지울 수 없었다. 좁은 공간에 갇혀 머리 위로 스포트라이트가 쏟아지고 있는 가운데, 여러 사람이 팔짱을 끼고 내 앞에 서 있는 듯한 기분. 나는 욜란다가 내게 그렇게 하는 것처럼 내 찻잔을 기다리며, 전자레인지 문이 마치 평생 접해본 것 중 가장 매력적인 물건이라도 되는 양 1분 내내 그것을 꼼꼼히 따져 봤다. 가끔 나는 나 자신과 게임을 했다. 욜란다가 내게 말을 걸지도 않았는데 그녀와 눈이 마주치면 내가 지는 게임이었다. 만약 그녀를 보지 않고 인사를 건네도 내가 지는 것이다. 고개를 조금 돌려 그녀가 거기에 있다는 것을 인지하고 있으며, 또다시 나만 그녀로부터 아침 인사를 받지 못했다는 것을 알고 있다는 낌새만 보여도 내가 지는 것이다. 내가 무슨 생각을 하고 있는지 그녀에게 어떤 식으로든 드러내면 지는 것이다.

나는 잔잔한 바다다. 나는 절대 동요하지 않는다.

사랑과 증오는 똑같다. 그 둘은 상호 보완적인 관계가 아니다. 동전의 양면도 아니다. 둘을 구분하는 희미하고 가늘고 거의 보이지도 않는 선은 존재하지 않는다. 사랑과 증오는 동일한 원소이지만 서로 다른 상태에 있다. 하나는 액체인 반면, 다른 하나는 고체다. 사랑은 흘러가지만 증오는 정체되어 있기 때문이다. 둘은 모두 냉기를 뿜어내고 열기, 현기증, 발한, 약간의 어지럼증을 유발한다. 둘 다 위장과 손가락 끝이 타는 듯한 감각을 일으키고, 피부를 따끔따끔하게 만든다. 그리고 사람을 중독시킨다. 그것들은 잠과 식욕을 앗아갈 뿐만 아니라, 그것들을 가슴속과 뱃속에 안고 살아가게 만든다. 또 이성을 사로잡아 의지까지 앗아가버린다. 그래서 겉으로 보기에 정말 어리석은 짓, 즉 이미 뜨거워진 찻잔을 전자레인지에서 꺼내 스푼으로 커피를 휘휘 젓기까지 했는데, 등뒤에서 스톡옵션 같은 개념을 놓고 2분 내내 떠들고 있는 사람이 누구인지 돌아보지 않기 위해 찻잔을 다시 전자레인지 안에 넣는 등 다른 상황에서라면 절대 하지 않을 짓을 저지르고 있는 자신을 발견하게 된다.

대학을 마칠 때만 해도 '나를 괴롭히는 존재'랄 것이 영원히 사라진 줄 알았다. 하지만 사라지지도 않았을뿐더러, 부모님 또래의 사람들로 이루어진 또다른 무리들이 나타났다. 안 그래도 부족한 분별력은 이제 며칠, 몇 주, 몇 달 동안 흔들리게 된다. 그 사람을 생각하지 않을 수 없고, 또 그러지 않으려고 해도 자꾸 생각날 거다. 한때 좋은 감정을 가졌었지만 결국 증오하게 된 그 사람. 또각또각 그녀의 하이힐 소리, 그녀의 옷차림(오늘은 머리부터 발끝까지 버버리 브랜드로 하이톱 부츠, 터틀넥스웨터, 패딩 조끼를 입었다. 그녀는 언제라도 바지 주머니에서 당근을 꺼내며 우리 모두를 '로시난테*'라고 부를 것이다)과 그녀의 목소리 톤, 내가 외우다시피 한 그녀의 모든 것이 오랜 세월 동안 함께할 노래처럼 자리해버린다. 그 멜로디와 가사를 익히고 나면, 아무리 잊으려고 해도 뇌리에서 사라지지 않는 법이다.

● 세르반테스의 소설 『돈키호테』의 주인공 돈키호테가 타고 다니는 말. 스페인어로 삐쩍 마른 말을 의미하기도 한다.

누구든 처음에는 실감하지 못하는, 모든 감정의 골이 시작된 그 순간을 찾아내려면 다시 과거를 몇 번이고 회상해봐야 한다. 항상 뜻대로 되는 것은 아니지만, 이 증오가 탄생한 몇몇 순간을 떠올려냈다. 회의 때 내 의견을 말하자 그녀의 얼굴에 나타난 못마땅한 표정, 이상한 눈빛으로 엘리베이터에서 지나가듯 던졌지만 그 이후 아홉 시간 내내 나를 신경 쓰이게 만든 그녀의 한마디, 며칠이나 고생해서 만들었더니 그녀가 마치 자기가 작성한 것처럼 위에 올린 보고서가 있었다. 그 일은 내가 정말 미쳐버렸는지, 아니면 나보다 스무 살이나 많은 사람이 나를 닷새 중 사흘은 울면서 집에 보내려고 작정한 건지 몇 달 동안 고민할 만큼 교묘하고 치밀하게 내 삶을 고달프게 했다.

이렇듯 증오와 사랑은 어느 날 갑자기 나를 덮치면서 하루하루를 채우던 소중한 것들을 절반가량 쓸어가버린다. 그럼 주먹을 불끈 쥐고 부르르 떨게 만드는 감정에 휩싸여 다른 사람들을 제쳐두고 마는 것이다. 유일한 차이점이 있다면 다른 사람을 사랑하는 마음에 관해서는 터놓고 이야기할 수 있지만, 누군가를 미워하는 마음에 대해서는 그럴 수 없다는 것이다. 내가 원한다면, 기분이 내킨다면, 언제든지 욜란다를 상찬할 수도 있을 것이다. 하지만 그녀에게 웃으며 나긋나긋하게 말하느니 차라리 마차에 내 시신을 싣고 섬을 한 바퀴 돌아달라고 하는 편이 나을 것 같다. 그런다고 해서 아무도 나를 비난하지 않을 테니까. 그걸 보고 사람의 도리가 아니라고 생각하는 이도 없을 테니까. 그렇지만 내가 오늘 전자레인지 문에 얼굴을 들이밀 수밖에 없게 된 수많은 이유를 그녀에게 큰 소리로 일일이 다 열거하지는 않을 거다. 내가 다시 한번 충동에 굴복하기를 거부하면서 버티고 있기 때문이다.

그렇다. 누군가를 미워할 때는 그가 시야에 걸리기만 해도 차오르는 혐오감을 꼭꼭 숨겨야 한다. 점잖고 성숙하게 감정을 억누르면서 마치 마음속에 증오심이라는 것이 존재하지도 않는 척해야 한다. 어떤 수를 써서라도 항상 감정을 숨겨야 한다. 누구도 그것의 존재를 알아차리지 못하고, 짐작조차 하지 못하도록 말이다. 증오심으로 인해 속이 쓰리고 때로는 눈이 침침해지는가 하면, 분노가 가슴속에서 끓어오르면서 목이 메고 입으로 신물이 올라온다고 해도 잘 견뎌내야 한다. 사랑과 마찬가지로 증오심도 언제나 가슴속에 도사리고 있다. 무슨 수를 써도 싫어하는 감정을 없앨 수는 없다. 결코 사라지지 않을 테니까.

사랑이 우리의 인격을 강화시키듯 증오도 우리를 강인하게 한다. 누군가를 사랑하면 더 좋은 사람이 되고, 누군가를 미워하면 더 나쁜 사람이 된다. 모든 감각이 살아나면서 사소한 부분들을 감지하는 재능도 예리해지고, 감정도 솟구친다. 일종의 황홀경인 셈이다. 증오 덕분에 나는 악에 대한 무한한 재능을 발견했다. 나의 관찰력은 날이 갈수록 더 날카로워졌으며, 나의 말은 대량 살상 무기로 둔갑했다. 원하지 않아도 증오심은 사람을 변하게 했다. 예전에는 내 감정 제어기가 어떤 상황에서든 돌아갔지만 이제는 먹통이 되어버렸다. 비난이나 트집을 더이상 견디지 못해 옥상에 숨어서 홀로 바나나를 먹는 사람이 되고 싶지 않은 순간이 누구에게나 찾아오기 마련이다. 대꾸하고 싶은 마음은 굴뚝같지만 자꾸 참고 넘기다보면 안에서 뒤틀린 것들이 살갗 밑에서 욱신거리게 된다. 하지만 계속 대응하지 않기로 한다. 그 사람과 똑같은 인간이 되지 않기 위해(사실 될 수도 있지만) 넘지 말아야 할 선을 지키겠다고 속으로 다짐한다.

그래서 나는 너무 뜨거워진 찻잔을 들고 탕비실을 나서면서 휴대폰으로 이메일을 읽는 척한다. 다음번에 탕비실에 갔을 때 아무도 없으면 욜란다의 찻잔을 모조리 꺼내 가장 높은 서랍 속에 집어넣어야지. 까치발을 하고 손을 최대한 위로 뻗어야 할 테니, 아무도 볼 수 없도록 높은 곳에 찻잔을 숨기는 데 10분 넘게 걸릴 거다. 그러고는 욜란다가 찻잔을 정말 찾을 수 있는지 한번 지켜봐야지. 이 정도는 선을 지킨 것 아니겠어?

13   2016년 12월

그 인간은 체크무늬 셔츠, 청바지 차림에 반스 스니커즈를 신고 휴대폰을 손에 든 채 나를 바라봤다. 나는 전날 산 브이넥티셔츠를 입고 있었다. 그는 내가 있는 곳까지 천천히 걸어오더니 내게 말을 걸었다. "보기보다 글래머시네!" 그는 마치 우리가 무슨 비밀을 나눈 것처럼 내게 묘한 미소를 지었다. 그가 어디로 가든지, 그곳에 도착하기 전에 뇌졸중으로 쓰러지면 좋겠다고 생각했다. 아니면 트럭에 치여 내 발 앞에서 묵사발이 되어버리거나. 앞으로 다시는 이 티셔츠를 입지 않을 것이다.

삐 하는 소리와 함께 사무실 출입문이 열렸다. 내가 일하는 칸막이 공간은 접수처 데스크 바로 뒤에 있어서 나는 늘 모든 사람을 등지고 있다. 내 앞자리는 항상 비어 있다. 그 자리로 옮기고 싶었지만 왠지 물어보기가 민망하고 쑥스러워서 그냥 참았다. 내가 일하고 있는 층에 들어가려면 지문 인식기에 손가락을 대야 한다. 처음 며칠은 재미있었지만, 이제는 성가셔 죽을 지경이다.

몇 년 전, 경리팀에서 일하던 어떤 직원의 전남편이 회사로 쳐들어와 내가 앉아 있는 바로 이 자리에서 소란을 피웠다. 그녀는 전남편의 전화를 일절 받지 않았고, 그가 집으로 찾아와도 문을 열어주지 않았다. 전처가 자기를 그렇게 피할 이유가 없다고 생각한 남자는 결국 사무실까지 찾아와 그녀에게 소리지르면서 협박하기로 결심했던 것이다. 그는 그녀가 기존에 갖고 있던 여벌의 출입증을 가지고 들어왔다. 결국 보안요원이 출동해 그를 끌고 나가야 했다. 접수처에서 일하던 여자는 근무시간에 출입자를 확인하는 대신 커피를 타고 있었던데다, 특정 직원이 회사 출입증을 두 개나 소지하고 있었는데 이를 상사에게 알리지 않았다는 이유로 해고되고 말았다. 경리팀에서 근무하던 그 직원도 출입증을 두 장 가지고 있었다는 사실을 상사에게 보고하지 않았으며, 이로 인해 동료 직원들을 위험에 빠뜨렸다는 이유로 해고당했다. 루시아 1과 루시아 2는 내게 이 이야기를 들려주면서 눈을 휘둥그레 뜨고 한심한 표정을 지었다. 그들은 슈퍼사우루스에서 근무하면서 그런 일을 처음 겪은 터라, 잔뜩 겁에 질렸다고 털어놓았다. 나는 고개를 끄덕이며 "다시 기억하기도 싫을 만큼 끔찍한 경험이었을 것 같다"고 맞장구를 쳐주었다. 하지만 의류 및 신발 코너의 탈의실 거울에 '학대와 폭력에 시달리는 여성이라면 용기를 내서 016으로 신고하라'는 스티커가 붙어 있다는 사실을 말하지 않았다. 누군가의 피해를 가십으로만 여기는 두 사람에게 더는 아무 말도 하지 않고 요구르트의 뚜껑을 뜯어 휴지통에 버린 다음, 내 자리로 돌아갔다.

오늘은 목요일이었다. 마티키는 회의가 연달아 네 번이나 있고, 욜란다도 오늘 너무 바빠서 내게 떠맡긴 일을 검토하며 꼬투리 잡을 겨를도 없었다. 나는 극히 중요한 서류 봉투―혹시라도 내가 잘못 알아들을까봐 아주 천천히 또박또박 설명해준 대로 표현하자면―를 배송하기로 한 MRW 택배 기사를 접수처에서 기다리고 있었다. 그걸 받아서 나중에 마티키에게 전달해야 했다. 또한 회의 사이에 시간이 나면 그 봉투 안에 들어 있는 계약서의 모든 페이지에 마티키가 서명하도록 해야 했고, 이를 다시 일일이 확인한 다음, 헤로니모 V. 마르티네스 델 피노 리에니라는 사람에게 보내야 했다. 내 친구들은 매일 흥미로운 일을 하면서 사는 반면, 나는 이런 자질구레한 일이나 하고 살았다.

"이럴 수가! 준법감시팀에 메리엠 말고는 아무도 없다니."

"아시겠지만, 며칠 전에 인사팀에서 개최한 워크숍에 다녀왔거든요." 나는 접수처에 들어온 오마르에게 말했다.

"직장 내 괴롭힘과 학대를 인지하는 방법과 그런 상황이 발생했을 때 대처하는 방법에 관한 워크숍이었죠."

그는 "그랬군요"라고 대꾸하고는 내 오른쪽 안락의자에 앉았다. 우리는 접수처 데스크를 마주보고 있었다. 힐끔 쳐다보니, 그는 다리를 쭉 펴고 등을 꼿꼿이 세우고 있었다. 그는 기운이 하나도 없는 것처럼 한숨을 내쉬었다. 나는 오늘 할일을 수첩에 하나하나 적으면서 미소 지었다.

"아주 흥미로운 내용이 많았어요. 그런데 당신이 방금 '준법감시팀에 메리엠 말고는'이라고 했을 때의 말투는 악의적이거나 모욕적으로 받아들여질 수 있다고요."

그가 웃었다.

"모욕적이라고요? 당신을 보고 반가워서 그런 것뿐인데요. 당신은 호의와 모욕을 혼동하고 있군요. 보세요, 저기 당신 보스가 오고 있네요."

새로 온 접수처 직원이 전화로 다음주 과일 주문 품목을 다시 확인하고 있었다. 바나나 70킬로그램, 사과 50킬로그램, 포도 8킬로그램….

"보스라뇨? 누굴 말하는 거죠?"

나는 그를 돌아보며 묻고는 그가 말한 사람이 누구인지 보려고 자리에서 엉거주춤하게 일어섰다. 그는 고개를 살짝 돌리며 욜란다를 가리켰다. 나는 눈살을 찌푸렸다. 오늘 '내 보스'는 누군가와 벌써 30분 동안이나 대화를 나누느라 여념이 없었다. 그녀는 지금 너무 바빠서 엄청 중요한 분에게 보내야 하는 극도로 중요한 문서가 든 매우 중요한 봉투를 처리할 여유 따위 없었다.

"저 사람은 팀장이 아니에요."

오마르와 내가 회사에서 나눈 첫번째 대화는 이렇게 끝났다. 두번째 대화는 회사 구내식당에서 배식을 받기 위해 줄서서 기다리는 동안 나누었다. 식사를 끝내고 오후 간식을 사려고 했는데 마침 잔돈이 없었다. 그때 오마르가 나서며 내 것까지 같이 계산하겠다고 했다. "우린 동료잖아요"라고 그가 말했고 나는 고개를 끄덕였다. 차분하고 냉정한 사람으로서 나는 그와 대화를 나눈 5분 동안 내가 한 말 하나하나가 다 혐오스러웠고, 의도치 않게 입에서 튀어나온 말 때문에 하루종일 허공에 발길질을 날렸다. 다음 날 아침, 나는 접수처 직원 뒤에 붙어 있는 커다란 회사 조직도에서 그의 사진을 찾아 그가 일하는 부서의 사무실 위치를 확인했다. 품질관리팀 팀장. 진짜 팀장이었네. 그에게 장난친 지난 회식자리가 떠올랐다. 그때부터 그를 피하기로 마음먹었다. 일단 나는 그에게 반짝거리는 2유로짜리 동전 두 개를 건넸다. 그날 하필이면 10유로짜리 지폐밖에 없었기 때문에 그는 내게 4유로를 빌려주었다. 나는 자존심이 강한 편이라 남에게 빚

지는 것을 지독히도 싫어했다.

"이제 다 갚은 거예요." 내가 말했다.

그 행동이 아무래도 그의 기분을 약간 상하게 만든 것 같았지만 주변 남자들의 감정을 고려할 여유까지는 없었다. 어쨌든 나는 그에게 그 돈을 갚았다. 이제 우리 사이에 돈 문제는 다 해결된 셈이다.

그후로 그는 항상 '안녕하세요'라든가 '잘 지냈어요'라든가 하는 인사도 없이 내게 다가왔다. 그러고는 스스럼없이 그날의 업무를 질문하거나 자신의 소감과 견해를 밝히기만 했다. 내가 커피를 마시다 그를 우연히 마주칠 때면 그는 내 곁에 앉았고, 내가 우연히 커피를 마시고 있는 그를 마주치면 나는 반사회적 인물로 비치기 싫어서 그와 함께 앉았다. 그의 모습을 보고 있으면 가끔 재미있기도 하지만, 드럼 세탁기처럼 머리가 빙빙 돌 때도 있었다. 내 친구 카르멘은 그 남자도 이 회사에서 일하기 싫어하는 것 같단다. 하지만 내 생각은 달랐다. 내 눈에는 언제나 자기 일에 충실한 사람으로 보였으니까. 그에게 직접 물어보고 싶었지만, 혹시라도 그가 남들 앞에서 내 흉을 볼까봐 물어볼 엄두가 나지 않았다. 나는 여기서 색깔도 없고, 카리스마도 없는 사람이 되고 싶었다. 그래야 여기서 안전하게 보호받는 느낌이 들었다.

"아무래도 욜란다가 당신을 잘못 대하는 것 같은데요."

그는 팔을 뻗어 손가락을 관자놀이에 대고 손으로 권총 모양을 만들어 자기에게 쏘는 시늉을 했다.

"'미리암'. 어쩌면 당신의 고충을 누군가에게 털어놓아야 할지도 몰라요."

"그랬다가 심한 고문이나 당하라는 거군요."

다양한 배경을 가진 사람들을 한데 묶어 폐쇄된 환경에서 하루에 여러 시간을 함께 보내게 하는데, 그때 교육 수준, 연령, 경력 등에 따라 각자에게 역할을 분담하고, 그들의 관계를 위계적으로 조직한다. 이제 문을 닫고 놀라운 일이 일어날 때까지 기다린다. 스탠포드의 한 감옥에서 행한 이 실험은 일반 회사에서 일어나는 일에 비하면 장난에 불과하다. 이 사람들 중 한 명에게 다른 이들을 통제할 수 있는 중간관리자급의 권한을 부여한다면, 그가 하룻밤 사이에 만화에나 나올 법한 악당으로 변하는 모습을 보게 될 것이다. 그는 부하들에게 모든 좌절감과 두려움을 쏟아부을 뿐만 아니라 자신이 요구받았던 것보다 두 배의 노력을 그들에게 요구할 것이고, 일이 잘 풀리지 않으면 부하들을 모질게 대하면서 절대 자신과 동등한 존재로 인정하지 않을 것이다. 이제 그 부하들 중 한 명에게 나머지를 통제할 수 있는 최소 권한을 부여해준다. 그리고 편안한 마음으로 그가 괴물이 되는 것을 관찰하라.

욜란다가 내 이름 철자를 단 한 번도 맞게 쓰지 않는 것만 보아도 그녀에게 내가 어떤 존재인지, 그리고 그녀가 나를 어떻게 바라보는지 알 수 있었다. 나는 그저 신참, 침입자, 인턴에 지나지 않았다. 처음에 나도 가능한 한 모든 수단과 방법을 동원해 욜란다에게 내가 쓸모 있는 존재가 될 것이고, 내 존재가 그녀에게 어떤 종류의 위협도 되지 않는다는 점을 알리려고 안간힘을 썼다. 지금도 여전히 그렇게 하고 있었다. 최소한의 공간을 차지하고, 그녀가 나타나면 바로 거기서 사라지는 등 최선을 다해 그녀를 피했다. 그런데 내가 아무리 열심히 자취를 감춘다고 해도 그녀는 항상 시시하고, 가장 쓸모없고, 사소하기 그지없는 일로도 자극받았다. 그녀는 내 옷차림은 물론, 내 말투도 마음에 들어하지 않았고, 내 업무 방식까지 좋아하지 않았다. 한마디로 그녀는 내 존재 자체를 영 탐탁치 않아 했다.

"여섯 글자로 된 이름 때문에 심각한 사회적 어려움을 겪고 있는 사람에게 조금이라도 보상해주는 시스템은 없을까?" 나는 아무도 듣지 못할 정도로 나직하게 중얼거렸다. 오마르는 처음으로 나를 바라보며 소리 없이 웃고 있었다.

"정말 지긋지긋하겠어요." 그는 재미있다는 듯 즐거운 표정을 지으며 이야기했다. "저는 어제와 오늘 이틀 사이에 총 89건의 사건을 접수했죠. 당신은 같은 사람에게 같은 문제에 대해 같은 절차를 몇 번이나 설명할 수 있을 것 같아요?"

"큰 소리 내지 않고요?"

나는 손가락으로 턱을 문지르며 고민하는 척했다.

"당연히 상냥하게 말해야죠."

"아, 호세 루이스 로드리게스 사파테로●처럼요? 민주주의가 배출한 최고의 눈썹이죠."

이번에는 그의 코에서 웃음이 새어나왔다. 그는 의자에서 일어나 내 쪽으로 돌아섰다.

"오늘밤에 우리 부서 직원들과 함께 한잔하러 갈 거예요." 그가 말했다. "난 어떤 일이 있어도 부하 직원들을 잘 대해줘야 해요. 나는 부서의 모든 것을 책임지는 사람이니까요."

"멋진 상사시네요."

"맞아요. 아주 중요한 사람이랍니다. 오늘 회식에 인턴 여사원들도 오기로 한 것 같으니, 괜찮다면 같이 가요."

"인턴 여사원들이라니요, 누구죠?"

"누구긴요, 여기서 일하는 여자 인턴들이죠."

"그 사람들은 이름이 없나요?"

● 스페인 사회노동당 소속으로, 2004년부터 2011년까지 총리를 지냈다.

분위기가 점점 싸해졌다. 갑자기 바보가 된 기분이었다.

"푸에르토리코행 91번 막차는 오후 9시 15분에 출발해요." 내가 설명했다. "지난번에 그 차를 놓치는 바람에 01번을 타야 했…"

"그 버스가 그렇게 별로예요?"

"01번을 타고 푸에르토리코까지 간다니까요?"

나는 역겨운 표정으로 입을 삐쭉 내밀었다.

"무사히 도착한다고 해도 정류장에 발을 딛는 순간, 뱃속에 든 것이 모두 올라올 거예요. 그 버스를 타면 먼 길로 삥 돌아가서 두 시간 넘게 걸린다고요."

오마르는 가볍게 고개를 끄덕였다. 그는 눈웃음을 짓는 사람이라서, 계속 눈을 마주치고 있기가 어려웠다. 반면 나는 눈살을 찌푸리거나 노려보는 것밖에 못했다. 일부러 그러는 게 아니라, 카나리아 사람이라서 그런 거였다.

"솔직히 말해 당신이 푸에르토리코 핑계를 꺼낼 때마다 웃음이 나요. 당신이 그곳 사람인 게 전혀 어울리지도 않는데다, 더군다나… 하여간 그렇다고요."

어느 날 오후, 푸에르토리코에 있는 부모님집 옥상에서 이런 생각들을 했다. 푸에르토리코는 아마도 스페인은 물론, 전 세계에서 가장 살기 좋은 지역일 것이다. 특히 여기서 햇볕이 가장 잘 드는 곳은 산봉우리가 무역풍을 막기 때문에 아늑함까지 준다. 잔잔한 바다, 차분하고 느긋한 사람들, 평균 기온이 25도로 1년 내내 봄 같은 날씨. 내 주장을 뒷받침하기 위해 몇 가지 근거를 제시하고자 한다. 한번은 공원에서 느긋하게 아이스크림을 먹고 있었는데, 남루한 차림의 아저씨가 내게 다가오더니 다짜고짜 내놓으라고 소리쳤다. 그때 나는 일곱 살인가 여덟 살밖에 되지 않았던 터라 너무 무서워서 그에게 아이스크림을 내밀었다. 나는 부모님에게 그 사실을 털어놓지 않았다. 괜히 말했다가 미련한 겁쟁이라고 내게 버럭 화를 낼 것 같아 두려웠기 때문이다. 우리 가족은 모두 카리스마가 넘치고 한 성깔 하는데다, 강인하고 매사에 적극적이며 엄격한 가정교육을 받고 자라 절도가 몸에 배어 있었다. 나는 누구를 닮아 이런지 정말 모르겠다. 요즘 들어 그 비렁뱅이 아저씨가 자주 생각났다. 어릴 때 자주 가던(비록 그네는 거지같았지만) 그 오래된 공원에서 아저씨는 빼앗아간 아이스크림을 맛있게 먹었을지 궁금했다. 그리고 그가 아직 살아 있을지도 궁금했다.

푸에르토리코는 나를 강하게 단련시켰다. 그건 내가 누구와 같이 유치원에 갔는지(물론 기억나지 않지만), 내 생애 첫 똥이 어떤 색깔이었지 훤히 알고 있는 두건 달린 젤라바* 차림의 이모들 덕분이기도 했다. 또 아침을 먹으며 스쿨버스를 기다리는 내내 어떤 외국인 관광객이 5미터 떨어진 곳에서 먹은 음식을 다 토해내는 광경을 목격해야 했던 경험도 나를 강하게 만들었다. 그런 날이면 하루종일 그 냄새가 사라지지 않아 죽고 싶은 심정이었다. 하지만 사람은 쉽게 죽지

● 남녀 공용의 모로코 전통 의상으로, 길고 헐렁한 로브 형태이며 태양과 모래바람을 막기 위해 두건이 달려 있다.

않고, 나를 죽이지 못한 고통은 나를 더 강하게 만들 뿐이었다. 몇 년 전 자신이 사피오섹슈얼*이라고 밝힌 남자와 헤어진 적이 있다. 솔직해지자면, 말은 하지 않았지만 그가 나를 찬 것과 다름없었다. 그 남자는 내가 스스로 결단을 내릴 때까지 말없이 나를 지치게 만들었다. 그는 사람의 육체가 아니라 지적 능력에 매력을 느꼈다. 육체는 혐오해도 뇌의 회로에 대해서라면 꽤 자신 있는 나에게 오히려 더 편한 상대였다. 그는 완벽주의와 지나치게 정직한 성격이 자신의 가장 큰 결점이라고 말했다. 그는 부모님과 함께 살고 있었고, '노동자 계급에 속하는 사람들이 흔히 저지르는 오류'에 대해 많은 견해를 가지고 있었다. 나는 결코 혁명적인 사람도 아니었던데다, 그런 전망을 가지고 있지도 않았다. 가끔은 그를 보면서 스스로에게 질문하곤 했다. '쇼비니스트**를 쇼보니스트라고 말하는 이 얼간이랑 대체 뭘 하려는 거지?' 사랑에 관해 내가 가지고 있는 문제점은 언제나 이런 표정을 짓고 만다는 것이다. 항상 그랬다. 팔짱을 끼고 고개를 오른쪽으로 기울인 채(실제로 나는 청각에 문제가 있어서 균형 감각이 좋지 않다) 말없이 앞사람을 바라봤다. 내 친구 테레사는 그런 내 얼굴을 보고 판사처럼 엄격하고 근엄한 표정이라고 했다. 그 남자는 나 말고 아무도 읽지 않을 것 같은 블로그에

●　지성인에게 성적으로 끌리는 사람.
●●　다른 민족이나 사회 집단에 대해 배제적이고 적대적인 태도, 즉 쇼비니즘을 가지고 있는 사람.

가끔 글을 쓰곤 했다. 나는 그의 블로그에 대해 아무한테도 말하지 않았다. 지금도 그 생각만 하면 수치스러워 견딜 수가 없다. 우리가 헤어졌을 때에도 나는 죽을 만큼 슬펐지만 죽지 않았다. 사실 사랑 때문에, 아니면 어떤 기분이나 감정 때문에 죽는 사람은 없다. 나는 살면서 누군가를 사랑한 적이 한 번도 없는 것 같다. 그냥 있는 그대로의 나에게 만족하고 살았을 뿐이다. 그게 그렇게 이상한 일인가? '뇌섹녀가 취향' 같은 소리 하네, 빌어먹을 사피오섹슈얼 자식. 그런데 그 자식이 쓴 글의 오탈자를 고쳐준 게 바로 나였다.

내 생각에 푸에르토리코 출신이라는 것은 바로 이런 사람을 의미한다. 어떤 일이 있어도 절대 죽지 않는 사람.

가끔 91번 버스는 싸구려 호텔 바로 옆에 있는 발리토해
변을 따라 오래된 커브 길을 전속력으로 달렸다. 그때마다
나는 버스 기사가 잠깐이라도 방심하면 어디로 튕겨 나가게
될지 보지 않으려고 눈을 감고 앉아 있었다. 발리토에서 푸
에르토리코까지는 눈 깜짝할 새에 도착하지만, 버스가 절벽
을 따라 구불구불한 길을 달릴 때마다 결국 바다로 굴러떨어
져 내가 가라앉은 곳 위에서 서럽게 울고 있는 부모님을 상
상했다. 근조 화환, 가장 잘 나온 사진으로 고른 영정 사진,
'삼가 고인의 명복을 빕니다' 문구와 함께.

버스 라디오에서는 로스 사반데뇨스와 로스 고피오네스가 부른 〈우리는 해변에 사는 사람들〉*이 흘러나왔다. 오래됐다고 비꼬는 게 아니라 나는 정말 로스 사반데뇨스의 노래를 좋아한다. 게다가 내가 갔던 댄스 파티에서 그들의 노래가 빠진 적도 없었다.

　나는 첫 월급을 타자마자 축하 케이크를 샀고 스포티파이 요금제를 프리미엄으로 업그레이드했다. 시도 때도 없이 튀어나오는 거지같은 광고들에 진절머리가 났기 때문이다. 광고주들은 빈털터리를 괴롭혀도 되는 줄 아는 모양이다.

　관광객들은 부서지는 파도, 단단한 검은 바위, 바다를 떠다니는 관광 보트, 돌고래가 어우러진 경치를 좋아하지만, 나는 물에 빠질 생각만 해도 등골이 오싹했다. 하지만 91번 버스에 올라타 있으면 저 바다에서 생을 마감한다고 해도 전혀 이상할 게 없었다. 버스가 섬의 복잡한 지형을 시속 50킬로미터로 달리면 현기증이 났고, 특히 버스 앞에 아드레날린에 중독된 자전거 타는 사람이 한두 명 있으면 더 어지러웠다. 비스 기사는 손가락으로 핸들을 두드리고 있었다. 그가 시속 1킬로미터만 더 밟거나, 순간 방심하거나, 잠깐 실수라도 하면 재앙이 일어날 게 뻔했다.

● 로스 사반데뇨스는 1965년에 결성된 카나리아의 음악 그룹으로 전 세계적인 명성을 얻었다. 로스 고피오네스는 1968년에 결성된 카나리아 민속 음악 그룹이다. 〈우리는 해변에 사는 사람들〉은 이 두 그룹의 공동 앨범인 《만타 이 에스메냐》(2014)에 수록된 노래다. 작은따옴표에 들어간 문장들은 이 노래 가사다.

'우리는 해변에 사는 사람들. 돛을 내리지.'

내가 자란 곳에는 산 비탈면을 빼곡히 채운 호텔들이 능선을 따라 끝없이 이어져 있다.

'오늘 우리는 노래 부르지 않아. 오늘은 큰 소리로 알리고 다닐 거야.'

설명을 덧붙이자면… 해변을 따라 야자수가 나 있고, 1년 365일 그늘에 있어야 할 정도로 무덥고, 관광객들은 거의 벌거벗은 채로 거리를 활보하는 곳. 주민 한 명당 선택할 수 있는 중국 음식점이 세 곳이나 있고, 알베르토 치코테*를 7층에서 뛰어내리게 할 정도로 괜찮은 스페인식 타파스 바도 있고, 아일랜드 펍은 섬에 사는 아일랜드인들보다 많고, 미니골프장 두 곳은 파산 직전이고, 레크리에이션 시설은 2001년 이후로 전혀 수리되지 않는 곳. 버스 정류장도 하나, 우체국도 하나인 곳.

'어부는 쉽게 속아 넘어가지 않는다네, 친구여. 싸울 줄 아는 바다 생선이니까.'

학교도 하나밖에 없고, 슈퍼마켓 세 곳 중 두 곳은 익스프레스인 곳. 대체 관광객들이 제대로 된 인프라 하나 없는 이곳을 왜 찾아오나 싶다. 모든 게 저렴해서 돈만 내면 왕처럼 모든 걸 누릴 수 있는 곳, 관광객들의 즐거움을 위해 지자체

● 스페인에서 스페인 퓨전 요리의 선구자로 유명한 셰프.

직원들은 기꺼이 주민들에게 해를 끼치면서까지 모든 걸 준비하는 곳, 환경을 파괴하면서까지 관광객들을 만족시키려고 애쓰는 곳, 바로 그런 곳이니까 놀러오는 거겠지. 해변은 갈수록 좁아졌고, 산도 점점 작아졌다. 항상 손을 뻗은 채 허리를 구부리는 즐거운 관광객놈들이 계속 이곳에 찾아와, 우리 발 앞에 5센트를 던지는 걸 잊지 말기를 바랄 수밖에 없다.

그들이 가을과 겨울 내내 헐값으로 빌린 방갈로 앞에 최고급 대학병원이 있는데, 굳이 동네 보건소를 찾는 이유는 뭘까? 은퇴한 북유럽인의 서민체험, 아니면 평범한 사람의 쓸데없는 배려 때문이려나?

'그건 내 잘못이 아닐세, 친구여.'

나는 주방에 서 있다가 셔츠 밑단에 난 구멍을 발견했다. 옷에 구멍난 줄도 모르고 하루종일 직장에서 뛰어다녔던 터라 갑자기 조금 부끄러워져서 구멍을 손가락으로 만지작거렸다. 내가 슈퍼사우루스 본사에서 인턴으로 근무한 기간은 길고도 짧은 시간이었다. 매일 아침 출근할 때마다 내 가치가 의문스러웠고, 매일 오후 내가 아무 짝에도 쓸모없는 인간이라는 결론에 도달할 때마다 당장 그만두고 싶었다. 근무 시간은 오전 9시부터 오후 3시까지인데, 퇴근할 때면 이상한 죄책감이 점점 더 많이 쌓여 등에 흘러내리는 것 같았다. 가방을 챙길 때는 자꾸 동료들의 시선이 느껴졌다. 몇몇 동료들이 "운이 참 좋으시네요"라고 한마디 툭 던지면, 나는 어색한 미소를 지으며 "그렇죠"라고 대답했다. 그런데 뭐가 운이 좋은 건지, 내가 그들보다 두 시간 먼저 퇴근한다는 사실 외에 무슨 말을 하려는 건지 모르겠다.

주 5일, 하루에 여섯 시간씩 일하니까, 주 30시간 근무한 셈이다. 다시 말해 매달 120시간 일하고 500유로의 금전적 보상을 받았다. 나는 지금 스물다섯 살이고, 부모님에게 얹혀살고, 저축한 돈이나 내 명의로 된 자산 따위 없고, 3~4개월 앞을 내다보는 계획조차 없었다. 월급 500유로로 버스 정기권(50회에 152유로)을 충전하고, 휴대폰 요금과 스포티파이 구독료를 낸 다음, 책 한 권이나 일할 때 입기 좋은 셔츠처럼 갖고 싶은 물건을 샀다.

쓰고 남은 돈은 필요한 일이 아니면 절대 건들지 않겠다고 다짐하며 조금씩 모았다. 인턴 기간이 끝나면 물류팀의 모든 여자 인턴들이 하나둘씩 쫓겨난 것처럼 나도 잘릴 테니까. 첫번째 여자 인턴은 일을 못해서, 두번째는 영어 실력이 시원찮아서, 세번째는 심한 압박감에 시달리느라 업무를 제대로 처리하지 못해서 해고됐다. 이제 네번째 인턴 차례였다. 자기 책상 위에 셀린 백을 떡하니 놓아둔 직원이 "운이 참 좋으시네요"라고 중얼거리던 말을 떠올릴 때마다 나는 열 받아서 얼굴이 붉어졌다. 송아지 가죽으로 만든 저 핸드백은 1988유로나 하지만, 그녀의 말마따나 운좋은 나는 회사 근 처에서 자취할 여유가 없어 매일 아침 세 시간씩 대중교통을 타고 출근해야 했다. 게다가 자라 베이직셔츠에 구멍난 채로 몇 시간 동안이나 이 회의 저 회의에 들어가고, 이 일 저 일 하느라 여기저기 돌아다녔는데…. 나는 정말 운이 좋은 사람 이다.

"왜 그래?"
엄마는 아몬드를 자르다 말고 나를 유심히 살폈다.
"아무 일도 아니야. 그냥 멍 때렸어…."
나는 조리대 위에 팔을 기대고 몸을 앞으로 기울였다.
"몰라. 좀 지친 것 같아."
'지쳤다'는 단어를 어떻게 말해야 할지 모르겠어서 잠시 뜸들이다 문장을 마무리했다. 나는 스페인어와 아랍어 중 어 떤 언어로 생각하는지 전혀 의식하지 못했지만, 대화 주제에 따라 둘 중 하나를 선택한다는 건 알고 있었다. 대체로 보다 더 기술적이고 정확하게 표현하려 할수록 스페인어로 말하 게 됐다. 아랍어로 된 개념이 머릿속에 아무리 많아도 정작 단어가 기억나지 않았기 때문이다.

"왜 그래, 무슨 일 있었어?"

엄마가 앞치마에 손을 닦으며 나를 쳐다봤다.

얼마 전, 언젠가 시간이 지나면 부모님이 내가 좋아하는 음식을 만들어주지 못할 거라는 사실을 깨달았다. 그러면 음식을 준비하는 방식도 부모님과 함께 사라지고, 나도 슬픔에 잠겨 사라질지도 모른다. 하지만 내 아이들에게 그 레시피를 전해주고 싶었다. 오래전 할아버지, 할머니가 부모님에게 알려준 것처럼, 나도 아이들에게 어떻게 음식을 만드는지 알려주고 싶었다. 그래서 나는 부모님이 브리왓*, 체바키아**, 르가이프***를 만들 때 자세히 관찰한 후, 레시피를 수첩에 적어두기로 했다. 하지만 오늘은 셔츠에 난 구멍 때문에 레시피를 기록할 여유 따윈 없었다.

"회사에서 나한테… 못되게 구는 사람이 있어. 나를 아예 없는 사람 취급하지를 않나, 일을 할 때도 나만 따돌리지를 않나. 심지어 말할 때 나를 쳐다보지도 않는다니까. 아무도 나를 달갑게 여기지 않는다는 사실을 알려주려는 것처럼 말이야. 확실하진 않지만. 최근에 여행을 다녀와서는 마티키, 빅토르, 오테로한테는 선물을 돌리더라고. 나 보는 앞에서

* 고기나 생선, 새우로 속을 채우는 모로코식 페이스트리.
** 밀가루, 오렌지꽃수, 사프란, 아라비아검, 아니스, 참깨, 아몬드가루를 섞어 튀긴 과자로, 주로 라마단 기간 동안 먹는다.
*** 모로코, 알제리, 튀니지 등 북아프리카에서 흔히 먹는 전통 전병.

그 사람들한테만 선물을 줬다니까."

엄마는 내게 꿀 한 병을 가져오라고 손짓했다.

"…알았어."

"나한테는 아무것도 안 주더라고."

나는 울지 않을 거다, 절대. 눈물이 쏟아지지 않도록 신경
쓰며 엄마가 그릇에 꿀을 조심스럽게 채우는 것을 지켜봤다.
다른 가족들처럼 안경을 쓰고 자세도 좋지 않은 우리 엄마.
엄마는 손맛 좋은 요리사이자, 훌륭한 요리사의 딸이었다.
누군가 이런 말을 꺼낼 때마다 엄마는 마음만 먹으면 누구나
요리를 잘할 수 있다고 딱 잘라 말했다. 물론 나는 엄마의 말
에 동의하지 않았다.

"처음부터 그랬니? 지금껏 우리한테 한마디도 안 했잖아."

"엄마한테 어떻게 말해. 그럼 내가 '오늘 저녁에 탁투카*
먹자, 근데 마흔여섯 살이나 된 여자가 직장에서 나를 못살
게 굴어. 정말 말도 안 돼'라고 해?"

엄마는 다시 앞치마에 손을 닦으며 나를 쳐다봤다. 엄마
도 나처럼 심각한 표정을 지었다.

"또다른 일은 없었니?"

"그 여자가 내가 며칠 동안 고생해서 만든 보고서를 그대
로 복사해서 마치 자기가 만든 것처럼 위에 보고했어. 나야

● 토마토, 피망, 마늘, 구운 파프리카, 올리브 오일로 만든 모로코 전통 요리.

상관없지만, 위에다가는 처음부터 끝까지 자기가 했다고 말한 것 같아. 그 여자한테 그건 내가 고생해서 만든 거라고 따지고 싶었지만, 차마 입이 떨어지지 않더라고."

"뭐라고? 그나저나 이것 좀 도와주렴."

나는 꾸물거리며 싱크대로 걸어가 손을 씻고, 엄마 옆에서 튀긴 체바키아에 꿀을 부었다.

"음… 그게 다야. 그러니까 그 여자가 내 보고서를 훔쳐서 마티키에게 건넸다고. 내가 아니라 본인이 작성한 것처럼."

나는 그때 왜 입도 뻥긋하지 못했는지, 인상 쓰며 나를 없는 사람 취급하는 것 외에는 아무것도 못하는 사람한테 왜 질질 끌려다녔는지 5일 내내 고심했다. 그때 나는 믿을 수 없다는 표정으로 자리에 앉아 그녀가 포탄으로 폭격하듯 나를 짓밟도록 가만히 내버려두었다. 그녀의 뻔뻔함에 놀라 내 상식으로는 도저히 이 상황을 이해할 수 없었기 때문이다. 그저 무기력하게 그녀가 내 보고서를 훔쳐가는 것을 바라볼 수밖에 없었다. 그날 집에 돌아오자마자 방 안에 틀어박혀 베개에 얼굴을 파묻은 채 고래고래 소리를 질렀다. 분노가 차츰 가라앉자 눈물이 나왔다.

"그런데도 넌 한마디도 안 했잖아."

"그럼, 엄마. 나더러 어쩌라는 거야? 사람들 앞에서 그녀에게 '빌어먹을 도둑놈'이라고 소리라도 지를까?"

"입이 너무 거친 것 같구나."

"미안."

만약 상담 치료를 받으러 가면 심리 치료사의 엄청 비싼 가죽소파에 반쯤 누운 다음, 왜 나는 항상 나한테 일어나는 일이 대수롭지 않은 척하려는 건지 물어볼 것이다. 나는 어떤 일로 상처를 입어도 웃어넘길 수 있을 정도로 상처를 가볍게 여겼다. 반대로 어떤 성취나 성공을 이루어도 최대한 그것을 대수롭지 않게 여기려고 했다. 순전히 운이 좋아서, 아니면 내가 누군가를 속여서 그렇게 된 것뿐, 나는 성공을 거둘 만한 능력도 없고, 나를 유능한 사람으로 보는 건 크나큰 착각이라고 둘러댔다. 겸손하고 신중하다고 생각할 수도 있겠지만 실제로 그런 사람은 좋은 일을 있는 그대로 받아들인다. 반면 나는 괜히 이것저것 따지면서 나 자신을 들볶지, 절대 즐겁게 받아들이지 않았다.

"대체 어떻게 된 일인지 나도 모르겠어."

나는 체바키아를 하나씩 쟁반에 올려놓으며 말했다.

"난 그 여자한테 아무 짓도 안 했어. 출근 첫날부터 이유도 없이 나한테 화를 내더라고. 하여간 정상은 아니야. 탕비실에 들어왔는데 나밖에 없으면 인사도 안 해. 그런데 다른 사람이 들어오잖아? 그럼 눈 깜짝할 사이에 사람이 180도 변해서는 활짝 웃고, '안녕? 좋은 아침이에요. 잘 지냈어요?' 하면서 호들갑을 떤다니까. 그리고 내가 일하는 층으로 내려오면, 모든 직원들에게 두 번씩 비주®를 해준다고. 나만 쏙 빼고. 그 여자 눈에는 내가 보이지도 않나봐. 물론 비주를 받고 싶지도 않아. 안 그렇겠어? 아무튼… 이해할 수 없는 것 투성이야."

"그럼 그 사람은 매일 모든 직원들에게 두 번씩 비주를 한다는 거니?"

엄마는 인상을 살짝 찌푸리더니 잠시 멈춰 나를 봤다.

"몇 살이나 먹었다고?"

"마흔여섯이야, 엄마. 마흔여섯 살!"

나는 입술이 부르르 떨려서 고개를 돌렸다. 나는 울지 않을 거다. 이딴 일로 울지 않겠다고. 하지만 어느 틈에 눈물 한 방울이 반짝하더니 이내 눈물이 뚝뚝 떨어졌다. 재빨리 소매로 눈을 닦았지만 엄마는 이미 눈치챘다. 삼 남매 중 장녀로서 이렇게 사소하고 하찮은 일로 눈물을 보여서는 안 되는데…. 엄마는 두 팔로 나를 감싸더니 꼭 안아줬다.

"메리엠, 네가 여기서 우는 동안에도…" 엄마가 나직한 목소리로 입을 열었다. "그 여자는 집에서 편안하고 행복하게

● 프랑스, 스페인, 이탈리아 등 유럽에서 자주 쓰는 인사법으로, 상대방과 짧게 양쪽 볼을 번갈아 대는 게 특징이다. 서로 볼에 뽀뽀하는 것처럼 보이기도 한다.

쉬고 있을 거야."

율란다가 집에서 잠옷 차림으로 드라마 〈수사팀〉이나 보면서 울고 있는 모습을 상상만 해도 웃음이 절로 나왔다.

"그 일에 대해 아무 말도 하지 않을 거라면, 네가 그녀의 게임에 참여하는 수밖에 없어."

마지막 체바키아에 꿀을 다 뿌린 후, 쌓인 체바키아들 위에 참깨를 뿌렸다. 나는 체바키아를 놓는 엄마의 손놀림을 하나하나 지켜봤다.

"진짜 마녀로 변하는 게임에 말이야?"

"아니, 너를 바보 취급하는 게임에. 그 여자가 너를 바보라고 생각해? 그럼 계속 그렇게 생각하도록 내버려둬."

나는 손가락 끝을 핥았다. 그제야 셔츠에 난 구멍이 기억났다.

"하지만 난 이미 그렇게 하고 있는걸. 그다음에는 어떻게 하는데?"

체바키아를 하나 집으려고 팔을 뻗는 순간, 엄마는 내 팔을 툭 치면서 고개를 저었다.

"그러고 나서… 어느 날, 그 여자가 전혀 예상치 못한 순간에 조용히 그녀의 코를 납작하게 만들어주는 거지."

엄마는 눈썹을 치켜떴다.

"어쨌든 인턴십 기간이 끝나면 회사에서 너를 붙잡을지 잘 모르겠구나. 만약에 네가 정규직으로 채용된다면 그 여자가 어떤 표정을 지을지 한번 생각해보렴."

물론 나는 어떤 희망도 기대도 하지 않았지만, 만약 내가 정규직이 된다면 욜란다가 지을 똥 씹은 표정을 10분 동안 떠올렸다.

그란카나리아를 둘러보면 여기도 초록색, 저기도 초록색이지만 간간이 파란색, 노란색, 밤색도 섞여 있다. 곳곳에 돌, 계곡, 산, 버스, 산속 호텔, 해변의 호텔도 널려 있다. 산과 바다 사이에 호텔들이 넓게 펼쳐진 곳, 관광객이 실질적 주인 노릇을 하는 곳, 땅이 너무 변질되고 타락해서 누군가는 호텔들이 처음부터 이 땅에 있었고, 그 호텔들이 매일 카나리아 바나나 보조금*(1킬로그램당 169유로)을 섞은 소금물을 먹고 자란다고 생각할지도 모르는 곳. 그란카라니아는 바로 이런 곳이다.

● 카나리아제도는 농업 생산을 지원하기 위해 바나나 생산자에게 지원금을 지급하고 있다.

그란카나리아, 특히 남부에서 태어나 자라면 어떤 경우에도 낙담하지 않고, 냉소주의를 모국어로 삼는 다소 야만적인 인간으로 변해버린다. 이곳 현지인들은 여섯 살만 되어도 스쿨버스를 기다리며 앉아 있는 벤치 옆, 자기 토사물 웅덩이에서 곯아떨어진 어른들에 익숙해지기 때문에 웬만한 일로 그들에게 충격을 주기란 쉽지 않다. 몸은 어린아이라 할지라도, 정신적으로는 전쟁을 여러 번 겪은 사람이나 다름없다.

여기는 지하철이 5분 간격으로 운행되는 마드리드가 아니라, 운이 좋으면 91번 버스가 한 시간에 한 대씩 지나가는 곳이다. 마드리드 사람들은 역이 붐비는데다 사람들도 너무 많고, 5분은 너무 긴 시간이니까 이해해주면 좋겠다고 하지만… 내가 볼 땐 배차간격 5분이 정상적이진 않다. 아무튼 라스팔마스에서 푸에르토리코까지 총 73킬로미터다. 수도인 라스팔마스에서 일이나 공부를 하려면 월요일부터 금요일까지 매일 엄청난 이동 거리를 감수해야 한다. 세 시간 넘게 버스를 타고 다니다보면 기진맥진해서 도저히 견딜 수 없는 지경에 이른다. C. 탕가나는 리무진에서 울겠지만[*], 금요일 오후에 나는 버스 앞자리에 앉아 있었다. 얼었던 생선이 녹는 듯 비린내를 풍기는 한 아주머니가 주변에 널린 빈자리가 다 마음에 들지 않았는지 내 옆에 붙어앉았다. 나는 간발의 차

---

[*] C. 탕가나는 스페인 출신의 유명 래퍼이자 싱어송라이터로, 〈리무진에서 울다〉(2018)라는 히트곡을 발매했다.

로 놓친 앞차를 떠올리며 속으로 분통을 터뜨렸다.

카나리아인이 된다는 건 단순히 그 지역에서 태어나는 것이 아니라 삶의 방식, 더 나아가 하나의 철학을 어릴 때부터 배우게 된다는 뜻이다. 카나리아인은 결코 화내지 않고 스트레스를 받지 않으며, 무엇보다 사람을 섣불리 판단하지 않는다는 철학. 그래서 당신이 열두 살일 때, 열네 살이나 열다섯 살짜리 비행 청소년들과 같은 반이 되거나 그중 임신한 여자아이들이 세 명이나 있다고 한들, 그것은 별 대수가 아니다. 어쨌든 그들도 카나리아인이다. 그저 체육 시간에 실수로 그 여자아이들에게 공을 맞출까봐 두려워하며 남은 학기를 보낼 뿐이다. 임신을 했든 팔 하나가 절단되었든 체육 시간에 다 같이 피구를 하는 것보다 더 카나리아인다운 건 없다. 그러다 열다섯 살 때, 섬의 남부지역은 관광객들이 돌아다니는 곳과 당신이 속한 곳으로 나뉜다는 사실을 깨닫는다. 당신이 사는 남쪽에서는 책상이 교실에서 마구 날아다니고 학교 정문 앞에 항상 경찰차 다섯 대가 서 있는가 하면, 가끔 농구장 부근에 이상한 아저씨가 나타나 자기 성기를 주물럭거린다. 경찰과 아저씨는 한 번씩 서로를 힐끗 쳐다보고 눈치만 보다가 결국 못 이기는 척 경찰이 아저씨에게 접근 금지 명령을 내린다.

당신은 마음속에서 무언가가 죽어가고 있다는 느낌을 받겠지만, 이미 여러 차례 전쟁터에 나갔다가 살아 돌아왔으니, 그 무엇도 당신을 건드리거나 무너뜨릴 수 없다. 따라서 당신이 또 간발의 차로 버스를 놓쳐도 자포자기하거나 큰 소리로 불평을 늘어놓기는커녕, 얼굴색 하나 변하지 않는다. 평소처럼 정류장 벤치에 앉아 가방에서 책을 한 권 꺼낼 뿐이다. 그렇게 꾹 참았다가 두 시간 후, 마침내 집에 도착하면 베개에 얼굴을 파묻고 소리를 지를 것이다.

기분 상하게 했다면 사과드립니다

작품: 슈퍼사우루스 (라스팔마스 2지구)

등장인물: 리히아, 파트리시아, 페데리코, 케빈

태그: [트리거 워닝•] 인종차별

카테고리: 일반

단어 수: 600자

동료들은 리히아에게 자신을 변호할 기회조차 주지 않은 채, 그녀를 비난했다. 그녀가 휴게실에 들어가자마자 그들은 뒤에서 수군거렸다. 그녀는 동료들에게 인종차별주의자라고 낙인이 찍혔다. 그녀가 별 생각 없이 농담으로 "여기 마추픽추•• 좀 봐"라고 내뱉은 건 사실이지만. 그녀는 누가 그 사실을 누설했는지, 누가 과장한테 고자질했는지 몰랐다. 언젠가는 알게 되겠지만. 아무튼 그녀는 이렇게 말했다.

"제가 해서는 안 될 말을 했다는 걸 알고 있어요. 기분 상하게 했다면 사과드립니다. 하지만 그냥 농담으로 한 말이었어요. 저를 인종차별주의자라고 부르시는 건 너무 지나치다고 생각해요."

최근 들어 리히아는 어떤 말도 입 밖으로 꺼내지 못해 모든 게 불쾌했다. 그녀는 유머 감각이 있었지만 동료들은 유머러스하진 않은 듯했다. 요즘 세상에 머리가 회까닥 돌지 않고서 누가 감히 흑인이니, 중국인이니, 동성

• 　트리거 워닝(Trigger Warning)은 트라우마를 가진 사람들을 고려해 트라우마를 자극할 만한 소재나 스토리가 있음을 알리는 경고 표시이다.
•• 　마추픽추는 페루 중남부 안데스산맥에 위치한 잉카의 성곽 도시인데, 여기서는 남아메리카인을 비하하는 표현으로 사용된다.

130

애자니 놀릴 수 있겠는가. 당연히 다 농담이지.

휴게실의 첫번째 줄에 앉아 있던 케빈이 말했다.

"리히아, '기분 상하게 했다면'이라는 전제를 붙이고 사과하는 건 진정한 사과라고 볼 수 없어요."

"알았어요. 죄송해요, 여러분. 제가 잘못했다고요. 무릎이라도 꿇을까요?"

"목소리 높이지 말아요. 당신은 항상 소리부터 지르고 보더라고요."

갑자기 노크 소리가 들리는 바람에 대화가 중단되었다. 과장은 몹시 화가 난 듯 팔짱을 낀 채 붉으락푸르락한 얼굴을 하고 있었다.

"더이상 이런 일로 소란 피우지 마세요. 오늘 할일이 산더미같이 쌓여 있는데, 여기서 보모 노릇 하느라 손도 못 대고 있잖아요. 한 번만 더 큰 소리 냈다가는 다 쫓겨날 줄 알아요. 회사는 유치원이 아닙니다."

리히아가 어깨를 으쓱하며 말했다. "그냥 한마디했을 뿐이에요."

"알았으니까 조용히 하고 자리에 앉아요."

리히아는 인상을 찌푸리는 바람에 얼굴이 건포도처럼 쪼그라들었다. 그녀는 입을 벌렸다 다물고, 얼굴을 더 찡그리다 결국 플라스틱 의자에 앉았다.

"그럼 위에서 보내준 영상을 보겠습니다. 인종차별 문제는 영상을 다 보고 나서 논의하도록 해요. 영상이 끝나고 나면요. 하지만 시청하는 동안에는 절대 말하지 마세요. 알겠죠?"

직원 열세 명이 일제히 대답했다. "네, 파트리시아 과장님."

"좋아요."

파트리시아는 몸을 돌려 벽에 내장된 텔레비전을 켰다. 화면에 검은 손과 하얀 손이 서로 맞잡고 있는 장면이 나왔다. 그러자 '인종차별이란 무엇일까요?'라는 음성이 흘러나왔다. 영상에서 사우리토가 텔레비전 앞에 있을 모든 사람들에게 미소를 지어 보였다. 그의 망토는 바람에 펄럭이고 태양이 머리 위로 타오르고 있었다. '콤피사우루스들이여●!' 그는 자그마한 손을 그들을 향해 뻗었다.

'오늘은 인종차별에 관해 이야기해볼게요.'

상영 시간은 36분이었다. 작별인사를 나누기 전에 사우리토는 다시 입꼬리를 올렸다.

'콤피사우루스 여러분, 꼭 기억하세요. 우리가 어디서 왔는지는 전혀 중요하지 않아요. 다만 우리가 어디로 가는지가 중요할 뿐이죠. 다 함께!'

"다 끝났어요. 혹시 질문 있나요?" 파트리시아는 모두를 둘러보며 물었다.

리히아가 손을 들었다.

"네, 리히아. 말해봐요."

"흑인도 인종차별주의자가 될 수 있나요?"

"네? 피부가 검어도 인종차별주의자가 될 수 있겠죠. 영상 다시 틀까요?"

"그런데 왜 피부가 검다고 하시는 거죠? 누군가를 흑인이라고 부르는 게 인종차별인가요?"

"어떤 식으로 말하느냐에 따라 다르겠죠. 그렇지 않나요?" 뒤쪽에 있는 누군가 말했다. 파트리시아는 리모컨을 탁자 위에 올려놓았다. 이윽고 모두

● 콤피는 짝이나 친구를 뜻하는 접두어다.

를 향해 돌아섰다.

"페데리코, 이 문제에 대해서 어떻게 생각하는지 말해줄래요?"

리히아보다 두 줄 뒤에 있던 페데리코는 자리에서 일어났다. 그는 침을 꼴깍 삼켰다.

"글쎄요, 잘 모르겠는데요…. 하지만 어떤 상황이냐에 따라 다를 것 같아요."

"하지만 당신은 흑인인데, 어떻게 모를 수 있죠?"

"리히아." 파트리시아가 고함을 질렀다. "이제 그만해요. 영상을 다시 보도록 합시다."

"그만 봐도 되겠는데요." 누군가가 투덜거렸다.

"조용!" 파트리시아는 다시 텔레비전을 켰다.

리히아는 자리를 박차고 일어나 텔레비전을 주먹으로 친 후, 당장 이 빌어먹을 회사를 때려치우겠다고 다짐했다. 하지만 그녀는 자리에 앉은 채 36분 동안 조용히 다시 영상을 보았다.

　　회사에서 내 주업무는 전화 받기, 메시지 전달하기, 이메일 답장하고 전달하기, 영국인, 프랑스인, 독일인들과의 회의에서 회의록 작성하기(슈퍼사우루스는 사업을 확장하고 있었고, 대서양을 건너 언젠가 세계를 정복할 것이다), 문서 스캔하기, 복사하기였다. 마지막 두 가지는 욜란다가 가장 좋아하는 업무였다. 그녀는 매일 내게 엄청난 양의 문서를 복사하라고 시켰다. 나는 수천억 장의 문서를 복사하고 종류별로 정리한 다음, 한 콜롬비아 남자가 올려놓은 유튜브 동영상을 따라 문서들을 제본했다. (나는 그에게 큰 신세를 졌다. 부디 하느님께서 자비를 베푸셔서 그가 큰돈을 벌 수 있게 해주시길.) 유튜브가 알려준 대로 펜치로 철사를 자르고 구부려 복사물을 책과 소책자로 만들고, 매번 내 첫아들을 제단에 올려놓는 심정으로 욜란다에게 건네줬다. 그 일은 할 때마다 너무 지루해서 누군가 커피와 도넛을 사오라고 나를 부르는 장면을 혼자 상상했다. 이처럼 나는 월요일부터 금요일까지 단 5분만이라도 회사를 빠져나갈 핑곗거리를 필사적으로 찾았다. 어쩌면 전 직원이 사내 카페보다 회사 맞은편 카페를 더 좋아하는 기업 문화에 영향을 받았을지도 모른다. 하지만 누군가 나를 찾아오는 일은 단 한 번도 없었다. 나는 이미 스캐너와 복사기와 씨름하면서 내가 남의 눈에 보이지 않는다는 결론에 도달했다. 다들 자기 일을 하느라 바빠서 내게 아무것도 가르쳐주지 않았다. 하는 수 없이 혼자서 이것저것 눌러봤다. 투명인간 취급은 멍청이들에게나 벌칙이지, 나한텐 아무런 타격도 주지 못했다.

내 책상 앞 벽에 걸려 있는 A3 용지 크기의 달력에는 마티키의 월간 일정이 빼곡하게 적혀 있다. 나는 회사 크리스마스 디너파티 날에 빨간색으로 예쁘게 동그라미를 쳐놓았다. 이제 파티까지 보름 남았다. 나는 공부해야 한다는 핑계로 크리스마스 파티에 빠지려 했다. 오해가 생기지 않도록 불참

통지 기간이 언제까지인지 날짜를 헤아렸다. 나는 시험삼아 오테로에게 거짓말을 해봤는데, 그는 감쪽같이 속아넘어갔다. 하지만 평소 오테로는 속는 것을 좋아했기에 완전히 성공했다고 할 수는 없었다. 그는 남들이 언제나 틀렸다고 생각하기 때문에 상대를 믿는 척하며 충고하기를 즐겼다.

"저축해놓은 돈 있어요? 이제라도 계획을 한번 세워봐요. 시간은 금방 지나간다고요. 언제까지고 젊지 않잖아요, 메리 엠. 아직 싱글인가요? 싱글맘이 될 수도 있겠네요. 세상이 달라졌으니까요."

올해 크리스마스 디너파티는 말이 디너파티지, 사실 캐주얼한 칵테일파티였다. 물론 이메일 초대장에 캐주얼 파티라고 쓰여 있지는 않았지만, 나는 다 알고 있었다. 회사에서 가장 낮은 직급인 내 앞에서는 사람들이 전혀 입 조심을 하지 않기 때문이다. 주니어 문서 관리자—유난히 기분좋던 날, 스스로에게 붙인 직함이다—로 일하는 몇 달 동안, 나는 모든 사람의 입에서 나오는 말을 수첩에 메모하면서 다 머릿속에 저장해두었다. 덕분에 사람들 앞에서는 어떤 일이 있어도 절대 경계를 늦추지 말아야 한다는 교훈을 얻었다.

나는 너무 궁금해서 견딜 수 없을 지경이 되면 오마르에게 물어보곤 했다.

"왜 다들 칵테일파티 때문에 열받았는지 아세요?"

그날따라 그는 아주 소박한 흰색 셔츠를 입고 있었고, 평소와 달리 어딘가 이상했지만, 수상한 점을 분석할 만한 시간이 없었다. 그가 어떤 스타일인지 굳이 정의하자면, 시민당[*] 지지자이자 투우를 좋아하고, 가끔 코카인을 즐기는 사람이라고 할 수 있을 테다. 한마디로 꽤 매력적이고 유능한 남자다.

"열받았다니, 무슨 소리죠?"

"사람들이 짜증나 있다고요."

그는 어깨를 으쓱하고는 담배를 한 모금 빨았다. 나는 냄새와 연기, 목이 칼칼해지는 느낌 때문에 담배를 싫어했다. 나는 그가 담배를 피우는 동안 그를 안 보는 척했다. 담배가 거슬렸다기보다 그가 담배를 태우는 모습이 섹시해 보였기 때문이다. 이런 생각을 했다는 게 너무 부끄러워서 정신 차릴 때까지 변기에 머리를 처박고 물을 내리고 싶었다.

"잘 모르겠지만, 초대받지 못해서 그런 게 아닐까요?"

하지만 전 직원, 심지어 인턴들까지 모두 이메일을 받았던 터라 나는 그의 말을 이해하지 못했다.

"하지만 메일은 모든 직원들에게 발송되었는데요."

그는 순간 눈을 가늘게 뜨며 멈칫했다.

---

[*] 2006년 스페인 카탈루냐에서 창당된 정당으로, 초기에는 사회민주주의를 표방하는 중도 좌파 정당이었지만, 이후 중도 우파 정당으로 전향했다.

"뭐라고요?"

"네?" 나는 그가 왜 그러는지 몰라 되물었다.

그가 안경을 콧등 위로 밀어올리는 걸 보니 당황한 게 틀림없었다. 내가 불안하고 긴장되는 마음을 숨기려고 무의식적으로 하는 동작과 똑같았으니까.

"아무리 생각해도 우리가 다른 이야기를 하고 있는 것 같군요." 그가 한숨을 쉬었다.

뭐야, 셜록 홈스인 줄.

"와, 셜록 같네요. 그럼 당신은 지금 무슨 이야기를 하고 있는 거죠?"

오마르는 가끔 우리 회사에서 가장 중요한 층(7층과 8층)에서 일하는 동료들과 영화를 보러 가거나 맥주를 마시면서 일상적인 활동을 함께 즐긴다고 귀띔해줬다. 내가 보기에는 정말 쓸데없는 짓이었다. 회사에서 투명인간이 되는 것의 가장 큰 장점은 그 누구도 빌어먹을 짓거리들을 같이 하자고 귀찮게 굴지 않는다는 것이다.

"미안해요." 그는 말끝에 한마디를 덧붙였다.

내가 그런 행사에 절대 초대받지 못하는 사람들 중 하나여서 사과하는 것 같았다.

"나라면 결코 이런 행사들을 계획하지 않았을 텐데…. 하여간 쓸쓸한 기분이 드는군요. 나 같아도 그런 데 가느니, 차라리 집에서 요리 채널이나 보겠어요."

나는 그 자리에서 웃지는 않았지만, 옥상에서 계단을 내려갈 때 그 말이 계속 생각나 피식 웃었다.

몇 시간 후, 그는 스카이프로 회사의 모든 직원이 접속할 수 있는 공유 폴더의 링크를 보내며 그 아래에 "2015년 크리스마스 파티 폴더 한번 봐요"라고 덧붙여두었다. 내가 무엇을 하는지 아무도 못 보게 하려고 모니터를 살짝 돌렸지만 별 소용없었다. 접수처 데스크를 등지고 앉아 있어서 내 뒤로 지나가는 사람은 내가 열어둔 화면을 볼 수 있으니까. 폴더를 열자마자 '뭐야 이 사진들은!' '이게 진짜일 리 없어' 하고 깜짝 놀랐다. 그 안에 작년 크리스마스 파티 사진이 거의 500장 넘게 들어 있었기 때문이다. 나는 턱시도와 반짝이 드레스, 구두, 풍선, 포토부스 등을 하나씩 꼼꼼히 살펴본 다음, 폴더를 닫았다. 그후 나는 회사에서 가장 미움받는 직원일 니에베스를 볼 때마다 이런 생각을 할 수밖에 없었다. '고작 사내 연말 파티를 위해 저 여자는 어떤 불쌍한 동물로 만든 모피 코트를 걸치고 그 코트랑 매치시키려고 팔꿈치까지 오는 흰색 새틴 장갑에, 발목까지 내려오는 자주색 벨벳 드레스를 입기로 작정했던 모양이야.' 나는 그녀가 무서웠지만,

한편으로는 존경스럽기까지 했다.

오마르에게 말하지 못했지만, 몇몇 동료 직원들이 열받은 까닭은 올해 크리스마스 디너파티는 작년과 달리 간소하고 캐주얼한 칵테일파티였기 때문이다. 크리스마스 선물도 예년에 비해 많이 실망스러웠다. 내가 들은 바에 따르면, 사람들은 그럴싸한 파티를 원했다. 어떤 사람들은 칵테일파티는 진정한 디너파티가 아니라고 투덜거리기도 했다. 게다가 드레스 코드는 비즈니스 캐주얼이었는데, 나는 주최 측에서 말하는 비즈니스 캐주얼이 어떤 뜻인지 알아내느라 며칠째 머리를 싸매고 있었다. 구글에 비즈니스 캐주얼을 검색했을 때 나오는 이미지와 회사 사람들이 생각하는 이미지가 전혀 다를 수도 있으니까. 자꾸만 니에베스와 그녀의 모피 코트가 떠올랐다.

파티까지 남은 보름 동안 나는 마티키에게 늘어놓을 여러 변명을 계속 연습하다가 그중 가장 설득력 있어 보이는 이유를 하나 골랐다. '곧 시험이 있어서 일찍 집에 가서 오후 내내 공부하고 싶습니다.' 이 한 문장을 수차례 시뮬레이션했고, 눈 하나 깜빡이지 않고 거짓말을 할 수 있을 때쯤 마티키를 찾아갔다. 8층으로 가는 엘리베이터에서도 거울을 보며 연습했다. 그러나 항상 내 이름을 기억하고 나를 눈여겨보는 그는 내가 입을 열기도 전에 "괜찮으면 내일 칵테일파티에 같이 갈래요?"라는 한마디로 내 계획을 처참히 무너뜨렸다. 그는 "마음에 들 거예요"라는 말로 시동을 걸더니 단 몇 초 만에 1단 기어를 넣고, 2단으로, 바로 3단으로 바꾸면서 "그리고 회사에 적응하는 데도 큰 도움이 될 거고요!"라고 쐐기를 박았다.

결국 파티 당일, 나는 집에서 바보처럼 멍 때리며 다린 새 청바지와 흰색 면 티셔츠를 입고, 니에베스에게 경의를 표하는 의미로 자홍색 블레이저 재킷까지 걸치고 파티에 갔다. 내 나름의 비즈니스 캐주얼 차림이었다. 나는 회사 화장실에서 화장하고 파티장에 도착해 사람들과 어울리려 했다. 어차피 그러려고 간 거니까. 하지만 나의 상사는 늘 그렇듯 출장 중이라서 모습을 드러내지 않았고, 거기 모인 사람들은 대부분 나처럼 도살장에 끌려온 소인 양 표정이 좋지 않았다. 하지만 그들은 한두 잔, 이내 네 잔을 들이켜면서 점점 얼굴을 폈다. 반대로 내 기분은 여전히 나아지지 않았다.

모든 직원이 도착하고 30분이 지날 무렵, 누군가 밴드를 불렀다는 놀라운 사실이 밝혀졌다. 술이 몇 바퀴 돌고 분위기가 달아오르자, 밴드는 '로맨틱한 이들을 위해' 마나*의 〈바 안에 틀어박혀〉로 연주를 시작했다. 동료들의 왁자지껄한 웃

● 1981년에 결성된 멕시코 록밴드.

음소리가 나를 에워싸고 형형색색의 불빛이 머리 위에서 춤을 췄다. 나는 파프리카 치즈를 한입 베어 무는 동안, 긴장을 풀고 힘을 빼면서 잠시 내가 처한 상황을 다르게 바라보려 했다. 뒤쪽 벽에 몸을 기댄 채, 지금보다 훨씬 더 곤란한 처지에 놓일 수도 있었고, 심지어는 나를 착취하고 정말로 부당하게 대우하는 회사로 갔을지도 모른다고 생각했다. 그런 점에서 내가 운이 좋은 사람인 것도 같았다. 적어도 여기서는 최저임금에 미치지는 못하지만 저축할 만큼은 받으니까. 그렇다면 마음을 놓고 이 기회를 즐기는 것이 맞겠지. 최근 몇 달 사이에 불운을 조금 겪었을지라도, 내가 일에 제대로 집중하지 못하고 내 상황을 폭넓게 보지 못했을 뿐만 아니라, 아주 사소한 '나쁜' 일들에 너무 큰 의미를 부여했을 수도 있지 않은가.

약간 차분해져서 평온함과 비슷한 기분을 느낄 때쯤, 경리팀의 마르시알이 동료 에스테반에게 "이참에 어린 인턴 여직원들이랑 사진 찍으러 가자"라고 말하는 소리를 들었다. 평온함은 개뿔… 속이 거북해지고, 열불이 나서 결국 토닉을 원샷해버렸다. 나는 잠시 그 자리에 얼어붙은 듯 꼼짝 않고 서 있었다. 그때 두 가지 생각이 머리를 스쳐지나갔다. 첫번째는 마르시알과 에스테반에게 누군가 나서서 무언가를 말해야 하는 순간이 있다면 바로 지금이라는 생각, 두번째는 당장 집으로 돌아가서 모든 직원들의 낯짝을 다시는 보고 싶지 않다는 생각이었다.

나는 한마디도 하지 않고, 핸드백과 재킷을 걸어둔 곳으로 가서 누구와도 작별인사를 하지 않고 계단을 내려갔다. 단 1초라도 더 있다가는 에스테반에게 "역겹고 혐오스러운 돼지 같은 놈"이라고 악다구니를 쓰는 등 멍청한 짓을 저지를 것만 같아 곧장 출구로 향했다. 출구에는 눈동자가 맑고 어깨는 넓은 오마르가 담배를 피우고 있었다. 그가 급하게 나가는 나를 보고 "무슨 일이에요?"라고 물어서 나는 "아무 일도 없어요!"라고 대답했다. 내가 그를 본 게 다섯 번밖에 안 되는데, 너무 큰 소리를 지른 것 같아 발걸음을 돌려 그에게 미안하다고 말하고 곧장 자리를 떴다.

며칠 후, 인사팀에서 '2016년 크리스마스 파티'라는 공유 폴더에 칵테일파티 사진을 올려놓았다고 전 직원에게 알려주었을 때, 나는 화면에 마르시알과 에스테반, 인턴 여직원들의 사진을 띄워놓고 20분 내내 쳐다봤다.

통화는 간단히 끝났다.

"미리암, 잠깐 올라올 수 있어요? 고마워요."

욜란다는 자기 할말만 하고 전화를 끊었다. 수화기를 너무 꽉 쥐고 있던 탓에 손이 저리기 시작했다. 혈색이 돌아올 때까지 손을 여러 번 폈다 쥐었다 해야 했다. 그러면서 "아니요, 잠시도 못 올라가겠는데요"라고 욜란다에게 말대답하는 나를 상상했다. 눈앞에 스프레드시트가 열려 있었다. 나는 입사 면접에서 엑셀을 잘한다고 큰소리쳤는데, 어느새 그 허풍은 고급 엑셀 지식을 하루빨리 터득하라고 압박하는 악몽으로 변해버렸고, 그 끔찍한 꿈은 나를 자주 괴롭히곤 했다. 마치 피아노가 내 위로 떨어진 것처럼, 나는 간신히 의자에서 일어나 화장실로 기어가다시피 했다.

'진정해. 별일 아닐 거야.' '어쩌면 따분하니까 나를 조금 괴롭히고 싶어서 부른 건지도 몰라.' 화장실에서 나는 같은 말을 되뇌며 스스로를 다독였다.

'하늘 아래 새로운 것은 없다.'

적어도 일주일에 한 번씩 그 말을 가슴속에 새겼다. 나는 이드 축제[•]날의 양처럼 제단에 바쳐질 것을 알면서도 멍청한 척하며 내 운명에 맞섰다. 시간이 지나면서 오히려 바보처럼 보이는 게 최고의 전략이라는 사실을 깨달았기 때문이다. 대들지 않고 따지고 들지도 않고, 가능한 한 모든 것을 받아들여 참을 수 없을 때까지 마음 한구석에 꾹꾹 담아두는 것이 가장 좋은 방법이었다. 세수를 하고 잠시 거울에 비친 내 얼굴을 바라보며 '별일 아닐 거야, 아무 일도 없을 거라고, 다 잘될 거야' 하고 불안을 진정시키려 했다.

"드디어 왔군."

욜란다는 내가 노크하는 것을 보며 중얼거렸다. 그녀의 사무실 벽도 유리로 되어 있었다. 다른 직원들과 마찬가지로

[•] 이드 알피트르는 금식 기간인 라마단이 끝났음을 축하하는 무슬림의 휴일이다.

그녀에게도 프라이버시 따위는 없었다. 그녀의 말에 반박할 대사가 목구멍까지 차올랐지만, 이내 속으로 삼키며 문 앞에 서서 기다렸다.

"들어올 거예요, 말 거예요?"

"들어오라는 말씀을 안 하셔서요."

지금 그녀가 속으로 '저런 멍청이를 봤나' 하고 비명을 지르고 있다는 데 내 손모가지를 걸겠다.

"들어오세요. 얼른 들어오라고요."

팔이고 손이고 발가락이고 뭐고 다 거추장스럽기만 했다. 그냥 어디론가 증발해버리고 싶었다. "난 떠날 거야"라든가 "너희들끼리 잘 먹고 잘 살아라, 더러운 스페인 놈들아"라고 퍼부어대고 싶었다. 나와 함께 일하는 사람들은 대부분 카나리아 출신이 아니었다. 이런 생각만 해도 머리가 빙빙 도는 것 같았다. 회사에서 그 사실을 말할 배짱을 가진 사람은 없을 테니까. 나도 마찬가지고. 회사를 때려치우고 싶다는 생각이 들 때마다 완전히 실패하고 무너져서 절망하는 내 모습이 아니라 당당하게 성공한 내 모습을 상상했다. 나는 스물다섯 살이다. 이깟 일로 내 인생이 끝날 리 없다. 이제 시작일 뿐이다. 그래서 나는 손깍지를 끼고, 마음 졸이며 나를 바라보는 그녀를 지켜봤다. 우리는 한참 동안 서로의 눈만 응시하고 있었다. 나는 그녀와 새로운 게임을 시작했다. 먼저 눈을 깜박이는 사람이 지는 게임이었다.

"공유 폴더에 있는 사진들을 대체 어떻게 한 거죠? 찾는 사진이 하나도 안 보이잖아요. 그 폴더를 왜 건드렸어요?"

욜란다의 사무실에는 다른 사람들이라면 절대 모아두지 않을 법한 잡동사니들이 여기저기 널려 있었다. 2011년도 문서철, 켜켜이 쌓여 있는 서류 상자들, 금방이라도 터질 것처럼 불룩한 링바인더들까지. 그녀의 책상은 서류들로 가득 차 빈틈을 찾기가 어려울 정도였고, 그녀 앞에 있는 의자 두 개에는 가방 두 개와 각종 폴더들, 외투가 놓여 있었다.

나는 욜란다의 공격적인 질문 때문에 울화통이 터지기 일보 직전이었다. 순간 무언가를 위해 어느 정도 나 자신을 내려놓아야 한다는 게 얼마나 끔찍한 일인지 생각했다. 하지만 나는 끝내 성공할 사람이니, 분노를 가라앉히고 차분히 대답했다.

"회사의 파일 정리 시스템을 모두 다시 손봐야 했어요. 파일을 제대로 찾을 수가 없었으니까요. 회사에는 필요한 소프트웨어도 없는데다 앞으로 구매할 계획도 없는 것 같았어요…. 그러다보니 제가 한 조치가 유일한 해결책인 셈이죠."

이 내용은 앞선 회의에서 나온 결론이다. 그녀는 자기도 이미 알고 있는 것을 설명해달라고 나에게 올라오라고 한 것이다.

"내가 언제 당신더러 그런 일을 하라고 했나요? 지금 송장하나 찾으려고 20분이나 허비하고 있잖아요. 공유 폴더 안에송장 폴더가 따로 있었는데, 지금은 어디 있는지 눈 씻고 찾아봐도 안 보인단 말이죠."

나는 첫 출근을 하고 그녀가 잘못 출력했던 3킬로그램 분량의 문서에 박힌 스테이플러를 모두 빼고 다시 찍느라 몇날 며칠을 허비했다. 그때 나는 도저히 그 상황이 믿기지 않아 여러 번 입을 벌렸다 닫았다. 욜란다의 낯짝이 스테인리스로 만들어졌나 싶었다.

"제가 보니까 송장 폴더가 하나밖에 없더라고요…. 거래처는 세 군데인데 말이죠. 이제 송장을 찾으시려면 회사별폴더를 클릭하시면 돼요."

"어떻게 프로그램을 짰는지 모르겠지만 싹 바꿔야 할 거예요. 아무리 찾아도 안 나오는데 어쩌겠어요?"

"이 시스템이 마음에 안 드신다면 욜란다씨 스타일에 맞게 바꾸셔도 아무런 문제가 없을 겁니다. 그전에 마티키씨와 이야기해보세요. 그분이 제게 이렇게 정리하라고 지시하셨으니까요."

물론 마티키는 절대로 바꾸지 않으려고 할 것이다. 우리 둘 다 그 사실은 잘 알고 있었다.

"다른 사람들이 이걸 마음에 들어할 리 없어요. 시스템은 사용자들의 이용 목적에 맞게 만들어져야지, 당신이 사흘 만에 배워 뚝딱 만들어놓고 잘 돌아간다고 우기면 안 돼죠."

"제가 사흘 만에 배워서 만든 게 아니에요. 마티키씨가 이제부터 그렇게 하라고 하셨다고요."

"정말로 마티키씨가 그런 일을 시켰어요? 지금 당장 전화해서 확인해볼 수도 있어요."

갑자기 속이 쓰리기 시작했지만, 나는 그녀에게 미소를 보였다.

"원하신다면 지금 그분께 연락해보세요. 제가 무슨 몹쓸 짓을 했는지 모르겠지만, 대화하는 내내 무서운 얼굴로 저를 쏘아보실 정도로 저를 존중하시지 않는다는 건 분명하네요. 업무상의 문제라기보다 개인적인 감정으로 저한테 이러시는 것 같아요."

지금 너무 긴장해서 폭탄이 터지듯 그녀 앞에서 참았던 분노를 폭발시킬지도 모르겠다.

"제가 마음에 안 드시는 거야 어쩔 수 없지만, 저는 인턴이고, 당신한테 배우려고 여기 있는 거라고요. 제 업무에 대해 구체적으로 지적하실 게 있을까요? 당신과의 관계를 어떻게 풀어나가야 할지 모르겠네요."

그녀가 아무 대꾸도 하지 않는다는 것은 내 말에 설득됐다는 뜻이다. 그녀는 마치 내가 존재하고 있다는 사실을 이제야 깨달았다는 듯 말없이 나를 바라봤다. 잠시 후, 그녀는 심호흡을 하더니 책상에서 몸을 떼며 두 손을 모았다. 그녀가 천천히 입을 열며 잠긴 목소리로 말했다. 나는 그녀가 울음을 터뜨리면 옥상에서 몸을 던지겠다고 결심했다.

"난 당신을 미워하지 않아요."

"아… 네."

"그리고 나와 당신 사이에는 아무 문제도 없어요."

그녀는 내게 시선을 고정시킨 채 말을 덧붙였다.

시란 무엇인가? 당신은 내게 이렇게 물을지도 모른다. 시란 당신이 그녀가 전혀 예상하지 못한 행동을 하는 바람에 당신보다 스무 살이나 많은 그녀가 비상등을 깜박이며 뒷걸음치는 모습을 보는 것이다. 비명을 지르지도 않고, 이성을 잃지도 않고, 울지도 않고, 그 광경을 묵묵히 지켜보는 것이 바로 시다.

"하지만 회사에서 뭔가 바꾸고 싶은 게 있으면, 본격적으로 진행하기 전에 먼저 나와 상의해주면 좋겠어요." 그녀가 계속 말했다. "당신이 여기를 떠나더라도 당신이 어떤 일을 해왔는지 아는 사람은 있어야 하니까요."

결국 그녀는 '마티키씨가 그렇게 하라고 했다'는 말이 무슨 뜻인지 전혀 이해하지 못했다.

"이번 작업의 진행 과정을 매뉴얼로 정리해두겠습니다. 그리고 이 점에 관해 마티키씨한테 모두 보고하겠습니다. 혹시 찾고 계시던 송장을 찾으셨나요? 아니면 제 도움이 필요하신가요?"

나는 그녀가 싫다. 나는 그녀가 정말 싫다. 나는 그녀가 정말 정말 싫다.

"생각에 잠긴 당신 얼굴을 보니 웃음이 나오는군요."

나는 태양 쪽으로 얼굴을 들고 지그시 눈을 감았다. 갑자기 살갗이 간지러웠다.

"그럼 질색하는 얼굴은 아직 못 봤죠?" 나는 대답했다. "그 표정을 보면 정말 웃길 거예요."

몇 분 전, 오마르는 "담배 피우러 옥상에 가려고요"라고 스카이프 메시지를 내게 보냈다. 나는 딱히 할일도 없어서 위로 올라갔다. 우리는 옥상 난간에 팔을 걸친 채, 해안도로 맞은편 바다 위에 떠 있는 석유시추선을 바라봤다. 아무도 몰래 혼자 울고 싶을 때 올라가는 20제곱미터 면적의 옥상. 하지만 저번에는 옥상 화장실에서 이미 누군가 울고 있었다.

"어떤 표정이기에 웃기다는 거죠?" 오마르가 물었다.

"질색하는 표정이요?" 나는 포커페이스를 하고 대꾸했다.

"이런 표정이죠" 하고 한껏 꾸겨진 얼굴을 보여줬다.

그는 웃으며 고개를 절레절레 흔들었다.

"정말 특이하다니까. 대체 무슨 생각을 하고 있는 거죠?"

나는 대답 대신 지금 내가 얼마나 피곤한지 털어놓고 싶었다. 어제 나는 아침 8시에 출근해서 저녁 8시 반에 퇴근했다. 통상적인 일도 자주 일어나는 일도 아니라는 걸 알지만, 가끔 좁은 칸막이 안에서 열두 시간을 보내야 한다는 사실만으로도 구급차가 올 때까지 소리를 지르며 울부짖고 싶었다. 어젯밤에는 다섯 시간밖에 못 잤고, 오늘은 벌써 세번째 커피를 마시고 있었다. 오늘 아침에 첫 이메일을 읽은 후부터 이상하게 관자놀이가 욱신거렸다. 하지만 나는 그에게 이 말을 하지는 않았다. 오마르는 내 상사가 아니라, 그냥 돌아가면서 나를 짓밟는 또다른 톱니바퀴의 이빨처럼 행동했으니까. 나는 가끔 그의 직함을 잊어버리기도 했지만 대체로 명심하고 있었다. 그가 나를 좋아하는 건지, 아니면 내가 "더럽고 썩어 문드러진 망할 놈의 이 조직 좀 보라고요"라고 눈을 부라리며 무심코 뱉었던 말을 언젠가 마티키에게 죄다 보고하지나 않을지 궁금했다. 나는 그에게 이런 질문도 던지고 싶었다. "어떻게 당신 입으로 혐오한다고 말한 조직의 일원이 될 수 있죠?" 하지만 속마음 대신에 다른 대사를 늘어놓았다.

"그냥 부자가 되면 얼마나 좋을지 공상하고 있어요."

물론 이 말은 사실이 아니었지만, 그렇다고 거짓말도 아니었다. 사무실에서 일하다가 힘들고 우울할 때면, 나는 바나나와 커피를 들고 이 건물에서 유일한 탈출구인 옥상에 올라가 벽에 몸을 기댄 채, 돈이 있으면 무엇을 할지 즐거운 상상을 하면서 위안을 얻었으니까. 매달 받는 '보조금'이 아니라 50유로, 100유로, 200유로 같은 진짜 돈이 생기면 말이다. 내가 가장 좋아하는 현대 철학자 중 하나인 제니퍼 로페즈의 가사처럼, '나는 배춧잎을 원할 뿐이다. 나는 돈을 원한다. 현금이 철철 넘쳐흐르면 좋겠다.' 물론 돈이 인생의 전부는 아니지만 수중에 돈이 넉넉히 있으면 마음이 얼마나 편할까. 정말 엄청 편하겠지. 어릴 때부터 돈 이야기를 하는 것은 좋지 않다는 말, 즉 돈을 달라고 해서도 안 되고, 돈을 더 갖고 싶다는 것을 인정해서도 안 되고, 무엇보다 돈을 신경쓴다는 것을 내비치면 안 된다는 말을 귀 따갑게 들은 터라 나는 혼자 조용히 그런 생각들을 했다. 가난한 사람들은 돈 위에 있고 싶어한다. 나처럼. 내가 여성이라는 것과 야망을 품은 것, 이 두 가지는 내 인생에서 일어난 최악의 사건이다. 내 야망은 이렇게 큰데, 있는 그대로 펼치지를 못하니까. 나는 그에게 이렇게 말하고 싶었다. "생각해보니까 돈이 많았으면 좋겠어요. 나중에 너무 노골적이고 경박해 보인다는 이유로 스스로를 정당화할 필요도 없을 정도로 말이죠. 성공에는 여러 유형이 있지만, 나한테는 돈을 많이 버는 게 가장 큰 성공이에요."

"뭘 할 거예요? 돈이 많이 생기면요."

그는 담뱃재를 허공에 털면서 내게 물었다. 재는 꽤나 오랫동안 떨어지고 떨어지다 결국 바닥에 닿았다. 누군가의 머리에 재가 떨어질 수도 있으니 그만하라고 말하고 싶었다. 하지만 괜히 그런 말을 했다가 내게는 중요한 것들이 왜 그에게는 별로 중요하지 않은지를 놓고 터무니없는 언쟁이 벌어질 것만 같았다. 저번에 비슷한 주제에 대해 이야기를 나눈 뒤, 기분이 상해 며칠 동안 서로를 피한 적도 있었다. 우리가 대화를 나누지 않은 날들을 일일이 헤아리지 말아야 한다는 걸 알면서도, 나는 그 기간을 속으로 세고 있었다.

"부자가 되면 당연히 여기 없겠죠."

정말 돈이 생긴다면, 나를 냉혈한으로 만드는 것으로도 모자라 절망감과 좌절감까지 안겨주는 곳에서 일하지 않을 거다. 지옥이나 다름없는 이 회사에서 말이다. 나는 여기서 모든 죄를 속죄하고, 언젠가 모든 악에서 벗어나 깨끗하고 순수한 상태로 '진정한 직업'을 갖고 싶었다.

그는 미소를 지으며 담배를 한 모금 더 빨았다. 그는 '혹시 괜찮으면…'이라든가 '그래도 될까요?'라는 말로 미리 양해를 구하는 법이 없었다. 물어본다는 것은 상대방에게 '아니요'라고 거절할 기회를 주는 것인데도 말이다. 하지만 그는 어떤 물음도 없이 담배를 피우러 옥상에 간다고 통보할 뿐이었다. 내가 딱 한 번 용기를 내어 큰 소리로 내 의사를 밝혔을 때, 그가 대답한 말이 바로 '아니요'였다. 그래도 모두가 남을 은근히 공격하는 회사에서 180센티미터 남자의 솔직담백한 말투는 내게 깊은 인상을 남겼다.

"그래도 당신은 월급을 받긴 하잖아요."

그의 눈은 나를 향해 있진 않았지만 입가는 씰룩거렸다.

"그렇긴 하죠."

나는 가져온 바나나를 얼른 먹고 말했다. 그의 앞에서 먹는 게 부끄러워 빨리 씹었기 때문이다.

"맞아요. 지금보다 더 힘든 처지에 놓일 수도 있었죠. 칼럼니스트가 될 수도 있었으니까요."

"오늘 아침에 당신을 무지 열받게 만들 만한 사람에 관한 글을 읽었어요. 이름이 뭐였더라?"

나는 눈을 굴렸다.

"그런 글이라면 나한테 절대 보내지 마세요. 그딴 글을 읽으면 분노에 차서 그들의 주장을 반박하는 데 하루를 다 보내다가, 나중에 버스를 타서도 '왜 이런 쓸데없는 일 때문에 화를 냈지? 사람들이 열받아서 쓰레기 같은 기사나 칼럼을 클릭하게 만드는 게 그들이 바라는 거잖아'라고 자꾸 생각하게 되니까요. 정말이지 더럽고 역겨운 세상이에요."

"내려가서 스카이프로 보내줄게요."

"저기요, 도대체 나한테 왜 그러세요. 알고 보면 정말 이상한 분이시네요. 루시아 1과 루시아 2가 왜 그렇게 당신을 좋아하는지 모르겠어요. 그 여자는 당신이 얼마나 꼴불견인지 정말 모르는 모양이에요."

그는 나를 빤히 쳐다보며 담배를 껐다.

"동료 직원을 루시아 1, 루시아 2라고 부르는 건…."

그가 웃자 나도 모르게 웃음이 나왔다. 그가 정말 밉다.

"루시아'들'과 대화하고 있는 당신을 보면 완전히 다른 사람 같던데요. 대체 어떻게 그럴 수 있는 거예요?" 나는 즐겁다는 듯 받아쳤다.

"사무실에서… 당신은 다른 이들과 다를 바 없어요. 그런데 밖에서는, 뭐랄까 그저 평범한 사람이에요. 어느 쪽이 진짜 당신이죠?"

그는 갑자기 내 머리에 손을 얹더니 두 번 톡톡 두드렸다. 우리 아빠 같았다.

"내 나이에는" 그가 말문을 열었다.

"서른일곱 살이요?"

"서른여섯이에요."

"아, 미안해요. 서른여섯 살."

그가 헛기침을 하며 목을 가다듬었다.

"당신이 어쩔 수 없이 어떤 게임을 한다고 합시다. 그게 이 세상의 유일한 게임이에요. 그러니까 모든 사람들이 그 게임을 하는 거죠. 무슨 말인지 알겠어요? 물론 당신이 직접 게임을 만들 수도 있겠지만, 거기엔 너무 많은 노력과 희생이 필요해요. 더구나 결국 얻는 것보다 잃는 것이 훨씬 더 많을 수도 있고, 모든 것이 헛수고로 돌아갈 수도 있어요."

"목소리가 너무 진지해서 무서운데요."

"아무리 그래도 당신이 전화할 때 내는 상냥한 목소리보다는 덜 무서울걸요. 아무튼 중요한 건 당신이 바보가 아닌

이상, 당연히 게임에 참여할 거라는 점이에요. 당신의 할아
버지, 할머니, 부모님도 그랬던 것처럼요. 당신이라고 다를
게 없어요. 대부분의 사람들도 마찬가지예요. 당연히 나는
게임에서 이기려고 애쓰지만 이게 빌어먹을 게임이라는 건
잘 알아요. 그게 내 인생을 좌우하진 않지만, 잠깐이라도 열
심히 하는 척해야 한다면… 난 그렇게 할 거예요."

나는 손을 물끄러미 바라봤다. 너무 슬퍼서 온몸의 뼈마
디가 다 아픈 것 같았다.

"그 게임 참 거지같네요. 난 그 게임이 싫어요. 게임에서
이겨도, 다음 단계로 넘어가지 않고 계속 같은 단계에 머무
르잖아요. 결국 매일 같은 게임을 강제로 하는 셈이네요. 매
일 아침 누군가 내 어깨를 흔들어 깨우고, 나를 컴퓨터 앞 의
자에 앉혀 묶어놓고, 강제로 게임을 하도록 시키는 것처럼,
난 무조건 그 게임을 할 수밖에 없죠. 참여하지 않는다는 선
택지는… 곧 죽음을 의미하니까요."

나는 주먹을 폈다가 다시 꽉 쥐었다.

"내 말 좀 들어봐요. 마티키는 바보가 아니에요. 조금만 더
참고 버텨요. 그러면 회사에서 당신을 붙잡을 거고, 결국 당
신은 여기 남게 될 테니까요."

"하! 내가 정말 정규직으로 채용되면, 욜란다가 놀라 자빠

질지도 몰라요."

그가 나를 팔꿈치로 꾹 찔렀다.

"그녀가 난리 치는 꼴을 두 눈으로 보고 싶지 않아요? 그날이 오면 내게 꼭 알려줘요. 나도 그 여자가 슬슬 짜증나기 시작해요. 어쨌든 나를 믿어요! 내가 당신보다 더 오래 살아서 세상을 잘 아니까요."

나는 하품을 하며 말했다.

"잘난 척하시기는. 알기는 뭘 안다고 그래요?"

라마단 첫날, 6층 탕비실에서 물을 한 모금 마시려는 찰나
에 마티키가 들이닥쳤다. 그는 말없이 나를 구경했고, 나는
그를 구경했다. 우리 둘 다 동시에 입을 열었다가 도로 다물
었다. 그는 손을 올려 넥타이를 매만지고는 꽉 조였다. 그가
지금 자신의 얼굴을 본다면, 웃음을 터뜨릴 것이다. 물론 나
는 웃지 않았다.

"아무것도 못 본 걸로 할게요." 그가 마침내 입을 열었다.

"지금 생리 중이거든요."

나는 마치 '오늘 날씨가 무지 덥네요'라고 하듯이 말했다.

"생리 중이라고요?"

"그래서 금식하지 않는 거예요[*]."

나는 엄지를 들어 이 문화 저 문화 다 섞인 자칭타칭 인종의 용광로인 나 자신을 가리키며 말했다.

"아, 그렇군요."

나는 물병 뚜껑을 닫고 그를 쳐다봤다.

"나도 좀 알아봤거든요."

그는 나를 무서워하는 듯 고양이처럼 나에게 살금살금 다가왔다.

"라마단 무브라크, 맞아요? 아니면… 카르미인가요?"

"'카림'이에요."

내가 가장 사랑하는 축구선수 카림 벤제마라고 할 때, 바로 그 카림이다.

"맞아요. 바로 그거예요."

그는 스스로가 자랑스러운지 만면에 미소를 띠었다. 왠지 오늘 하루종일 어지러울 것 같은 기분이 들었다.

"라마단 무브라크 카림."

"아뇨, 그게 아니라," 나는 고개를 저으며 말했다.

"라마단을 축하하는 인사말은 두 가지예요…. '라마단 무바라크' 또는 '라마단 카림'이라고 하시면 돼요."

● 한 달간 진행되는 라마단 동안 무슬림은 해가 뜰 때부터 해가 질 때까지 식사할 수 없고, 물을 비롯한 음료수도 마실 수 없다.

"아, 이제 이해했어요. 말하자면… 메리 크리스마스나 해피 홀리데이하고 비슷한 말이네요. 그렇죠?"

그럴 리가.

"네, 네. 뭐, 그런 셈이죠."

"좋아요. 요 며칠 동안 편안하게 먹고 마셔도 돼요. 여기서는 아무도 당신을 눈여겨보지 않을 테니까요."

그는 커피머신 쪽으로 몸을 돌렸다가 무언가 생각난 듯 다시 나를 돌아봤다.

"그건 그렇고 이번달에 내가 뭐 도와줄 일이 있을까요?"

"저를요?"

"그럼요. 뭐 생각나는 거 없어요? 내가 할 수 있는 일이라면, 뭐든지 말만 하세요."

"어…."

우리는 서로를 쳐다봤다. 그의 관심이 온통 내게 쏠려 있었다. 갑자기 목덜미와 팔꿈치, 두피가 가렵기 시작했다.

"글쎄요. 갑자기 생각나는 게 없어서 잘 모르겠어요…. 음. 오늘 저녁까지 금식할 거라서 점심시간을 쓰지 않을 생각이거든요…. 혹시 일찍 퇴근해도 될까요?"

"그럼 점심시간을 쓰는 대신 오후 3시에 퇴근하겠다는 말인가요?"

"2시에요."

나의 대담함에 나도 놀랐는지 귀에서 윙윙 소리가 났다. 하지만 그가 내 얼굴을 빤히 쳐다보며 "내가 할 수 있는 일이라면, 뭐든지 말만 하세요"라고 말했잖은가.

"아침 8시에 출근하니까…."

"네, 물론이죠. 그렇게 해요. 아무 문제없으니까요."

"네?"

"그래도 된다니까요."

"정말이요?"

"그럼요."

그가 웃으며 말했다.

이렇게 일이 쉽게 풀리다니. 이제야 여기에 적응할 수 있을 것 같았다. 갑자기 사람들의 선의에 믿음이 생겼다.

"감사합니다."

"천만에요! 별것도 아닌데요, 뭐."

나는 두 번 다시 그에게 부정적인 감정을 품지 않기로 결심했다. 그렇게 그날은 네 시간을 더 버텼다.

23   **2017년 6월**

하루하루가 저물어가면서 어떤 날의 끝과 다른 날의 시작
이 뒤섞이기 시작했다. 예컨대 어느 날 아침은 분명 월요일
이었는데, 다음 날은 목요일이 되어 있었다. 어쩌다 그렇게
됐는지 모르겠다. 일상은 내 어깨를 흔들며 내가 꼭두각시라
도 된 양 나를 이리저리 끌고 다녔다. 매일매일이 눈앞에 계
속 펼쳐지고 점점 더 내 목을 조여오는 비슷한 장면들의 연
속일 뿐이었다. 매일 아침 나는 같은 시간에 알람을 끄고, 주
방 벽의 한 지점만 멍하니 쳐다보며 아침을 먹고, 집을 나서
버스 정류장으로 가고, 버스를 타고, 1시간 15분을 달려 회

사에 도착하고, 욜란다가 눈길 한번 주지 않고 내 책상 위에 놓고 간 문서들을 스캔하거나, 내가 넣은 종이는 모조리 집어삼키는 기계를 가만히 바라보며 문서를 파쇄하는 데 여섯 시간을 보내고, 일과가 끝나면 물건을 챙겨 정류장으로 가서 버스를 타고, 1시간 20분을 달려 집에 도착하고, 방에서 남은 시간을 보냈다. 몇 시간 뒤, 다시 알람을 끄며 다시 일상을 시작했다.

금요일에는 평일 동안 쌓인 피로 때문에 녹초가 됐다가, 주말에는 무기력하게 시간을 흘려보냈다. 나는 행복했던 시절에 하던 것을 지금도 계속하고 있었다. 조깅을 하고, 친구들을 만나고, 책을 읽고, 가족들과 함께 시간을 보내고, 글을 쓰고, 자투리 시간에 인터넷을 보고, 필요는 없지만 왠지 기분좋게 만들어주는 물건을 사고, 넷플릭스 시리즈를 정주행하면서 뒹굴었다. 그러다 일요일이 되고 하늘이 어두컴컴해지면 우주가 온 힘을 다해서 나를 짓밟는 것처럼 피로가 온몸을 내리눌렀다. 피로는 눈에 보이지 않아서 내가 말을 안 하면 피로의 존재를 증명할 수도 없었다. 나는 침대에 누워 한 주만 더 버티자고 혼잣말을 했지만, 힘을 내자고 하는 건지 아니면 신세한탄이나 하는 건지 알 도리가 없었다.

그렇게 며칠이 흘러 몇 주가 되었다. 매일 밤 꿔다놓은 보렁자루처럼 물끄러미 쳐다보기만 하는 천장의 면적이 점점 늘어났다. 내 인생에서 가장 멋진 순간이 될 거라고 믿어 의심치 않았던 대학교 시절이 눈앞에서 빠르게 흘러가는데도, 팔을 휘두르며 뭐라도 해보겠다는 생각 없이 멍청한 얼굴로 바라보기만 했던 것처럼. 물론 살다보면 내가 지금 무엇을 하고 있는지, 시간을 어떻게 보내야 할지를 전혀 모른다는 사실을 깨닫는 것보다 훨씬 더 나쁜 일들이 세상에 많긴 하다.

"메리엠?"

마티키의 사무실은 임원들이 있는 건물 꼭대기 층인 8층에 있다. 지금까지 나는 거기에 딱 세 번 올라갔다. 그곳은 쥐죽은듯 사방이 고요해서 모두가 유령처럼 느껴졌다. 나는 무슨 말을 해야 할지 몰라 잠시 그를 바라봤다. 우리는 전화나 이메일로 많은 이야기를 나눴지만 내 자리로 찾아와 직접 만나는 경우는 거의 없었다.

"안녕하세요?"

"안녕하세요. 별일 없죠?"

우리는 서로를 쳐다봤다. 그는 차분해 보였지만, 나는 갑자기 나타난 그에 놀랐다. 마치 고압 펌프가 뱃속에서 터지듯 극도로 불안해져서 손을 쥐었다 폈다 했다. 머리 뒤에서는 아주 작게 경고음이 들렸다. '이제 모든 게 끝이야. 이제 나를 해고하겠지'라고 생각하며 잔뜩 겁먹었다. '내가 무슨 큰 잘못을 저지르는 바람에 하는 수 없이 인턴십이 끝나기 일주일 전에 나를 쫓아내려고 여기까지 내려온 게 틀림없어.' 나는 지난 며칠간 했던 모든 일을 하나하나 되짚어보고는 살짝 미소를 지었다.

"네, 저는 잘 지내고 있습니다. 팀장님은요?"

마티키 외에도 세 쌍의 눈이 나를 주시하고 있었다. 나는 타인의 시선을 잘 견디지 못했다. 침을 꼴깍 삼켜 긴장을 풀어보려 했지만, 불확실함이 온몸을 감쌌고 속이 쓰리기 시작했다. 지금 자리에서 일어서면 곧장 기절할 게 확실했다.

"저도 잘 지냅니다. 다름이 아니라 오늘 잠시 이야기를 나눌까 하는데, 내 사무실로 갈래요?"

그 말을 듣자 토할 것만 같았다. 갑자기 머리가 새하얘져서 컴퓨터를 껐다가 다시 켠 후, 잠갔다가 다시 끄는 얼빠진 짓을 했다. 하지만 내 입술은 흠잡을 데 없이 완벽한 미소를 띠고 있었다. 아무래도 안면 근육은 내면의 공황 상태와 완전히 분리되어 있는 듯하다.

'이를 드러내고 웃어. 무조건 웃으라고. 그러면 저들도 짜증이 날 테니까' 하고 스스로에게 주문을 걸었다. 하지만 나의 뇌는 가장 절실한 순간에 항상 나를 배신하는 멍청이라서 방금 떠오른 생각에 웃음이 나오려 했다. 나는 웃음을 참기 위해 자리에서 일어날 때 몰래 허벅지를 꼬집었다. '천천히 생각해봐. 너 대체 무슨 짓을 저지른 거야?' 혼자 속으로 중얼거렸다. 손바닥이 간질거리기 시작했다. 지금 일어날 수 있는 최악의 상황은 무엇일까? 그가 나한테 당장 짐을 챙겨 나가라고 하는 걸까? 만약 그가 진짜 나를 내쫓는다면, 그는 내게 오히려 호의를 베푸는 셈이다. 나중에 나를 위로할 수 있을 테니까. 내가 굴복한 게 아니라 쫓겨난 거라고 스스로 당당하게 말할 수 있을 테니까.

"여기는 항상 이렇게 소란스럽나요?" 그가 넌지시 물었다.

나는 입을 열었다가 말실수를 할까봐 고개만 끄덕였다.

"이런 데에서 집중할 수 있어요?"

나는 그의 옆에서 걷는 동안 구체적인 대답이 떠오르지 않아 어깨만 으쓱했다. 이런 데에선 그 누구도 집중할 수 없겠지만 시간이 흐르면 익숙해지기 마련이다. 그저 주어진 상황에서 할 수 있는 만큼 하면 된다. 귀마개나 이어폰을 낀 채로 읽어야 할 내용을 읽고, 보고서를 작성하고, 통화를 해서 주변 소음을 차단하며 괜찮은 척하면 된다. 나는 그가 한 번만 더 물어보면 그의 구두에 토하기로 작정했다. 우리는 사무실을 나와 복도를 따라 엘리베이터까지 계속 걸어갔다. 나는 팔과 발, 눈을 어디에 두어야 할지 모르겠어서 미친 듯이 할말을 찾았다. 그를 쳐다보지 않으려고 안간힘을 썼지만 결국 그의 눈치를 힐끗 살폈다. 그는 무언가를 기다리는 듯 계속 나를 바라보고 있었다.

"커피 좋아해요?"

"커피요? 그냥 커피 말인가요?"

내가 지금 무슨 말을 하는 거지?

"네." 마티키가 말했다.

나는 정신 차리려고 했지만, 순간 위의 모든 근육이 쪼그라들었다. 구역질이 올라오면서 토할 것 같았고 온 신경이 나를 아래로 잡아당겨 몸이 반으로 접힐 것만 같았다.

"아주 많이 좋아해요."

나는 대답을 하긴 했는데, 커피를 좋아하냐는 말에 어느 누가 "아주 많이 좋아해요"라고 멍청한 반응을 보일까 싶었다. 난 진짜 모자란 게 틀림없다.

"그럼 아래에 내려가서 커피 마시면서 이야기를 나누는 게 좋겠어요. 괜찮아요?"

마티키가 말하려는 이야기는 뭘까.

"네, 좋습니다."

방금 내 목소리를 들었는데, 목소리는 어린애 같은데다 사투리는 너무 심했다. 갑작스러운 스트레스에 온몸이 너덜너덜해졌다. 엘리베이터에 타면서 거울에 비친 내 모습을 흘끔거렸는데, 웬 미친 사람이 한 명 서 있었다. 그러다 마티키와 눈이 마주쳐서 미소 지었다. 나는 어떻게든 진정하려고 애썼다. 나는 1층 버튼을 누르고 두 손을 앞으로 모아 깍지를 꼈다.

"이렇게 불쑥 찾아와서 미안해요. 전화하는 걸 별로 안 좋아해서요…. 인간미가 없잖아요."

"네, 그렇죠."

"보통 이 시간에 아침식사 하러 내려와요?"

제발 지금이라도 나를 해고하겠다고 말했으면.

"지금보다 조금 더 일찍 내려와요. 10시쯤에요. 버스를 타야 해서 아침을 6시 반쯤 먹거든요."

엘리베이터가 멈췄다.

"그렇게 일찍요? 어디서 와요? 베신다리오에 살아요?"

"아뇨, 푸에르토리코에 살아요."

"푸에르토리코요?"

깜짝 놀라는 그의 반응은 내게 조금 굴욕적이었다. 마치 그곳이 그가 생을 마감하기로 선택한 곳인 것처럼 한껏 높이 올라간 그의 목소리 톤, 그가 푸에르토리코를 발음하는 방식 때문에 목덜미가 화끈거렸다. 우리는 엘리베이터에서 내렸고, 나는 수치심 때문에 더 구부정하게 걸었다.

"더 가까운 데 사는 줄 알았어요. 이사갈 생각은 안 해봤어요?"

"라스팔마스로요? 물론 생각해봤죠. 하지만⋯."

우리는 건물 입구에 서 있는 경비원 앞을 지나 밖으로 나갔다. 그는 내가 인턴십을 하면서 얼마를 받고, 아마 이번이 네번째로 대화를 나누는 것이고, 우리의 관계가 대부분 업무상 주고받는 이메일에 기반한다는 사실을 모를 것이다. 나는 내 상사가 누구인지 전혀 모르겠다. 누구든 내 상사가 될 수 있으니까. 내 상사가 냉장고 안에 토막 난 시체 세 구를 보관한다 해도, 나는 까맣게 모를 거다. 그 사람과 나는 그저 비즈니스 관계일 뿐이니까. 지금 우리가 나의 죽음으로 향하고 있을지도 모르겠다. 하지만 나는 손에 땀을 쥐고 목구멍으로 신물이 올라오는 것을 어떻게든 참으면서 목적지에 도착할 것이다. 방금 내가 회사에서 쫓겨나고 싶지 않다는 것을 깨달았기 때문이다.

"인턴십으로 받는 돈으로 이사가기에는 턱없이 부족해요." 나는 얼굴이 빨개진 채 간신히 말을 마쳤다.

"그렇겠죠. 안 그래도 그 인턴십에 관해서 말하고 싶었어요. 자, 이제 감사 업무도 다 마쳤고… 당신이 지난 몇 달 동안 해온 업무를 검토해봤어요."

"아, 그렇군요."

기어이 올 것이 왔다.

"그래서 생각해봤는데… 금년도 거래보고서, 각종 분쟁 및 소송 개요는 물론, 당신이 만든 라이브러리, 파일 시스템까지 모두 살펴봤어요. 당신이 다른 계획을 세웠을 수도 있고 아직 공부 중인 것도 알지만, 이제 당신의 인턴십을 매듭지었으면 합니다."

내가 먼저 선수 쳐야 한다. 입을 열고 말해야 한다고.

"저 해고되는 건가요?"

"뭐라고요? 그럴 리 없잖아요."

시간은 점점 더 늘어지고 늘어졌다. 시간이 너무 천천히 흘러서 이 순간을 손 안에 넣고 뭉개버릴 수 있을 정도였다.

"오히려 당신에게 새로운 자리를 제안하려는 거예요."

"저한테요? 왜요? 저는 아무것도 할 줄 모르는데요."

슈퍼마켓 문 앞이라 햇살이 내 얼굴에 쏟아져서 눈을 가늘게 떴다. 당장 내 눈에 함정이 보이지는 않지만 분명히 함정이 하나쯤은 있을 거다. 지금까지 슈퍼사우루스에서 어떤 인턴도 정규직으로 전환되지 않았다. 나보다 더 오래 있던 사람도, 나보다 더 늦게 들어온 사람도. 심지어는 계약 기간이 끝나기도 전에 쫓겨난 인턴도 있었다. 끝까지 버틴 몇몇 인턴들은 작별을 고하기 위해 케이크를 가져왔고, 마지막 근무를 마친 후 케이크 없이 빈손으로 집에 돌아갔다.

그는 내 반응이 재미있었는지 입까지 벌리고 폭소를 터뜨렸다.

"무슨 소리예요. 당신은 어떤 일이든 혼자 알아서 꼼꼼하고 야무지게 처리하잖아요. 게다가 정해진 목표는 반드시 달성하고요. 나는 말만 하는 사람이 아니라 제대로 일하는 사람이 필요해요. 그래서 내가 보다 효율적으로 업무를 추진할 수 있도록 당신이 옆에서 도와주면 좋겠어요. 나는 업무가 너무 많은데다 항상 여기 있는 것도 아니니까요. 내 비서가 되어주었으면 합니다."

"그러니까… 개인 비서를 말씀하시는 건가요?"

그러면 욜란다와는 어떻게 되는 거지?

"직책상 우리 부서 전반의 비서지만, 특히 내 비서로 일하는 거죠."

나는 침을 꼴깍 삼켰다.

"어때요? 별로 기뻐하지 않는 것 같네요?"

나는 마티키의 제안을 듣고 이런 질문들을 쏟아내고 싶었다. "당연히 좋죠. 월급은 얼마나 받나요? 새 계약서는 언제 쓰죠? 시용 계약, 근로 및 용역 계약, 무기 계약, 파견직 계약 중 어떤 형태로 고용되는 건가요? 최저임금보다는 많이 받겠지만 정확히 얼마나 더 받나요? 휴무일은 보장되나요? 유급휴가는 받나요? 의료보험 혜택은요?"

"당연히 좋죠. 죄송합니다. 햇빛 때문에 너무 눈이 부셔서 표정이 안 좋았어요. 정말 기뻐요. 감사합니다." 나는 끝내 질문을 내뱉진 않았다.

나는 집에 도착하자마자 내 방으로 올라가 책상 옆에 있는 거울을 들여다봤다. 나는 더이상 허공에 뜬 신세가 아니다. 이제는 어엿한 직장인이다. 나의 새로운 현실, 나의 새로운 정체성을 받아들이며 천천히 미소를 지었다. 이 상황이 꿈이 아니라 현실이라는 걸 인지한 순간, 허공에 주먹을 휘두르며 "자, 봤지? 봤냐고! 이게 나야!" 하고 목청껏 소리질렀다. 하지만 그 와중에도 욜란다의 얼굴은 계속 생각났다.

New message   _ ↗ ✕

To: **externa.meryem.elmehdati@supersaurio.com**

Subject: **2부**

계약직 사원

Send

A 🖼 📎 ☺ 🔗 🗑 | ≡

영광의 나날

작품: 슈퍼사우루스 (라스팔마스 2지구)

등장인물: 욜란다, 이레네, 리히아, 메리엠

태그: [트리거 워닝] 직장 내 괴롭힘

카테고리: 일반

단어 수: 372자

슈퍼사우루스로 오기 전에 욜란다는 리맥스 카르바할에서 5년 동안 부동산 중개인으로 일했다. 거기서 그녀는 시우다드 하르딘, 타피라 알타, 타피라 바하, 산타 브리히다, 마스팔로마스 등지에서 부동산 매매를 성사시켰다. 성공의 달콤함을 맛본 황금기였다. 하지만 슈퍼사우루스에서의 회사 생활이 지겨웠다. 할일이 별로 없는데다, 매일 똑같은 하루가 반복되었기 때문이다. 욜란다는 이곳에서 15년째 일하고 있었다. 그동안 크리스마스, 사순절, 부활절, 카나리아제도의 날, 신학기, 핼러윈, 블랙프라이데이, 그리고 다시 크리스마스가 지나갔다. 그럼에도 불구하고 시간은 흐르지 않는 것 같았다.

생각에 잠겨 있던 그녀는 소란스러운 소리에 정신이 번쩍 들었다. 마티키의 딸인 이레네는 방금 자기가 저지른 짓에 놀란 듯 얼굴을 일그러뜨리며 재빨리 욜란다를 향해 몸을 돌렸다.

"정말 죄송합니다."

"이레네…."

욜란다가 잠시 딴생각하는 사이에 사고를 치고 만 것이다. 이레네는 원래 호기심이 많고, 너무 활동적이어서 잠시도 가만히 있지 못했다. 한마디로 정말 다루기 힘든 꼬마였다. 자기 업무를 처리하기도 바쁜 욜란다가 굳이 그 아이까지 돌봐줄 필요는 없었다. 그런 일이라면 인턴 사원이 해야 마땅했지만 페란이 따로 그녀를 불러냈다.

"한 가지 부탁이 있는데, 들어줄 수 있어요?"

그가 이렇게 청하는데 욜란다가 어떻게 거절할 수 있었겠는가.

이제 그녀는 바닥에 널브러져 있는 클리퍼 딸기맛 제로 캔들에 둘러싸여 있다. 조금 전까지만 해도 피라미드 형태로 쌓여 있던 수십 개의 캔이 모두 그녀의 발 앞에 흩어져 있었다.

"정말 죄송합니다. 제발 아빠한테 말하지 말아주세요." 꼬마가 같은 말을 되풀이했다.

"걱정하지 마세요."

"부탁드려요."

"리히아!" 욜란다가 소리쳤다.

리히아는 복도 끝에 있었다. 워낙 큰 소리로 불렀기에 분명히 리히아도 들었을 텐데, 별 반응이 없어서 한 번 더 "리히아!" 하고 그녀를 불렀다.

"욜란다, 아빠한테 말할 거예요?"

"안 한다니까요!" 욜란다가 대답했다.

그녀는 꼬마의 얼굴을 보며 헛기침을 하고 목을 가다듬었다.

"아니, 안 할 테니까 걱정하지 말아요. 실수로 그런 것뿐인데요, 뭐."

하지만 이레네는 이미 울고 있었고, 눈에 눈물이 그렁그렁했다. 짜증이 난

욜란다는 휴대폰에서 인턴의 번호를 찾아 전화를 걸었다.

"안녕하세요, 욜란다씨?"

"지금 2층 음료수 자판기 앞에 있어요. 당장 여기로 내려와요."

"하지만…."

그녀가 말을 마치기도 전에 욜란다는 전화를 끊어버렸다. 그러고는 다시

이레네에게 시선을 돌렸다.

"울지 마요, 이레네. 그냥 실수로 그런 거잖아요. 괜찮아요. 누군가 다 치워

줄 거예요. 리히아!"

1   2017년 6월

오늘의 룩: 라펠 칼라에 나비넥타이가 달려 있고, 소매는 접혀 있으며 단추는 앞여밈 스타일로 된 반소매 면 원피스, 검은색 플랫슈즈, 깨끗하게 감은 머리, 화장한 티가 나지 않는 연한 메이크업.

나는 내추럴 스타일을 추구해서 외모에 크게 신경쓰지 않는다. 그래서 보통 잠에서 깨자마자 침대에서 일어난 느낌으로 출근한다.

"미안해요, 마리엠. 금방 갈게요."

그 말을 듣고 나는 손을 물끄러미 봤다.

세상에서 가장 냉담한 세 군데가 어디인지 묻는다면, 병원 응급실, 은행, 인력사무소를 꼽겠다. 우선 응급실은 몇 시간이나 기다려야 간신히 의사를 만날 수 있지만, "겨우 이런 걸로 왔어요?"라는 핀잔을 듣기 일쑤인 곳이기 때문이다. 몇 년 전 나는 난소가 너무 아파서 엄마와 응급실을 찾았다. 결국 대기실 화장실에서 생리가 터졌고, 의자에 앉아 내 차례를 기다리는 동안 기절할 뻔했다. 하지만 나를 진료한 의사는 "지극히 정상적인 통증이에요. 여기는 피가 조금 난다고 해서 오는 데가 아니에요"라고 기계적으로 말하며 특별한 조치를 해주지 않았다. 그후로 가끔 그 아주머니가 생각났는데, 뭐… 그녀에게 좋은 일만 있기를.

란트스타트*를 찾아갔을 때, 나를 맞아준 이사벨이라는 여직원에게서 바닐라 향과 시트러스 향이 나는 것 같았다. 그런데 향이 얼마나 강하던지, 그녀가 말을 걸 때마다 나는 웃기는커녕 그저 입술을 꾹 다문 채 고개만 끄덕였다. 그 냄새를 계속 맡으니 차라리 산 채로 가죽이 벗겨지거나 코를 없애버리고 싶은 심정이었다. 빨리 끝낼 수만 있다면 둘 중 어느 쪽이든 다 괜찮았다. 아나필락시스 쇼크**가 일어나기 직전에 이사벨이 다시 나를 향해 돌아섰다.

"미안해요, 메리암. 곧 도와드릴 테니, 잠시 앉아 계세요."

● 네덜란드 디먼에 본사를 둔 네덜란드의 다국적 인력 파견업체.
●● 특정 물질을 극소량만 접촉해도, 그 즉시 전신에 증상이 나타나는 심각한 알레르기 반응.

위치: 그녀의 책상 앞 싸구려 이케아 플라스틱 의자.

그 주위에서 열일곱 명이 통화를 하거나 키보드를 두드리고 있었는데, 하나같이 사무실 곳곳에 배치된 칸막이에 갇혀 있었다. 내가 속이 메스껍지만 않았어도 정신 나간 인간처럼 히죽거렸을 거다.

비정규직을 파견직으로 보내는 사람은 누구일까? 아마 또 다른 비정규직이겠지. 나와 계약한 이 회사도 모든 직원과 근로 및 용역 계약을 맺었다는 데에 내 손모가지를 건다. 정말 웃겨서 눈물이 다 날 지경이다. 이게 블랙코미디가 아니면 뭐가 코미디겠는가. 하여간 요즘 블랙 유머가 제일 웃기다. 예전에는 세상에 월급쟁이, 칼럼니스트, 실업자, 이렇게 세 종류의 사람들만 있는 줄 알았다. 하지만 지금은 정규직, 비정규직, 칼럼니스트, 실업자, 이렇게 네 종류로 나뉘는 듯하다.

"마리암, 이름이 참 예쁘네요. 어디에서 온 이름이죠?"

한쪽 입꼬리를 살짝 올리며 썩소를 날렸다.

"메리엠이에요."

"네?"

"'마'가 아니라 '메'라고요."

"마리엠이라고요?"

나도 모르는 사이 오른쪽 검지손톱으로 원피스 아래 오른쪽 허벅지 살을 쿡쿡 찔렀다. 이딴 개소리나 듣겠다고 새 옷을 샀나 싶었다. 하지만 이제 나는 과거의 코흘리개가 아니라 어엿한 직장인이니까 커리어우먼답게 입고 다녀야 했다고 스스로를 위로했다. 그러면서 '이 여자가 자기한테서 나는 냄새를 못 맡을 리 없을 텐데' 하고 속으로 생각했다. 갑자기 누군가 내 목구멍에 슈퍼사우루스에서 자체적으로 생산한 바닐라에센스 한 병을 집어넣고 내가 어떻게 반응하는지 녹화하는 듯한 기분이 들었다.

"메리엠. '에'가 두 번 들어가죠."

"아, 죄송해요. 처음 들어보는 이름이라서…."

"괜찮아요."

"정말 예쁜 이름이네요."

그녀는 앵무새처럼 말을 반복하고는 두툼한 서류 뭉치를 내 앞에 놓으며 미소 지었다.

"그런데 어디에서 온 이름이라고 하셨죠?"

오늘 아침 침대에서 눈을 뜨면서 좋은 하루가 될 거라고 스스로에게 행운을 빌었는데, 좋기는 개뿔.

"이탈리아 이름이에요." 나는 눈 하나 깜짝 않고 말했다.

"이탈리아! 무슨 뜻이에요?"

"사랑, 삶, 쾌활함을 뜻하죠."

우스갯소리라는 걸 뻔히 알 텐데, 그녀의 얼굴이 금방 환해졌다.

"아름다운 이름이네요. 정말 마음에 들어요."

쿠란「알루 이므란」30절에 이르기를, 모든 사람이 자신이 행했던 선과 악을 눈앞에서 보게 될 그날, 그들은 자신과 악행 사이에 엄청난 거리가 있기를 바랄 것이니라. 내가 어디를 가든 항상 나를 따라다니는 두 천사가 있다. 그들을 두 눈으로 본 적은 없지만, 그들이 내 곁에 있다는 건 알고 있다. 한 천사는 내가 저지르는 악행을 일일이 기록하는 반면, 다른 천사는 내 선행을 기록한다. 그리고 내가 잠들면 그 기록은 끝난다. 가끔 밤마다 자다가 죽을지도 모른다는 생각에 밤을 꼴딱 새우기도 했다. 신은 생각이 아니라 행동을 이유로 벌을 내리기에, 어떤 행동 때문에 죽음이라는 벌을 받진 않을까 두려웠기 때문이다. 한 번의 선행은 수많은 선행과 같지만, 한 번의 악행은 그저 하나의 악행에 지나지 않는다. 그러니 조심해야 한다. 잠에서 깨어나지 못한다는 게 얼마나 끔찍한 죽음인가.

나는 공상에 잠겼다. 지금 나는 이딴 형편없는 이케아 플라스틱 의자가 아니라 다른 곳에 앉아 있다고 상상했다. 사소한 거짓말도 죄악이지만, 나는 그것을 단 하나의 악행으로만 여긴다. 잠시 정신을 차려보니 이름이 알리시아였나 미란다였나, 어쨌거나 그 여자가 입술을 달싹거리는 모습이 보였다. 이 일을 끝내고, 거리로 나가 길모퉁이에서 처음 만난 거지에게 5유로짜리 지폐를 건네면 많은 선행을 쌓게 될 테다. 물론 내가 그 분야의 전문가도, 이맘[●]도 아니라서 정확히 얼마나 많은 선행을 받을지는 잘 모르겠지만. 아마 내 선행 하나가 악행 하나를 상쇄하겠지. 적어도 내가 알기로는 그렇다. 만약 여기서 내가 횡단보도를 건너다가 버스나 트럭, 망할 전동 킥보드에 치여 죽은 후 신께 내 잘못을 고해야 한다면, 나는 누군가의 목숨을 구할 때는 거짓말이 허용된다는 것을 안다고 아뢸 것이다. 지금 나는 스스로를 구하고 있으니까. 이 생에서 나는 한 걸음을 내딛을 때마다 항상 내가 누구인지, 어디서 왔는지, 엄마가 정확히 어디서 나를 낳으셨는지 설명해야 한다. 내가 어떤 대답을 하든 상관없다. 무슨 말을 하든 언제나 다른 질문들이 꼬리에 꼬리를 무니까. 잘은 모르지만, 어쩌면 그 물음표들이 나의 개인적인 지하드^{●●}거나 나의 영혼을 정화하는 데 도움이 될 지상의 고통, 아니면 내가 천국에 갈 수 있을 만한 공덕을 쌓을 때까지 싸워야

할 전투일지도 모른다.

나는 그 여자한테 이렇게 말하고 싶었다.

"내 안에 남아 있는 게 없어요. 이사벨, 당신 같은 사람 때문에 내가 속이 텅 빈 채 죽어 있는 거라고요. 나는 입이 없어서 어떤 고통도, 감정도, 표정도 드러내지 못하고, 두 눈만 동그란 이모티콘이나 다름없어요. 나는 당신을 바라보고 당신은 나를 바라봐요. 겉으로는 안 그래 보여도, 나는 굉장히 예민한 사람이에요. 친구들은 내가 절대 큰 소리를 치지 않아서 로봇 같다고 농담하기도 하죠. 나는 흥분하지도, 화를 내지도 않으니까요. 하지만 나도 인간인 이상 가끔 어떤 감정을 느낄 때가 있어요. 지난 25년 동안 '얘, 네 이름은 무슨 뜻이니? 어디서 왔니? 그러니까 어느 나라에서 왔냐고' 같은 질문을 끊임없이 받다보면 슬슬 짜증이 난다고요."

"칭찬 감사해요."

"그럼 부모님 두 분 다 이탈리아 분이세요?"

"네."

"정말 멋지네요."

그녀는 정말 놀란 것 같았다. 진짜 대단하신 분이다.

"자, 메리엔. 보다시피 이건 근로 및 용역 표준계약서예요. 원한다면 저와 함께 검토해볼 수 있고, 아니면 집에서 찬찬히 읽어보시고, 궁금한 점은 전화나 메일로 물어봐도 돼요. 그런데 제가 여기서 반드시 확인하고 싶은 건 근무시간 기록 표예요."

세스 마이어스와의 인터뷰에서 배우 우조아마카 아두바가 어렸을 때 학교에서 돌아와, 어머니에게 앞으로 자기를 '조'라고 불러달라고 했다던 기사를 읽었다. '조'라고 부르는 게 더 쉽다는 이유 때문이었다. 그 말을 들은 그녀의 어머니는 "사람들이 차이콥스키, 도스토옙스키, 미켈란젤로 같은 이름을 말할 수 있으니, 네 이름도 말할 수 있어"라고 대답했단다. 하지만 나는 사람들이 메리엠이라고 불러주기를 기다리다 지쳤다.

"아만다, 바쁜데 죄송하지만, 여기서 같이 계약서를 읽었으면 하는데요."

한번 엿 먹어보라는 심정이었다. 하지만 그녀는 자기 이름이 아만다가 아니라 이사벨이라고 고쳐주지 않았다. 그녀는 목구멍으로 쓴 물이 올라오는지 순간 표정이 일그러졌지만, 이내 미소를 지으며 고개를 끄덕였다. 나는 그녀가 역겨운 자기 향수 냄새나 실컷 맡도록 내버려둔 채 앞에 놓인 서류를 한 장씩 천천히 읽었다. 서류를 다 살펴본 후 서명할 곳에 서명하고, 사무실 한구석에서 먼지를 뽀얗게 뒤집어쓰고 있는 2000년산 구식 컴퓨터로 산업재해 예방교육을 이수한 다음, 매일 아침 출근 기록부에 서명하는 방법과 월말마다 기록부에 마티키의 서명을 받아 그녀에게 보내는 방법을 들었다. 다 끝내고 그녀에게 손을 내밀어 악수를 청했다.

"마누엘라, 만나서 반가웠어요."

어느 날, 아빠는 아무리 제 갈 길에서 오랫동안 벗어났을지라도 진정으로 회개하면 신께서 모든 것을 용서해주실 거라고 내게 이야기해줬다. 자신의 죄가 하늘에 닿을 만큼, 지상을 모두 덮을 만큼 크다고 해도 말이다. 하지만 내 마음속엔 자존심과 분노가 뒤엉켜 있어 어떤 일도 진심으로 뉘우칠 수 없다는 걸 아빠한테 어떻게 말해야 할지 모르겠다. 잘못을 저질렀다는 걸 스스로도 잘 알고 있지만, 종종 시시비비조차 따지고 싶지 않을 때가 있었다.

'안녕하세요, 가브리엘라. 어제 미처 제출하지 못한 서류를 첨부해 보냅니다.'

나는 그다음날 그녀에게 메일을 썼다. 이러면 그녀가 사람을 존중하는 법을 배울지 한번 두고 보자.

2   2017년 6월

슈퍼사우루스의 몇몇 직원들은 비밀 하나를 알고 있었다. 내게 그 비밀을 알려준 사람은 오마르였다. 그는 2013년 크리스마스 파티에서 눈 맞은 전前 재고관리 담당 여직원에게 그 이야기를 들었다고 했다. 그는 4년 사귄 여자친구와 헤어진 지 몇 달 만에 그녀를 만났다. 그와 대화하는 내내 '4년'이라는 단어가 머릿속을 계속 맴돌았다. 한 사람과 4년이나 만나다니. 나는 그게 가능하냐고 외치고 싶었다.

4년 전의 나는 무얼 하고 있었더라. 2013년에는 나도 꿈과 포부가 있는 사람이었지만, 지금은 그렇지 않았다. 인스타그램을 볼 때마다 내 지인은 어떤 프로젝트를 진행 중이라고 말한 반면, 나는 아무런 계획도 없었다. 그 지인은 '극비라 밝힐 순 없지만, 아주 특별한 프로젝트에 참여하고 있답니다:) 조만간 여러분들한테 알려줄게요. 약속!'이라는 멘트를 써서 게시물을 올리곤 했다. 셀카를 업로드하거나 메시지에 답장하기 위해 인스타그램을 열면, 나도 모르게 몇 시간 동안 스크롤을 내리고 있었다. 그때마다 수많은 사람들이 정말 다양한 프로젝트를 진행하고 있는 것을 봤지만, 세계를 여행 다닐 여유가 있다고 직접적으로 언급하는 사람은 단 한 명도 없었다. '#축복받은 섬 발리에서''#여기서 개고생 중''#포르멘테라섬에서 탄 요트와 새까맣게 탄 발''#여름이었다' 등등 사람들이 영혼 없이 나열하는 인스타그램 해시태그에 독이라도 풀고 싶었다.

여하튼 그 비밀은 이 건물에 오래전 열쇠가 없어진 물품 보관 창고가 하나 있다는 것이었다. 관리자들 중 누구도 그 문제를 처리할 시간이 없었고, 사무실 직원들은 지하로 내려갈 일이 없었다. 그래서 많은 직원들이 지하에 창고가 존재하는지조차 몰랐다. 그 사실을 알게 된 뒤로, 가끔 나는 창고에 숨어들었다. 그곳은 퀴퀴한 냄새가 진동하는데다 박스와 카트, 부서진 책상과 의자, 켜지지도 않는 컴퓨터, 곰팡이가

슨 3미터짜리 공룡 인형 등으로 가득차 있었다. 나는 기괴하게 생긴 그 공룡 인형의 팔에 기대어 울기도 했다. 나를 포함해 비밀을 아는 사람들은 반드시 열쇠를 찾은 곳에 두고 나왔다. 우리는 일단 밖에 나오면 창고에 대해 입도 뺑끗하지 않았다. 우리는 일종의 협력네트워크 관계였고, 창고는 울보들을 위한 레슬링장이었다.

그래서 어느 날 정오, 옥상에서 담배를 피우는 욜란다를 봤을 때 나만의 공간이 침범당한 기분이 들었고, 여태껏 누구도 보지 못한 치부를 들킨 사람처럼 하루종일 입을 꾹 다물고 한마디도 하지 않았다. 그후로 다시는 옥상에 올라가지 않았다. 대신 지하창고에서 재고관리 담당자인 세르히오, 정육코너 직원인 카를라, 또다른 재고관리 담당자인 무니르와 친해졌다. 우리는 슈퍼마켓 통로에서 우연히 마주치면 비밀을 공유하는 사이라는 의미로 서로에게 미소를 지어 보였다. 오마르는 그들을 '당신의 공산주의자 친구들'이라고 불렀다. 오마르를 생각할 때마다 손목 안쪽이 가려웠다. 2013년 크리스마스 파티에서 그와 눈 맞은 여직원이 어떻게 생겼는지 상상해봤는데 아주 예쁠 것 같았다. 그런 생각을 하자마자 곧바로 후회했다. 어쨌든 공산주의자 친구들과 나는 이 회사에서 불행한 존재들이라는 공통점을 가지고 있었다. 그럼에도 불구하고 우리는 끝끝내 회사를 그만두지 않았다.

✉ 보낸 사람: 욜란다 미카일로프

〈Yolanda.Mikhailov@supersaurio.com〉

보낸 날짜: 2017년 6월 4일 화요일, 13:55

받는 사람: 메리엠 엘 메흐다티

〈externa.meryem.elmehdati@supersaurio.com〉

제목: 업무 처리 목록

안녕하세요, 메이레메.

모든 업무를 마치고 다른 일을 시작하기 전에, 잊지 말고

각 회사와 관련된 정보를 프리마에 입력하세요. 오테로와 빅토르는 인사팀 감사 업무로 굉장히 바빠서 당신 질문에 대답할 여유가 없을 겁니다. 아마 대부분 당신이 다 알고 있는 내용일 테니 잘 살펴보도록 해요. 그런데 당신에게 좋은 평가를 내리기가 힘들더군요. 아무래도 우리 둘 사이에 소통이 부족한 것 같네요…. 아래 메일을 보니까 페란씨로부터 새 직책을 받은 것 같군요. 새 직책을 맡게 되더라도 기존에 하던 일은 계속해야 된다는 점을 잊지 말기 바랍니다.

내 입장을 이해해주기 바랍니다.
고맙습니다.

욜란다

나는 책상에 앉아 욜란다의 이메일을 여러 번 읽었다. 그러곤 입으로 천천히 한숨을 내쉬었고, 책상 아래에서는 손을 쥐었다 폈다 했다. '당신에게 좋은 평가를 내리기가 힘들군요'라는 문장을 속으로 되뇌었다. 그녀가 보낸 이메일이 네

온사인처럼 내 눈꺼풀 뒤에서 깜빡거렸다. 나는 자리에 가만히 앉아 이메일을 다시 읽었다. 한번 더 숨을 세게 쉬었다가는 온몸이 갈기갈기 찢어질 것 같았다. 나는 이메일을 캡처해서, 이 사람이 내 이름을 수천 가지 방식으로 조각내버린 스크린샷을 모아놓은 폴더에 저장했다. 그다음 나는 욜란다의 메일에 대한 답장으로 이렇게 썼다.

"욜란다씨, 내 나름대로 최선을 다하고 있는데 왜 번번이 의지를 꺾어버리는 거죠?"

지금은 점심시간이라 사무실에 아무도 없어서, 백스페이스키를 연달아 세게 두드려 최대한 큰 소리를 내면서 방금 쓴 문장을 지웠다. 탁, 탁, 탁. 텅 빈 사무실에 정적이 흐르자, 자리에서 모니터를 뜯어내 창문 밖으로 던져버리거나 욜란다를 찾으러 아래층으로 뛰어내려가는 등 미친 짓을 하고 싶은 충동이 일었다. 내 입장을 이해해주기 바란다니. 나는 실성한 여자처럼 소리 없이 웃었다. 내가 최근 몇 년 동안 읽은 것 중에서 가장 웃기는 문장이었다. 나는 그녀에게 "내 입장을 이해해주기 바랍니다"라고 말하면서 컴퓨터를 분해해 부품을 바닥에 내팽개치는 장면을 상상했다. 그러고는 오른손을 입술에 갖다댔다.

나는 다시 답장을 썼다.

안녕하세요, 욜란다씨.

있잖아요, 어렸을 때는 세상에서 무서운 게 하나도 없었어요. 허공에 매달린 그네에서 뛰어내리다 모래에 무릎이 쓸려도 하나도 아프지 않았어요. 어떻게 되든 상관없었어요. 미친 듯이 웃을 정도였다니까요. 세상에서 가장 한심한 질문을 하고도 전혀 부끄러워하지 않았어요. 반대쪽에 뭐가 있나 보려고 여기저기 손을 집어넣기도 했고요. 아무튼 나는 천하무적이었죠. 그렇게 겁없이 까불다 결국 앞니가 조금 부러졌지만, 거울에 비친 내 모습을 보고도 웃음을 터뜨렸어요. 지금도 앞니가 조금 삐뚤고 이상해요. 당신도 알아챘겠죠.

요즘은 무슨 말을 하려고 해도 목소리가 나오지 않는 악몽을 자주 꾼답니다. 꿈에서 누군가 나를 해치려고 하는데 '안 돼!'라는 말이 안 나와요. 그냥 울기만 해요. 거리에서 계속 쫓기는데 도와달라고 소리치지도 못해요. 물론 꿈마다 상황은 조금씩 다르지만, 매번 입을 벌리고 오므리다 결국 울음을 터뜨리죠. 악몽에서 깨면 항상 목은 뻣뻣해져 있고, 주먹은 꽉 쥐어져 있더라고요. 그러면 어두운 방에서 물끄러미 손을 바라보다가 여러 번 쥐었다 폈다 하죠.

　나는 강하고 결단력이 있고 독립심이 강한 여자예요. 마음만 먹으면 소리를 꽥 지를 수도 있고, 할말을 다 내뱉을 수도 있고요. 하지만 그저 환상일 뿐이에요. 당신에게 아무 말도 안 하잖아요. 당신이 나를 미리안, 마리안, 메리안, 메레임이라고 불러도, 매정하게 내 전화를 끊어도, 나를 개무시해도, 거의 모든 일에서 나를 배제해도, 오늘처럼 황당한 이메일을 받아도, 가만히 보고만 있으니까요. 내가 잠자코 있는건 일자리를 잃고 싶지 않을뿐더러, 어릴 때부터 부모님이 사람들에게 끝까지 친절해야 한다는 말을 귀에 못이 박히도록 했기 때문이에요. 상냥해야지, 상냥해야 해, 상냥해야 한다고. 선량한 행동을 기억하는 사람은 별로 없지만 악의적인 행동은 아무도 잊지 않아요. 만약 내가 지금 당장 당신 사무실로 뛰어내려가 문을 열고 당신에게 달려든다면, '몇 달 동안 꾹 참고 그녀의 비위를 잘 맞춰주었는데 이제 참을 수가 없었던 모양이야'라고 두둔할 사람은 없겠죠. 내가 언젠가 당신의 머리채를 잡고 복도 반 바퀴를 질질 끌고 다닌다 해도, 지난 몇 달 동안 나를 못살게 구는 당신을 내가 이를 악물고 참았다는 사실을 아무도 모르겠죠. 신께서는 나를 이해해주실 수도 있겠네요. 하지만 사람들은 그저 경비원이나 부르고, 한바탕 소란이 일어나겠죠. 나는 란트스타트에 고용되어 있으니까 단 한 푼의 보상도 받지 못하고 거리로 쫓겨날 테고요…. 하지만 신께서 이해해주시기만 한다면, 더이상 바랄 게 없답니다.

당신이 나한테 무슨 말을 할 때 가끔 이런 공상에 빠져요. 당신은 내 앞에 있고, 나는 당신이 입을 여닫는 모습은 보지만 당신을 보지는 않아요. 물론 당신이 무슨 말을 지껄이는지도 안 듣죠. 그때 나는 하고 싶은 말은 다 하는 세계에 있으니까요. 거기서는 당신에게 내 이름을 분명히 알려드릴게요. 어떤 사람에게는 여섯 글자로 된 이름을 기억하는 게 힘들 수도 있으니까요. 신께서 세상에 존재하는 모든 것에는 다 이유가 있다고 말씀하셨어요. 나는 아직 어린애일 뿐이고 당신이 나를 시험하는 건지 아니면 내게 벌을 내리는 건지 잘 모르겠지만, 적어도 내가 당신보다 30센티미터는 더 크고 몸무게도 20킬로그램은 더 나간다는 사실을 잊지 마세요. 나도 절대 잊지 않을 테니까요.

5분 후 나는 흥분을 가라앉히고 내가 쓴 글을 모두 지웠다. 백스페이스키를 꾹 누르면서, 만약 내가 여유 있는 집안에서 태어나 지금처럼 허리를 숙이는 대신 듣기만 해도 멋진

'프로젝트'에 전념할 수 있었다면, 내 인생이 어땠을지 상상했다. 나는 내 일이 정말 싫었지만 나한테는 이 일이 필요했다.

✉ 보낸 사람: 메리엠 엘 메흐다티

〈externa.meryem.elmehdati@supersaurio.com〉

보낸 날짜: 2017년 6월 4일 화요일, 14:05

받는 사람: 욜란다 미카일로프

〈Yolanda.Mikhailov@supersaurio.com〉

제목: [RE]업무 처리 목록

잘 알겠습니다.

◇

나는 보내기 버튼을 눌렀다. 그리고 이날 집으로 가는 버스에서 눈물을 흘렸다.

여기 남기 위해

작품: 슈퍼사우루스 (라스팔마스 2지구)

등장인물: 오마르, 메리엠

태그: 슬로번●

카테고리: 로맨스

단어 수: 434자

오마르는 책상 위에 있는 종이꽃을 바라봤다. 꽃은 형광펜을 넣어둔 연필 꽂이와 그의 형제인 후안과 마리아, 그가 함께 찍은 사진이 담긴 액자 사이에 있었다. 사진 속에서 그는 자로 잰 것처럼 가르마를 타서 단정하게 빗어 넘겼고, 흰 셔츠와 카키색 바지 차림에 구두끈을 단단히 묶고 있었다. 오마르는 삼 남매 중에서 가장 키가 작았지만, 가장 겉멋을 부리는 아이였다. 한번은 메리엠도 그런 스타일에 대해 한마디했었다. 그때 그녀는 그를 가리키며 웃었다. "아침마다 엄마가 머리를 손질해주는 사람치고 내 인생에 관심이 꽤나 많으시네요"라고 말하면서. 그녀가 그에게 했던 말이 거의 대부분 그랬듯 이번에도 정말 재미있었다. 그는 그 하찮은 꽃을 집어 진짜 꽃이라도 되는 듯 엄지와 검지로 빙글빙글 돌렸다. 그녀가 구내식당의 냅킨을 접어 만든 꽃이었다. 그녀는 먼저 냅킨을 두 번 반으로 접은 다음, 사각형이 된 종이를 펼쳐 삼각형으로 접더니 이마로 흘러내린 머리를 쓸어넘

● 감정이 서서히 타오르는 일종의 로맨스물.

기며 뭔가에 대해 불평을 늘어놓았다. 이에 오마르가 반응하자 메리엠은 이렇게 말했다.

"이미 썩을 대로 썩은 시스템이 인생을 지배하고 있다는 사실을 깨닫고 나면, 네스퀵이냐 콜라카오냐 하는 선택은 아무런 의미도 없어지더라고요."

그녀는 진지하기는커녕 오히려 자조하는 어투로 말했다. 오마르는 그녀가 하는 말이 대부분 스스로를 비웃거나 마치 적을 대하듯 스스로를 공격한다는 사실을 이미 오래전에 알아차렸다.

"그래서 나는 어느 핫초코든 전혀 상관없어요."

그녀는 말을 마치고 다 접은 꽃을 그에게 내밀었다. 그런데 그는 그녀의 눈과 목, 그리고 그녀가 항상 차고 다니는 은목걸이에만 정신이 팔려 있었다.

"콜라카오의 소유주는 페레로 가문이고, 페레로 가문은…"

"개자식들이라고요?" 그가 그녀의 말에 맞장구쳤다.

"맞아요. 그래서 나는 티르카오 핫초코를 마시죠. 그러면 내가 슈퍼사우루스에 투자한 돈이 다시 나한테 돌아올 테니까요."

오마르는 종이꽃을 들고 찬찬히 살펴봤다. 그러고는 방긋 미소를 지었다.

"보통은 회사 자체 상품에 돈 쓰는 거 싫어하지 않나요?"

"그렇죠. 하지만 난 페미니스트라서 인종차별은 못 참거든요. 그래서 인종차별 논란이 있는 콜라카오 핫초코는 불매하죠." 그녀가 말했다.

그는 사무실에서 종이꽃을 조심스럽게 제자리에 놓았다. 그날 이후로 계속 그 자리에 두었다. 그는 휴대폰을 꺼내 잠금을 해제하고 왓츠앱에서 그녀와 나눈 대화를 살펴보았다. 그러고는 "지금 아침 먹으러 내려가는데 같이 갈래요?"라고 메시지를 보냈다. 곧바로 '읽음' 표시가 뜨고, '오키ㅋㅋ'라는 답장이 왔다. 그는 그녀가 가장 좋아하는 클래식 설탕 도넛을 사주기로 했다.

4   2017년 6월

음악 소리가 너무 커서 테이블이 흔들렸다. 내 컵에 든 물도 그 리듬을 따라 부르르 떨렸다.

알론소에 따르면 그의 전 여자친구는 제정신이 아니었다. 물론 100퍼센트 확실하진 않다. 나는 쉴새없이 입을 여는 알론소에게 아무 관심도 기울이지 않았다. 지금 내 표정이 어떤지 모르겠다. 그가 테이블 맞은편에 앉아 있었지만 나는 그에게 눈길도 주지 않았다. 그는 벌써 같은 말을 스무 번, 아니 서른 번도 넘게 했다.

"아무래도 전 여친이 미친 것 같아. 돌았는지 제정신이 아니라니까."

내가 지금쯤 집에 있었다면 잠옷 차림으로 동생들과 〈첫 데이트〉 프로그램이나 보고 있었을 텐데. 그런 생각이 들자 당장 집으로 뛰어가고 싶었다. 알론소 옆에 앉아 있는 오마르는 다리를 꼰 채 잔을 입에 대고 위스키를 한 모금 들이켰다. 나는 그의 사적이고 은밀한 모습을 보는 것 같아 고개를 돌렸다. 나는 알론소의 이야기에 집중하려 했지만 전혀 귀기울일 수 없었다. 그의 목소리는 점점 더 이상하게 들리고, 내게서 멀어져만 갔다. 나는 남자들에게 아무 반감도 품고 있지 않지만, 대부분의 남자들은 물속에서도 입을 쉬지 않을 것 같다. 옷이 땀으로 젖기 시작했다. 남자들은 자기들이 얼마나 말을 많이 하는지 모른다는 게 제일 짜증났다. 하지만 사회는 남자들은 과묵한 반면, 우리 여자들이 수다스럽다고 믿게 만들었다. 물론 지금 당장 이를 뒷받침할 만한 과학적 연구는 없지만. 남자와 이야기할 때마다 나는 '듣고 있으니까 계속하세요' 같은 표정을 지었다. 하지만 나의 뇌는 대화에서 점점 멀어졌고 결국 어느 순간부터 상대방이 말할 때 입에서 나오는 소리만 들었다. 나의 뇌는 그 소리들을 처리하지도, 이해하려 애쓰지도 않았다. 마침내 내 몸은 에너지 절약 모드로 들어갔다. 이렇게나 내가 친환경적이고 지구를 사랑하는 사람입니다. 어쨌거나 내가 알고 지내는 모든 남자들은 자기 전 애인이 미친 것 같다고 떠들어댔다. 내가 그 말을 믿지 않는다는 건 아니지만 조금 의심스러울 뿐이다. 실제로 나는 완전히 정신이 돌아버리거나 예전에 그랬던 이들을 몇몇 알고 있는데, 그들은 죄다 남자들이다.

"그런데 그 여자가 넷플릭스랑 아마존 프라임의 비밀번호를 바꿔버렸지 뭐예요? 처음에는 정말 착한 여자였는데" 하고 그가 한탄했다. 그가 고개를 젓자 웨이브진 머리도 함께 흔들렸다. 6월 중순인데도 그는 얇은 터틀넥스웨터 같은 옷을 입고 있었고, 축구선수처럼 흰색 머리띠를 하고 있었다. 촌스럽기 짝이 없었지만, 아무도 뭐라고 하지 않았다.

"나한테 한마디 말도 없이 바꿨더라고요. 어쩔 수 없이 가장 찌질한 방법으로 알아내야만 했어요." 그는 계속 하소연했다.

나는 그의 옷차림이 어떤 의도를 드러낸다는 것을 알고 있었다. 본인이 현대적이고 개방적이며 이해심이 많은 아주 멋진 상사라는 점을 어필하고 싶은 것이다. 만약 당신이 아이를 데리러 가야 한다고 말한다면 그는 30분 일찍 퇴근하도록 해주겠지만, 대신 당신은 토요일이나 일요일 밤에 그가 보낸 이메일에 답장해야 할 수도 있다. 그만큼 당신도 그에게 쿨한 태도를 보여야 한다. 또한 머리띠는 그가 상사여도 언제든지 그와 편하게 대화를 나눌 수 있다는 점을 보여주는 것이다. 심지어 당신의 개인적인 이야기도 그에게 털어놓을 수 있을 것이다. 어떤 사람들은 그의 덕을 톡톡히 볼지도 모른다. 어쩌면 몇몇 동료들은 회사에 가까워지면 출근 시간을 최대한 늦추려고 발을 질질 끈다는 이야기, 또는 퇴근 후 멀리서 회사 사람을 보면 숨는다는 이야기를 그에게 말할지도 모른다. 하지만 나는 회사 사람들에게, 특히 알론소에게 내 이야기를 하느니 차라리 책상 옆에 있는 문서파쇄기에 손을 집어넣겠다.

"도대체 그 계정이 누구 거였어요?" 오마르가 물었다.

IT팀 직원으로부터 새 컴퓨터를 받고, 나는 층을 옮겼다. 접수처 뒤에서 나머지 직원들과 떨어져 있지 않고 8층에서 일하게 됐다. 임원들이 일하는 곳에서 말이다. 이제 나는 투명인간이 아니라 존재감 있는 '사람'이 되었다. 내 책상은 마티키의 사무실 바로 앞에 있는데, 그의 사무실은 사방이 유리로 되어 있고 문은 항상 닫혀 있다. 내 허락 없이는 아무도 마티키를 보러 들어갈 수 없다. 물론 나는 고개를 끄덕이며 "네, 들어가세요"라고 말하기만 했다. 마티키도 사무실에서 자기를 찾아온 사람이 누구인지 훤히 내다볼 수 있었지만, 나는 가끔 과시하듯 그에게 전화를 거는 척했다. 그러다 신이 날 때면 손님에게 "기다리고 계시니까 들어가보세요"라고 말했다. 어떨 때는 어깨를 으쓱이며 "죄송하지만, 내일 가능한 시간이 있는지 찾아보겠습니다"라고 했다.

말 그대로 8층으로 올라가면서 나는 직장 동료들과 거의 동등한 지위로 격상되었다. 하지만 모두 알다시피 나는 파견 회사에 고용된 계약직인지라 여전히 그들보다 조금 낮은 존재였다. 자칫 잘못하면 경제적인 보상을 하나도 못 받은 채 내쫓길 수도 있다. 하지만 직원들은 이제 내 부탁을 들어주고, 내게 부탁하기도 했다. 부탁을 들어주는 것과 하는 것 중 어느 쪽이 더 별로인 건지 잘 모르겠지만. 답답한 사무실에서 탈출할 수 있는 유일한 시간이던 점심시간은 이제 한 번의 실수로 누군가의 적이 될 수도 있는 전략 게임으로 변해 버렸다. 나는 이런 다이내믹한 분위기가 너무 싫었지만, 다른 직원들과 같이 점심을 먹기 시작했다.

"오늘 퇴근 후에 회식이 있어요. 루시아에게 당신도 초대하라고 일러두었어요." 마티키가 내게 말했다.

그렇게 나는 연차로 따지면 상사 격인 사람들과 어울리게 됐다. 퇴근 후 회식 장소로 갔다. 어떤 버스를 타고 집에 가야 할지 모르겠다.

"그래서 누구 계정이라고요?"

루시아 1이 기대에 찬 눈빛으로 알론소를 바라봤다. 나를 포함해 여섯 명이 높은 테이블 주위에 모여 있었다.

"젠장. 그녀 계정이긴 하지만, 원래 나랑 같이 썼다고요. 나한테 미리 알려줄 수도 있었잖아요. 안 그래요? 이미 말했듯이 그녀는 제정신이 아니에요."

어느 날, 오마르가 루시아 1, 루시아 2, 알론소, 프란시스코와 함께 나타나더니 나를 식사에 초대했다. 그렇게 우리는 하나의 무리가 되었다.

"두 계정 모두 그녀 거네요."

프란시스코가 같은 말을 되풀이했다. 그는 자기를 파코 대신 프란이라는 애칭으로 불러달라고 했다. 파코라는 이름은 싫단다.

"아무튼 그녀가 돈을 다 낸 거네요, 그렇죠?" 프란이 이어 말했다.

"참 뻔뻔하네요, 알론."

루시아 1은 눈을 흘기는 척하고는 카나페를 한 입 베어 물었다.

지금 내 영혼은 이 자리에 없다. 저기 안드로메다에 있다.

"하여간 남자들이란…. 참, 메리. 내일 오전에 당신 상사 좀 뵈러 가도 될까요? 서명받을 게 있어서요."

그녀는 나한테 말하고 있었다. 그러니까 내가 그 '메리'인 셈이다. 나는 잠시 생각하는 척하다가 대답했다.

"좀 어려울 수도 있어요. 뭐든 제게 주시면 마티키씨 책상 위에 올려놓을게요. 사인이 끝나면 말씀드릴게요."

갑자기 알론소와 프란시스코는 농담 반 진담 반으로 말다 툼하기 시작했다.

"와, 정말 친절하세요. 매 분기 세금 관련 서류예요. 뭔지 잘 아시죠?"

나는 전혀 모르지만 일단 고개를 끄덕였다.

루시아 1, 루시아 2, 알론소, 그리고 자기를 프란이라 불러 달라는 프란시스코는 오마르와 마찬가지로 모두 이베리아반 도 출신이었다. 그래도 그들이 월급으로 이 섬에서 살아가기 에 슈퍼사우루스에 투자된 돈은 모두 섬으로 돌아온다. 하지 만 윗자리로 올라갈수록 실제로는 고트족*이 이 섬을 지배 한다는 사실을 모를 수가 없다. 하지만 나를 분노하게 만드 는 건 그 문제가 아니다. 인사팀에 따르면 사람과 그의 가치 를 중시한다는 회사에서 내 이름을 제대로 아는 이가 하나도

● 카나리아제도에서 스페인 본토 사람들을 고트족이라고 부른다.

없다는 게 그저 웃음이 나올 뿐이다. 어쩌면 나는 사람이 아닐지도 모른다. 어쩌면 내 이름이 메리엠이 아닐지도.

"당연히 잘 알고 있죠."

나는 상냥한 미소를 지으며 루시아 1에게 대답했다. 오늘 아침에 나는 어리석게도 굽이 있는 구두를 신을까 고민했다.

"메리, 내가 〈젊은 인재들〉이라는 새로운 사보를 기획하다가 당신이 딱 생각났어요. 한번 글 써볼래요?" 알론소가 말했다.

오마르가 나를 쳐다봐서 나도 그를 쳐다봤다. 그의 입가에 은은한 미소가 피어올랐다. 나는 당장 저 미소를 지워버리고 싶었다. 테이블 위로 몸을 기울여 그의 얼굴에 주먹을 날리면서, 지금 이 상황이 그렇게 재밌냐고 묻고 싶었다.

나는 나 자신에 대해 이론을 가지고 있다. 나는 노동의 세계에서 능력을 최대한 발휘하는 데 필요한 에너지 없이 태어났다는 것이다. 심지어 사람들과 어울리는 친화력도, 사람들을 이끌 만한 리더십도 내겐 없었다. 적어도 퇴근 후 직장 사람들과 함께 모인 이 상황에서는 그랬다. 퇴근하고도 돈 한 푼 못 받는 일을 몇 시간 동안 계속해야 한다니. 회식이란 걸 처음 생각해낸 사람은 정말 고문의 천재다. 나는 매일 쉬지 않고 주어진 역할을 연기해야 했다.

회사에서 하는 일 중에 내가 특별히 열의를 보이거나 흥미를 가지고 있는 일은 하나도 없었다. 사실 나는 거의 모든 일에 열정을 느끼지 않는다. 어쩌다 마음이 평온해지면 두 시간 동안은 조용히 보내지만, 그런 날은 대개 특대형 초콜릿 팔미에를 몰래 먹은 날이다. 그걸 먹으면 설탕 덩어리 서른세 개가 모조리 내 몸속으로 들어간다. 사람 짜증나게 하는 '덜 달게 먹기 협회' 놈들[●]의 조언 따윈 가볍게 무시한 채 과자를 삼킨다. 카페인과 설탕을 같이 먹으면 하루종일 로봇처럼 움직이게 되고, 집에 도착할 무렵엔 하루종일 내가 뭘 했는지 전혀 기억나지 않는다. 카페인과 설탕 조합은 마치 마약을 복용한 것처럼 내 인생에서 가장 높은 에너지를 끌어올렸다. 여하튼 내가 직장에서 일을 꽤 잘하는 건 내가 일을 좋아하거나 의욕이 넘쳐서가 아니라, 단지 내 밥그릇을 잃기 싫은 마음에서 비롯되지 않았을까 싶다. 이민자의 딸로서 능력주의와 근면 성실함이 내 DNA에 깊이 새겨져 있기도 하고. 물론 능력주의는 윗사람들의 궤변에 불과하고, 내 근면은 평생 손 하나 까딱 않는 놈들만 배부르게 해준다는 걸 알고 있다. 그런데 왜 회계 관리자가 슈퍼마켓 계산원이나 재고관리 담당자보다 급여를 더 많이 받는 걸까? 만약 내일 당장 세상의 모든 계산원과 재고관리 담당자가 사라진다면 우

● 덜 달게 먹기 협회(sinAzucar)는 건강한 음식 문화를 알리기 위한 단체로, 우리가 일상적으로 소비하는 음식에 설탕이 얼마나 들어가는지를 사진으로 보여준다.

리는 그 사실을 바로 알아차릴 거다. 회계 관리자들이 사라진다면… 그냥 모르고 지나가겠지.

루시아 1, 루시아 2, 알론소, 프란은 모두 각자 맡은 일에 푹 빠져 살았다. 새 이메일은 그들의 심장을 뛰게 했다. 그들에게 시련은 극복해야 할 도전이자 하나의 게임이었다. 하지만 나에게는 그저 불안, 피로, 답답함을 유발하는 골칫거리이자 넘어야 할 또다른 장벽이었다. 매일매일 불안정함을 느끼는 것 말고도 아직 내가 받아야 할 벌이 남은 걸까? 집에 돌아오면 완전히 녹초가 되어 옷을 갈아입고 기도하고 쓰러져 잘 기운밖에 없었다. 직장생활 말고도 많은 것을 할 수 있다고 굳게 믿었었는데, 이제는 그마저도 의구심이 들었다. 슈퍼마켓에서 하고 있는 일과 관련없는 것에는 감정을 느낄 수도, 생각을 할 수도 없게 되어버린 걸까?

"저는 제 업무 밖의 일은 전혀 생각하지 않아요. 그래 봤자 월급을 더 받는 것도 아니니까요."

내 말에 그들은 빵 터졌다. 농담으로 받아들인 것이다. 내가 진지하게 말해도 대부분의 사람들은 배꼽을 잡는 반응을 보였다. 나를 웃기는 인간쯤으로 여기는 모양이다.

나는 알론소에 관해 네 가지 사실을 알고 있었다. 첫번째는 그의 전 여친이 미쳤다는 것, 두번째는 그가 독서를 무척 좋아한다는 것이다. 그가 어떤 대화를 하든 두번째 사실을 슬쩍 흘렸기 때문에 알고 있었다. 그는 서점에 가는 것을 즐기고 톨스토이, 부코스키, 파블로 네루다, 댄 브라운의 문학을 좋아했다. 저 얼간이는 스스럼없이 그런 말을 했다. 그의 사무실은 로에베 푸르 옴므 향수 냄새와 커피 향을 은은하게 풍겼다. 사방팔방에는 책들이 산더미처럼 쌓여 있었는데, 나는 알론소가 그중 3분의 1도 읽지 않았다는 걸 확신한다. 그리고 여기저기 더러운 컵들이 널브러져 있었다. 그는 탕비실에 가서 컵을 씻는 법이 없었다. 오죽하면 청소부 아주머니들이 컵을 식기세척기 안에 넣어줄 정도였다. 내 두 눈으로 똑똑히 봤다.

알론소는 인재 채용 담당자였다. 그가 내 계약을 외부 채용 형식으로 전환하는 안건에 대해 이야기하자고 나를 불렀을 때 그는 재미난 양말을 신고 있었다. 그래서 앞으로 내가 받게 될 급여와 직무에 대해 반드시 인지해야 할 내용을 그에게 물어봐도 되겠다고 생각했다. 하지만 그는 쓸데없이 많은 영어와 시시껄렁한 농담을 섞어가며 내게 새로운 형벌을 내리려고 했다. 결국 나는 정신이 나간 사람처럼 멍한 상태로 대화를 나누었다. 심지어 그는 '우리들' 대신 '우리 여자들'이라는 표현을 썼다*. 남성 우월주의인가? 그 한마디로 그는 완전히 아웃이다. 아무리 먹고살기 위해서 꾹 참는다지만, 인간들이 하는 짓거리를 보면 경멸스럽기만 하다.

"정말 재미있는 분이시군요." 알론소가 내게 말했다.

세번째는 알론소가 마드리드 출신이라는 사실이다. 그는 특히 그란카나리아섬에 대해 이야기할 때, 그가 마드리드에 두고 온 것이나 그리워하는 것과 이 섬을 비교할 때, 자기 출신을 자주 내세웠다. 나도 마드리드에 몇 번 가봤지만 별로 대단해 보이지는 않았다. 적어도 이 섬에서는 매일같이 그런 더러운 공기를 마시지 않아도 된다.

"자기소개서를 써주면 좋겠어요. 다음 호에 실을 예정이니까요. 당신처럼 재미있고 신선하게요, 알겠죠? 사진은 회사 입구에서 찍어드릴 수 있어요."

"죄송한데, 글이 정확히 어디에 실린다는 거죠?"

"당연히 우리 회사 사보죠."

나는 알론소가 나를 놀리는 줄 알고 웃었다.

"우리 회사에는 당신 또래가 거의 없어요. 게다가 당신은 젊고 재능이 있어서 우리 기획에 딱 맞는다고요."

"당신은 젊어요." 프란이 그의 말을 따라 했다. 그러고는 손가락으로 나이를 세는 척하더니 엄지와 검지를 들어올리

* 알론소가 자신과 메리엠을 모두 지칭할 때는 남성 대명사인 'nosotros'이라고 해야 하는데, 여성 대명사인 'nosotras'를 썼다는 뜻이다.

며 덧붙였다. "그리고 당신은 능력이 있어요. 비서로도 고용
됐고요."

그에게는 프란보다 오토*라는 이름이 더 어울렸다.

"젊음을 한번 정의해봐요." 루시아 2가 뜬금없이 물었다.

"서른 살 미만의 사람을 의미해요." 나는 농담 반 진담 반
으로 대답했다.

오마르가 킥킥거렸지만 아무도 눈치채지 못했다. 도대체
왜 웃냐고 그에게 따지고 싶었다. 이 사람들이 당신 친구라
면서 왜 웃냐고.

일단 서른 살에 가까워지면, 우리의 일부가 서서히 꺼져
간다. 나는 이 테이블을 둘러싼 사람들을 보며 그 사실을 깨
달았다. 나중에 돌이켜보면 언제부터 다른 사람으로 변하기
시작했는지 정확히 모를 테지만, 변했다는 건 분명히 알 수
있다. 더이상 청소년들을 이해하지 못하게 되고, 휴대폰은
적이 되고 만다. 젊을 때 가슴속에서 타오르던 작은 불꽃도
조금씩 꺼져간다. 나도 점점 더 불안해지고 의심도 많아진다
는 걸 실감하고 있다. 아무것도 확실하지 않다. 예전에는 망
설이지 않고 거침없었는데, 이제는 심장이 둘로 쪼개지면서
한때 피를 끓게 하던 모든 것들을 조금씩 잃어버리고 있다.
각종 공과금을 납부하고, 소득세를 신고하고, 방광염이 낫지

● 게르만어에 뿌리를 둔 이름으로, '부'를 의미한다.

않아 네 번씩이나 병원에 가야 했다. 어른이 되면 사람이 잿빛으로 변한다. 내 개인적인 생각에 불과하지만.

"회사에 서른 살 미만의 직원이 없다는 게 안 믿기네요. 어제 아래층 매장에 갔더니 스무 살도 안 된 여자가 계산해 주던데요."

그건 사실이었다.

"슈퍼마켓 직원들은 사보에 나오지 않아요." 알론소가 설명했다.

우리 여섯 명은 모두 슈퍼마켓 소속 직원들이기 때문에 그의 말은 메아리처럼 우리 사이로 퍼져나갔다. 나는 그 말의 의도를 파악하느라 잠시 뜸을 들였다.

"내가 보기에는 당신이 딱이에요." 프란이 덧붙였다. "이름도 정말 멋지고 말이죠."

'내 이름을 제대로 발음하지도 못하는 멍청이 주제에.' 그 말을 듣자마자 이런 생각이 들었다.

"말씀은 감사하지만, 저희도 슈퍼마켓에서 일하잖아요." 내가 대답했다.

나는 일부러 말귀를 못 알아들은 척했다. 저런 사람이 인재 채용 담당자라니.

"우리는 슈퍼마켓 매장이 아니라, 슈퍼마켓 본사 사무실에서 일하는 거예요. 사보는 법인체 내부를 대상으로 하는 거고요."

오마르가 말할 때, 나는 그가 있는 쪽으로 완전히 고개를 돌리지 않으려고 애썼다. 이런 내가 부끄럽고 한심했다. 오마르와 나는 항상 서로를 의식하는 것 같았다. 나는 단지 그의 말을 더 잘 듣기 위해 노력하는 것뿐이라고 정당화했다.

"우선 지난 호를 한 권 보내드릴 테니까 한번 확인해보세요." 알론소가 내게 말했다.

심장이 천천히 뛰기 시작했다. 지금 사보 따윈 전혀 신경 쓰이지 않았다. 내가 알론소에 대해 알고 있는 네 번째 사실은 그가 우리를 모두 묻어버리고도 남을 만큼 돈이 많다는 것이다. 원하기만 하면 슈퍼사우루스 주식의 절반을 매수할 수 있단다. 성이 하이픈으로 연결될® 정도의 재력이라니. 그래서 회사에서 그에게 자리 하나 만들어준 거겠지. 그래서 그런 머리 스타일에, 그런 머리띠를 하고 출근할 수 있는 거겠지. 나는 결코 이 싸움에 진 게 아니다. 그냥 너무 피곤할 뿐이다. 어쩌면 다시 빈혈이 생겼을지도.

"그러니까 우리 회사에 두 가지 부류의 직원이 있다는 건가요?" 나는 물었다. "쓸모없는 슈퍼마켓 직원들과 저희들, 이렇게요."

● 스페인에서 하이픈이나 'de'로 연결된 성은 왕족이나 귀족의 혈통 또는 지역의 유력 가문 출신임을 나타내는 경우가 있다.

"아뇨, 아니에요. 절대 그렇지 않아요." 알론소는 적잖이 충격을 받은 듯했다. "편의상 슈퍼마켓과 본사 사무실로 나눈 것뿐이에요…. 아가씨."

'아가씨'라니.

"나도 젊은데 능력까지 있으면 좋겠다." 프란이 한탄했다.

그는 친근함을 표시하고 싶었는지 팔꿈치로 나를 툭 쳤다. 그 순간, 그가 어찌나 혐오스럽던지 온몸이 부르르 떨렸다. 난 절대 미치지 않았다. 그냥 저 사람들 때문에 열받은 것뿐이다. 나는 알론소가 한 말의 의미를 아주 잘 알고 있으니까.

"당신은 상을 받아 마땅해요. 회사에서도 시상식 같은 것을 열어 전 직원에게 상을 줘야 한다고요. 정말 그렇게 되면 얼마나 좋겠어요?"

"제가 태어난 해에 태어났다고 주는 상인가요?" 나는 날카롭게 대답했다.

유일하게 나를 이해한다고 믿었던 사람마저 낄낄대자, 나는 아예 그에게서 얼굴을 돌려버렸다. 나는 화가 나긴 했는데, 무엇 때문에 그런지 도통 감이 안 잡혔다. 그때 '그냥 서서히 받아들이는 수밖에 없어' 하는 목소리가 내 머리 위에서 들렸다. 일단 분노라도 가라앉혀야겠다는 생각에 나는 잔에 남은 물을 다 마셨다. '서서히'.

"그럼 기대해봐도 되겠죠? 작성해야 할 내용은 메일로 알려드릴게요. 별거 아니니까 너무 고민할 필요 없어요. 나랑 같이 살펴봐도 되고요."

다음 날 아침에 출근하니 그의 메일이 나를 기다리고 있었다. 나는 읽지도 않고 그대로 삭제해버렸다.

매번 버스 카드를 찍을 때마다, 목에 걸린 보이지 않는 시한폭탄에서 뚜뚜 하며 시간이 줄어드는 소리가 들리는 것 같았다. 국가가 설정한 '젊음'이 사라지는 스물여섯 살이 될 때까지 저렴한 가격으로 버스를 타고 다닐 기회가 하루하루 줄어들기 때문이다. 스물여섯 살부터는 28유로가 아니라 35유로를 내야 버스 정기권을 끊을 수 있다. 가격 차이보다는 자기들 멋대로 연령대를 정해 젊은이와 더이상 젊지 않은 이를 나눈다는 사실이 폐부를 찔렀다. 생후 만 26년 1일차가 되어도, 생후 만 25년 11개월 29일차만큼 여전히 젊을 텐데. 마지막으로 청년 요금 정기권을 살 때와 그 만료일 사이에 사흘 차이가 나는 것 말고는 실질적인 변화도 없을 텐데.

그렇기는 하지만, 누구든 어느 날 아침에 일어났을 때 스물여섯 살이 되어 있으면 자신이 젊음을 잃었다고 생각하겠지. 그런데 스물여섯 살부터는 '카나리아제도 주민 전용 승차권'을 살 수 있다. 젊은 사람들은 카나리아 주민이 될 수 없다는 뜻인가? 젊음과 주민은 상호 배타적인 관계인가? 나는 아직 28유로로 시내버스와 시외버스를 타고 다니지만, 스물여섯 살이 되는 순간 35유로를 내야 한다. 하여간 왜 청년 할인은 있는데 성인 할인은 없는지 이해가 안 된다. 내 또래들 대부분이 갈 곳이 없어 부모님집으로 돌아가고 있는 이 빌어먹을 경제적 상황에 사회적인 젊음은 서른 살이 되기도 전에 끝난다니, 말이 되는가? 하긴 휘발유 가격이 올라도 자기는 항상 20유로어치만 넣으니 상관없다는 멍청이도 있으니까.

이번달에는 버스 카드를 충전하려다 버스를 놓치고 말았다. 혹시 몰라 버스 출발 30분 전에 정기권 충전 사무실에 갔는데도, 차례를 기다리는 줄이 너무 길어 1분 차이로 91번 버스를 놓쳐버렸다. 라스팔마스 중심가라 항상 사람이 많은 산텔모 공원 사무실에 버스 카드를 충전해주는 직원이 두 명

밖에 없다면 믿을 수 있겠는가? 카나리아제도에 살고 있지만 유럽이 아니라 개발도상국에 살고 있다는 기분을 지울 수가 없다. H&M은 여기로 배송도 안 해준다. 아무튼 내가 집에 도착해서 문을 열었을 때, 부모님이 나를 젊은이로 볼지 아니면 카나리아제도 주민으로 볼지 궁금했다. 뭐, 어느 쪽이든 상관없다. 나도 이젠 어엿한 직장인이니까.

안개 속의 고릴라

작품: 슈퍼사우루스 (라스팔마스 2지구)

등장인물: 오테로, 빅토르

태그: 테러(?)

카테고리: 일반

단어 수: 417자

스트레스 볼은 욜란다가 준 선물이었다. 오테로의 손이 너무 크고 두꺼워서 그 공은 마치 구슬처럼 보였고, 빅토르는 그 모습을 너무 재밌어했다. 빅토르도 그런 공을 어딘가에 보관해두었지만 한 번도 사용한 적은 없었다.

그날 오후, 오테로는 공을 손에 꽉 쥔 채 모니터 너머로 빅토르를 바라보며 말했다.

"잠깐 메리엔에게 전화해봐요."

"무슨 일로요?"

오테로는 공을 내려놓았다.

"아무튼 전화해요."

빅토르는 전화기로 몸을 돌리더니 번호판의 아래에서 세번째 버튼을 눌렀다. 그러고는 스피커폰을 켰다.

"안녕하세요, 빅토르씨?"

"안녕, 메리엔? 잘 지내요?"

그들보다 세 층 위에 있는 그녀가 웃었다. 그녀의 웃음은 왠지 전염성이 있어서 빅토르도 덩달아 웃음 짓게 했다.

"저야 잘 있죠. 빅토르씨는요?"

"안녕하세요, 메리엔?" 오테로가 목소리를 가다듬으며 말했다.

"메리, 지금 스피커폰으로 말하고 있어요."

"오테로씨, 안녕하세요? 잘 지내시죠?"

"그럼요. 잘 지내고 있죠. 돈 벌려고 뼈빠지게 일하고 있답니다. 그런데 메리, 빅토르랑 나한테 뭐 말할 거 있지 않아요?"

빅토르는 오테로를 더 잘 보려고 의자 팔걸이에 기댄 채 몸을 살짝 일으켰다. 오테로가 무슨 말을 하려는 건지 궁금했다.

"음… 어떤 일인가요?"

"잘 생각해봐요."

빅토르가 오테로에게 손짓하지만, 그는 고개를 저었다.

"무슨 말씀인지 잘 모르겠어요."

"확실해요?"

세 사람 사이에 침묵이 길게 이어졌다.

"제가 뭐 잘못한 거라도 있나요?" 잠시 후 그녀가 물었다.

"아뇨, 전혀요. 그게 무슨 소리예요. 걱정하지 말아요. 잘못한 건 하나도 없으니까요. 혹시 내일 생일인지 물어보려던 거예요."

"어머, 메리엔, 내일 생일이에요?" 빅토르가 웃으며 말했다.

"아!" 그녀가 말했다.

빅토르는 전화기 너머로 그녀의 숨소리를 들은 것 같았다.

"네, 맞아요."

오테로는 있지도 않은 보푸라기를 어깨에서 털어내는 척했다.

"그런데 왜 그렇게 기운이 없어요? 내일은 당신 생일이라고요! 이제 몇 살이 되는 거죠?"

"스물셋." 빅토르가 끼어들었다.

"스물여섯이에요." 그녀가 대답했다. "죄송한데, 마티키씨와 회의가 있어서요. 나중에 다시 연락드릴게요."

"잠깐만요. 기다려요. 마티키씨하고요? 무슨 일로요?"

"네?"

"마티키씨랑 무슨 일로 회의를 하는 거죠?"

빅토르가 전화기 쪽으로 몸을 기울였다.

"품질관리팀과 회의가 있어요. 그럼 나중에 다시 연락드릴게요. 안녕히 계세요."

"잠깐만 기다려요."

하지만 그녀는 기다리지 않고 전화를 끊었다. 빅토르와 오테로는 서로를 물끄러미 바라보았다.

"뭔가 좀 이상하지 않아요?"

"이 여자 속은 알다가도 모르겠어요."

오테로는 손을 흔들었다.

"이야기를 할 때도 대체 무슨 생각을 하는지 전혀 모르겠더라고요."

"마티키가 품질관리팀과 회의한다는 것 말이에요. 우리도 참석해야 하지

않나요?"

"맙소사."

두 사람은 동시에 벌떡 일어났다.

　스물여섯번째 생일 전날 밤, 나는 부모님이 운영하는 '마르하바 식당'에 가서 평소 나와 동생들이 밥을 먹던 테이블에 핸드백과 노트북 가방을 아무렇게나 던져놓고 선언했다.

　"더는 못 해먹겠어."

　월요일인데도 식당에는 사람들이 붐볐다.

　"우리는 정말 거지같은 세상에 살고 있어." 나는 청중 두 명을 향해 말을 쏟아냈다. "누가 깔리든 말든 바퀴는 절대 멈추지 않아. 나도 점점 나이를 먹고 있어. 내가 바퀴에 깔리면 누군가 나를 대체하겠지. 우리가 미쳐버릴 때까지, 심지어

'자본주의가 우리가 살 수 있는 유일한 방식이고 우리가 열심히 노력하지 않은 게 잘못'이라고 우리를 세뇌할 때까지, 자본주의는 우리를 피폐하고 만들고 우리의 생명까지 빨아먹는 아주 병든 시스템이라고."

"누나는 대체 뭐가 되고 싶은 건데?" 남동생이 물었다.

남동생은 우리 삼 남매 중에서 키가 가장 컸다.

"아, 오늘은 누나를 건드리면 안 되지. 곧 생일이니까."

"난 매일 상사를 위해 일하는데, 상사는 점점 더 많은 것을 요구해. 난 생각할 시간도 없고 뭔가를 느낄 시간도 없어. 빌어먹을 로봇으로 변한 것 같다니까. 어느새 내가 '네, 마티키씨. 감사합니다, 마티키씨. 물론이죠, 마티키씨. 원하신다면 제 머리를 밟고 지나가셔도 돼요, 마티키씨'라고 기계적으로 내뱉고 있더라고."

나는 테이블을 세게 내리치다가 힘 조절을 잘못해서 손을 다치고 말았다. 동생들 앞에서 그러니까 약간 무안했다. 여동생이 손을 내밀어서 나는 그 위에 내 손을 포갰다. 여동생은 내 손을 살짝 주무르더니 다시 내게 돌려줬다.

"언니가 꼰대같이 구니까 너무 웃기다."

나는 동생들을 한참 바라봤다. 둘은 쌍둥이다. 동생들이 태어났을 때, 나는 그들에게서 눈을 뗄 수 없었다. 그들은 항상 붙어 있었다. 울어도 같이 울고, 자도 같이 자고, 먹어도 같이 먹고, 똥을 눠도 같이 눴다. 내 이름을 지어주고 깨달은 바가 있었는지, 부모님은 두 동생에게 사미르와 릴리아라는 이름을 지어줬다. 얼마 후부터는 사미, 릴리라고 불렀지만.

"너희들이 한 사람인 것처럼 똑같이 생각하고 똑같이 말하니까 소름돋아."

쌍둥이는 조금 크자 세상에서 나를 가장 좋아했다. 그래서 우리 남매는 항상 내가 원하는 대로 놀고, 내가 원하는 것을 보고, 내가 원하는 곳으로 갔다. 그럴 때면 당연히 기분이 좋았다. 이때까지는 참 귀여운 애들이었는데.

"우리야 거의 뇌를 공유하는 사이니까."

부모님네 식당은 금요일과 토요일마다 문을 닫았다. 부모님 친구들은 그 이틀 동안 장사를 하면 주중보다 훨씬 더 돈을 많이 벌 텐데 정신이 나갔느냐며 타박했지만, 부모님은 들은 척도 안 했다. 식당 문을 연 지 27년이나 되었지만 장사는 꾸준히 잘됐다. 처음에는 부모님과 직원 세 명으로 시작했지만, 몇 년 전 가게를 확장하면서 종업원을 더 고용했고 페이스북과 인스타그램 계정도 만들었다. 두 분 연세에 SNS까지 하는 건 무리였기에 계정은 나와 동생들이 관리했다.

마르하바 식당을 연 이후로 부모님은 인터뷰 요청을 세

차례나 받았다. 두 번은 지역 텔레비전 방송국과, 한 번은 어느 노르웨이 텔레비전 방송국의 다큐멘터리 프로그램 팀과 인터뷰했다. 식당 손님들은 대부분 택시 운전사들과 푸에르토리코 주민들, 섬 북쪽에 휴가를 보내러 오는 관광객들이었다. 최근 몇 년 간 인플루언서 열풍과 '에스닉' 유행, 섬의 숨겨진 명소를 발견하려는 여행 붐이 일면서, 정통 다문화음식에 집착하는 얼간이들이 몰려왔다. 사람들은 몰려다니며 식당 여기저기를 찍는가 하면, 요리사들이 요리하는 장면을 촬영하고, 마치 향신료를 처음 맛보는 것처럼 요리를 게걸스럽게 먹어 치우면서 방금 찍은 사진들을 곧바로 인스타그램에 올리는 경우가 허다했다. 그래서 우리도 열 명에서 열두 명 정도가 식사할 수 있는 테이블을 마련해뒀다.

"지금 내가 무슨 생각하고 있게?" 릴리아가 물었다.

"유럽 최고의 수학자가 되지 못하면 자살하겠다는 생각?"

"언니, 자살은 율법상 금지됐어."

나는 잠시 뒤를 돌아 부모님 눈치를 살폈지만, 다행히 우리 주위에 없었다.

"야, 배고픈데 저녁이라도 먹을래?"

"그러고 보니 두 눈을 모두 감고 길을 건너면 자살로 치나?" 릴리아가 물었다.

사미는 화학공학을, 릴리는 수학을 공부하고 있다. 객관적으로 우리 셋 중에서 내가 가장 멍청하다. 내가 엄마랑 같이 이모집에 갈 때마다 이모는 항상 동생들에 대해서 물어봤다. 예의바르고, 솔직하고, 붙임성 좋고, 외향적인 탓인지 우리 동네에서 동생들을 모르는 사람이 없었다. 한마디로 얄미운 동생들이다. '화학공학'이나 '수학'이라는 단어는 사람들을 깜짝 놀라게 했다. 어떤 이들은 "와, 그렇게 어려운 걸!" 하며 감탄했다. "맙소사! 엄청 똑똑한가보네"라고 말하는 사람들도 있었다. 그다음 "그럼 메리엠, 넌?" 하며 나에게 고개를 돌렸다. 하지만 내가 "번역을 공부해요"라고 대답하면 그들은 "아… 재미있겠네" 하고 미적지근한 반응을 보였다.

마그레브 이민자 가정에서 태어나 의대나 공대에 가지 않는 것이 얼마나 어려운지 아무도 모른다. 모든 사람들이 나에게 기대에 찬 눈빛을 보내는 상황은 부모님이 무신론자와의 연애를 격렬하게 반대하거나, 더 심하게는 고등학교를 졸업하기도 전에 사촌과 결혼시키려고 마음먹는 것만큼이나 끔찍하다.

세월이 지나면서 내가 이모들을 대하는 태도가 달라졌다. 예전에는 왜 이모들이 요즘 사회에 녹아들려고 더 노력하지 않았는지 궁금했다. 학창시절, 푸에르토리코 버스 정류장에 가면 근처 공원에 항상 이모들이 예닐곱 명씩 무리지어 조카들과 함께 있었다. 모두 히잡과 젤라바를 걸치고, 강한 마그레브 억양으로 말하고 있었다. 공원에서 너무 많은 공간을 차지하고 있는 그들은 내 눈에 몹시 거슬렸고, 그때마다 나는 속으로 혀를 끌끌 찼다.

'시선 끄는 행동 좀 하지 말고, 시끄럽게 떠들지 말고, 쓸데없이 남의 일에 참견하지 않았으면. 너희 부모님은 어떻게 지내시니? 네 동생들은 잘 지내니? 이 시간에 어디 갔다 오는 거니? 멀리서도 왔네. 부모님은 분명 너를 더 가까이 두고 싶어하실 거란다. 넌 항상 여기저기를 돌아다니니까… 하는 잔소리 좀 안 듣고 싶다고.'

쉴새없이 내 모습을 살피는 시선들. 그때 나는 이모들이 내 겉모습만 보고 나를 지레짐작한다고 생각했다. 그래서 나도 그들을 내 멋대로 판단했다.

맞아요. 나는 당신들과 달라요. 나는 더 많은 것을 열망해요. '엄마로 살기보다 나만의 인생을 살고, 내가 원할 땐 언제든지 떠나고, 가정을 돌보고 마트에서 장보는 일을 혼자 떠맡지 않을 거예요. 공원에서 나처럼 수다쟁이인 아주머니들과 수다를 떠는 것 이상의 고민과 관심사를 가지고 살고 싶다고요.'

돌이켜보면 나야말로 속단하는 사람이었다. 이제는 그걸 깨닫는 나이가 되었다.

"드디어 오셨네! 두 분의 자식들이 무지 배고프다고요."

여동생이 두 팔을 벌려 부모님을 맞이하자, 엄마가 흐뭇하게 웃었다. 여동생과 엄마는 거푸집으로 찍어낸 게 아닌가 싶을 정도로 똑같이 생겼다. 검은 머리, 검은 눈동자, 하얀 얼굴. 우리 가족 중에서 밤색 머리는 나밖에 없었다. 어쩌면 오래전에 나를 입양했는데, 내게 사실대로 말할 엄두가 나지 않았던 건지도 모른다. 그래서 가족 가운데 나만 숫자에 그렇게 약한 건지도.

"우리집 애들은 주방이 어디 있는지도 모른다니까."

"당신 자식들은 주방이 어디 있는지 몰라."

아빠는 내 어깨에 손을 얹으며 내 옆에 앉았다.

"이틀 만에 보는 것 같구나."

내가 보고 싶었다는 아빠만의 표현 방식이었다. 아빠는 어떤 말이든 직설적으로 하지 못하고, 섬세한 몸짓과 표정으로 에둘러 표현했다. "딸아, 네가 얼마나 보고 싶었는지 모른단다" 하고 말하는 법이 없었다. 대신 나한테 전화를 걸었다. 아빠는 아빠의 일을 하고, 나는 나의 일을 하면서 두 시간 동안 통화했다. 사랑한다는 말도, 몸 조심하라는 말도 절대 꺼내지 않았다. 대신 내가 어디에 있든 몇 시가 됐든 나를 데리러 왔다.

"주방 하나 못 찾는 이 상황이 오늘날 우리가 살고 있는 곪아터진 시스템의 문제라니까." 내가 말했다. "오늘 아레날레스지구에 있는 아파트를 보고 왔어. 어딘지 알아?"

"그럼, 알지."

"푸엔테루미노사 분수 근처인가?"

"응, 맞아."

한 시간 내로 두통이 생기려는지 머리가 살짝 찌릿했다.

"아무튼 아파트에 들어가봤는데 너무 별로더라고."

엄마가 나를 돌아봤다. 따뜻하면서도 걱정스럽다는 눈빛을 하고 있었다.

"정말 끔찍한 곳이었어. 꿈에 나올까봐 섬뜩할 정도로 무슨 동굴 같았어. 거기에 오르테가 라라*를 집어넣으면, 제발 감옥에 다시 가둬달라고 사정사정할 거야. 주방에서 열 걸음만 가면 침대가 있고, 샤워기 수압은 어찌나 약한지 물이 쫄쫄 나오고, 코딱지만 한 인덕션은 엄청 더럽고, 집에 창문이 딱 하나 있더라고…. 거기보다 더 형편없는 집은 없겠지?"

식당에서 일하는 종업원인 후안이 주문을 받으러 왔고, 동생들이 먼저 주문했다.

● 스페인 극우정치인으로 '복스당'의 창당발기인 중 한 명이다. 그는 1996년 바스크 분리주의단체인 ETA에 납치되었다가 532일 만에 풀려난 적이 있다.

"지금 내가 찬밥 더운밥 가릴 처지가 아니잖아? 그 집 월세가 500유로인데, 회사 주변에서 가장 싼 곳이야. 첫 달에는 월세 500유로에 보증금 500유로까지 내야 해. 집주인이 내 급여명세서를 보더니 좀 빠듯할 것 같다고 하더라. 그 아파트는 원래 두 사람이 살도록 설계된 거래. 그러면서 침대가 90센티미터짜리였나? 아무튼 보고 나오는데 좀 우울해지더라고."

"한 달에 500유로는 너한테 너무 큰돈 같구나." 엄마가 말했다.

내가 하리라*가 남았는지 묻자, 후안은 있다고 대답했다. 곧바로 나는 하리라와 물 한 병을 가져다달라고 했다.

"다른 아파트도 보러 갈 거잖니. 뽑아놓은 거 있지?" 엄마가 물었다.

"스프레드시트로 만들어놨어." 남동생이 나를 놀리며 말했다. "며칠 전에 나한테 보여줬다니까."

"너 때문에 하루라도 빨리 이 집에서 나가고 싶어." 내가 그에게 한마디 톡 쏘아붙였다. "너도, 네 그림자도 꼴도 보기 싫으니까."

"뭐래, 누나가 이사갈 집에도 내 그림자가 쫓아갈 거야."

"너무 실망하진 마. 그 아파트는 너하고 인연이 없었을 뿐

● 모로코와 알제리에서 즐겨 먹는 수프의 일종으로, 주로 라마단 기간에 먹는다.

이야." 엄마가 나를 격려했다.

부모님의 믿음은 워낙 견고해서 절대 흔들리지 않는다. 그들은 항상 내게 이렇게 말해줬다.

"네가 어떤 계획을 세우고 꿈을 꾸더라도, 신께는 더 훌륭한 계획이 있단다. 어떤 것이든 너에게 무의미하면, 네가 아무리 노력하고 애를 써도 이루어지지 않을 거야. 너의 운명은 언젠가 네게 찾아올 거고, 운명이 아닌 건 결코 네게 닿지 않는다는 것을 굳게 믿어야 해. 오늘은 세상의 종말처럼 보이는 게 내일은 축복이 될 수도 있어. 우리는 인간이기에 저너머 세계의 이치를 알 수 없단다."

일가친척도 없이 홀로 카나리아에 온 부모님은 할 수 있는 일이라면 이것저것 가리지 않고 다 했다. 엄마는 사진사와 가게 점원으로 일했고 아빠는 막노동자, 재고 담당자, 웨이터, 요리사 등 다양한 직업을 두루 거쳤다. 그후 두 분은 우리를 낳았고 마르하바 식당을 열었다. 그 모든 과정에서 눈물도 많이 흘리고 희생도 치렀겠지만, 부모님은 이미 내 나이 때 내가 갖지 못한 것을 모두 갖고 있었다. 미래 계획, 자동차, 집, 자기 사업체까지. 하지만 나는 눈을 질끈 감고 불확실한 미래에 몸을 던지기가 너무 무섭다. 가끔 내 신념이 흔들릴 때가 있다. 믿음이 없어서가 아니라 내가 완벽하지 않기 때문이다. 나는 인간에 불과하니까.

"우리 가족 모처럼 한자리에 모였는데, 이야기하고 싶은 사람 있어?" 엄마가 물었다.

"나! 메리엠이 자본주의 세계에 대해 입을 열기 전에 내가 말할래." 여동생이 서둘러 대답했다.

베이지색 바지와 데님셔츠 차림에 아디다스 스탠스미스 운동화를 신은 웬 양아치가 내 앞에서 클라렛학교 교복을 입은 두 여자아이를 훑어보더니, 휘파람을 불며 "어이, 거기 이쁜이들"이라고 희롱했다. 놀란 아이들은 걸음을 재촉했다.

'다음 횡단보도에서 앞을 안 보고 건너다 버스에 확 치어버려라, 벌레만도 못한 놈아.'

나는 그 광경을 보자마자 속으로 저주를 퍼부었다.

8   **2017년 8월**

세상에서 내가 가장 좋아하는 음식은 우리 엄마의 토르티
야데파파스*다. 내가 이 말을 하면 사람들은 쿠스쿠스, 자두
를 곁들인 양고기구이, 치킨타진** 같은 이국적인 요리를 뽑
을 줄 알았다면서 놀랐다. 하지만 우리 부모님은 장녀인 내
가 아주 어릴 때부터 스페인 사람들과 똑같은 경험을 하면서
자라도록 신경써주었다.

어느 날, 욜란다가 스무 개의 다른 방식으로 내 이름을 부
르는 바람에 잔뜩 풀이 죽어 집에 돌아왔을 때, 거실에 있는

●   감자와 달걀, 다진 고기, 양파 등을 넣어 만든 감자오믈렛으로, 스페인의 전통
        음식이다.
●●   냄비에 닭고기와 채소, 향신료를 넣고 찐 음식으로, 마그레브의 대표 요리다.

사진이 눈에 띄었다. 아홉 살 때 아빠가 사준 영성체 드레스를 입고 찍은 사진이었다. 나는 거실에서 얼어붙은 채 사진을 바라보았다. 그날 친구들은 모두 공주같이 예쁘고 새하얀 영성체 드레스를 입고 있었는데, 나만 그 옷이 없었다. 나한테는 참깨크래커와 같은 반 친구들이 놀리던 오른손의 헤나 문신밖에 없어서, 당장이라도 울음이 터질 듯 입술을 부르르 떨며 집에 갔다. 그러자 부모님은 그날 오후에 나를 엘 코르테잉글레스 백화점으로 데려가서 영성체 드레스를 사주었다. 사실 첫영성체는 우리와 아무런 관계도 없는 예식이었지만, 엄마는 우리집 거실과 주민협의회 마당에서 90년대 구식 아날로그 사진기로 내 사진을 최소 5억 장은 찍어주었다. 그 드레스는 삼촌 결혼식에 갈 때 딱 한번 더 입었다. 그 옷을 입고 있으면, 정말 공주라도 된 기분이었다.

잠시 그 시절로 순간이동한 것 같았다. 그 사진을 보며 욜란다가 매정해진 건 아마 어린 시절 그녀를 위해 첫영성체 파티를 열어줄 사람이 한 명도 없었기 때문이 아닐까 하고 짐작했다. 그나저나…

"엄마, 이 사진이 왜 여기 있어요?"

8월의 어느 아침, 마티키가 몸이 안 좋아서 재택근무를 하겠다고 나에게 전화했다. 나는 그 기회를 틈타 아무것도 하지 않고, 건물 옥상에 숨었다. 라스팔마스의 기온은 24도였지만, 하늘을 뒤덮은 당나귀배구름 덕분에 춥지도 덥지도 않았다. 구름이 무역풍에 밀려 섬 끝 쪽에 조금씩 쌓이는 것을 보아하니 오늘 오후에는 테로르 마을에 비가 올 것 같았다. 올해엔 아직 해변산책로에 앉아 아이스크림을 먹지도, 해변에 가지도 못했다. 더군다나 파견회사가 유급휴가를 주지 않아서 아직 휴가도 못 냈다. 하루 휴가를 내면 그만큼 돈을 못

받으니, 그냥 사무실에서 빈둥거리기로 했다.

여름이 되면 항상 할머니들, 특히 친할머니와 할머니집이 유난히 더 생각난다. 그때마다 하얀 벽과 하늘이 훤히 올려다보이는 천장, 그러니까 시골집의 흔한 풍경이 머릿속에 그려진다. 우리 가족이 키우긴 했지만 따로 이름은 붙여주지 않았던 소, 닭, 고양이 세 마리도 같이. 고양이는 아랍어로 고양이라는 뜻인 '킷토트'라고 불렀다.

언제 한번 할머니가 당신은 그 집에서 태어났으니, 때가 되면 그 집에서 죽겠다고 했다. 그래서 할머니가 돌아가시기 전까지 우리는 매년 여름 그 마을로 순례를 갔다. 하지만 주유소도 수시로 들러야 하고 도로도 꽤나 복잡했기에, 시골에 가는 길은 매우 긴 여정처럼 느껴졌다. 마을이 현실 세계와 수십만 킬로미터나 떨어져 있어서 고속도로와 톨게이트에서 수백만 시간을 보내야 했고, 덕분에 그곳에 갈 때마다 문명 세계의 마지막 구간과 할머니집을 잇는 낡은 지선도로에서 대강 여덟 번의 생을 지나온 것 같았다.

진짜 시골 마을에서는 수백 가지의 흥미진진한 이야기들이 여전히 입에서 입으로 전해졌다. 불결한 땅뙈기를 둘러싼 이웃들 간의 분쟁이 결국 여러 명의 죽음으로 끝난 사건부터

야반도주한 연인들, 마녀라고 비난받은 사람들, 목이 잘린 채 발견된 닭들, 파티미타와 모시니토의 결혼식에서 행해진 저주와 주술 그리고 우물과 마을 광장, 반경 수백 킬로미터 내 유일한 이슬람 사원으로 이어지는 좁은 길에서 진*을 봤다는 목격담까지, 계속 이야기가 돌고 돌았다. 나는 진과의 만남을 대비하는 행동 요령을 마련하려고 여러 번 시도했지만 실패만 거듭했다. 아무도 진에 대해 이야기하려 하지 않았고, 길에서 진과 마주치면 어떻게 할지 고민하지 않았다. 사람들은 어떻게든 피하려고만 했다.

시골에 간 지도 까마득하지만, 나의 마을이자 부모님의 마을은 내가 마지막으로 갔을 때와 조금도 달라지지 않았을 것이다. 예나 지금이나 똑같은 냄새(흙냄새, 맑은 물 냄새, 구운 옥수수와 대마 냄새)가 나고, 똑같은 색깔(초록색, 짙은 노란색, 갈색)로 뒤덮여 있으며, 여전히 같은 사람들(노인들, 어린아이들, 가족에게서 물려받은 집으로 돌아오는 젊은 부부들)이 살고 있을 것이다. 여름마다 친할머니와 집이 떠오르는 이유는 할머니 기일이 다가오면서 슬픔이 뼛속 깊이 스며들어 견디기 힘들기 때문이다.

매년 여름, 할머니는 중독성 강한 노래처럼 나를 따라다닌다. 멜로디와 가사까지 모두 꿰고 있어 잠시도 뇌리를 떠

● 아랍 신화에 등장하는 영적 존재로, 인간에게 나쁜 일을 하는 타락한 천사다.

나지 않는 노래처럼. 하지만 시간이 더 흐르면, 할머니는 결국 그리움만 남긴 채 아득히 멀어져버릴 것만 같다. 어떨 때에는 할머니가 시도 때도 없이 불쑥불쑥 떠올라 나를 괴롭히기도 한다. 가볍게 여겼는데, 내 발목을 잡아 바다로 끌고 가는 파도처럼 말이다.

할머니집의 벽은 내 어린 시절과 청소년기 초반의 많은 이야기를 간직했지만, 내 머릿속에서는 몇몇 기억들이 희미해지기 시작했다. 세월이 흐르면서 나는 흑역사, 눈살을 찌푸리게 만든 에피소드, 사춘기 때의 경멸과 오만함을 떨쳐버리고 잊는 방법을 익혔다. 손님이 올 때마다 축 처지던 내 어깨도 지워버렸다. 문제는 할머니의 목소리가 어땠는지, 할머니가 머리를 어떻게 빗었는지, 할머니 몸에서 어떤 향이 났는지, 옷차림은 어땠는지까지 잊어버렸다는 것이다. 그럴 때마다 나는 왜 뚜렷하게 기억하지 못하느냐고 스스로를 채찍질했다. '할머니' 하면 얼굴 생김새, 우리가 집으로 돌아갈 때 많이 우시던 모습, 손, 커피를 무척 좋아하시던 모습만 생각난다.

더 자주 찾아뵀더라면, 더 많이 안부를 여쭙고, 더 자주 연락드리고, 더 자주 편지를 보냈더라면. 나는 할머니가 그렇게 일찍 돌아가실 줄은 꿈에도 몰랐다. 언제든 할머니집에 갈 수 있다며 나의 행동을 합리화했다. 나의 집이자 우리 가족 모두의 집은 항상 그 자리를 지킬 거라고 믿었다.

할머니집이 사라진 그해 여름, 나는 마을에 가지 않았다. 삼촌이 집을 통째로 고치기로 결정한 후, 다시는 그곳에 발을 들이지 않기로 결심했다. 돌아갈 곳이 없어졌기 때문이다. 우리 가족은 온전하게 상속받지 못했다. 할머니 유산이 남은 가족들에게 똑같이 나누어졌기 때문이다. 배우자, 자식들, 형제들, 삼촌과 숙모들 그리고 우리 부모님까지, 모두 똑같이. 그런데도 삼촌은 한마디 상의도 없이 집을 다 허물고, 예전 모습을 전혀 찾아볼 수 없는 새 건물을 지었다. 새 집에는 나의 과거와 연결되는 게 하나도 없다. 나는 그런 삼촌을 도저히 용서할 수도 없고, 용서하고 싶은 마음도 없다.

어렸을 때, 우리 부모님은 가족이 너무 많아 할머니집을 나누면 아마 타일 한 장씩밖에 못 받을 거라고 농담을 하곤 했다. 그래서 나는 마음에 드는 타일을 점찍어두었고, 여름에 할머니집에 갈 때마다 타일이 온전하게 남아 있는지, 제자리에 붙어 있는지 확인했다. 그게 나의 여름철 버릇이 되었다. 고양이들과 놀다가 내 타일을 만져보고, 우물에 갔다가 내 타일을 만져봤다. 더이상 세상에 존재하지 않지만 내 마음속엔 남아 있는 할머니집의 모든 방에는 나의 수많은 추억이 얽혀 있다. 텃밭과 마구간에도. 매년 이맘때쯤 추억들이 새록새록 떠올랐다. 지금 여름인데도 여름이 잘 느껴지지 않는다. 나의 진정한 여름은 옛날에 머물러 있으니. 나는 올해에도 마을에 가지 않을 생각이다.

오마르는 8월 한 달 내내 휴가를 떠났다. 9월이 되자 그는 평소보다 더 날씬한 몸과 훨씬 더 까무잡잡해진 얼굴로 돌아왔다. 검게 그을린 얼굴에서 눈이 반짝거렸다. 하지만 나는 그의 눈빛에 대해선 아무 말도 안 했다. 나는 그 정도로 경우가 없지 않았으니까. 그에 대한 내 마음은 1초에 한 번씩 바뀌었다. 어떤 날은 그가 보고 싶다가도, 또 어떤 날은 작업표시줄에 스카이프 알림이 깜빡거리지 않아 조용히 일할 수 있어 좋았다.

우리는 9월 1일에 슈퍼마켓 입구에서 만났다. 사이코패스처럼 아무 감정 없이 나를 기다렸는지 그에게 물으려고 입을 열었는데, 내가 다가가자마자 그가 먼저 말을 꺼냈다.

"지금 몇 시죠? 한참 기다렸잖아요!"

"왜요?"

나는 그의 옆에 서지 않고 계속 걸어가며 말했다. 그는 한 걸음에 나를 따라잡았다.

"저기요, 나 이 회사랑 계약했거든요. 그래서 이제 원하는 시간에 출근해도 된다고요…"라고 받아쳤다. 그는 내 말투를 흉내내며 1인 2역 상황극을 시작했다.

"안녕하세요, 오마르씨? 휴가 잘 보내셨나요?"

"아주 잘 보내고 왔어요. 고마워요. 메리엠, 당신은요?"

내 목소리를 따라 하는 그에게서 첫소리가 났다.

"아주 별로였어요. 당신이 얼마나 그리웠는지 몰라요…. 당신이 없으니까 사는 게 예전처럼 재밌지 않더라고요. 아, 미안해요. 당신은 스페인어 잘 못하는데, 지금까지 내 말 이해했어요? 그러니까 내가 당신 생각만 하면서 구석에서 울고 있었다는 거죠…. 아무하고도 말하지 않고요. 매일매일…."

"내 입에서 그런 말이 나오게 하려면 내가 사랑하는 사람을 모두 죽이겠다고 협박해야 할걸요."

"하지만 언젠가 당신은 그렇게 말하게 될 거예요."

우리는 입구를 지나 엘리베이터 앞에 멈춰 섰다.

"물론 강압에 못 이겨 그럴 수는 있겠죠."

"아무튼 언젠가는 그런 말을 하게 될 겁니다."

"안녕하세요, 오마르씨? 휴가 잘 보내셨나요?"

나는 그러고 싶은 마음은 없었지만, 그에게 미소를 지으며 그를 따라 했다.

"아주 잘 보내고 왔어요. 고마워요. 메리엠, 당신은요? 얼굴이 까무잡잡하게 탔군요. 당신과 잘 어울리는데요."

"아주 별로였어요." 나는 대답했다.

엘리베이터가 도착했다는 띵 소리가 나서, 나는 아무 생각 없이 안으로 들어갔다. 마치 오랫동안 이곳을 매일 지나다닌 사람처럼 자연스럽게 움직였다.

"당신이 얼마나 그리웠는지 몰라요…. 당신이 없으니까 사는 게 예전처럼 재밌지 않더라고요."

그가 큰 소리로 웃었다.

"내가 당신 생각만 하면서 구석에서 울고 있었다는 거죠…. 아무하고도 말하지 않고요. 매일매일…."

"이제 그만해요. 마음에 와닿지 않으니까요."

그는 해바라기처럼 눈으로 계속 나의 움직임을 좇았다. 나는 8층 버튼과 7층 버튼을 차례로 눌렀다.

"난 거짓말 잘 못해요. 알다시피 그건 죄악이니까요."

우리는 말없이 서로를 바라보다 동시에 말을 꺼냈다.

"어떻게 지냈어요?"

"진짜 내가 스페인어를 못하는 것 같아요?"

우리는 다시 서로의 눈을 마주쳤다.

"아뇨. 당신이 스페인어 못한다고 생각한 적 없어요."

그는 손으로 백팩의 끈을 잡고 아래로 당겼다.

"난 당신의 말투가 마음에 들어요. 얼마나 귀여운데요."

"하긴 안달루시아˙ 사람이 다른 사람의 말투를 듣고 비웃는다는 게 말이 안 되죠⋯."

"내 스페인어 구사력, 숙달 수준, 지식을 알면 놀라 까무러칠걸요. 나는 언변계의 메시라고요."

그 말에 나는 빵 터졌다.

"어떻게 지냈어요?" 이번에는 진심으로 물어봤다.

4층, 5층, 6층.

"잘 지냈죠. 여기서 벗어나니까 너무 좋더라고요."

그는 엘리베이터에서 내리려고 문 앞으로 갔고, 나는 그의 향수 냄새를 맡았다. 갑자기 손바닥이 간지러웠다.

"돌아오고 싶지 않았어요."

"그럴 만하죠. 나라도 그랬을 거예요."

˙ 스페인 남부에 위치한 자치주로, 발음과 억양이 독특한 '안달루스'라는 방언을 사용한다.

"나중에 메시지 보낼게요."

그의 향수 냄새가 코끝을 찔렀다.

"정말 그랬어요."

나는 엘리베이터 밖으로 나서는 그의 등에 대고 속삭였다.

"뭐가요?"

문이 닫히려는 순간, 나는 내가 한 말을 인정했다.

"당신이 보고 싶었다고요."

문이 닫히고 엘리베이터가 올라갈 때, 나는 거울에 비친 내 모습을 멀뚱멀뚱 쳐다봤다. 밖에서 오마르가 말하는 소리가 들렸다.

"다 들었어요!"

'심신상실은 광증, 치매, 이성상실을 의미한다. 민법상 심신상실은 행위능력 제한의 원인이 되며, 심신상실 상태에 있는 사람은 반드시 후견인의 보호를 받아야 한다. 다만 형법에서는 그런 사람을 판단력 부족으로 인하여 자신의 행위에 책임질 수 없는 정신 상태를 가졌다고 여기므로, 심신상실은 면책 사유가 된다.'

나는 위키피디아를 찾아 읽어봤다. 지금 내가 겪고 있는 문제를 제대로 진단한 것 같다.

"스네이프가 팬티 벗은 거 보고 싶은 사람?"

그건 단순한 장난으로 시작됐다. 시리우스는 따분했고, 스네이프는 격렬하게 검은 망토를 펄럭이며 빠른 걸음으로 성에서 나왔다. 갈고리처럼 생긴 코, 완벽한 희생양, 시리우스가 증오하는 모든 것을 보여주는 자. 스네이프를 요약하는 키워드다. 다른 사람들에게 존경의 대상이 되고픈 사람을 이보다 더 굴욕적으로 만들 수는 없을 것이다. 시리우스는 마치 아무 일도 아니라는 듯, 낡은 『마법의 약』 여백에 휘갈겨써놓은 주문을 스네이프에게 걸면서 질문을 던졌다. 시리우스의 웃음은 그가 더 크고 익살스럽고 허풍스러운 사람으로 보이게 했다.

"자, 어서, 프롱스*!"

시리우스는 제임스의 귀에 대고 소리쳤다.

"자, 어서, 프롱스!"

루핀은 미간을 찌푸렸고, 피터는 아무 말도 하지 않았다. 많은 학급 친구들이 그들을 둘러싼 채 웃고 있었다. 그들은 소리지르며 박수쳤고, 시리우스가 벌이는 일이라면 무엇이든 열광했다. 주변은 금세 흥분의 도가니로 변했다. 물론 스네이프는 그런 대접을 받아도 쌌다. 항상 여기저기 기웃거리고, 자기와 상관없는 일에도 기름진 코를 킁킁대며 알랑방귀나 뀌는 놈이니까. 그가 왜 그러는지 그럴싸한 변명을 늘어놓을 필요는 없었다. 어차피 제임스는 스네이프를 뼛속 깊이 증오하고 있기 때문이다. 특히 릴리가 나타날 때, 자신을 바라볼 때, 그의 증오심은 자신의 속을 다 태워버리고도 남을 만큼 강하게 타올랐다.

"스네이프 좀 내버려둬!"

그 순간, 제임스의 손에 있던 지팡이가 희미하게 떨렸다. 제임스는 재미있는 말을 꺼내서 분위기를 바꿔볼까 했지만, 한 걸음 앞으로 가 손으로 머리카락을 마구 헝클어뜨리기만 했다. 시리우스는 입을 크게 벌리고 웃더니, 릴리를 향해 돌아섰다. 날카로운 이빨을 가진 개, 시리우스.

"릴리, 언제 이 녀석 애인이 돼서 이래라저래라 하는 거지?"

릴리는 손을 망토 주머니에 넣었고, 제임스는 그녀가 지팡이를 꺼내려 한다는 걸 알아차렸다.

● 『해리 포터』 시리즈에서 해리 포터의 아버지인 제임스 포터는 수사슴으로 변신할 수 있게 되면서, 사슴뿔이라는 뜻의 프롱스라는 별명을 얻게 된다.

"더러운 피*의 도움 따윈 필요 없어."

스네이프의 반응에 릴리는 그 자리에 얼어붙었다. 그녀는 순간 울화통이 터져 입술을 꽉 깨물었고, 제임스는 앞으로 튀어나왔다.

"저 녀석은 한 달에 한 번씩 목욕하니까 팬티가 엄청 더러울 것 같았거든. 시리우스, 넌 어떻게 생각해?" 제임스가 물었다.

"팬티야 벗겨져라!"

지팡이에서 불꽃이 일자 눈 깜짝할 사이에 스네이프가 허공에 거꾸로 매달렸다. 스네이프는 분노로 얼굴이 빨개진 채 허공에서 몸부림쳤다. 그러다 제임스의 코를 향해 반격을 하는데….

● 『해리 포터』 시리즈에 나오는 마법 세계의 인물들과 피가 섞이지 않은 사람인 머글을 비하하는 표현이다. 여기서는 릴리 에반스를 가리킨다.

그래서 어떻게 되는데? 나는 그 페이지를 다시 읽다가 멈췄다. 또각또각. 빨간 하이힐과 빨간 정장 차림에 머리를 질끈 묶은 욜란다가 복도로 들이닥쳤기 때문이다. 순간 나는 그녀가 내 상상 속에 존재하는 신기루인가 싶었다. 그러다 내가 머릿속으로 쓰고 있던 이야기의 흐름을 놓쳤고, 어느새 온 신경이 그녀에게만 집중됐다. 그녀는 환영이자 사탄이다. 그녀는 결연한 표정으로 내 책상 앞을 지나가더니, 마티키의 사무실로 직진했다. 나는 그녀의 그런 모습이 믿기지 않아 휴대폰 카메라의 셔터를 누를 뻔했다. 이 순간을 영원히 간직한 후, 나중에 다시 돌아와서 보고 싶었다. 지금 이 상황의 세부적인 부분을 놓쳤을 테니. 그녀가 유리문 앞에 멈추자 유리에 비친 그녀의 얼굴에 내 얼굴이 묘하게 겹쳐졌고, 그녀가 나를 등지고 있는 채로 서로 눈이 마주쳤다.

그녀가 내게 미리 연락만 했어도 이런 일은 피했을 텐데. 나는 웃음기 하나 없는 얼굴로 유리에 반사된 그녀를 빤히 쳐다봤다. 그녀는 천천히 돌아서더니 턱을 조금 치켜들며 손으로 나를 가리켰다. 내 책상 근처에는 오지도 않았다. 빨간 생명체가 내 눈앞에서 아른거렸다. 어쩌면 악마나 진일지도.

"뭐 좀 도와드릴까요?"

나는 언제나 친절하고 상냥하다. 그래서 나의 호의적인

성격으로 그녀를 숨 막히고 미치게 만들 생각이다. 그게 내 장기적인 전략이다. 즉, 내가 그녀의 속마음을 아는지 모르는지 그녀가 판단할 수 없게 하고, 내가 왜 그런지 이해하지 못하게 하고, 나에 관한 어떤 것도 절대 확신하지 못하게 할 작정이다. 그녀가 우는 모습을 지켜보는 것, 구글 드라이브에 모아둔 증거들을 하나하나 프린트해서 그 두꺼운 서류 뭉치를 들고 인사팀에 가서 그녀를 직장 내 괴롭힘으로 고발하는 것, 그녀의 무례한 행동을 모두 인사팀 폴더에 저장하는 것까지가 나의 장기적인 계획이다. 나는 인내심이 강한 사람이다. 내가 즐겨 찾는 온라인 쇼핑몰 중 어느 곳도 카나리아제도로 배송해주지 않는데도 참고 있으니까.

"페란씨는 어디 있죠?"

"오늘 재택근무하신다고 출근 안 하셨어요."

내가 학창시절을 허투루 보냈다면, 나도 욜란다 같은 사람이 됐을지도 모른다. 일은 제대로 안 하면서 겉모습만 치장하는 사람 말이다. 실제로 대학시절, 내 몇몇 동기들은 나보다 더 가난했지만 항상 베이지톤 옷차림에 보트슈즈를 신고 다니며 귀티 나게 보이려고 애썼다. 셔츠 위에 걸친 자라의 짙은 남색 남성 블레이저와 단정하게 빗어 넘긴 머리가 시그니처였다. 그 모습이 마치 가르마로 3시 정각을 알려주는 바보들 같았다. 그런 스타일이 법학부나 경영학부에서는 칭찬받았겠지만, 내가 다니던 학부에서는 전혀 용납되지 않았고 오히려 비웃음만 샀다. 나는 요즘 인스타그램이나 링크드인 피드에 남몰래 그 애들을 씹었다. 전형적인 사장님 스타일을 하고 다녔다고. 스스로 가난하다고 생각하면 평생 가난하게 살 수밖에 없다고.

사춘기 시절 나를 구한 건 문학과 인터넷이었다. 과장 같겠지만 엄연한 사실이다. 그 둘이 없었다면 나는 지금 완전히 다른 사람이 되었을 테니까. 파시스트, 더 심하게는 자유주의자가 되어 "열심히 노력하면 반드시 꿈을 이룰 수 있어" "나는 인종차별주의자가 아니라 단지 질서를 존중할 뿐이야" "여성의 날은 있는데, 남성의 날은 대체 언제지?" 같은 헛소리만 늘어놓았을지도 모른다. 로시오 모나스테리오*처럼. 텔레비전에서 그녀를 볼 때마다, 그녀가 뒤집어쓴 인간 껍데기가 갈기갈기 찢어지면서 5미터짜리 파충류가 튀어나올 것 같았다. 증오와 독기로 가득찬 파충류. 그래서 로시오를 보면 욜란다가 내 앞에 나타날 때처럼 갑자기 목덜미가 서늘해졌던 게 아닐까 싶다. 물론 욜란다의 몸에서는 로시오보다 훨씬 더 작은 도마뱀이 튀어나오겠지만.

● 기업가, 건축가, 정치인으로, 현재 복스당 마드리드 시의원이자 대변인이다. 강경 보수 극우파이자 강경 가톨릭주의자로 통한다.

"그와 이야기할 게 있어요. 아주 중요한 일이라고요."

저런 구두를 신고 두 층이나 걸어올라왔는데, 만나려던 사람이 없으니 짜증나겠지. 욜란다는 엘리베이터를 믿지 않았다. 그건 게으름뱅이들이나 포데모스* 지지자들이나 타는 것이라고 생각했다. 나는 그녀의 얼굴을 똑바로 쳐다보려 했지만 마음처럼 되진 않았다. 마치 수백만 개의 디테일로 이루어진 그림이 눈앞에서 자꾸 시선을 사로잡는 바람에 미쳐버릴 것 같은 기분이었다. 이런 상황을 어디서부터 어떻게 풀어나가야 할지 감도 오지 않았다.

"한번 통화해보세요. 지금 집에서 일하고 계시니까요."

내가 마티키는 재택근무 중이라고 말한 것을 제대로 듣지 못했을 수도 있으니, 나는 한번 더 말했다.

"그의 스케줄을 확인해서 오늘 어떤 회의가 있는지 알려줘요."

또각또각. 그녀가 내 책상으로 성큼 다가왔다. 나는 웃음을 참기 위해 책상 아래에서 허벅지를 꼬집고 입을 꽉 다물었다. 돌아버리는 줄 알았다. 그녀 때문에 눈물을 흘리던 모든 순간이 떠올랐다. 나는 코로 천천히 숨을 들이마시고 입으로 내쉬었다.

"금요일에는 보통 업무가 없어서 사무실에 안 나오세요."

● 2014년에 창당된 스페인 사회민주주의 계열의 좌파 연합 정당.

목소리가 약간 떨렸다.

"그럼 전화해볼게요."

갑자기 오른쪽 눈이 간지럽더니 눈물 한 방울이 주르륵 흘러내렸다. 억지로 웃음을 참느라 힘이 다 빠진 듯했다.

"네, 그러세요."

2주 전, 우울하고 축 처진 채로 집으로 돌아온 나는 오랜만에 팬픽션넷에 들어가 옛날에 쓴 팬픽을 다시 읽었다. 별로인 부분들이 잔뜩 보였지만 그래도 기분이 한결 나아졌다. 팬픽션넷은 나의 숨구멍이자 나를 행복하게 만드는 공간이다. 요즘 상사도 자리에 없고 동료들도 나를 찾지 않을 때면, 그 자유로운 공간에 조용히 글을 쓴다. 저 짜증나는 하이힐 소리, 빨간 정장, 내 머리가 다 아플 정도로 꽉 묶은 머리에 관해서는 책 한 권도 쓸 수 있을 것 같다.

"뭐 하고 있어요?" 그녀가 물었다.

눈물이 뺨을 타고 천천히 흘러내렸다. 나는 재빨리 손등으로 눈물을 닦고, 팔을 책상에 올렸다. 뜨개질한다고 대답하고 싶었다. 그러면 어떻게 될까?

"일하고 있죠." 나는 미소를 지으며 대답했다.

나는 욜란다에 관해 이론을 가지고 있다. 그녀는 내게 겉과 속이 다르게 대하는 주제에, 무엇이 그리 불안한지 항상 내 생각을 읽으려고 한다는 것이다. 서로 얼굴을 마주보고 있는 지금도 마찬가지다. 그녀의 뻔한 시선에 '나는 당신이 싫어. 싫다고' 하는 문장이 머릿속을 맴돌았다. 그런 기미를 조금도 보이지 않기 위해 이를 악물어야 했다. 그녀가 나가자 나는 마티키 사무실 유리에 비친 내 모습을 보고, 바로 안경을 벗었다. 나는 손바닥으로 눈을 닦고 입을 가렸다. 문득 스스로를 너무 통제하다가 죽은 사람이 있는지 궁금했다.

나는 열어둔 문서에 써놓은 『해리 포터』 팬픽을 모두 지우고, 텅 빈 페이지를 한참 바라보다가, 다시 키보드를 두드렸다.

'욜란다가 천적을 만난 날 아침…'

"사진 찍을 때 좀 웃을 수 없어요? 인스타그램에 올릴 건데, 웬만큼은 나와야죠." 내가 부탁했다.

"지금 웃고 있잖아요." 오마르가 투덜거렸다.

"조금 다르게 웃어봐요. 지금 당신이 웃는 표정을 보면 꼭 사이코패스 같단 말이에요."

그는 가운뎃손가락을 날리며 내 말을 귓등으로도 안 듣는 척했지만, 이내 웃음을 지었다. 그의 오른쪽으로 '베탄코르 형제'라고 쓰인 가로 0.5미터짜리 간판이 보였다. 내가 가장 좋아하는 추로스가게였다.

"아주 좋아요! 당신을 태그해도 돼요?"

"난 인스타그램 안 해요."

나는 그에게 다가가 방금 찍은 사진을 보여줬다. 그는 썩 마음에 들어하는 눈치였다. 나는 휴대폰을 자켓 주머니에 넣었다.

"사진 잘 나왔네요."

"본인이 '잘생겼다'고 생각해요?" 내가 물었다. "아, 저 뒤에 빈 테이블이 있네요. 안녕하세요! 저기 뒤쪽 테이블에 앉아도 괜찮을까요?"

가게에서 일하는 남자가 안경을 콧등 위로 치켜올렸다.

"원하는 곳에 앉으세요, 아가씨. 곧 주문받으러 갈게요."

오늘 하루는 완벽했다. 태양은 하늘에서 밝게 빛나고, 기온은 20도라 덥지도 춥지도 않고 딱 좋았다. 게다가 생리주기 13일째라 골치 아픈 일이 생길 리도 없었다. 욜란다는 병가를 냈고, 마티키는 휴가 중이었다. 내 머리는 나날이 길어지고 윤기가 났다. 날이 좋았다.

"그날 나 봤어요?" 그가 나에게 물었다.

며칠 전, 내가 토마토스파게티를 500그램 용기에 담아 허겁지겁 먹고 있을 때 루시아 2가 나를 팔꿈치로 쿡쿡 찌르며, 전자레인지를 쓰는 오마르를 향해 눈썹을 치켜올렸다. 나는 언제나 마음 한편으로 개성 있는 사람이고 싶었다. '개성 있다'는 건 같이 밥 먹는 사람들이 테이블에 앉아 자신을 지켜봐도, 전혀 개의치 않은 채 스파게티 500그램이 담긴 용기를 데운 후, 스파게티를 접시에 담아 배 터지도록 맛있게 먹는 것이다. 누가 "그걸 다 먹으려고요?"라고 물어도 조금도 당황하지 않고 "네, 왜요?"라고 담담하게 대답한 다음, 계속 즐겁게 먹는 것이다. 하지만 개성 있는 사람 되기에 실패한 나는 루시아 2의 시선을 따라가고 말았다. 시선 끝에는 몇 시간 전에 내 손을 툭 쳐서 포테이토칩을 가져가더니 "이건 하몽맛이네"라고 하던 그 남자가 있었다. 나는 오늘 그를 보자마자 슈퍼사우루스의 '헤술린 데 우브리케●'라고 놀렸다. 올백으로 넘긴 머리, 하늘색 셔츠, 짙은 녹색 스웨터, 청바지 때문에.

"저 사람이 왜요?" 나는 나직한 목소리로 물었다.

"정말 멋지지 않아요?" 루시아가 속삭였다.

나는 그녀의 면전에서 웃지 않으려고 입을 꽉 다물었다. 오마르가 괜찮게 생기긴 했지만, 그것 때문에 웃으려던 건 아니었다. 맑은 눈, 금발, 큰 코, 가끔 대화하며 셔츠 소매를 걷을 때 두드러지는 팔과 손에 난 털과 피부 사이의 차이, 심

● 스페인의 유명한 투우사로, 연예계에 진출하여 활발히 활동하며 여성들에게 많은 인기를 얻었다.

하게 소용돌이치는 머리카락까지. 내가 보기에 그는 잘생겼다기보다 오히려 좀 특이한 남자였다. 내가 아직 말도 안 꺼냈는데, 그는 전화를 받자마자 쉰 목소리로 웃곤 했다. 그리고 속사포처럼 "안녕 메리엠"을 내뱉었다. 이윽고 큰 소리로 "빌어먹을, 역겹고 더러운 세상이죠?"라고 외쳤다. 나는 그런 말을 할 때마다 조용히 투덜거려야 하는데. 동료들 중 누구도 그에게 뭐라고 하지 않지만, 나는 항상 면박을 받으니까.

"글쎄요, 전 잘 모르겠는데요…." 나는 잠시 뜸들이다가 대답했다. "잘생기셨죠. 하지만 금발이잖아요."

"그게 나쁜 건가요?"

루시아도 금발이었다.

"무슨 꿍꿍이가 있는 것 같아서요."

당장 눈앞에 당사자가 있으니 나는 더이상 말을 잇진 못하고 어깨만 으쓱했다. 때로는 어떤 사실을 인정하느니 차라리 죽는 게 낫다.

"하루도 안 빠지고 당신을 회사에서 마주치는데, 부담스럽다고요. 조금이라도 열심히 일하면 막 죽을 것 같아요?"

내 말에 그가 웃었다.

"그랬다가는 바닥에 맥없이 쓰러질 것 같은데요."

그는 트렌치코트를 벗어 오른쪽에 있는 빈 의자에 놓았다. 오늘 아침 그를 보고 처음 한 말은 "이봐요, 가제트 형사님"이었다.

"한 가지 물어볼 게 있어요."

"말해봐요."

나는 일부러 그를 괴롭히고 싶어서 트렌치코트 위에 내 물건을 대충 올려놓고 그의 앞에 앉았다.

"당신이 안 하는 SNS가 있긴 해요?"

"틱톡은 안 해요. 그런데 이상한 사람은 바로 당신이에요. 인스타그램, 트위터, 페이스북 다 안 하잖아요. 어떻게 속세를 떠난 자연인처럼 사는 거죠?"

"나한테 하등 도움이 안 되니까요."

"당신 친구들도 안 해요?"

"할 거예요. 하지만 당신만큼 많이 하지는 않아요. 다들 SNS에 별 관심 없더라고요."

"'당신만큼 많이 하지는 않는다'니요. 대화할 때는 나를 더 존중해주면 좋겠어요. 이래 봬도 내 트위터 팔로워가 4000명이라고요."

가게 텔레비전에서 로미오 산토스가 노래하고 있었다.

'안녕하세요, 저는… 로미오 산토스예요.'

오늘은 내 인생 최고의 날들 중 하루가 될 것 같았다.

"당신 게시물을 다 읽는 정신 나간 이들이 4000명이나 된다고요?"

"미리 말하지만, 내 광팬들에 대해 당신이 어떻게 생각하든 상관없어요."

내가 그에게 경고조로 말하는 순간, 로미오 산토스의 노래가 흘러나왔다.

'미리 말하지만, 난 당신이 누구든 상관없어요. 말해봐요. 말 못할 짓을 한 적이 있나요.'

"그리고 팬픽션 웹에는 내 팔로워가 더 많아요."

인터넷 중독 때문에 내 정신이 얼마나 흐트러졌는지는 그에게 말하지 않았다. 그때는 어떤 일에도 집중하지 못했다. 휴대폰 잠금화면에는 항상 새로운 알림이나 대기 중인 알림이 떠 있었다. 이제는 내 눈에 보이는 것에만 반응했다. 좋아요, 웃겨요, 리트윗, 화나요, 불쾌해요, 신고, 차단, 이런 아이콘들을 누르면서. 나의 게시물에 일정한 수의 좋아요가 달리지 않으면 무슨 문제가 있는지 계속 고민했다. 내가 팔로우하거나 가끔 염탐하는 사람들과 나를 시도 때도 없이 비교하고, 때때로 스스로를 한심한 인간 같다고 느끼기도 하지만, 여전히 SNS를 끊지 못했다. 나는 아무것도 신경쓰지 않으면서 동시에 모든 것에 온 신경을 기울였고, 흥미롭지도 유익하지도 않은 수많은 일에 매달려 있었다. 그럼에도 나는 계속 SNS를 스크롤했다. 가끔은 언제 휴대폰을 집었는지는 기억 못하면서, 일면식도 없는 사람들의 인스타그램을 보느라 내 인생의 두 시간이나 허비했다는 사실은 기억했다. 사진들은 끊이지 않고 계속 내 눈앞을 지나가고, 그렇게 아무 일도 없다는 듯 눈 깜짝할 사이에 시간은 흘러갔다. 무슨 일이 일어나는지는 잘 알고 있었다. 그러다 문득 인터넷 세상을 포기하고, 손끝으로 만져지는 나의 현생과 주변 사람들에게 집중해야 한다는 생각이 채찍처럼 내 얼굴을 후려갈겼다. 그러면 나는 "이제 다 끝났어"라고 중얼거리며 모든 계정을 삭제했다. 인스타그램, 트위터, 페이스북 메신저, 모두 안녕. 하루, 이틀, 안간힘을 쓰면 사흘까지는 버텼다. 하지만 뭔가를 놓치고 있다는 불안감은 계속 등줄기를 타고 흘러내렸다. 정확히 뭘 놓치고 있는지도 모르면서. 대화? 아니면 세상에 무슨 일이 일어나는지 나만 모른다는 소외감? 결국 다시 계정에 로그인했다. 정말 끝없는 악순환이다.

"팔로워가 4000명이 넘는다고요?"

우리는 서로를 바라봤다.

"그럼 전 세계 노래는 꿰고 있겠네요? 말도 안 돼."

"너무 놀라진 말아요. 이 마티니가 당신의 수줍음을 가라앉혀줄 거예요. 부끄러워하지 말아요●." 내가 대답했다.

그는 폭소를 터뜨렸다.

"정말 궁금한 게 하나 있는데, 뭔지 알아요? 며칠 전에 당신은 별일도 아닌 걸로 나를 감옥에 보내려 했잖아요. 기억나요? 내가 무심코 한 행동 때문에 당신은 극좌파 급진 페미니스트처럼 나를 몰아붙였다고요."

"언제요?"

"'자, 받아요. 한참 전부터 내 젖꼭지에 달라붙어 있던 당신 눈을 돌려줄게요.'" 그가 내 말투를 흉내내며 말했다.

"내가 그렇게 말한다고요?"

"당신은 항상 그렇게 이야기해요. 텔레비전 안테나가 고장난 것처럼, 지직 지직 소리를 낸다고요. 알겠어요?"

나는 손가락으로 그를 가리켰다.

"날 너무 신경쓰는 것 같은데요."

"아무튼 당신이 모르는 레게톤●● 노래는 없잖아요." 그가 계속 말했다. "그런 노래가 딱히 페미니스트 같지는 않은데. 당신 팔로워들은 이 사실을 다 알고 있어요?"

"마흔 살 다 된 아저씨 같아요. 인터넷에서 2008년에 다

● 콜롬비아의 레게톤 가수인 카롤 G와 네덜란드 출신의 아티스트 겸 프로듀서인 티에스토가 2021년에 함께 부른 노래의 제목이다.

●● 중남미와 카리브해 지역에서 유행하는 라틴 댄스음악으로, 레게에서 유래되었고 이후 힙합, 살사, 일렉트로닉 장르와 섞이면서 한 장르로 자리잡았다.

끝난 논쟁에 끼어든 꼴이라고요. 당신에게 일일이 설명할 생각은 없으니까… 구글에 검색해보세요."

우리는 조용히 서로의 눈치를 살폈다.

"인터넷에서 뭘 가장 좋아해요?" 잠시 후 그가 어색한 침묵을 깨고 물었다.

그제야 우리가 여기 있다는 것을 알아차린 웨이터가 우리 테이블로 오는 동안, 나는 질문을 곰곰이 생각했다. 우리는 추로스와 핫초코를 두 개씩 주문했다.

"내가 하는 어떤 생각이나 나한테 일어나는 어떤 일들이, 이미 다른 사람이 겪은 거라는 사실을 알게 되는 게 좋아요. 구글에 검색만 하면 수억 개의 결과를 바로 확인할 수 있잖아요. 어렸을 때는 좀 외로웠어요. 외롭다는 단어가 맞을지 모르겠지만, 외딴 섬에 홀로 떨어진 느낌이었죠. 어디에 있든 항상 불편했어요. 그러다 나와 같은 걱정을 하는 이들을 발견하면서 내가 이상한 사람이 아니라 우물 안 개구리였을 뿐이라는 걸 깨달았죠. 무슨 말인지 알겠어요?"

나는 오랜 고민 끝에 대답했다. 그는 내 대답을 듣고 생각에 잠겼다.

"이해했어요." 잠시 후 그가 말했다. "그런데 당신이 말한 사이트가 뭔지 모르겠네요."

"어떤 사이트 말이죠?"

"트위터 말고 팔로워가 많다던 사이트요."

"아, 그거요."

웨이터는 우리 앞에 추로스 두 접시와 핫초코 두 잔을 하나씩 놓았다. 그러자 오마르 얼굴이 180도 변했다.

"이건 포라스*지, 추로스가 아니잖아요."

"추로스예요."

"메리엠. 이건 포라스라고요. 추로스는 더 가늘고… 한번 휘어져 있잖아요."

나도 물러서지 않았다.

"밖에 있는 간판에 뭐라고 쓰여 있어요? 추로스, 맞죠? '포라스'라고는 안 쓰여 있잖아요."

"정말 대단한 근거네요."

"안 돼요! 잠깐 기다려요. 아무것도 건드리지 말라고요! 사진 찍어서 인스타그램에 올려야 하니까요."

나는 그다지 명확하지 않은 미적 기준에 따라 접시와 컵의 위치를 바꿔봤지만, 가게의 조명과 테이블의 재질이 너무 후져서, 생각만큼 사진이 잘 나오지 않았다.

"자, 이제 다 됐어요."

다행히 추로스가 너무 맛있어서 둘 다 잠시 동안 먹기 바

● 추로스와 비슷하지만 더 길고 두꺼우며, 질감도 더 푹신푹신하고 부드럽다.

뺐다.

"그 사이트에 대해 알려줘요."

나는 일부러 천천히 추로스를 씹었다.

"팬픽션넷이에요." 나는 끝내 이야기하고 말았다. "틈날 때마다 팬픽션을 쓰거든요."

"그렇군요. 그런데 팬픽션이 뭔지 모르겠어요."

나는 냅킨으로 입을 닦았다.

"다른 사람들의 작품을 바탕으로 이야기를 쓰는 거죠. 책, 시리즈물, 영화…. 나는 10대 때 『해리 포터』로 팬픽션을 시작했어요. 주인공 해리가 아니라 그의 부모 세대에 관한 이야기를요. 그러다 『트와일라잇』 시리즈가 나왔죠."

"뱀파이어 이야기 말인가요?"

"맞아요! 열여섯 살 때 그 시리즈에 푹 빠졌죠. 고등학교 1학년 때부터 2학년 때까지 팬픽을 70편은 썼을 거예요."

행복했던 시절을 떠올리자 절로 미소가 지어졌다.

"그러니까 이야기를 쓰고, 사이트에 올린 다음, 다른 사람들이 글을 검색할 수 있도록 태그를 다는 거예요. 예를 들어 만약 픽이…"

"픽이요?"

"팬픽션의 줄임말이에요. 너무 빨리 말하다 보니까 그만."

"괜찮으니까 계속해요."

그가 턱을 숙이는 모습을 보자 왠지 쑥스러웠다.

"계속해요." 그가 다시 말했다.

"알았어요. 그러니까 픽이 『트와일라잇』의 에드워드와 벨라에 관한 거라면, 그 두 등장인물 이름을 태그하는 거예요. 픽이 슬픈 내용이면 '드라마'라는 태그를, 유머러스한 내용이면 '유머'라는 태그를 다는 거죠. 이런 식으로 독자들에게 최대한 많은 정보를 제공하면 돼요. 예를 들어, 어떤 독자가 비속어나 야한 장면 때문에 에드워드와 벨라의 19금 팬픽을 찾는다고 하면…"

"아, 검색해서 나온 팬픽에 베드 신이 나올 수도 있는 거군요."

"맞아요. 당신이 원하는 대로 무엇이든 쓸 수 있죠. 작품의 원작자가 존재하지 않는 것처럼요. 작가의 허락 없이도 머릿속으로 떠오르는 생각은 다 글로 표현할 수 있죠."

"혹시 작가가 당신의 글이 마음에 들지 않아서 고소라도 하면 어떡해요?"

나는 어깨를 으쓱했다.

"그러면 전 세계에 흩어져 있는 수천 명은 고소해야 할걸요. 그냥 행운을 비는 수밖에요. 팬픽을 써서 돈을 버는 사람은 없거든요. 등장인물 몇 명을 빌려와서 자기만의 이야기를 만드는 게 문제일지 모르겠어요."

"그런데 그 사이트에 당신 팔로워가 많다고 했잖아요. 도 대체 어떻게 사람들이 당신을 찾는 거죠?"

"팬픽션넷의 포럼 코너에서 추천받거나 사이트에서 이미 유명한 사람이 즐겨찾기를 눌러주면 유명해지는 것 같아요. 특정 작품의 특정 커플에 대한 스페인어 픽이 거의 없다보니, 날 우연히 찾기도 하더라고요. 나는 『트와일라잇』의 폴과 제시카에 관해 일곱 장으로 된 팬픽을 썼는데, 누군가 그걸 읽고 마음에 들어서 '베스트 팬픽션'에 추천했더라고요. 그때부터… 스타덤에 오른 거죠."

"언제 한번 글을 쓴다고 지나가는 말처럼 슬쩍 던지기에, 난 그냥 블로그 같은 데에 올리는 줄 알았어요."

"음, 오마르… 지금 우리가 몇 년도에 살고 있는지 알아요? 요즘 세상에 블로그를 쓰는 사람이 어디 있어요!"

그는 손을 뻗어 내가 손목에 차고 있는 팔찌 두 개 중 하나를 만지다가, 조심스럽게 팔찌의 체인을 어루만졌다. 그의 손가락이 내 피부를 스치자 목덜미가 간질간질해져서 침을 꼴깍 삼켰다.

"내 여동생도 똑같은 팔찌를 가지고 있어요."

그는 내 눈을 똑바로 쳐다봤다.

"그런데 당신이 쓴 픽을 어디서 읽을 수 있죠?"

"아무데서도 못 읽어요. 당신에게는 안 보여주고 싶어요."

"뭐라고요? 왜죠?"

"왜냐하면 나한텐 두 세계가 있으니까요. 현실 세계와 팬 픽션 세계, 현실 속 내 삶과 인터넷 속 내 삶, 이렇게요. 그 두 세계는 절대 섞이지 않아요."

완벽해 보였던 하루가 재앙, 아마겟돈*이 될 기로에 놓였다. 오늘 아침 트위터에 마지막으로 쓴 글은 '회사 복도에서 알라후 아크바르**라고 외쳤을 때, 보안요원들이 우리를 대피시키면 오늘은 일하지 않겠어'였다. 순간 그 글을 읽는 오테로와 빅토르의 모습이 그려졌다. 나는 온몸에 돋는 소름을 참아봤지만, 그 소름이 머릿속에 떠오른 장면 때문에 생긴 건지, 아니면 오마르가 아직도 내 손목을 잡고 있어서 생긴 건지 분간이 안 됐다.

"내가 쓴 픽은 아무한테도 보여주지 않을 거예요. 믿어도 돼요."

"물론 당신을 믿죠. 그것도 아주 많이요. 문제는 그게 아니에요."

그는 내 손을 자기 쪽으로 끌어당겼다.

●　선과 악의 세력이 싸우는 최후의 전쟁터.

●●　원래 '신은 가장 위대하시다'는 뜻의 무슬림 신앙고백이지만, 이슬람 극단주의자들이 테러 사건을 일으키기 직전에 자주 외치기도 한다.

"메리엠, 당신 팬픽을 읽고 싶어요. 당신의 이야기를요."

과거의 메리엠과 미래의 메리엠이 빽빽 소리를 질렀다. 현재의 메리엠은 루시아 2와 자꾸 나를 쿡쿡 찌르는 그녀의 팔꿈치를 떠올렸다. 치켜올리던 그녀의 눈썹도, "정말 멋지지 않아요?"라던 그녀의 말도.

나와 오마르, 우리 둘은 맞잡은 손을 테이블 위에 올려놓고 몸을 수그린 채로 눈을 맞췄다. 추로스 튀기는 냄새가 코를 찌르는 가운데, 나는 스스로에게 경고했다. '전혀 잘생기지 않았어. 오히려 위험해 보이지.'

"안 돼요."

그날 저녁, 컴퓨터를 끄고 집에 가려는데 오마르가 스카이프 채팅방에 내 팬픽션넷 프로필 링크를 올려놓았다. 내가 마지막으로 프로필을 업데이트한 건 2010년이었다.

갑자기 세상이 아름다워 보여서 이데알리스타* 웹사이트
에 들어가 현실을 직시했다. 광고 영상에서 어린아이가 문득
숙제 개수가 자기 나이 숫자보다 더 많다는 사실을 깨닫고는
투덜거리는 것처럼, 흥분을 가라앉히고 현실을 마주하려고
플랫폼에 접속한 것이다. 그 아이는 이제 초등학교 1학년인
데 왜 그렇게 숙제가 많은지 이해하지 못했고, 나는 삶의 가
장 기초적인 요소인 '의식주' 중 주住에 왜 월급의 대부분을
써야 하는지 이해하지 못했다. 괜찮은 집이 나올 때까지 스
크롤하다가 한 매물 정보를 읽어봤다.

● 스페인의 부동산 중개 플랫폼.

임대. 칠 산책로에 위치한 25제곱미터 면적의 멋진 로프트 하우스[*]. 최근에 리모델링함. 거실 겸 주방, 침실, 욕실로 구성됨. 집 상태는 완벽하고, 비치된 가구는 없음. 트라이나 상업지구에 있어 주변에 슈퍼마켓, 약국, 버스 정류장이 있음. 월 700유로. 수도세와 전기세는 임차인 부담. 임대계약 시 보증금으로 한 달 치 월세 송금, 금월 월세 지불, 중개수수료 지급이 조건임. 신뢰할 만한 사람만 연락 바람. 급여명세서 제출 필수.

정보를 하나하나 살펴보고 '25제곱미터밖에 안 되는 집에 매달 700유로에 공과금까지 내는데, 침대를 주방에 놓는 건 불법 아닌가? 복층에 침대를 둔다고 해도 사실상 원룸이잖아' 하는 의문이 들었다. 결국 화가 치밀어올라서 웹사이트 창을 닫아버렸다.

그후로 나는 일상을 이어가려 했지만 마음과 달리 피난처 같은 집의 사진과 그 가격에 갇혀 있었다. 25제곱미터에 창문은 하나밖에 없으면서 '멋진 로프트 하우스'라니, 진짜 어처구니가 없었다. 며칠 뒤, 신문에서 "스페인 중앙은행은 주택 임대료에 월수입의 35퍼센트 이상을 사용하지 말라고 권고했다"는 기사를 읽었다. 한동안 머리가 어질어질했다. 그 권고를 잊지는 못했지만 굴하지 않고 매물을 계속 찾아봤다.

● 예전에 공장이었던 건물을 개조한 거주지로, 보통 복층 구조로 된 원룸을 말한다.

필요한 모든 것을 갖춘 실용적인 원룸. 레온이카스티요 거리에 위치하고, 근처에 라페리아 광장이 있음. 모든 서비스가 포함된 꼭대기층 집에 살 수 있는 절호의 기회를 놓치지 마세요. 월 650유로에 공과금 별도. 주방은 완비되어 있음. 비치된 가구는 없음. 22제곱미터 면적에 별도의 방은 없음. 보증금으로 두 달 치 월세 지불, 중개수수료 및 금월 월세 지급이 조건임.

나는 이 매물을 보고 부동산을 찾아갔다. 부동산 여직원은 손으로 온갖 제스처를 취하며 설명했다. 이 집을 계약하면 이 여자한테 중개수수료를 줘야 했다. 그녀가 내게 이것저것 알려주는 동안 내 얼굴에는 아무 감정도 드러나지 않았겠지만 가슴속에서는 열불이 났다. 내가 중개사와 계약하는 것도 아닌데, 왜 수수료를 내야 할까 싶었다. 두 매물을 보고 부동산까지 다녀오니, 22제곱미터에 가구도 없는 코딱지만한 집에 보증금으로 두 달 치 월세를 내며 소파 없이 침대만 쓸지, 아니면 한 달에 700유로나 내며 소파베드에 누워 교도소에 갇힌 것처럼 살지를 결정할 선택권이 내게 주어진 것 같았다.

이데알리스타 웹사이트를 몇 번 들락날락했다고 주거래 은행에서 대출 광고를 쏟아내기 시작했다. 처음 전화가 왔을 때는 2만 유로를 대출해주겠다고 하더니, 두번째 전화에서는 3만 유로를 빌려주겠단다. "어떤 목적으로 대출을 신청하시든 상관없습니다." "학업을 지속하기 위해서든, 차를 구입하기 위해서든, 집을 리모델링하기 위해서든 말이죠." 나는 상담원의 마지막 말에 짜증이 나서 전화를 끊어버렸다. 무슨 집? 하마터면 전화기에 대고 소리지를 뻔했다. 집 없는 사람한테 집 리모델링을 운운해? 그후로 은행은 이메일과 앱, 심지어 ATM기에서도 나를 계속 쫓아다녔다. '클릭 한 번이면 4만 유로를 대출해드립니다' 하는 멘트와 함께. 그래서 나는 주거래은행은 물론, 관련된 모든 것에 극도로 진절머리가 나 있었다. 대출을 받아서 튀어버릴까 고민해볼 정도로 말이다.

나는 아버지의 회사를 물려받은 아나 보틴*이 한순간에 페미니스트 아이콘으로 등극하는 모습을 보며, 어리둥절해했다가 심란한 표정으로 한동안 꼼짝 않고 텔레비전 앞에 서 있었다. 영업점 폐쇄 방침에 따라 앞으로 몇 달 안에 직장을 잃게 될 수많은 산탄데르 은행 여직원들과 ATM기를 사용할 줄 몰라 은행 창구에서 '자신의' 돈을 인출하려고 길게 줄을 서 있는 노인들이 눈앞에 아른거렸다. 그와 동시에 대출에 대한 생각을 떨쳐낼 수가 없었다. 4만 유로를 가지고 시골 마을로 도망가도 나를 찾을 수 있을까? 거기까지 나를 쫓아와서 돈을 내놓으라고 다그칠까? 서류 한 장 없이 클릭 한

● 아버지 에밀리오 보틴 회장의 뒤를 이어 스페인 산탄데르 금융그룹의 회장이 되면서 유럽 은행계의 첫 여성 회장이 되었다.

번으로 4만 7000유로를 받을 수 있다니. 이 미친 짓을 한번 해보고 싶었다.

가슴속에서 분노가 끊임없이 자라나 천천히 쌓여갔지만, 아무리 노력해도 분노를 떨쳐낼 수가 없었다. 그 감정은 어깨로 올라와 목을 움켜쥐었다. 내가 어디에 있든, 무엇을 하든 항상 느낄 수 있을 만큼 목을 꽉 졸랐다. 하지만 나를 질식시키지도 실신시키지도 못했다. 나는 멀쩡히 살아 움직였고, 여전히 일했다. 하루하루가 지나고 시간이 흘렀다. 나는 아무것도 하지 않았다. 아무리 생각해도 뭘 해야 할지 모르겠다. 그저 손을 물끄러미 쳐다보며 폈다가 다시 쥐었다.

10월 초, 나는 아레나 거리에 있는 방 두 개짜리 집으로 이사갔다. 회사에서 도보로 10분 거리였다. 공과금을 제외하고 월세는 615유로였다. 내 짐은 레로이 메를린 이삿짐센터 박스 세 개와 부모님이 차 뒷좌석에 넣고 다니는 여행 가방 두 개에 다 들어갔다. 부모님이 새 집 청소를 도와주겠다고 했지만, 나는 집이 작아서 혼자서도 금방 한다고 말했다. 집은 현관, 주방, 거실이 이어져 있는 구조였고 소파도, 밥 먹을 식탁도, 책장도, 텔레비전도 없었다. 욕실은 작고 창문이 없었다. 침실은 아레나 거리를 내려다보고 있었다. 온수기는 제대로 작동하지 않는데다, 냉장고는 너무 오래된 탓에 음식이 별로 차가워지지 않았다. 주변에는 스트라디바리우스 매장과 라 마데라 카페, 레스토랑이 있었다. 우리집 바로 아래에는 고급 부티크 세 곳과 문구점, 미용실이 있었다. 월세는 615유로지만 첫 달에는 보증금으로 한 달 치 월세를 더 지불해야 했고, 각종 공과금은 따로 내야 했다. 그래도 은퇴한 집주인과 직접 거래한 덕분에 중개수수료를 절약할 수 있었다. 이번 일에 운이 따르긴 했지만, 내가 집을 잘 알아봤다는 생각에 뿌듯했다. 체크메이트! 내가 마침내 사회초년생을 등쳐먹기 바쁜 사회제도를 이겼다는 기쁨을 누리기도 잠시, 나는 멍청이인 게 분명하다는 생각이 들었다. 트리아나 거리에서 버스킹 음악가들이 동전 몇 닢을 받고 바이올린, 플루트, 기타, 색소폰을 연주하는 소리가 들렸기 때문이다. 처음에는 악기 소리가 내 집에 매력을 더해주는 듯했지만, 점차 그 소리는 소음이 되었다.

이사 당일, 나는 부모님과 헤어지기 싫어 함께 식사를 하자고 했다. 하지만 결국 그들이 작별인사를 하며 문을 나서는 순간, 나는 깊은 슬픔에 휩싸인 채로 바닥에 앉아 한참 동안 트위터 타임라인을 읽고, 인스타그램에 좋아요를 누르다가 왓츠앱 메시지에 답장했다. 우리집은 더이상 우리집이 아니다. 내가 자랐지만 이제는 살지 않고, 앞으로 주말마다 가게 될 부모님집이다. 나는 결국 '진짜 내 집'조차 없는 사람이 되고 말았다. 서러움에 복받쳐 눈물을 떨어뜨릴 때, 저 멀리서 누군가 색소폰을 연주하는 소리가 들렸다.

아내와 함께 내 아래층에 사는 집주인은 처음에는 착한 노인네 같았지만, 점점 안테나3 채널 영화에 나오는 악당처럼 굴기 시작했다. 그는 마음대로 내 우편물을 가져갔다가 기분이 내킬 때만 내게 건넸다. 다시 이사를 갈까 고민했지만 지금 나가면 보증금도 못 돌려받고, 이 집을 구하느라 개고생한 것만 생각하면 다시 매물을 알아보는 건 미친 짓 같았다. 따지고 보면 우편물은 사소한 문제였다. 어쨌든 그가 아예 갖는 게 아니라 항상 내게 돌려주긴 하니까.

몇 달 뒤, 집주인은 내 집으로 올라와 문을 두드리며 말을 걸기 시작했다. 처음 두 번은 문을 열어줬다. 그러다 세번째부터는 집에 없는 척했다. 그후 그가 가끔씩 올라와 문을 두드리고 잠시 기다리다, 발을 질질 끄며 다시 내려가는 이상한 상황이 연출됐다. 나는 이 이야기를 아무한테도 하지 않았다. 어쩌면 그가 외로워서 아무나 붙잡고 이야기하고 싶은 걸지도 모르니까. 봐, 스물여섯 살의 무주택자 여성은 충분히 노력만 하면 이처럼 얼마든지 관대해질 수 있다니까.

어느 날 저녁, 나는 집에 도착하자마자 바닥에 물건을 던져놓고 발을 질질 끌며 거실로 가서 소파에 앉았다. 소파에 몸을 맡긴 채, 길어야 5분 정도 쉬려고 했다. 그러다 결국 팔걸이에 무릎 안쪽을 걸치고 누워버렸다. 어차피 이렇게 된 마당에 조금이라도 더 편하게 있는 게 좋을 것 같았다. 트위터에서 게시물을 읽고 인스타그램에서 사진을 스크롤하는 끝없는 루프에 빠져버렸다. 어느새 해가 지고 주위가 어둑어둑해지더니, 하루가 끝나버렸다. 벌써 8시하고도 7분이나 지나 있었다. 오늘 나는 오후 6시 40분부터 7시 50분까지 살았던 셈이다. 그 외의 시간에는 일만 했으니. 휴대폰 화면에 오마르의 이름이 뜨기 전까지는 내가 그에게 전화를 걸고 있다는 사실을 인지하지 못했다. 그와 대화라도 나누고 싶은 마음에 통화 버튼을 눌렀다는 것까지는 알고 있었지만, 그 이상은 기억나지 않았다. 마치 화장실에 가고 싶다는 생각은 별로 없었는데 자리에서 일어나 화장실로 가는 것처럼, 그냥 무의식중에 전화한 것이다. 그는 전화를 받지 않았다. 나는 눈을 감고 기지개를 켰다. 그리고 '내가 지금 출근할 때의 옷을 그대로 입고 직장인 냄새나 풀풀 풍기면서 잠들면 나를 비난할 사람이 있을까?' 하는 쓸데없는 생각에 잠겼다. 그러다 오마르에게서 전화가 왔다.

"전화했어요?" 그가 물었다.

나는 눈을 감았다.

"네."

"아! 실수로 통화 버튼을 누른 줄 알았어요."

"아뇨. 내가 걸었어요."

나는 목을 가다듬었다.

"당신한테 연락할까 고민하다가 전화한 거예요."

"무슨 일 있어요?"

"왜요? 지금 바빠요?"

"아뇨. 집에서 요리 채널을 보고 있어요."

그 말에 나는 빵 터졌다.

"무슨 요리하는데요?"

"제이미 올리버[*]가 신입 요리사들에게 반인륜적 범죄를 저지르고 있어요." 그는 잠시 말을 멈췄다. "아무리 바빴어도 당신 전화는 받았어야 했는데."

"괜찮아요."

"그런데 지금은 전화받기가 좀 그러네요. 지금 방송에서 마늘소스와 에스칼리바다[**]를 곁들인 대구그라탱을 만들고 있어서요. 끝나는 대로 전화할게요."

"참 예의바르시네요."

"내가 좀 공손해요. 신사니까요."

나는 킥킥거렸다. 그리고 둘 다 아무 말도 하지 않았다. 그렇게 1분, 어쩌면 세 시간이 흘렀다.

"오늘 저녁에 뭘 먹을 거예요?"

내 질문에 대한 답을 곰곰이 생각하는지 그의 숨소리까지 들렸다.

"잘 모르겠네요. 여기 올래요? 농어 있는데."

"내 주변에 당신만큼 생선을 많이 먹는 사람도 없을 거예요. 정말 대단해요. 이제 생선 좋아할 나이인가요?"

● 　영국의 요리사이자 방송인.
●● 　피망, 구운 가지, 볶은 양파, 토마토와 마늘을 넣어 만든 샐러드로, 카탈루냐 지
　　역의 요리다.

"생선가게의 할인 혜택을 그만큼 잘 이용한다는 거겠죠."

텔레비전 끄는 소리가 들렸다.

"아니면 병아리콩을 곁들인 피코데가요®도 만들어줄 수 있어요."

"둘 다 좋아해서 뭐든 괜찮아요. 뭐 좀 가져갈까요? 진저에일이 한가득 있거든요. 지금 냉장고가 포화 상태라서요. 콜리플라워 675그램도 있는데, 필요하면 가져갈게요."

"아뇨, 괜찮아요." 그가 웃으며 말했다. "당신이 마실 거면 진저에일은 가져와요. 난 안 마실게요."

"그렇지만 맛있는데."

"당신은 좋아할지 모르지만 난 별로예요."

그는 오늘 내가 그의 셔츠에 대해 했던 말과 똑같이 이야기했다.

"정말 올 거예요, 아니면 농담하는 거예요?"

"진심이에요. 우리가 진지한 대화를 나누는 줄 알았는데, 지금까지 농담한 거예요?"

"나도 진심이었어요. 당신 숟가락만 하나 더 놓으면 되는데 힘들 게 뭐 있어요?"

"알았어요. 그럼 샤워하고 8시 반쯤에 갈게요. 집 위치 좀 보내줘요."

● 잘게 썬 양파, 토마토, 고추, 살사소스 등으로 만드는 샐러드 요리.

"알았어요."

"좋아요."

"그럼 끊을게요."

"잠깐만요. 내가 먼저 끊을 거예요" 하고 나는 전화를 끊었다.

나는 눈을 뜨고 욕실까지 기어갔다. 샤워 후, 냉장고에서 진저에일 네 캔과 콜리플라워를 꺼냈다. 알고 보니 그는 라스칸테라스 해안도로에 살고 있었다.

세계 유방암의 날을 맞아 슈퍼사우루스 본사에 아침부터 핑크리본 캠페인 팸플릿 수십 장이 붙어 있었고, 슈퍼마켓의 어느 코너를 가도 핑크색 스카프를 머리에 두른 여성들의 사진이 보였다. 회사가 암 연구를 위해 지금까지 얼마를 기부했고, 고객들도 캠페인에 동참해달라는 메시지가 스피커를 통해 계속 나왔다. 그날은 전 직원들도 옷에 핑크리본을 달고 다녔다. 사무직 여성들에게는 핑크색 셔츠가 배포됐고, 며칠 전에는 핑크런° 행사 개최를 알리는 이메일도 보냈다. 아무도 핑크런에 가지는 않지만 그 의미를 잘 알고 있기에 모

● 핑크리본 캠페인의 일환으로, 유방 건강과 관련된 유용한 정보를 제공하고 자가검진 및 조기진단의 중요성을 알리기 위한 페스티벌이다.

두 셔츠는 가지고 있었다. 정오에는 모든 여직원이 핑크색 셔츠에 핑크리본을 달고 회의실로 가서 사진을 찍었다. 인사팀 직원이 회사 웹사이트에 올릴 사진이었다.

우리 회사는 페미니즘이나 성차별을 지지하지 않고 양성 평등을 옹호하면서, 왜 남직원들에게는 셔츠를 나눠주지 않느냐는 불만이 꾸준히 제기됐다. 나도 회사가 여성과 남성을 갈라놓으려 한다는 이야기를 듣긴 했었다. 좋은 캠페인을 위해서라고 해도 차별은 옳지 않다. 그런데 최근에 일부 여성의 유방암 발병에 남성도 어느 정도 책임이 있다는 기사를 읽었다. 젠장! 어쩌라는 거야? 대체 누가 우리를 분열시키려고 하는 거지? 포데모스 지지자들일 수도 있겠지. 아니면 소로스*, 버락 오바마, 메디아셋**의 소행일지도.

나는 화장실 변기 뚜껑에 걸터앉아 은행 앱을 열고 저축액을 확인했다. '열 달만 더.' 나는 속으로 되뇌었다. 열 달만 더 버티고 다른 일을 찾고 말 테다.

●   세계적인 금융인이자 투자가, 소로스 펀드 매니지먼트의 의장.

●●   1978년 실비오 베를루스코니에 의해 설립된 이탈리아의 대중매체 기업으로, 이탈리아 방송 시장의 30퍼센트 이상의 점유율을 차지한다.

영상에서 파티에 참석한 한 무리의 사람들이 손뼉을 치고
있었다. 그들은 원을 그리며 노래를 불렀다. '푸지데몬*, 너
를 감옥에 넣을 거야.' 알론소는 그 장면을 다시 보면서 웃었
다. 영상 속 한 남자가 노래의 리듬에 맞춰 탬버린을 쳤다. 그
들은 계속 노래를 불렀다. '푸지데몬, 너를 트라페로**와 함
께 감옥에 보내버릴 거야. 그는 네 감방 동기가 되겠지.' 한
사람은 기타를 치고, 다른 사람은 원의 한가운데에서 춤을

●   카탈루냐의 정치인이자 전 언론인으로, 카탈루냐 주정부의 수반을 역임했고,
    2017년 10월 카탈루냐 독립선언을 하면서 카탈루냐 공화국의 수립을 선포했
    다. 스페인 중앙정부가 곧바로 카탈루냐 자치정부에 대한 자치권 정지 결정을
    내리자, 사법 처리를 피하기 위해 벨기에로 피신했다.
●● 현재 카탈루냐 자치경찰 서장이다. 2017년 10월 카탈루냐 독립선언 이후 스페
    인 검찰이 그를 선동 혐의로 기소했으나, 2020년 무죄 판결을 받아 경찰 서장
    으로 복귀했다.

쳤다. 나는 온몸에 소름이 돋으면서도 영상에 매료됐다. 루시아 1과 나는 영상이 끝날 때까지 말없이 영상을 다 봤다. 알론소는 영상이 재미있었는지 다시 재생 버튼을 눌렀다.

"와, 죽여주는데." 그가 말했다. "다들 미친 것 같아."

"전 이만 갈게요. 할일이 많아서요." 루시아 1이 말하며 테이블에서 일어났다.

그 자리에는 나, 루시아, 알론소 셋이 있었다. 나는 커피를 마시러 구내식당에 내려가다가 둘을 마주쳤고, 어쩐지 피할 수가 없었다.

"왜 이런 쓸데없는 것을 같이 보자고 한 건지 모르겠네요. 그럼 나중에 봐요."

멀어지는 그녀의 모습을 보는 동안 노래가 내 대뇌피질에 착 달라붙었다. 어디를 가든 나를 따라다니는 진이 노래했다. "푸지데몬, 너를 감옥에 넣을 거야." 나는 손에 든 컵을 물끄러미 바라봤다. 방금 본 영상을 어떻게 생각해야 할지 모르겠다. 우스꽝스럽기는 해도 재미있지는 않았다.

"혹시 루시아가 화난 걸까요?"

"아닐 거예요"라고 내가 대답했다. "오늘 오후에 있을 주주총회 때문에 바빠서 그런 거겠죠."

처음에 한 말은 거짓말이었고, 나중에 한 말은 사실이었다. 그녀가 기분이 상했는지는 모르겠지만, 어쨌든 영상이 불편했고 알론소의 얼굴이 보기 싫었던 것은 분명했다. 하지만 그녀는 절대 그에게 속마음을 내비치지 않을 것이다. 우리 여성들은 자기가 제정신이 아니라서 그렇지, 자신을 불편하게 만드는 것도 사실 별거 아니라고 합리화하는 법을 배웠으니까.

"영상이 당신한테는 재밌었죠? 당신은 유머감각이 좀 있잖아요."

"네, 그럼요."

"가끔은 여자들을 이해하기 힘들 때가 있어요." 그가 이어 말했다. "그러니까 여자들은 감정 기복이 심하잖아요."

"그렇겠죠."

나는 내 머리카락을 잡아당겨서 두피를 갈기갈기 찢어버릴까 고민했다. 그러면 그가 입을 닥칠 테니까.

"어쨌든 카탈루냐 문제는 매우 복잡해요."

"모든 일이 다 그렇죠."

"나를 안 좋아하죠?"

"왜 그런 말씀을 하세요?" 나는 눈을 깜박였다.

그는 어깨를 으쓱했다.

"난 바보가 아니에요. 당신은 다른 사람들하고는 이야기를 잘 나누면서, 나한테는 그냥 맞장구만 치잖아요."

나는 하마터면 콧방귀를 낄 뻔했다. 바보가 아니라고? 논쟁의 여지가 있겠는데. 내가 항상 자기한테 맞장구만 친다고? 당연하지. 당신은 내 상사니까. 나는 헛기침을 했다.

"당신과 이야기하는 게 어려워요." 나는 거짓말했다. "제 상사시잖아요. 인재 채용 담당자이시긴 하지만."

"하지만 나는 좋은 상사예요." 그가 따지듯이 말했다. "우린 나이도 얼추 비슷하잖아요. 나는 '내가 상사니까 나를 존경해…' 이런 마인드로 살지 않는다고요. 안 그래요? 난 전형적인 상사들과는 달라요…."

비서에게 어떻게든 인정받으려 하는 백만장자라니. 나의 빌어먹을 인생은 절대 끝나지 않는 시트콤 〈오피스〉의 한 에피소드 같다. 내가 회사의 실질적 소유주인 남자의 심리상담까지 해줘야 하나?

"하지만 그건 좀 복잡…"

"게다가 오마르는 나보다 훨씬 더 높은 상사인데, 그와는 스스럼없이 대화하잖아요."

"그건 좀 다른 문제예요."

나는 손, 커피잔, 식어가는 커피에 차례로 시선을 두었다. 그때 내 가슴 속에 있는 모든 장기가 오그라들면서 전면 경계 태세에 돌입했다.

"설령 제가 오마르에게 당장 꺼지라고 해도 그는 저를 해고할 수 없어요. 하지만 당신은 저를 내쫓아버릴 수 있죠."

그는 내 말의 의미를 조용히 곱씹어보는 듯했다. 방금 내가 한 말은 완벽한 헛소리였지만, 나는 똑 부러지는 사람처럼 안경을 썼고 포니테일로 머리를 단정하게 묶었고 블레이저까지 걸치고 있었다. 위장은 완벽했다.

"난 나한테 장난치는 사람을 해고할 생각이 없어요. 나는 그런 유의 상사가 아니거든요."

그는 마치 좌절감에 빠져 당장이라도 눈물을 터뜨릴 것처럼 갈라진 목소리로 말했다. 나는 내가 어떤 상사인지에만 신경쓰는 삶을 상상해봤다. 개방적이고 외향적인 멋진 상사, 자전거로 출퇴근하고 재활용을 잘하고, 팀원들에게 원하면 며칠 쉬면서 정신건강을 다스려도 된다고 말하는 상사. 그의 존재 자체가 세상의 모든 부조리를 상징하는 터라, 그를 마주하는 것만으로도 불쾌해지는 감정을 어떻게 정중하게 설명해야 할지 모르겠다. 나처럼 평범한 시민이자 일반인은 상사와 친구가 될 수 없다. 사실 제정신인 사람이라면 누구도 상사와 친해질 수 없다. 게다가 극소수의 사람들이 자기들끼리 이토록 많은 것을 독차지하고 소유하고 탐내기에, 대다수의 사람들은 코딱지만큼 남은 조각이라도 차지하기 위해 굶주린 개처럼 물고 뜯고 싸울 수밖에 없다. 저 사람이 이런 어처구니없는 현실을 이해할 수나 있을까? 내가 그만큼 재산이 많으면, 매일 아침 출근하는 쇼는 안 할 거다. 누군가의 인정을 필요로 하지도, 바라지도 않을 거다. 그런데 나는 지금 여기서 돈방석에 앉은 사람이나 위로하고 있다.

'사람들은 당신이 상사라서 피하는 게 아니야.' 나는 생각했다. '당신을 상대할 만한 사람으로 취급하지 않는 거지. 게다가 당신은 상대에게 고정관념까지 갖고 있잖아.'

내 휴대폰이 테이블 위에서 울리기 시작했다. 화면에 '마티키'가 떴다. 나는 마치 하늘에서 구명조끼나 인도주의적 구호상자라도 떨어진 것처럼 반갑게 휴대폰을 집어들었다. 신을 믿지 않는 사람들이 있다. 눈에 보이지 않는다고 신을 믿지 않는다니. 얼마나 우스꽝스러운가. 신이 없었다면 나는 저 인간의 하소연을 하염없이 듣고 있었겠지.

"죄송하지만 지금 올라가보겠습니다. 마티키씨가 부르셔서요!"

나는 도망치듯 그 자리를 빠져나왔다.

마드리드 사이코

작품: 슈퍼사우루스 (라스팔마스 2지구)

등장인물: 알론소

태그: 공포, 마음의 상처

카테고리: 일반

단어 수: 157자

거울에 비친 자신의 모습을 응시하던 알론소는 소변을 본 뒤 바지 지퍼를 올렸다. 그러고는 검지로 거울 속 자신의 얼굴을 가리키며 혼잣말로 중얼거렸다.

"너는 리더야."

그는 고개를 끄덕이며 손으로 머리를 빗어 넘겼다.

"넌 강한 존재감을 가지고 있어."

그는 화장실의 하얀 조명 아래에서 반짝이는 거울 속 자신을 바라보며 스스로에게 주문을 걸었다.

"넌 팀의 역량을 강화시키고 있어. 그리고 직원들을 빛나게 해."

그는 다시 고개를 끄덕이며 손으로 셔츠를 매만졌다.

"넌 어떤 도전도 망설이지 않아…. 오히려 네 한계에 도전하지."

할말이 다 끝났는지 입으로 이상한 소리를 내며 화장실에서 나왔다.

"네, 마티키씨."

"안녕하세요, 메리엠. 잠깐 여기 와줄 수 있어요? 당신의 도움이 필요해요."

나와 마티키 사이에는 유리벽이 있다. 그가 내게 전화할 때마다 나도 모르게 눈을 굴리며 그 안을 살펴보게 된다. 나는 그를 봤고, 그도 나를 봤다. 무슨 일일까.

"네, 물론이죠."

"좋아요. 다행이네요."

나는 잠시 멈칫했다가 말을 이었다.

"곧 가겠습니다."

내가 그의 사무실에 들어서자, 그는 의자에서 일어나 컴퓨터에서 멀어졌다.

"엑셀 파일을 PDF로 변환해야 하는데, 어떻게 하는지 모르겠어요. 당신은 할 줄 알죠?"

그 순간, 이상한 느낌이 등줄기를 타고 흐르는 듯했지만 그것이 뭔지 분석할 시간 따위 없었다.

"네, 물론이죠."

내가 마티키에게 가장 자주 하는 다섯 가지 말 중에 1위는 단연 "네, 물론이죠"였다. 목요일에 30분 일찍 출근할 수 있어요? 네, 물론이죠. 오늘 한 시간만 늦게 퇴근해도 괜찮아요? 네, 물론이죠. 이 서류들을 한번 읽어보고 내가 놓친 오탈자가 있는지 확인해줄래요? 네, 물론이죠. 욜란다가 휴가를 가서 그러는데, 앞으로 2주 동안 두 명분의 일을 해줄 수 있겠어요? 네, 물론이죠. 당신이 울면 당신의 머리를 밟아도 될까요? 네, 물론이죠.

"그렇게 어렵지는 않은 것 같은데," 그가 말했다. "어떻게 하는지 도무지 기억이 안 나네요. 이미 여러 번 설명을 들었는데 다 까먹었나봐요."

귀찮게 하지 말고 좋은 말 할 때 알려준 방법을 메모해서 나를 좀 내버려두면 좋으련만. 그러면 나도 자존심이 덜 상할 텐데. 나는 그의 책상으로 가서 컴퓨터 앞에 앉아 엑셀 파일을 봤다.

"젊은 사람들은 가르쳐주지 않아도 이 정도는 태어날 때부터 알고 있는 것 같아요." 그가 덧붙였다.

그가 말을 늘어놓는 동안 나는 그 파일을 PDF로 변환시키고 자리에서 일어났다.

"다 됐어요."

"좋아요. 정말 완벽하군요."

그는 화면을 보며 파일이 제대로 PDF가 되었는지 확인하고는 미소를 지었다.

"메리엠, 당신이 없었다면 나는 어떻게 되었을까 하는 생각을 종종 한다니까요."

그 말을 듣자마자 나는 기계처럼 입꼬리를 올렸다. 혹시 내가 플라스틱으로 만들어진 건 아닐까?

"더 필요한 게 있으신가요?"

"아뇨, 없어요. 다른 건 내가 다 알아서 할 테니 걱정하지 말아요."

"당신 혼자서는 아무것도 못할 텐데요." 나는 그에게 이렇게 말하고 싶었다. "문서 하나도 인쇄할 줄 모르잖아요. 당신은 쓸모없는 사람이에요. 당신 딸과 남편의 생일이 언제인지 알려주는 것도, 동물병원에서 당신의 고양이를 데려오는 것도 다 나라고요. 게다가 나는 당신이 어떤 알레르기를 가지고 있는지도 알아요. 당신은 월급을 나보다 다섯 배나 더 받으면서 그 흔한 엑셀 파일을 PDF로 변환할 줄도 몰라요. 물론 나도 여기 입사 면접을 볼 때, 엑셀을 다룰 수 있다고 거짓말했어요. 하지만 그후로 인도인들이 유튜브에 올린 동영상을 보고 열심히 배우고 있죠." 나는 이렇게 쏴붙이는 대신, 그저 그에게 오른쪽 엄지손가락을 치켜들었다.

"그럼 이만 가보겠습니다."

그리고 내 자리로 돌아왔다.

요즘 나는 불구덩이 속에서 타는 기분이다. 온도가 하루에 1도씩 서서히 올라가는 그곳에서 결국 숨 막혀 죽을 것 같다. 퇴근 후에는 저녁을 차려 먹고 텔레비전을 본다. 가끔은 책을 읽기도 한다. 청소할 때는 라디오를 틀어놓는다. 어제 저녁에는 플라스틱 용기에 담긴 음식을 회사에서 먹고 집까지 걸어왔다. 그렇게 매일 회사에서 집으로 걸어오고, 다음 날 다시 회사로 걸어간다. 나는 일하고, 일하고, 또 일한다. 내 인생이 일을 중심으로 돌아간다. 카르멘과 테레사를 만날 시간도 없다. 내가 무엇을 하고 싶었는지, 내 목표가 무엇이었는지 기억이 가물가물하다. 나아가야 하는 방향조차 잃어버렸다. 계획을 세워도, 도저히 실천할 엄두가 안 난다. 시간이 흐른다는 걸 의식해도, 체감하진 못한다. 그건 내가 아니라 다른 차원의 메리엠에게 일어나는 듯하다. 그 와중에 오마르가 내 머리의 70퍼센트를 차지했다. 그는 내가 하루 중 가장 많이 대화하는 사람이었다. 나는 더이상 나를 객관적으로 바라보지 못했고, 그런 생각을 할 시간조차 없었다. 이러다 언젠가 내가 사라지면 아무도 내 부재를 알아차리지 못할 것 같다는 불안감에 휩싸였다.

우는 모습을 오마르에게 딱 한 번 들켰다. 그때 나는 창고 구석에 숨어 머리를 무릎에 파묻은 채 눈을 감고 울고 있었다. 가급적이면 근무시간에는 울지 않으려고 노력했다. 다른 사람에게 그런 모습을 보이는 것이 창피했고, 전혀 프로답지 못한 태도라고 생각했기 때문이다. 하지만 도저히 참을 수 없을 때는 최대한 조용히 아래층으로 내려갔다. 내가 우는 모습을 본 오마르는 "메리엠?" 하며 나를 불렀다. 그의 얼굴을 쳐다보느니 차라리 피부가 하나하나 뜯겨나가는 편이 낫겠다는 생각에, 나는 못 들은 척하고 계속 울었다.

마음 편히 울 권리는 보편적인 인권이 되어야 한다. 가장 나약한 순간에 사생활을 보장하는 법이 필요하다. 다시 말해 우리가 그런 상황에서 도움이나 관심 또는 필요한 것을 요청하지 않는 한, 사람들이 고개를 돌려 우리를 못 보고 못 들은 척하도록 하는 법 말이다. 나는 혼자 울고 싶다. 누가 나를 안아주면서 위로하는 것도, 내게 말을 거는 것도 싫다.

"괜찮아요?" 그가 거듭 물어봤다.

나는 속으로 생각했다. '바보예요? 지금 내가 괜찮아 보여요?' 하지만 나는 "괜찮으니까 걱정하지 말아요, 잠시 시간이 필요할 뿐이에요"라고 대답했다. 그 잠시는 5분도 10분도 되지 않았다. 숨을 들이쉬고 내쉴 시간도, 얼굴을 닦고 나갈 시간도 되지 않는 아주 짧은 순간. 나는 계속 팔로 얼굴을 감싸고 있었지만, 온 힘을 다해 울음을 그치려고 애썼다. 하지만 감정은 쉽게 사그라들지 않았다. 결국 내가 더 크게 울자 그는 "아이고"라고 말했다. 이렇게 그가 안절부절못하는 모습에 열받아서 폭발할 뻔했다. 눈물을 너무 많이 흘려 눈물샘은 말라버린 것 같았고 목소리는 잘 나오지 않았다.

"괜찮아요. 아무 일도 아니에요. 이까짓 일로 울면 안 되는데. 점심 때 팀 회식이 있었는데 취소된 거예요. 아무도 내게 알려주지 않았죠. 내게 말해줘야 할 사람은 나한테 한마디도 안 하고 나머지 팀원들만 데리고 점심을 먹으러 갔더라고요. 난 그것도 모르고 슈퍼마켓 입구에서 10분이나 기다렸어요. 알고 보니 욜란다가 나만 빼놓고 직원들에게 다른 곳에 가자고 한 거예요. 난 그녀가 왜 그토록 나를 증오하고 경멸하는지 이해가 안 돼요. 이제 더는 못 참겠어요. 눈물이 그치면 위로 올라가서 욜란다에게 다 말할 거예요. 이제 끝이라고. 더이상 못 참겠다고. 욜란다 당신이 이겼으니, 내가 그만두고 떠나겠다고. 남의 피나 쪽쪽 빨아먹는 뱀파이어 아줌마, '안녕히 개새야'! 이 엿 같은 회사에서 나보다 더 잘 버티는 사람을 찾길 바랄게요, 하고 인사할 거예요. 더는 못 견디겠어요. 못 참겠다고요."

이런 말이 목구멍까지 차올랐지만 막상 그에게 설명하려고 입을 열자 말이 안 나왔다. 대신 얼굴, 목덜미, 눈까지 다 새빨개졌고, 내가 겪은 일을 이야기하기 위해 뱉어야 할 단어들이 죄다 손끝에서, 혀끝에서 흩어져버렸다.

마침내 그가 물었다. "내가 가면 좋겠어요?"

나는 처음에 "네"라고 했다가 곧장 "아뇨"라고 했다. 그러다 결국 "음, 그게 낫겠어요"라고 대답했다. 그러자 그는 군말 없이 떠났다. 눈물을 다 쏟아내고 나자, 속이 후련해져서 자리에서 일어나 셔츠 소매로 얼굴을 닦았다. 그러고는 여기지하실 창고를 찾아오는 다른 사람들처럼 꼬질꼬질한 공룡 봉제인형에 기대어 울었다. 나는 바보다. 스스로 똑똑하다고 생각하지만 결국엔 그렇지 않다는 것을 깨닫고 마는 멍청이. "이런 꼴을 보여 미안해." 나는 방금 내 콧물로 범벅 된 3미터짜리 괴물을 향해 큰 소리로 말했다. "인간들은 하나같이 멍청해." 나는 공룡에게 설명했다.

다음 날 아침, 회사에 출근했더니 책상 위에 기름 묻은 종이봉투가 있었다. 그 안에 개구리, 뱀, 개똥 같은 게 들어 있을까봐 잔뜩 겁먹은 채 봉투를 조심스레 열었다. 그러자 노릇노릇하게 구워진 콜로마르빵집의 크루아상이 보였다. 봉투 안의 냄새를 맡자마자 눈에 눈물이 그렁그렁 차올랐다.

생리주기: 29일차.

컴퓨터를 켜자 스카이프 채팅방에 오마르가 새로 보낸 메시지 두 개가 눈에 띄었다. 첫번째 메시지는 "봉투는 내가 올려두었어요"였고, 두번째는 "독은 안 들었어요. 콜로마르에서 사온 거예요"였다. 그렇게 창고에서 오열한 후, 나는 상사를 찾아가 이야기하지도, 직장을 그만두지도 않았다. 나는 책상에 앉아 조용히 느긋하게 크루아상을 먹었다. 한 조각씩 떼어내 조금씩 입에 넣었다. 잠시 후 그에게 "고마워요"라고 답장을 보냈다. 그날 오후에 있던 모든 일은 손으로 잡고 구겨서 마음속에 간직했다. 그의 메시지가 도착했다.

"천만에요, 이쁜이."

그후 며칠간 나는 그를 피했다. 만나면 그를 때릴까봐, 아니 사실 그에게 키스라도 할까봐 불안해서.

19   2017년 12월

　어느 날 스스로를 하나의 회사라고 간주해버린다. 당신의
인생 드라마에선 당신이 최고경영책임자이자 최고운영책임
자이자 최고재무책임자다. 그러니 당신은 생산성을 높여야
한다. 시간을 최대한 활용하지 못한다는 죄책감을 항상 느끼
며 인생에서 단 1분이라도 무의미하게 흘려보내면 안 되니
까. 아무것도 하지 않으면 자연스레 생각이 많아지고, 생각
이 많아지면 결국 아무것도 하지 않게 된다는 것쯤은 잘 알
고 있으니까. 돈을 아끼고, 당신의 재능을 더 잘 이용하고, 업
무를 다양화하고, 모든 면에서 결과를 최적화해야 한다. 이

모든 게 뭘 의미하는지, 당신이 인생에서 정확히 무엇을 하고 있는지 전혀 모른다고 해도 상관없다. 당신이 특정한 목표를 달성하지 못해도 당신을 내쫓겠다고 위협할 직원도 없으니까. 그저 당신은 샤워를 마치고 거울에 비친 자신을 보면서 그 나이에 마땅히 이루었어야 할 모든 것들, 친구들과 달리 아직 눈앞에 보이지 않는 모든 것들 때문에 스스로를 조금씩 갉아먹게 될 뿐이다. 그러다 귀에서 시계가 재깍재깍 소리를 내는 게 느껴지겠지.

예전에는 다 커서 어른이 되면 내적 평화에 도달해, 때때로 뱃속에 기어들어오는 불쾌함과 불안함을 처치할 수 있다고 믿었다. 나는 인간이 서로를 두려워하는 이상하면서도 약간 끔찍한 생명체라는 것을, 어른이 되면 잘 먹기 위해 노력해야 하며, 때로는 나를 무시하거나 못살게 구는 곳에 서류를 제출해야 한다는 것을 이제야 깨달았다. 그 서류를 처리하는 공무원도 분명히 인간이다. 거의 인간처럼 보이진 않지만. 어쨌든 나에게 있어서 어른은 독립하고 직장을 얻어 소비생활을 즐기는 사람이었다. 하지만 어른의 현실은 세탁하고 다림질해야 하는 옷, 냉장고에 보름 동안 방치되어 시들어버린 상추, 혹시라도 집세를 올린다고 할까봐 계속 집주인 전화를 피하는 방법을 끊임없이 생각해야 하는 것이었다.

그래서 어느 날은 젊은 것 같다가도 그다음날은 항상 피곤해졌다. 온종일 아무것도 하지 않았는데도 몽둥이로 두들겨맞은 것처럼 매일 온몸이 쑤시고 아팠다. '나의 인생'이라는 1인 기업에서 훌륭한 최고책임자가 되는 방법을 아직 깨닫지 못한 탓이겠지. 나는 그저 중요한 것을 기억하려고 애썼다. 가령 살이 너무 쪘다는 이유로, 식습관이 엉망이라는 이유로, 콜리플라워는 100그램당 25칼로리라서 실컷 먹어도 몸무게가 늘지 않을 거라는 이유로, 죄책감과 불안감에 덥석 사버린 콜리플라워를 잊지 않았다. 동시에 심한 죄책감을 느끼며 햄버거를 먹으면 체중이 늘까 하는 고민도 진지하게 했다. 나는 냉장고 문을 열 때마다 한구석에 찌들어 있는 콜리플라워와 눈이 마주쳤고 머릿속에서 경고의 목소리가 들렸다.

'저 콜리플라워가 상하기 전에 어서 먹으라고. 먹지 않으면 결국 버려야 하고 그러면 기분이 나빠지겠지. 그러니 제발 먹으라고, 내일로 미루지 말고. 오븐에 구워 먹든지 크림으로 만들어 먹든지 어쨌든 먹어치워. 봐, 색이 이상하게 변하기 시작했어. 이미 반쯤 상하고 물렁물렁해졌잖아. 그런데 저걸 먹고 탈이 나면 어쩌지? 아프면 안 돼. 회사에 결근할

수 없잖아. 그러면 내 인생은 시궁창에 처박힐 거야.'

　냉장고 문을 닫는 순간, 안에 있는 모든 음식들이 나를 욕
하고 헐뜯을 것만 같았다.

자질구레한 물건 세 개

작품: 슈퍼사우루스 (라스팔마스 2지구)

등장인물: 다비니아, 알리시아

태그: 없음

카테고리: 일반

단어 수: 148자

다비니아는 알리시아가 계산대를 마감할 때까지 기다리며 오른쪽 손목을 마사지했다. 그때 형광 핑크색 운동복을 입은 부인이 컨베이어벨트 위에 물건을 올려놓던 사람 바로 뒤에 섰다. 다비니아는 목을 가다듬고 말했다.

"부인, 죄송합니다만 이 계산대는 곧 마감합니다."

"뭐라고요?"

"이 계산대는 곧 끝난다고요. 보세요."

그녀는 알리시아가 컨베이어벨트에 붙여놓은 안내판을 아프지 않은 손으로 가리키며 말했다.

"아, 그런데 이거 세 개만 사면 돼요. 빨리 계산할게요."

다비니아가 눈썹을 치켜올렸다.

"옆에 있는 계산대로 가주세요, 고객님. 여기는 이미 끝났다니까요."

"보세요. 이 자질구레한 물건 세 개밖에 없다니까요."

부인은 천 장바구니 안에 있는 내용물을 그녀에게 보여주었다.

"부인, 제발요. 이미 말씀드렸듯이 이 계산대는 끝났다고요. 다음 계산대로 가주세요."

다비니아는 매일 손목 통증에 시달렸다. 온몸의 관절이 다 아팠다. 허리와 목도 마찬가지였다. 매번 교대근무 전에 그녀는 신체적, 정신적 피로를 견디기 위해 약을 먹었다. 그리고 근무가 끝난 후에도 약을 복용했다. 안 그러면 머리가 터질 것 같았다.

알리시아는 컨베이어벨트에 있던 마지막 물건의 스캔을 마쳤다.

"보세요, 아가씨. 지금 이 세 개만 빨리 계산해줄 수 있죠? 그렇게 힘든 일도 아니잖아요?" 부인이 알리시아를 향해 물었다.

알리시아는 자기 왼쪽에 있는 안내판을 손가락으로 가리키기만 했다. 거기에는 '계산대 마감'이라고 쓰여 있었다.

"어머, 저 여자 좀 봐. 이렇게 무례할 수가 있나. 당신들이 길거리로 나앉지 않게 하려고 셀프계산대 대신 여기로 오는 거라고요. 내 딴에는 당신들 도와주려고 하는 건데, 그렇게 나오면 다시는 계산대에 오지 않겠어요."

"네, 그래 주시면 정말 고맙겠네요." 다비니아가 지친 목소리로 대꾸했다. 진심으로 한 말이었다.

슈퍼마켓은 박물관처럼 나름의 엄격한 규칙을 준수한다.
식품, 청소용품, 위생용품, 미용용품이 밀리미터 단위로 정
해진 배치에 따라 진열대에 놓여 있다. 정육 코너는 세제용
품과, 유제품은 주류 상품과 절대로 붙어 있지 않는다. 신문
은 항상 입구에서 판매한다. 계산대에는 3유로가 넘는 상품
이 진열되지 않는다. 각 층마다 보안요원 두 명이 복도를 돌
아다니며 순찰을 돈다. 모든 비非장소●와 마찬가지로 슈퍼마
켓도 의사소통이 전혀 없는 장소다. 원하지 않으면 누구와도
관계를 맺을 필요가 없다. 우리 회사는 매장에 셀프계산대를

● 대형 쇼핑몰이나 공항처럼 사람이 생활하면서 필요에 따라 지나다닐 뿐, 정체성이
나 인간관계를 형성하지 않는 공간을 의미한다.

설치해서 고객이 직접 물건을 계산하고, 쇼핑백에 담아갈 수 있도록 했다. 여기는 사람들의 최종 목적지가 아니다. 슈퍼마켓은 그저 하나의 상황, 하나의 절차에 지나지 않는다. 사람들은 친목을 도모하러 오는 것이 아니라 물건을 사러 오는 것이니. 하지만 슈퍼마켓의 흰 조명은 최선을 다해 사람들을 맞이하고 끝까지 함께할 것이다. 사람들은 매장에서 흘러나오는 배경음을 일일이 기억하진 않겠지만, 결국엔 귀기울이지 않아도 따라 부를 수 있게 될 것이다. 그러나 여기서 본 얼굴도, 들은 이름도 다 잊어버릴 것이다.

오마르가 내 앞에서 수다를 떨었다. 그는 커피에 설탕을 넣고 나무 티스푼으로 저은 다음, 한 모금 마셨다. 나는 그를 바라보고 그는 나를 바라봤다. 이내 나는 시선을 거두고선, 셔츠를 고쳐 입고 의자에 똑바로 앉아 팔짱을 끼는 퍼포먼스를 보여주었다. 그러고는 말했다.

"슈퍼사우루스에서 근무한 경험을 점수로 매겨보라고 하면, 10점 만점에 몇 점을 줄 거예요?"

내 질문에 그는 배꼽 빠지게 웃었다. 그는 여기서 꽤 오랫동안 근무했다.

오전 11시가 조금 넘은 시간이었다. 구내식당에는 우리 둘과 물류팀 여직원 세 명이 있었다. 어깨가 들썩거리는 걸 보면 그가 웃고 있는 게 분명한데, 표정은 전혀 변하지 않았다.

오마르의 오른쪽 눈 바로 아래에는 흉터가 하나 있었다. 나는 그게 어쩌다 생겼는지 묻고 싶었는데, 항상 망설이다가 끝내 입을 다물었다. 왜 그러는지는 나도 모르겠다. 내가 그런 것을 잘 알아차린다거나 내가 그를 지나치게 신경쓴다는 것을 드러내고 싶지 않은 게 아닐까?

"출근하자마자 집에 가고 싶다고 생각하지 않은 날이 단 하루도 없어요."

그렇게 대답한 후, 그는 냅킨으로 입을 닦고 그것을 손으로 구겼다. 내가 이 사람을 좋아할 리 없다. 나는 금발과 대머리를 좋아하지 않으니까. 지네딘 지단만이 유일한 예외였으니까.

"그런데 솔직히 얼마 전부터 여기 오는 게 즐거워졌어요."

그는 테이블 아래로 다리를 쭉 펴서 공간을 다 차지했다.

"요즘은 견딜 만해요. 하루하루를 즐겁게 보내고 있죠. 나는 4점을 주겠어요. 당신은요?"

나는 곰곰이 고민하는 척하다가 "난 1점이요"라고 말했다.

"그것 봐요, 그렇게 나쁘진 않잖아요. 하여간 당신은 매사에 불평을 늘어놓는 투덜이라니까요."

"우리 부모님이 나이들면 세상만사를 자기 주관대로 판단하게 된다고 했는데, 그래서 당신은 흰머리가 그렇게 많은 거예요?"

"당신은 정말 바보예요."

"내가요? 내가 당신에게 함부로 말하지 않는 건 어르신들을 존중하기 때문이라고요."

나는 물류팀 여직원들이 우리 대화를 어떻게 해석할까 궁금했다. 나는 "농담이에요" "농담인 거 알죠" 같은 말을 하려고 입을 벌렸다가 그가 내 쪽으로 몸을 기울여서 다물었다. 그러자 그와 4년 동안 만나고, 그에게 도시락을 싸주고, 에밀리 블런트를 닮았다던 그 여자가 생각났다. 에밀리 블런트라니! 나는 너무 부끄러워서 웃고 말았다. 오마르의 전 여자 친구가 아니라 나 때문에. 찐 감자처럼 생긴 내 얼굴 때문에. 뭐가 그렇게 웃기냐고 그가 물었을 때, 나는 잠시 머뭇거리다가 대답했다.

"그냥 당신이 여자 얼굴을 본다는 게 갑자기 웃겨서요."

나는 항상 방어적인 태도를 취하며 그를 언짢게 할 준비가 되어 있었다. 내 대답 이후 우리 둘 사이에 0.001초의 시간이 흘렀다. 그가 내게 닥치라고 할 줄 알았는데, 말없이 내 얼굴을 만지기만 했다. 그는 손으로 내 턱을 잡았다. 세상에서 가장 쑥스러운 생각이 네온사인처럼 머릿속에서 반짝였다. 그가 내게 키스하려 했다. 그의 손길이 1초, 길어야 2초, 3초 동안 이어졌지만, 그 짧은 순간에 내 온몸의 피가 발까지 내려갔다가 다시 머리로 치솟는 것 같았다. 방금 무슨 일이 일어난 건지 어안이 벙벙했다. '도망쳐.' 내면의 소리가 속삭였다. '당장 핑계를 대고 도망치라고.'

"왜 당신이 좋은 걸까요?"

나는 그의 느끼한 목소리가 정말 싫었다. 그 목소리만 들어도 눈앞이 뿌예졌고, 마음이 흐물흐물 녹아내렸다. 몸은 젤리처럼 말랑말랑해졌다.

"당신이 왜 나를 좋아하는지가 문제네요. 그만 일어날게요. 가봐야 해요."

"가야 한다고요?" 그가 반문했다.

나는 그의 얼굴을 어루만져, 그가 내게 영향을 미치는 것만큼 나도 그에게 영향을 미칠지 보고 싶었다. 마치 나도 모르는 내 모습을 그가 꿰뚫고 있는 것처럼, 나 자신이 한없이 왜소하고 우스꽝스럽게 느껴졌다. 그는 더럽게 비싼 애플워치로 지금 몇 시인지 봤다. 정말 대단한 사람이다.

"하지만 방금 내려왔잖아요."

"네, 그런데 할일이 있어서요."

"알았어요. 그렇게 해요."

하지만 나는 일어나지 않고 그대로 앉아 있었다. 내가 이 자리에서 1밀리미터라도 움직이면 나쁜 일이 일어날까봐. 쓰나미가 카나리아제도를 덮친다거나 지단이 다시 레알마드리드를 떠난거나 하는 일 말이다. 아니면 내 억양이 더이상 스페인에서 가장 섹시하지 않게 될 수도 있고, 내 피부가 모두 산산조각날지도 모른다.

"당신에게 하고 싶은 말이 있어요." 나는 말을 더듬거렸다.

'슈퍼사우루스, 카나리아제도 최저가!' 그 순간, 스피커를 통해 안내 방송이 흘러나왔다. '이번주 특별 할인!'

"괜찮아요? 얼굴이 노래진 것 같아요." 그가 낄낄거렸다. "자, 말해봐요. 그러고 있으니까 무서워요."

당신의 멍청한 얼굴이 마음에 안 든다고 말할 뻔했다. 당신 눈 밑에 있는 흉터 정말 이상하다고요. 나는 입으로 숨을 쉬었다. 게다가 코는 바나나처럼 생겼다고요. 내가 이렇게 말하면 "여기 맛있는 바나나 있어요!"라고 당신은 맞받아치겠죠. 나는 그가 어떻게 대꾸할지 알고 싶지 않았다. 그냥 그의 모든 면이 싫었다. 나는 정말 얼굴이 누레지기라도 한 듯 시끄럽게 의자를 끌며 일어났다. 나는 고삐 풀린 말, 가슴속에 타오르는 열정을 품은 말처럼 도망치려 했다.

"지금 당신이 입은 셔츠는 내가 살면서 본 옷 중에 가장 별로예요." 나는 그를 바라보며 중얼거렸다. "당신은 시장이 아니라 진지한 곳에서 일하잖아요."

그는 내 말을 듣고 재미있어했다.

"지금 당신은 평소와 전혀 다른 사람 같네요."

"아, 그래요? 112에 신고하고 싶으면 하세요."

"내 말 좀 들어봐요." 그가 말했다.

하지만 내게는 임무, 그러니까 그에게서 달아나라는 임무가 있었다. 나는 재빨리 우리 둘의 거리를 벌렸다. 나는 안전 모드를 활성화하고, 태어날 때부터 가지고 있던 기능이나 크면서 개발한 기능은 전혀 사용하지 않고, 오로지 생존 본능에 따라 움직였다. 내가 일하는 층에 도착하면 안전해질 것이다. 나는 기어를 2단에, 곧이어 3단에 놓았다. 엘리베이터에 타자마자, "닫혀. 제발 빨리 닫히라고. 신이시여, 제발" 하고 신께 기도하며 버튼을 연달아 눌렀다. 드디어 문이 닫히고 위로 올라가자 긴장이 풀리면서 속이 뒤집혔다. 왜 이렇게 바보 같냐고 가슴을 여러 번 치며 답답해했다. 3층부터는 나를 멍청이라고 불렀고, 8층까지 올라가는 동안에는 나를 머저리, 바보천치로 못박았다. 책상에 앉아 컴퓨터 화면에 비친 내 모습을 보고 나서야 그와 함께 있던 테이블에 내 이름과 사진이 있는 출입증을 두고 왔다는 것을 알아차렸다. 너무 놀라서 눈이 휘둥그레졌다. 그러고는 하루종일 그가 쓰다듬은 부분을 만지작거렸다. 차마 그에게 내 출입증을 돌려달라고 하지 못했다. 이틀 뒤에야 용기를 내 출입증을 가지러 그를 찾아갔다.

21　　　　　　　　　　　　　**2017년 12월**

"내가 알아듣게 설명했는지 모르겠네."

우리는 굶주린 개처럼, 미친 사냥개처럼 테레사집에 도착했다. 카르멘은 대문을 닫자마자 브래지어를 벗어 던졌다. 테레사는 문간에 아무렇게나 셔츠를 던져놓고, 거실로 가더니 가방을 탁자 위에 올려놓았다. 나는 그녀를 따라 들어가 소파에 몸을 던졌다.

"제대로 설명했어. 그 아저씨가 널 좋아하는 것 같은데."

나는 바로 따지듯 말했다.

"그 사람은 아저씨가 아니라니까!"

하지만 그들은 내 말을 귓등으로도 안 들었다.

"그가 나를 좋아한다고? 난 잘 모르겠는데. 아무튼 그때 그가 내 입술을 집어삼키려고 하는 줄 알았다니까."

나는 이어 말했다. 그러고는 그의 움직임을 흉내내며 그때 그 장면을 완벽하게 재현했다. 손을 뻗어 내 턱을 어루만졌다. 카르멘과 테레사가 내 친구들이자 제삼자로서 이번 일을 제대로 판단하려면, 디테일한 부분까지 다 보여줘야 할 것 같았다.

"내가 이 일을 너무 깊이 생각하는 게 아닌가 싶어."

"음… 나 가슴이 멍울이 생긴 것 같아."

갑자기 뒤에서 카르멘이 말했다. 나는 소파에서 일어나 그녀를 봤는데, 그녀는 두 손을 가슴에 대고 있었다.

"한번 볼래?"

"그래, 이리 와 앉아."

그녀는 내 옆에 앉았고, 나는 그녀가 멍울이 생겼다고 말한 부위를 손으로 만져봤다.

"왠지 좀 부끄럽네. 생각해보면 남의 가슴을 만져본 적이 없는 것 같아. 여기야? 아무것도 안 느껴지는데."

"그냥 가슴인데 뭐가 부끄러워. 너도 있잖아. 테레사, 너 뭐 하니?"

그때 휴대폰 카메라 셔터 소리가 들려서 그쪽으로 고개를 돌리자 테레사가 우리를 찍고 있었다. 나는 그녀에게 가운뎃손가락을 날렸다.

"친구가 암에 걸렸을지도 모르는데, 사진이나 찍고 있냐."

"그냥 이 순간을 기록하고 싶었을 뿐이야."

그녀는 휴대폰을 바지 주머니에 넣고 카르멘 앞에 무릎을 꿇고 앉았다.

"나도 가슴에 그런 멍울이 몇 개 있어. 별거 아니니까 걱정할 필요 없어. 카르멘… 그나저나 가슴 참 예쁘다."

"정말? 그럼 너희 것도 좀 보여줘."

그녀는 아직 걱정되는지 중얼거리다, 우리를 믿기로 했는지 셔츠를 내렸다.

"메리, 네 가슴 사진을 그 아저씨한테 보내봐. 자신감을 가지라고."

"옷을 벗으면 자신감이 생긴다는 게 도무지 이해가 안 가. 옷을 입고 자신감을 얻을 순 없는 거야?"

내가 말하긴 했지만 정말 궁금해서 그녀들에게 물어본 건지, 방금 생각난 질문에 한탄하는 건지 잘 모르겠다.

"질문이 좀 웃기다." 테레사가 바닥에 앉으며 말했다.

내가 다음에 살 집도 테레사집처럼 마룻바닥이면 좋겠다.

"그런데 그 아저씨가 너한테 키스했어?"

"그 사람 아저씨 아니라니까. 서른여섯 살이라고. 나한테 키스는 안 했고, 얼굴만 만졌어…. 그렇지만 키스하려고 내 얼굴을 잡은 것 같았어. 모르겠다!"

"서른여섯 살이라니." 테레사가 말했다.

그녀는 내가 바로 앞에 있다는 것을 이제야 알아챘다는 듯 깜짝 놀란 표정으로 나를 응시했다.

"진짜 도둑놈이네."

그녀의 말에는 기분 상하게 하는 무언가가 있었다.

"야."

"자, 만약 네 여동생이 자기보다 열 살 많은 남자를 만난 다고 말하면, 넌 어떤 표정을 지을 것 같니?"

'쟨 내 친구야.' 험한 말이 나오지 않도록 속으로 되뇌었다. '내가 앞을 못 볼 때 나를 돌봐줄 사람이라고.'

"그러니까 네 또래 남자겠지. 릴리는 지금 열여덟 살이니까…. 생각해보라고."

그거라면 나도 이미 고민해봤다고 말하고 싶었다. 며칠 동안 그 문제에 대해, 그에 대해, 나에 대해, 내 얼굴에 닿던 그의 손길에 대해, 그의 코와 셔츠 칼라에 대해, 어두운 비상 계단에 앉아 속삭이던 우리 두 사람에 대해, 그가 오라고 하면 가겠다고 할 수밖에 없는 심정에 대해, 예전에는 똑똑했는데 이제는 그렇지 않아서 내가 얼마나 우습고 멍청하게 느껴지는지에 대해.

"긍정적으로 생각해보자." 카르멘이 제안했다. "비관적인 생각과 수년간의 경험은 제쳐두고 긍정적으로 보자고."

테레사가 발을 내 무릎 위에 올려놓았다.

"그러니까 그 남자가… 좋은 남자라고 가정해보자는 거지. 네 젊음과 카리스마의 냄새를 맡고는 네 골수까지 빨아먹으려고 마음먹은 하이에나가 아니라…."

"오마르는 너희들이 생각하는 그런 사람이 아니라고. 그는… 요즘 내가 가장 많이 이야기를 나누는 사람이야. 잘 알겠지만, 나는 혼자 있는 걸, 무언가를 혼자 하는 걸 좋아하잖아. 그런데 그와 있으면… 너희들과 있는 것 같아. 혼자 있는 것보다 그와 함께 있는 게 더 좋아졌어. 오, 맙소사!"

내 마음을 그대로 나타낼 단어가 떠오르지 않아서 손만 물끄러미 바라봤다.

"안 돼, 메리엠! 넌 구렁텅이에 빠진 거야."

나는 깊게 숨을 들이마셨다.

"맞아. 난 깊은 함정에 빠져버렸어."

올해 크리스마스 파티의 드레스 코드는 블랙 넥타이였다.
나는 정성을 다해 옷을 입었다.

오늘의 룩: 스트레이트 디자인의 발목까지 내려오는 파티 컬렉션
진녹색 홀터넥 민소매 롱드레스, 아이라이너로 완벽하게 그린 아이라
인, 인스타그램에서 뭐라고 떠들든 머리를 어떻게 만져야 할지 모르겠
어서 자연스럽게 푼 머리.

파티가 열리는 호텔에 도착했을 때, 나는 택시에서 내리
는 루시아 1을 보고 깜짝 놀랐다. 그녀는 발목까지 내려오는
얇은 검은색 드레스 차림에 〈티파니에서 아침을〉의 오드리

헵번처럼 긴 장갑을 끼고 있었다. 그 모습을 보고 하마터면 기절할 뻔했다.

나는 다섯 명 넘게 앉을 수 있는 테이블에서 우리 팀인 마티키, 욜란다, 오테로, 빅토르와 저녁식사를 했다. 그들은 슈퍼사우루스의 주식 동향, 빅토르가 리모델링해서 나중에 비싼 가격으로 팔 생각으로 구입한 트리아나지구의 로프트 하우스에 대해 이야기를 나눴다. 나는 마티키와 오테로가 자녀들과 가는 크리스마스 휴가 계획을 말할 때 대화에 조금 참여했다. 욜란다가 자기 집 공사 계획에 대해 수다를 떨 때는 테이블 아래에서 몰래 휴대폰을 봤다. 나는 그들을 보며 "누가 좀 도와주세요!"라고 외치고 싶었다. 산타카탈리나 호텔의 가장 큰 홀에 무려 사람 60명이 우글거렸다. 내 신경계가 더이상 버티지 못하겠다고 신호를 줘서 화장실에 가는 척하며 호텔을 빠져나왔다.

"담배 피워요?" 오마르에게서 문자메시지가 왔다. 나는 그가 있는 계단으로 가서 그 옆에 나란히 앉았다.

생리주기: 23일차.

"머리 잘랐네요?" 내가 말했다.

"괜찮아요?"

"신나치주의자 같아요."

"당신은 오늘따라 더 예쁘네요."

"고마워요."

그가 웃었다.

"내 칭찬을 받아주는 건가요? 크리스마스 복권에 당첨되겠는데요."

"오늘 여기 오려고 두 시간 동안 준비했다고요. 나도 내가 예쁜 건 알아요."

나는 얼굴에 흘러내린 머리를 옆으로 넘겼다.

"그런데 땀이 미친 듯이 나네요…. 너무 심하게요."

"나 때문에 긴장해서 그래요."

"맞아요. 그것도 아주 많이요."

사실이었지만 그는 내 말을 진지하게 받아들이지 않는다는 듯 빙그레 웃었다. 홀의 음악 소리가 여기까지 들렸다. 쿵쿵대는 소리와 함께 밴드가 마나와 에드윈 리베라●의 옛날 노래만 연주하던 작년 크리스마스 파티로 순간 이동한 것 같았다. 불과 1년 전 일이었지만 마치 10년, 20년이나 지난 것처럼 그 시간이 무겁게만 느껴졌다.

"당신은 항상 예뻐요."

"그 말은 논쟁의 여지가 있겠네요."

"난 당신을 매일 보잖아요. 항상 예뻐요."

● 푸에르토리코 출신의 살사 가수.

그는 내게 다시 한번 말해주고는 한참 동안 침묵을 지켰다. 그러다 담배를 다 피웠는지 꽁초를 바닥에 던져 조심스럽게 밟아 껐다. 그 행동을 지켜보며 '나 바닥에 꽁초 버리는 사람을 좋아하는구나' 하고 생각했다. 손이 떨리지만 않았다면 스스로를 맘껏 비웃었을 텐데.

"요즘 내 일상을 당신과 가장 많이 공유해요. 그래서 어제 문득 이런 생각이 들었어요. 회사에서 당신을 만날 걸 아니까 출근하고 싶다는 생각 말이에요."

술을 마신 탓인지 가족이 그리운 모양이었다. 나도 그에게 하고 싶은 말은 있었지만 선뜻 나오지 않아 조용히 있기로 했다. 그는 나보다 열 살 많았고 내 직장 동료였다. 만약 테레사가 내게 이런 고민을 털어놓는다면, 내가 그녀에게 뭐라고 할지 알고 있었다. "어서 도망쳐. 임무 중지. 메이데이, 메이데이. 지금 넌 머리가 물속에 잠겨 있어서 쓰나미가 오는 것도 모르겠지. 하지만 진동을 느낄 때쯤엔 넌 이미 파도에 휩쓸려버렸을 거야"라고 말할 게 분명하다.

"난 혼자 있는 걸 좋아해요." 그가 계속 말했다. "그런데 얼마 전부터 당신과 이야기하는 게 더 좋더라고요. 어떻게 말해야 할지 모르겠네요…. 당신이 이런 말을 듣고 싶어할지도 모르겠고요. 당신은 아무 말 안 해도 돼요. 다만 지금처럼 계속 지낼 수 있으면 좋겠어요. 그러니까 내 말은 아무것도 바라지 않는다는 거예요. 지금처럼 당신과 무의미한 말이라도 주고받고 싶어요."

다시 파티장에 들어갔을 때, 심장이 너무 빨리 뛰어서 잠깐만 서 있어도 토할 것 같았다. 테이블은 모두 사라지고 그 자리에 생긴 댄스플로어에서 모든 직원이 뒤섞여 있었다. 춤추는 이들과 오픈 바 주변으로 모여드는 이들의 머리 위로 다채로운 불빛이 반짝거렸다. 바닥까지 흔들릴 정도로 크게 울려퍼지는 음악 리듬에 맞춰 빨강, 파랑, 초록 불빛이 커지고 꺼지기를 반복했다. 어디서 나타났는지 모르겠지만, 여자 DJ가 스포티파이 상위 차트 노래들의 리믹스를 틀고 있었다. 회사 돈이 다 거기로 가는 듯싶었다.

때려치울 때가 되었다고 생각했다. 마티키를 찾아가 그간 값진 경험을 얻을 수 있게 해주셔서 감사했다고, 2주 후에 회사를 그만두겠다고 말할 참이었다. 그러면 마티키는 내게 고마움을 표하고는 위스키를 마시겠지. 그렇게 나의 첫 퇴사는 간단하고 신속하게 아무 고통 없이 끝날 거다. 나는 부모님 집으로 돌아가 열 시간 동안 죽은 것처럼 자다가 개운하게 깨어날 거다. 미래에 대한 계획은 없어도 마음만은 편안할 것 같다. 더는 성공과 행복을 추구하지도, 강하고 단호하고 독립적인 여성이 되고자 애쓰지도 않을 거다. 그냥 평화롭게 살고 싶다.

나는 화장실에 숨어 테레사와 카르멘에게 영상통화를 걸었다. 휴대폰을 세면대 위에 올려놓고 목과 팔에 물을 적시고 있는데, 부르르 떨리는 소리가 났다. 먼저 전화를 받은 건 테레사였다. 2초 후에 카르멘도 전화를 받았다.

"나 때려치우려고." 나는 단도직입적으로 말했다. "오늘밤에 그만둘 거야. 더이상 못 견디겠어."

"회사 말하는 거야?"

"응."

카르멘은 카메라를 껐다가 다시 켰다.

"미안. 강아지랑 같이 있는데, 강아지가 잘못 눌러서 꺼졌어. 왜 그만두려는 거야? 무슨 일 있었어?"

"어떤 돼지 같은 놈이 집적댔구나." 최악의 경우를 상상했는지 갑자기 테레사가 버럭 화를 냈다.

"아냐. 그런 건 아니야."

나는 젖은 손을 옷에 쓱 닦았다.

"오마르가 날 좋아한다고 했어."

테레사와 카르멘이 동시에 외쳤다.

"안 돼!"

"바로 그거야! 이제 더는 못해먹겠어! 우리 팀 사람들과 저녁을 먹었는데, 식사 내내 자기들은 여기 이 집을 샀네, 저기 저 집을 샀네 하면서 자랑하는 거야. 나한테는 두 사람 몫의 일을 시키고 월급은 쥐꼬리만큼 주면서, 내 앞에서 그런 얘기를 하니까 정나미가 뚝 떨어지더라고. 게다가 그 남자한테 그런 말까지 들으니 얼른 회사를 떠나야겠다 싶었어. 아래층에 있는 슈퍼마켓 직원들은 자기들끼리 크리스마스 파티를 즐기더라니까. 마치 자기들이 천민이라도 되는 듯 말이야. 말이 돼? 그래 놓고 '슈퍼사우루스는 한 가족'이라고 잘도 떠들어대잖아. 가족은 무슨. 빨리 여기서 나가야 해. 하루라도 더 있다가는 그 인간들처럼 변해서 뭐라도 되는 듯이 행세할지도 몰라. 난 그저 하루종일 잡일, 쓸모도 없는 일이나 하는 사람인데. 내일 내가 사라져도 아무도 알아차리지 못하겠지."

"우리라면 눈치챌 텐데, 젠장."

"…그리고 오마르도." 테레사가 덧붙였다.

"그렇겠지. 우리 부모님도. 그런데 내 말은 그런 뜻이 아니야. 어찌 됐든 상관없어. 애들아, 내가 앞으로 뭘를 하든 다 잘될 거라고 말해줄래?"

카르멘이 목을 가다듬었다.

"당연히 다 잘되지. 하늘이 두 쪽 나는 것도 아니고, 직장을 그만두는 것뿐이잖아."

"맞아."

"세상이 끝난다고 해도 상관없어. 죽으면 그만이야."

"알았어."

"오마르한테는 뭐라고 했어?"

"'아, 알, 알겠어요'라고 했어. 내가 나중에 다시 전화할게. 일단 퇴사 문제를 처리하러 가야겠어."

모퉁이에서 오테로와 함께 있는 마티키를 발견해서 그에게 다가갔다. 그런데 내가 무슨 말을 꺼내기도 전에 그는 나를 멈추어 세우더니 자리에 앉으라고 했다.

"자, 메리엠. 난 이런 말 잘 못하긴 하는데." 마티키가 입을 열었다. "내가 여기서 처음 일했을 땐, 나하고 오테로 둘뿐이었어요. 오테로, 기억나요?"

"그때는 매일 열여섯 시간씩 일했죠. 어떻게 잊을 수 있겠어요? 메리, 뭐 좀 마실래요? 맥주 가져다줄까요?"

두 사람 앞에 있으려니 기절할 것 같았다. 더는 견딜 수 없었다.

"괜찮습니다. 막… 가려던 참이었어요."

나는 나직한 목소리로 덧붙였다. 하지만 그들은 내 말을 듣지 않았다. 오테로가 바 쪽으로 갔고, 나는 마티키와 단둘이 남았다.

"상사 노릇을 한다는 건 쉽지 않아요. 여러분들은 내가 팀을 올바른 방향으로 이끌고 안내해줄 거라고 믿죠. 나도 최선을 다하긴 하지만 어떤 때에는… 내가 정말 잘하고 있는 건지, 아니면 되레 일을 엉망으로 만들고 있는 건지 잘 모르겠어요."

내가 가진 이론에 따르면 남자들은 자기 자신에 대해 떠들어대는 것을 엄청 좋아한다. 때가 때인 만큼 그 이론은 잠시 접어두고 나중에 더 발전시켜보겠다.

"욜란다와 껄끄럽다는 건 알고 있어요."

나는 간신히 그의 눈을 쳐다봤다.

"이 세상에서 여자로 살기가… 참 어렵죠. 하지만 욜란다는 나쁜 사람이 아니에요, 메리엠. 여기서 고생도 많이 하고, 처음에는 정말 힘들었다고 그녀가 내게 털어놓더군요."

"아, 그랬군요." 나는 겨우 입을 뗐다.

"여자들끼리는 서로…"

그는 그 뒤에 덧붙일 단어를 고민하는 듯했다. 그는 나를 뚫어져라 쳐다봤지만, 나는 그가 스스로 판 구덩이 속으로 손을 내밀어줄 생각은 없었다. 그런다고 나한테 돈을 주는 것도 아니니까.

"종종 서로를 도와주기 힘든 면이 있지요. 하지만 그 문제에는 내게도 어느 정도 책임이 있다는 것을 인정합니다. 나는 이 팀의 리더니까요. 내가 더 일찍 중재했어야 해요."

…뭐라고? 귀에서 맥박 뛰는 소리가 들렸다. 쿵쿵 빠르게 뛰다가 점차 느려졌다. 손에 땀이 흥건해서 테이블 아래에서 손을 세 번 폈다 쥐었다 했다. 땀이 난 게 수치심 때문인지 아니면 분노 때문인지 분간이 안 됐다. 요즘 내 감정을 구별하고, 분리하고, 분석하기가 힘들었다. 그저 이 자리를 박차고 일어나고 싶어도 이야기가 끝날 때까지 여기 앉아 있어야 한다는 것만은 확실했다. 어른이 된다는 것은 아무리 집에 가서 편히 쉬고 싶어도 매일 매시간 그렇지 않은 척하는 것이라는 사실을 배웠다. 그러다 오마르와 그의 입술이 떠올랐고, 아까 내가 입을 다무는 대신 그에게 키스할 수도 있었음을 깨달았다. 하지만 이제 와 깨달아봤자….

"몇 개월 전에 나랑 한 약속 기억나요? 위에서 허락만 하면, 내가 당신을 정규직으로 전환해주겠다고 했잖아요. 나는 세상에서 가장 훌륭한 상사가 아니에요. 결점도 많고요…. 내가 일을 지나치게 많이 하고 완벽주의자라서 여러분이 힘들 수도 있다는 건 알아요. 최대한 모두를 챙기려고 노력 중이에요. 아무튼 나는 그 약속을 지키려고 노력했어요."

'어서 말해.' 나는 나 자신을 다그쳤다. '입을 열고 어서 말하라니까. 그만두고 싶어요. 이 두 마디를 하면 잠깐 아프겠지. 세면대를 움켜잡고 별로 안 아플 테니까 걱정 말라고 스스로 최면을 걸어도, 콧수염을 뽑으면 따끔거리는 것처럼. 하지만 몇 분 뒤엔 괜찮아지잖아.'

"오테로와 빅토르는 당신에게 만족하고 있어요. 내가 말하지도 않았는데, 아침에 출근하면 내 사무실 조명과 에어컨이 커져 있더군요. 몇 달 전부터 경리팀 직원들이 경비보고서나 예산안으로 시비를 걸지도 않아요. 항상 완벽하니까요. 영수증 한 장도 빠진 적 없죠. 당신이 예산 업무를 맡은 다음부터 우리 팀 지출이 14퍼센트나 줄었어요. 당신은 성실하고 뭐든 빨리 배우죠. 당신이 우리보다 어려서 당신 눈에는 우리가 한물간 늙은이로 보일 수도 있지만…, 당신이 우리 팀에 남아주었으면 좋겠어요."

이제는 말해야 한다. 어서 말해!

"감사합니다, 마티키씨."

"인사팀하고는 이미 상의를 다 마친 상태예요. 우선 세후 연봉 3만 유로를 제안할게요. 지금처럼만 하면 승진할 수 있겠지만, 일단은 당신에게 더 많은 업무를 맡기고 싶어요. 잘 생각해보길 바라요. 지금 당장 수락할 필요는 없어요. 그리고 연봉은 추후 협상 가능하니 당신이 회사에서 편하고 행복하게 지냈으면 좋겠어요."

'세후 연봉 3만 유로'라는 말을 듣고 귀가 먹먹해져서 그 뒤로 마티키가 하는 말을 모조리 흘려보냈다. 누군가 나에게 세전도 아니고 세후라는 말을 건넨 건 살면서 처음이었다. 나의 굳은 결의는 그렇게 하늘에 피는 불꽃처럼 온데간데없이 사라졌다. "네, 물론이죠"라고 그에게 대답했고, 바로 그 순간 나는 회사의 손아귀에 넘어갔다. 난 부패한 자본주의 체제 속에서, 월급 몇 푼 받고 하루에 몇 시간씩 나의 노동력을 임대하는 세계 속에서 사는 사람이다. 처음엔 운이 없어서 박봉에 시달렸지만 그럭저럭 괜찮은 급여를 받게 됐다. 이제 그 돈으로는 내가 할 수 있는 일이나 해야 하는 일 말고, 하고 싶은 일을 할 수 있다. 나는 마티키에게 제안을 받아들이겠다고 하고는 그의 품에 달려들어 마치 그가 내 상사가 아닌 것처럼 그를 꼭 안았다. 그도 웃으며 내 상사가 아닌 것처럼 나를 꼭 안아줬다. 그때 저멀리 오마르가 누군가와 이야기를 나누고 있는 모습이 보였다.

나는 원래 충동적이고 감정이 풍부하고 나만의 페르소나를 가진 사람이었다. 하지만 여기서 일하면서 뭔가를 느끼고 생각할 겨를도 없이 매일 전쟁터에 나가는 심정으로 감정을 죽여 출근하는 사람이 되었다. 슬프고 비참해도, 사랑에 빠졌다는 걸 깨달아도, 계속 일해야 하니까. 하지만 친구들에게 그다음에 벌어진 에피소드를 털어놓는다면 내가 술에 취해서, 어딘가에 홀려서, 행복에 겨워 판단력이 흐려져서, 스스로를 통제하지 못했다고 변명할 것이다. 그리고 이렇게 말할 테다.

푸엘 판당고*의 〈터프가이〉의 리믹스 버전이 울려퍼질 때, 나는 음악 소리를 뚫고 오마르에게 소리쳤어.

"할말이 있어요."

그러니까 그가 대화하다 말고 돌아서서 묻더라고.

"왜 그래요."

그래서 나는 그에게 말했지.

"믿기 어려울 정도로 놀라운 소식이 있어요."

그랬더니 그가 "당신 고함소리 때문에 내 귀청이 찢어질 것 같아요"라는 거야. 그러고는 내 등에 손을 얹더니 나를 문 쪽으로 데리고 갔어. 그때 머리 위로 '난 터프가이, 터프가이야' 하고 노래가 들렸고, 그가 손을 댄 등부터 손끝까지 뜨거운 불길이 치솟는 것 같았어. 심장은 미친 듯이 날뛰었지. 나

● 프로듀서 알레한드로 아코스타와 가수 크리스티나 망혼 니타로 구성된 스페인 음악 듀오.

는 무슨 일이 있었는지 그에게 귓속말로 설명하려 했지만, 음악 소리도 너무 크고 조명도 너무 빠르게 돌아가서 정신이 없었어. 그가 나를 붙잡은 건지 아니면 내가 그를 붙잡은 건지도 모르겠더라고. 오마르와 만나면 안 되는 몇 가지 이유를 가슴 한편에 간직하고 있었는데, 감쪽같이 사라져버렸어. 그 후로는 머릿속이 새하얘졌어.

그가 먼저 내게 키스했는지, 내가 먼저 그에게 키스했는지도 기억이 안 나. 어쨌든 지금 중요한 건 그게 아니야. 내가 그에게 다가가지도, 그를 만지지도, 그에게 키스하지도 않기 위해 생각해낸 모든 논리들이 흔들리고 안개 속의 말처럼 희미해졌다가, 무너져내리면서 사라졌다니까. 물론 키스할 땐 아무 생각도 안 나고 아무 소리도 안 들렸지. 그는 나한테 몸을 기대 뒷걸음질치는 나를 껴안았어. 그리고 모든 게 빨리 지나갔어. 나는 이 땅에 살고 있는데, 지금 내가 어디 있는지 도통 감이 안 오는 거야. 내 등, 내 머리 위에는 모든 직원들 코트가 걸려있는 것 같고. 그 순간 그가 "우리 옷장 안에 있어요"라고 말해줬어.

포옹을 풀고 잠시 동안 우리 둘 다 아무 말도 안 했어. 그러다 그가 손등으로 입을 닦는 모습을 봤고 바로 내 손목, 무릎, 머릿속의 기어까지 스르르 풀리더라고. 그의 턱에 묻은 립스틱을 닦아주다가 내 손이 그의 얼굴에 닿았어. 내 손바닥에는 그의 얼굴이 있었고, 그의 눈은 나를 바라보고 있었지. 나는 그의 눈동자 속 나를 보고 있었어. 두번째 키스는 훨씬 달콤했어. 그가 나를 소중하고 부드럽게 다뤄줬거든. 지금까지 일어난 모든 일들이 꿈같을 만큼. 어쩌면 그 장면이 다 허상일지도 몰라. 어쩌면 꿈에서 깨서 조용히 내 방 천장이나 응시하고 있을지도 모르지. 그렇기엔 음악이 벽에서 울려퍼지고 그 진동을 내 피부로 다 느끼긴 했지만. 그도 이 상황이 현실이 아니라 꿈 같은지 떨리는 손으로 내 얼굴을 어루만지더라고. 그가 나를 보고도 웃지 않은 건 우리가 만나고 처음이었어. 나는 숨이 막혀 헐떡거렸지.

"우와."

내 이야기를 처음부터 끝까지 귀기울인 친구들은 이렇게 반응할 거다.

New message — ✗

To: **meryem.elmehdati@supersaurio.com**

Subject: **3부**

정규직 사원

Send

1   2017년 12월

　나는 가슴속에 째깍째깍 소리를 내며 돌아가는 시한폭탄을 안고 있다. 나의 신경은 빨간 전선이고, 나의 내면은 파란 전선이다. 손을 폈다가 다시 꽉 쥐었다. 어젯밤에 저지른 실수는 노란 전선이었다. 나는 어느 전선을 먼저 자를지 망설였다. 마이크로소프트 아웃룩의 로딩 화면 속 업데이트가 49퍼센트에 다다르더니 멈춰버렸다. 나는 화면을 멍하니 보고 있었다. 째깍째깍.

　마티키는 매일 아침 8시 35분에 출근한다. 1분 더 일찍 오지도, 더 늦게 오지도 않는다. 그러고는 몸을 숙여 나와 눈을 맞추며 말한다. "좋은 아침이에요, 메리엠. 오늘 하늘 봤어요? 엄청 맑더라고요." 너그럽고 멋지고 대단한 분이다. 아침인사를 나누고 그는 자기 사무실로 들어간다.

오늘 아침 내내 마티키가 오기만을 기다리다가 너무 긴장한 나머지 왼쪽 난소가 아프기 시작했다. 오키후('오'마르와의 '키'스 '후') 오전 8시 33분. 아랫배 쪽에서 욱신거리는 통증이 느껴졌다. 예전부터 있었던 통증인데 내가 알아차리지못한 건지, 아니면 요즘 스트레스를 많이 받아서 새로 생긴건지 모르겠다.

나와 생리의 관계는 꽤나 복잡하다. 일단 생리주기가 완전히 제멋대로다. 어떤 달에는 예정일에 딱 맞춰 생리를 시작하지만 또다른 달에는 전혀 생뚱맞은 날에 시작한다. 마지막으로 내가 산부인과에 갔을 때, 의사는 생리를 규칙적으로하기 위해선 피임약으로 주기를 맞춰야 한다고 강하게 말했다. 생리 때 난소에 심한 통증을 느낀다고 해도 의사들은 피임약을 처방해준다. 여드름이 생겨도, 생리주기가 불규칙해져도, 수염이 나도, 피임약만 들이민다. 몸에서 삐걱거리는부위를 다시 정상적으로 되돌리는 조치는 모두 '호르몬' 요법으로 통한다는 듯이. 하지만 생리주기 28일째 날, 피임약

복용 중단과 함께 배출되는 피는 생리가 아니라 금단 출혈[*] 때문이며, 그 약이 기분과 체중에 영향을 끼친다는 사실을 자세히 설명해주는 의사는 아무도 없었다. 피임약이 유방암이나 자궁경부암의 위험을 증가시켜 수명까지 단축시킬 수 있다는 사실을 알려주는 의사도. 하나같이 여드름이 더이상 올라오지 않는다는 것만 강조할 뿐이다.

엘리베이터 소리가 들려서 나는 의자에 똑바로 앉아 손으로 머리와 셔츠 칼라를 가다듬고 앞에 있는 키보드에 손을 올렸다. 귀와 손목에서 맥박이 뛰었다. 쿵쿵. 살갗이 찢어져 터질 것 같았다. 8시 35분. 마티키가 내 옆에 와서 말했다.

"좋은 아침이에요, 메리엠. 오늘 하늘 봤어요? 엄청 맑더라고요."

나는 가까스로 입꼬리를 올렸다. 어젯밤 몇 시간 동안 나는 수많은 시나리오를 썼다. 첫번째, 마티키는 우리가 키스하는 걸 목격했고 부적절하다고 생각한다. 두번째, 마티키는 키스를 봤고 나를 해고하려 한다. 세번째, 마티키는 키스를 신경쓰지 않는다. 네번째, 오히려 키스를 긍정적으로 생각한다. 다섯번째, 나를 자르진 않지만 나를 은근히 무안하게 만든다. 여섯번째, 나를 해고하지는 않겠지만 다시는 이런 일

● 경구피임약 복용 중단으로 신체 내 에스트로겐이나 프로게스테론 같은 여성호르몬의 농도가 감소하고, 이에 따라 자궁 내막이 벗겨져 혈액과 점막이 방출되는 증상이다.

이 없도록 주의하라고 당부한다. 나는 어떤 조치도 받아들일 준비가 됐다.

그리고 나는 굳게 결심했다. 이제 오마르와 말을 섞지도, 회사에서 마주치지도 않겠다고. 물론 우리는 서로를 많이 좋아했다. 우리가 한 장소에 같이 있으면 오마르의 입술은 시종일관 씰룩대고, 내 심장은 간질간질했다. 그렇게 우리의 신체는 이상한 반응을 일으켰다. 만약 내가 이런 뇌를 가지지 않은 사람이라면, 내가 스스로를 괴롭히지 않고 재밌게 사는 사람이라면, 내가 아픈 곳 없는 평범한 사람이라면, 우리는 더 자주 키스를 나눴겠지. 하지만 나는 평범함과 거리가 멀었다. 혹시라도 실수할까봐 오랜 고민 끝에 결정을 내려서 어떤 일도 즐기지 못하는 사람이었다.

"그런데 말이에요."

마티키는 발걸음을 돌리며 말했다. 한 손에는 서류가방을, 다른 손에는 최신 아이폰을 들고, 186센티미터의 체형에 딱 맞는 정장을 입은 채. 그의 의료기록을 열람한 적 있어서 나는 그의 키를 알고 있었다.

"어제 정말 아름다웠어요."

"감사합니다."

"어제 재밌었어요? 이런 일들이 당신에게 얼마나 힘든지 알아요."

나는 딱히 그 말을 부정하지 않았다. "그런 일은 전혀 힘들지 않아요. 사실 저는 사람들과 잘 어울리거든요. 당신과도 잘 지내잖아요"라고 말하지도 않았다. 그저 어깨만 으쓱했다.

"네, 어제 즐거웠어요."

나는 얼굴에 닿던 오마르의 손을 떠올리며 침을 삼켰다.

"다행이네요. 참, 곧 마카레나가 당신한테 연락할 테니 찾아가보세요."

"알겠습니다."

그는 휴대폰으로 나를 가리켰다.

"좋습니다. 아주 좋아요."

어젯밤, 키스 후 5분 동안 마음이 평온했다. 아무 생각도 나지 않았고, 아무 말도 하지 않았다. 나는 코트를 입고 호텔을 나와 계단에서 택시를 기다렸다. 머리가 새하얘진 나머지 생각회로가 돌아가질 않았다. 그러다 "당신이 무서워요"라는 말이 입에서 튀어나왔다. 그러자 그는 내 말을 알아들었다는 듯, 나를 이해했다는 듯 "나도 당신이 무서워요"라고 대답했다. 내가 택시에 타자 그는 문을 닫고 창문에 손을 얹었다.

그렇게 우리는 손끝의 온기를 느끼지 못한 채 유리창 너머로 작별인사를 나누었다. 그저 영상 19도인 12월의 라스팔마스에서 코트를 걸치고 서로를 뚫어져라 쳐다봤다. 갑자기 택시 안에서 알 수 없는 두려움이 나를 휘감았다. 그 느낌이 처음에는 빗방울처럼 뚝뚝 떨어져서 전혀 개의치 않았다. 하지만 어느새 온몸이 두려움으로 젖어 있었다. 집에 도착하니 얼굴은 창백해져 있었고 이는 덜덜 떨렸다. 택시 기사가 내게 15유로를 달라고 해서 그랬는지, 아니면 키스 때문에 그랬는지는 모르겠다.

어젯밤, 잠에 들려고 할 때마다 그 남자, 내 머리를 스쳤던 코트 자락, 내 목덜미를 잡고 위로 끌어올리려고 한 수많은 옷소매들이 머릿속을 스쳐지나갔다. 네 번의 키스와 반짝였던 그의 눈동자도. 나는 원래 금발에 밝은색의 눈동자를 가진 남자를 좋아하지 않았다. 아무래도 신뢰가 가지 않기 때문이다. 그런데….

꿈에서 그가 "방금 파티가 끝나서 나왔는데 같이 산책할래요?"라는 메시지를 보냈을 때, 나는 그렇게 하자고 답장했다. 테레사나 카르멘한테 말하는 듯한 기분이 들어서, 알 수 없는 불안함에 휩싸여서, 뇌리에 박힌 키스라는 환각 물질에 잡아먹힐까봐 두려워서 나간다고 말했다. 그러다 한밤중에

깼고 다시 잠에 들었다. 꿈속에서 또 그와 함께 있었다. 알람 소리에 깼을 때, 나는 그 꿈이 그와 실제로 나눴던 대화였다는 것을 깨달았다. 새벽 3시 25분 오마르에게서 메시지를 받았다.

"방금 파티가 끝나서 나왔는데 같이 산책할래요?"

나는 오전 5시 16분에 메시지를 보냈다.

"미안해요. 깜박 잠이 들어서요…. 출발하기 전에 괜찮으면 같이 아침 먹을래요? 몇 시 비행기죠?"

6시 8분에 오마르의 메시지가 도착했다.

"10시 15분 출발이에요."

나는 그 메시지를 확인하고 다시 잠들었다.

오마르가 가족과 함께 크리스마스를 보내기 위해 로타로 돌아갔기에, 우리는 보름 후에야 다시 만날 수 있었다.

두려움과 떨림•

작품: 슈퍼사우루스 (라스팔마스 2지구)

등장인물: 무니르

태그: 공포

카테고리: 일반

단어 수: 72자

무니르는 목구멍으로 올라오는 헛구역질을 겨우 참으며 다시 한번 대걸레를 짰다. 이번에는 필요 이상으로 힘을 주었다. 그래서 양동이가 비틀거리다 하마터면 옆으로 넘어질 뻔했다. 무니르는 혐오스럽다는 듯 한숨을 내쉬며 대걸레로 역겨운 토사물을 닦았다. 그것 때문에 7번 통로인 유제품 코너를 폐쇄해야 했다. 벌써 20분 동안이나 걸레질을 했다. 회사는 그에게 충분한 보수를 주지 않았고, 앞으로도 그럴 리 없었다.

• 벨기에의 소설가 아멜리 노통브의 소설 『두려움과 떨림』(1999)의 제목이기도 하다. 일본 대기업에서 겪은 자전적 체험의 소설로, 작가 자신이 일본의 직장 문화에 적응하는 과정에서 느낀 혼란과 갈등, 명령 체계, 복종 관계, 비효율적인 절차와 형식 등을 풍자적인 시선으로 묘사했다.

2　　　　　　　　　　　**2017년 12월**

마카레나의 손은 굉장히 부드러웠다.

"메리엠."

우리는 계속 악수를 나누었다. 그녀는 복숭아색 정장에 깨끗한 흰색 실크 블라우스를 입고 있었고, 나는 검은색 면 티셔츠와 청바지 차림이었다. 심지어 티셔츠에는 구아구아스 글로벌 버스회사 로고를 집어삼키는 불길 아래에 'HOT GUAGUAS'라는 문구가 적혀 있었다. 너무 웃겨서 산 옷이었다. 나는 그녀를 바라봤고, 그녀도 나를 보고 미소 지었다. 아직 내 선택에 확신이 서지 않았다. 그녀의 치아가 너무 새하

애서 그런지 내가 지저분하고 투박한 사람 같았다.

"마실 것 좀 드릴까요? 물, 커피, 아니면 차?"

그 순간, 그녀의 비서인 나디아가 생각났다. 원래 이름은 나디아가 아니라 다비니아인데, 마카레나의 전임자가 다비니아라는 이름이 이메일 서명에 잘 어울리지 않는다고 그녀를 설득했다고 했다. 하지만 다비니아라는 이름이 훨씬 품위 있고 프로페셔널해 보였다. 그녀는 회사에서 7년째 일하고 있다. 나는 그녀가 매일 아침 마카레나의 사무실에 에비앙 생수 한 병, 커피 캡슐, 천연 유기농 다이어트 녹차 티백을 놓고 가는 모습을 봤다. 내가 마티키 출근 전에 준비하는 모습과 비슷했다. 저번에 나는 한 병에 1.88유로나 하는 에비앙을 사서 마티키가 오기 전에 다 마셔버렸다. 구역질나는 맛이었다.

"아뇨, 괜찮습니다."

"어서 앉아요. 할 이야기가 많아요! 잘 지내요?"

마카레나의 사무실은 내 상사의 사무실과 똑같았다. 나는 추레한 옷차림을 사과할까 했지만, 오늘은 캐주얼룩 데이인 금요일이었다. 그러니 내 복장을 굳이 언급할 필요가 없었다. 나는 오른쪽 볼 안을 살짝 깨물며 그녀와 함께 자리에 앉았다. 파티에서 내가 한 선택이 맞나 계속 불안했다.

"감사합니다."

"마티키씨가 당신은 좀 진지하고 내성적이라고 하더군요. 나랑 있을 때는 편했으면 좋겠네요. 하고 싶은 말 다 해도 괜찮아요."

그녀는 서류철을 꺼내 우리 사이에 놓았다.

"지금 하는 이야기는 모두 비밀이니까 절대 밖으로 새지 않을 거예요."

나를 잘 아는 사람들은 나더러 진지하다거나 내성적이라고 하지 않을 텐데. 나는 다리를 꼬았다.

"알겠습니다."

"좋아요."

그녀는 활짝 웃으며 안경을 고쳐 썼다.

"지금까지 슈퍼사우루스에서 일하면서 어땠어요?"

나는 이렇게 말하고 싶어 입이 근질근질했다.

매일매일 내 몸에 있는 뼈 206개가 다 쑤셔요. 월요일부터 금요일까지 트리아나 거리에서 회사까지 걸어 다니니까요. 우선 산텔모 공원을 쭉 가로질러가다 사쿠라 레스토랑 앞에서 횡단보도를 건너요. 그런데 그 교차로의 신호등은 5초 동안만 초록불로 깜박이다가 금세 빨간불로 바뀌어요. 거기를 건너려면 매우 조심해야 하죠. 보행자를 신경쓰는 인간이 아무도 없어요. 포드 피에스타나 SUV를 모는 멍청이도, 택시 기사도, 오토바이 운전자도, 자전거 타는 사람도, 심지어 버스 기사도 보행자는 거들떠보지 않는다고요. 당신이 5초간 멈추지 않으면, 그 인간들은 당신을 들이받고도 아무렇지 않게 시속 80킬로미터로 도심 도로를 주행하겠죠. 신호등이 초록불로 바뀌기를 기다리는 동안 달리는 승용차나 버스에 몸을 던지는 상상을 하지 않은 날이 거의 없어요. 이게 내가 슈퍼사우루스에서 일하면서 느낀 소감이랍니다, 마카레나. 이런 말까지는 하고 싶지 않았는데. 당신이 물어봤잖아요.

"글쎄요…." 나는 마른 침을 삼켰다.

"처음에는 적응하기가 어려웠어요. 모든 직원분들이 저보다 훨씬 나이가 많으셔서요."

나는 집단에 동화되려면 당신과 집단이 모두 노력해야 한다고 말하려는 게 아니에요. 당신보다 나이가 거의 두 배나 많은 사람이 자기 생일 파티에 모두를 초대하겠다고 설레발치면서 당신만 쏙 뺀다면, 어떻게 그 집단에 녹아들 수 있겠어요? 그 사람이 당신을 궁지에 몰아넣고, 따돌리고, 짓밟는데 하루 에너지의 50퍼센트를 쓰는데도 나머지 동료들이 이를 눈감아준다면 왜 그 집단과 어울리려고 하겠어요? 마카레나, 몇몇 동료들이 당신을 투명인간이나 길 잃은 바보 취급한다면 그런 집단과 잘 지내고 싶겠냐고요.

"하지만 시간이 지나고 팀원들에게서 저와의 공통점을 발견하면서 자리잡을 수 있었어요. 그런 취지로 물어보신 게 맞을까요? 회사에서 제가 배운 것에 관해 말씀드리자면, 마티키 팀장님과 다른 분들이 저보다 거의 스무 살이 많으신데다, 제가 그분들의 수준에 미치지 못할까봐 무서웠어요. 하지만 이제 제게 만족하시는 듯해요. 전반적으로 매우 값진 경험이었습니다."

"모두들 메리엠씨를 좋게 생각하고 있어요. 그 값진 경험이라는 게 뭔가요?"

그녀의 미소는 지점토로 만들어놓은 것 같았다. 검지로 그녀의 입꼬리를 잡아당기면 어디까지 늘어날지 보고 싶었다. 저런 뻔한 거짓말 말고 나는 회사 사람들이 다 싫다고 속마음을 내뱉고 싶었다. 나는 시간도 잘 지키고, 예의바르고, 시킨 일도 다 잘 해낸다. 도대체 내가 그들에게 얼마나 더 베풀어야 하는 걸까? 과연 회사에서 나 자신을 온전하게 지킬 수나 있을까? 내가 나 자신의 것인지, 아니면 나를 둘러싼 사람들의 것인지 도무지 분간이 안 간다. 나는 기분이 썩 내키지 않아도, 남들의 이야기가 재미없어도 웃어야 한다. 한 순간이라도 붙어 있고 싶지 않은 사람들과 시공간을 공유해야 한다. 이쯤 되면 월급을 타기 위해 얼마나 더 포기해야 하는지 궁금하다. 금요일이라 그런지 피곤에 찌들어서 온갖 생각이 서로 뒤엉켰고, 말이 제대로 나오지 않았다.

"죄송하지만 뭐라고 하셨죠?"

"매우 값진 경험을 했다고 했는데, 그게 뭔가요? 지금까지 배운 게 있다면 뭐가 있을까요?"

화장실에서 다른 사람이 우는 소리를 들은 다음부터는 눈물이 터질 것 같아도 화장실에 가지 않았어요. 대신 옥상에서 석유시추선을 바라보며 울기 시작했죠. 하지만 욜란다도 옥상에서 운다는 사실을 알게 된 후로 옥상 말고 창고에 숨어서 울어요. 복사기에 용지가 걸리면 IT팀에 연락하지 않고 화면에 표시된 문을 열어요. 복사기에 걸린 용지 하나 빼자고 하고 있는 업무를 중단해야 한다고 상상해보세요. 그리고 재무팀과는 이메일로만, 물류팀과는 전화로만 연락해요. 나이아라 팀장은 자기 팀의 모든 여자 인턴들을 히스테리에 빠뜨려요. 하지만 그녀는 목표를 반드시 달성하는 사람이기에 아무도 뭐라 하지 않아요. 이런 걸 배웠다고 하면 될까요?

"음… 3년 전에는 주주총회가 뭔지도 몰랐는데, 이제는 제가 총회를 계획하고 준비하고 있어요. 학부 과정에서 국제무역에 관한 수업을 듣긴 했지만, 그 정도로는 턱없이…"

"전공이 통번역학이죠? 오늘 당신의 이력서와 자기소개서를 읽어봤거든요." 그녀는 서류철에서 문서 두 장을 꺼내 우리 사이에 놓으며 말했다. "인턴십을 시작하기 전에 박사과정을 밟고 있었던데, 혹시 여기서 시간 낭비한다고 생각하진 않나요?"

매일 아침, 출근하자마자 제일 먼저 내가 일하는 층의 불을 켠다. 가끔 너무 일찍 오면 막 나가려는 청소부와 마주치기도 한다. 이런 내 모습은 몇 년 전에 꿈꿨던 미래와 너무 달라서 가끔씩 그 충격이 피부에 와닿는다. 마티키가 내 근무시간 외에 전화를 걸어 쓸데없는 질문을 던질 때도 있다. 하지만 나는 절대 불평하지 않는다. 내 안에는 정체 모를 분노가 꿈틀대고 있다. 내가 어떤 이유로든 전화를 받지 않으면 마티키는 왓츠앱으로 10분에서 12분 분량의 음성메시지를 보낸다. 그때마다 분노는 점점 더 커져가고, 나는 어떻게든 그것을 외면하려 애쓴다.

"아니요. 공부한 것에만 매달린 채 그 틀 안에서만 세상을 보려는 건 천진난만한 생각이 아닐까 싶어요."

나는 그녀의 눈을 바라봤다. 내 속은 죽은 사람처럼 텅 비어 있었다. 누군가 내 본모습을 알아챌 수도 있겠다고 생각했다. 그러면 내 가면은 벗겨지고 나는 사기꾼이 되어 쫓겨나겠지. 그래도 진짜 메리엠을 보여주기라도 했다며 위안을 얻을 텐데.

"사실 제가 처음 일을 시작했을 때만 해도 지금 하는 일을 하리라고는 상상도 못했어요. 하지만 이건 제 일이고, 이제는 능숙하게 잘하고 있어요. 지금이 제 인생에서 가장 중요한 시기예요. 물론 원하면 언제든지 박사과정으로 돌아갈 수 있죠. 하지만 다시는 이 나이로 돌아올 수 없잖아요."

사람들은 거짓말을 하면서 거짓말이 탄로날까봐 걱정한다. 마티키는 중요한 회의에 들어가기 전 항상 내 손짓을 기다렸다. '엄지 척', 다 잘될 거라는 신호를 그에게 보내야 했다. 엘리베이터에서는 항상 누군가와 마주쳤다. 그들은 주말은 어땠는지, 무엇을 하면서 보냈는지, 어디에 갔는지, 남쪽지방의 방갈로가 어땠는지 이야기했다. "모간이 얼마나 아름다운지 몰라요" 하면서. 나는 '진지하고 내성적'이라서 내 사생활을 미주알고주알 털어놓느니 차라리 칼로 목을 그어버리는 편이 낫겠다고 생각했다. 어떤 사람들에게는 침묵이 곧 죽음이다. 그들은 자기가 뚝딱뚝딱 생각하는 소리라도 들어야 직성이 풀리기 때문이다. 하긴 주택담보대출에 묶여 있고, 딸린 자녀는 셋이고, 싫어하는 사람과 차를 같이 타고 가야 하는 상황에서 어떻게 정적이 숨이 안 막히겠는가? 엘리베이터에서 마주친 가엾은 멍청이에게 재미없는 얘기라도 해주는 게 낫겠지.

어김없이 돌아온 쓰레기 같은 월요일, 이메일로 충분히 대신할 수 있는 거지같은 아침 미팅. 회사생활은 이 두 가지의 반복이었다. 그 와중에 복숭아색 정장을 입은 마카레나는 내 머리를 드럼세탁기처럼 펑펑 돌게 했고, 내가 거짓말할 걸 알면서도 멍청한 질문만 던졌다. 모두가 진실을 요구하면서, 막상 그들에게 진실을 말하면 그 진실을 넘기지 못해 캑캑대는 꼴이 우스꽝스러웠다. "이건 너무 쓰고, 너무 짜잖아. 설탕을 한번 넣어봐" 하며 진실을 가장한 거짓을 원했다. 여기서 계속 일하려면 내가 얼마나 더 당신에게 비굴하게 굴어야 하느냐고 마카레나에게 묻고 싶었다. 이제 눈에 뵈는 것도 없으니까.

"당신은 보면 볼수록 옛날의 나랑 닮았어요."

오래전 오마르와 함께 햇살을 받으며 옥상에 앉아 있던 장면이 떠올랐다. 그때 나는 햇빛에 너무 눈이 부셔서 휴대폰을 얼굴 가까이에 대고 보았다. 나는 그에게 기사를 읽어줬다.

"페데리코 히메네스 로산토스[*]는 〈페데리코의 아침입니다〉에서 파블로 이글레시아스^{**}에게 답했다. 파블로는 포데

● 스페인의 유명 라디오 진행자이자 극우 진영을 대표하는 인사로, 〈페데리코의 아침입니다〉라는 토크쇼를 진행한다.
●● 스페인의 정치인으로, 2014년부터 2021년까지 좌파 대중주의 정당인 포데모스의 사무총장을 역임했다.

모스를 창당하기 전 인테레코노미아*의 토론 프로그램에서 페데리코를 만난 적 있었다. 페데리코는 '누구나 한 번쯤 바보가 된다'라며, 그가 그 프로그램에서 파블로에게 했던 말을 상기시켜주었다. '그때 난 당신이 누군지 몰랐어요. 하지만 당신이 체키스타**처럼 말하는 걸 듣자마자, 내가 멍청이였던 시절이 생각났다고 말했죠. 하지만 나는 당신처럼 나쁘지도 위선적이지도 않았어요.'"

"나는 페데리코를 경멸하지만 이번만큼은 정말 웃기네요." 오마르가 말했다.

그의 눈웃음 때문에 잠시 시선을 돌려야 했다. 나는 곧 죽겠다고 생각했다. 물론 죽지는 않았다. 누군가를 좋아한다고 해서 죽진 않으니까.

"저와 닮으셨다고요?"

나는 오른쪽 손가락으로 허벅지를 쿡쿡 찔렀다.

"네, 물론이죠."

마카레나는 서류철에서 서류를 더 꺼냈다. 꽤나 철저히 준비한 모양이다.

"당신은 업무를 깔끔하게 처리하더군요. 나는 그런 점이 아주 마음에 들어요. 우리 팀에서는 그런 자질을 아주 높이

●　　주로 경제 뉴스를 방송하는 스페인의 라디오 방송국.
●●　스탈린이 소련을 통치할 당시 '체카'라는 비밀경찰 기관이 있었고, 그 기관에 속한 조직원을 '체키스타'라 불렀다.

평가하죠. 마티키가 새로운 채용계약을 설명해주던가요?"

"네. 계약조건이 바뀌고 정규직으로 전환된다고 간단히 말씀해주셨어요."

"좋아요. 그 정도면 됐어요. 이제 당신 직급을 변경할 거고 그에 따라 당신 업무도 조금 달라질 겁니다."

그녀의 웃음에 나도 따라 웃었다. 나도 엄청난 연봉을 가져가는 월급 루팡이 될 수 있다고 그녀에게 외치고 싶었다.

"보험과 연금 계획에 대해서도 이야기하고 싶은데…. 정말 아무것도 안 마셔도 돼요?"

나는 아주 분명한 사람이었다. 회사는 '그들'과 '나' 이렇게 나뉘었다. 나는 출근해서 매일 아홉 시간 동안 키보드를 두드리고 나한테 보고서, 서류 정리, 청구서, 호텔 예약을 맡긴 그들과 통화했다. 퇴근 후 집에 돌아갔다가 다음 날 똑같은 일을 반복했다. 예전에는 내 적이 누구인지 확실히 알고 있었다. 하지만 이제는 내가 누구인지조차 모르겠다. 회사에 있는 게 끔찍이도 싫지만 그만둘 생각은 없다. 요즘은 여기 처음 들어왔을 때와 전혀 다른 걱정을 했다. 갓 입사했을 때와는 달리, 그들과 비슷한 걱정을 하며 살았다. 과연 그들이 내 적일까? 그저 내가 아닌 다른 사람들이지 않을까? 과연 내가 민간보험에 가입하면 '필요한 사람들을 위해서'라며 공공의료서비스를 옹호하긴 할까? 과연 내가 슈퍼사우루스의 주식을 사면, 회사의 이익과 손실을 내 것이라고 여기게 될까? 내가 누리는 특권이 많아질수록 더 많은 특권을 바라게 되고, 내가 한 노력만큼 노력하지 않은 사람들이 특권을 누리지 않길 원하게 될 거다. 언젠가부터 조금씩 내 앞날이 그려졌다. 내가 항상 명확하게 인식하던 경계선은 희미해지다가 결국 사라질 것이다. 돈을 많이 벌수록 돈을 더 벌 수 없을까봐 전전긍긍하겠지. 회사 덕을 많이 볼수록 더 감사해하고 더 순종적으로 변하고 더 기계처럼 행동하겠지. 나한테 먹이를 주는 손을 어떻게 물어뜯겠어. 나는 결국 마카레나로 변하고 말 거야. 인생의 어느 시점에는 스물여섯 살 소녀의 눈을 보며 "당신은 그 나이 때의 나를 많이 닮았군요"라고 말하게 되겠지. 그때의 나는 정장을 입고 있을 거야. 그런데 그 정장은 너무 비싸고 내 치아는 너무 하얘서 그 여자가 나를 거북해하지 않을까?

3

　　새해 전날 나는 카르멘과 그녀의 여자친구인 메르세데스의 집에서 저녁을 먹었다. 두 사람은 도라마스 공원 근처 시우다드하르딘지구에서 인스타그램에 나올 법한 2층짜리 집에 산다. 오븐에서 구워지는 닭고기 냄새가 주방으로 퍼졌다. 거기서 나는 카르멘과 완두콩샐러드를 만들었다.

　　"어쩌면 나 퇴사할지도 몰라."

　　카르멘이 피식 웃자 그녀의 곱슬머리도 같이 흔들렸다. 10대 때부터 장난삼아 그녀를 양배추라고 불렀다. 양배추의 쭈글쭈글한 단면이 카르멘 머리 같아서.

"이제 막 정규직 달면서 의료보험에도 가입하고 월급다운 월급도 받는데 그만둔다고?"

나는 완두콩을 잘게 썰었다. 아침에 일어나서 밤에 잠들 때까지 서너 가지 생각에 시달리느라 벌써 며칠째 머릿속이 온통 뒤죽박죽이었다. 물론 오마르에게는 입도 뻥긋하지 않았다. 혹시 내가 미쳤다고 생각할까봐. 카르멘과 메르세데스의 강아지 다나가 테이블 아래서 내 발 옆에 앉았다.

"회사로 돌아가면 그 남자 얼굴을 어떻게 보지? 만나면 뭐라고 하지? 어떻게 하면 좋을까?"

"글쎄, 그냥 이성애자들이 하는 대로 말하거나 행동하면 되지."

나는 무안해서 그녀에게 혀를 날름 내밀었다.

"진정해. 그 남자는 5000만 년이나 산 아저씨니까…."

"서른여섯이라니까. 나 왜 이렇게 바보 같지!"

"옷장에서 중학생같이 키스 네 번 한 것 가지고 왜 그리 오버야."

나는 숨을 깊이 들이마시고 그녀를 째려봤다.

"끝내주는 키스였거든." 나는 그 말을 정정했다.

완두콩을 썰 때마다 칼이 슥슥 소리를 냈다. 카르멘과 나는 아침부터 완두콩을 찾으러 베게타 시장과 센트럴 시장 여기저귀를 걸어 다녔다. 요즘 카르멘은 만보기 시계를 차고 어디든 돌아다니며 걸음 수에 집착하는 친환경적인 사람이 되었다.

"내가 어떤 표정으로 그를 봤는지, 그에게 뭐라고 말했는지, 그에게 어떻게 했는지 하나도 기억이 안 나. 이제 나랑 키스 안 하면 어쩌지?"

"메리엠, 제발."

"진짜야. 남자랑 키스한 지 너무 오래돼서 잘 못할 수도 있다고. 그때 그가 키스하다가 거미를 삼켰는데, 창피해서 아무 말 못한 거면 어떡하지…."

그녀는 내 말에 대꾸할 가치조차 못 느꼈는지 자기 일만 했다. 하지만 나는 그녀가 이 모든 상황을 재밌어한다는 것을 알았다. 나도 너무 흥분해서 정신이 나가고 이성을 잃지만 않았다면 웃어넘겼을 텐데.

"그 사람이 너한테 계속 메시지 보내는 걸 보면 너의 키스가 형편없진 않았나봐."

하긴 그에게 줄곧 연락이 오긴 했다. 요즘 우리는 틈만 나면 왓츠앱으로 대화를 주고받았다. 내 휴대폰 화면이 켜지는 건 십중팔구 그가 보낸 메시지 때문이었다. 키스 후 그는 평소보다 훨씬 길게 보냈다.

"당신이 어떤 사람인지 이제 좀 알겠어요. 아마도요. 왠지 당신은 그날 밤 일을 부끄러워하고 있을 것 같네요. 그렇지 않았으면 좋겠어요. 당신도 그 이유를 모를 테지만 부끄러워하지 않아도 돼요."

나는 어떻게 대답할지 망설이다가 결국 솔직한 심정을 고백했다.

"맞아요. 너무 부끄러워요. 그럴 이유가 없는데 말이죠."

그후로 우리는 그날 일을 다시 언급하진 않았지만, 내 마음 한구석에 그 기억이 남아 있었다. 마치 이 사이에 낀 음식물을 혀로 빼내려고 하는 것처럼 찝찝하게.

아무튼 저녁 메뉴는 환상적이었다. 오토렝기 셰프*의 레시피로 만든 할랄 로스트치킨부터 구운 고구마퓌레, 라임과 딜 소스를 곁들인 완두콩샐러드, 기를라체 빵집의 트리플 초콜릿케이크까지. 함께 초대받은 다른 친구들과 요리하며 저녁을 보냈다. 그 친구들의 이름은 잘 기억나지 않지만 좋은 사람들이었다.

새해를 맞이하기까지 얼마 남지 않은 시간, 23시 35분, 오마르가 내게 메시지를 보냈다.

"당신과 한잔하며 새해를 맞이하고 싶어요."

● 이스라엘 출신의 영국 셰프로, 지중해식 퓨전 요리로 유명하다.

"참핀* 마셔도 괜찮을까요?" 23시 55분, 내가 답했다.

"참핀이든 탄산수든 다 괜찮아요. 당신을 만난 건 지난 몇 년간 내게 일어난 일 중에서 가장 아름다운 일이에요." 23시 58분, 그가 답했다.

그의 메시지를 읽자마자 나는 호흡곤란을 겪었다. 폐가 솜으로 가득차거나 가슴이 말랑말랑해진 것처럼 말이다.

내가 마지막으로 누군가를 사랑했을 때, 나는 너무 큰 상처를 받았다. 몸이 반으로 갈라져 피를 흘리는 심정으로 몇 달을 살았다. 그때 나는 장기를 훤히 드러낸 사람처럼 돌아다녔지만 아무도 눈치채지 못했다. 내 눈에만 내 처참한 몰골이 보였으니까. 그후로 다시는 다른 사람 앞에서 경계심을 풀지 않기로 결심했다. 내가 강해지면 아무도 나를 건들지 못하고, 아무도 내게 상처를 줄 수 없으니까. 그러면 슬프거나 괴로운 일도 없을 테니까. 한동안은 뜨거운 태양 아래 선인장처럼 어떤 시련에도 굴하지 않고 꿋꿋이 버텨내는 존재가 되겠지. 살아 있다는 건 일련의 고통과 실망을 경험하는 것이라는 사실을 깨달았다. 내가 마조히스트처럼 자발적으로 고통받길 원해서가 아니라, 괴로울지언정 삶을 경험하지 않으면 죽음에 직면할 테니까.

23시 59분, 나는 글을 쓰고 또 쓰다가, 썼던 내용을 모조

● 스페인에서 생산되는 무알코올 과일맛 탄산음료.

리 지웠다. 12시 정각, 나는 말했다.

"해피 뉴 이어 :) 당신이 그렇게 감성적인 줄 몰랐네요."

4   **2018년 1월**

또각또각. 욜란다가 하이힐 소리를 내며 내가 있는 층으로 올라오고 있었다. 랄프로렌 스타일, 질끈 묶은 머리, 입술을 앙 다물어 심각해 보이는 얼굴, 어쩌면 그게 그녀의 갑옷일지도 모른다. 어쩌면 저 망할 여자가 저런 스타일에 저런 걸음으로 걷는 게 자신이 정말 강하고 세상을 제멋대로 쥐락펴락하는 상사라는 사실을 표출하는 방법일지도. 오늘도 한 번 해보자고 마음을 다잡았다. 역시나 그녀는 내가 존재하지 않는다는 듯 내 앞을 쌩 지나쳤다. 그녀에게는 한 가지 임무만 있었다. 마티키를 만나는 것. 그런데 그의 사무실에 다다르기 3초 전에 그가 없다는 걸 발견하자 돌아서서 나를 보며 침을 삼켰다. 오늘은 금요일이었다. 내가 "마티키는 금요일에 출근하지 않는다"라고 말했을 때 한 번이라도 귀담아들었다면 헛걸음하는 일은 없었을 텐데.

"안녕, 미리암."

"좋은 아침이에요, 욜란다."

또각또각. 나는 가끔 그녀의 발소리가 길고 어두운 복도를 따라 나를 쫓아오는 꿈을 꾼다. 나는 달리고 또 달리지만 정작 그녀는 보이지 않는다. 발소리만 듣고 그녀라는 것을 알아챌 뿐이었다.

"드디어 해냈다는 소식을 들었어요. 축하해요."

나는 그 말을 이해했지만, 일부러 못 알아들은 척했다. 전혀 모르겠다는 어벙한 얼굴로 그녀를 쳐다봤다. 이미 몇 년간 바보 역할은 해봐서 익숙했다.

"제가 뭘 해냈나요?"

"여기 남게 되었잖아요."

'엿이나 먹어라. 먹다가 이빨이나 다 빠져버려라'라고 생각했다.

"욜란다씨가 없었다면, 가르쳐주신 게 없었다면, 결코 불가능했을 거예요."

나는 대답하면서 갑자기 내 몸이 늘어나고 커지는 느낌이 들었다. 나는 그녀 위로 솟아올라 한참 높은 곳에서 그녀를 내려다볼 만큼 커진다. 그녀도 나를 쳐다보려 하지만 뜻대로 되지 않고, 내가 너무 눈부셔서 그녀는 이마에 손을 얹어 빛까지 가려야 한다. 이제는 내가 그녀를 뒤쫓고 그녀는 겁에 질려 어두운 복도로 도망친다.

"당신이 제게 가르쳐주시고 저를 위해 해주신 모든 일에 어떤 식으로든 보답할 수 있으면 좋겠어요. 정말로요."

그녀는 말없이 고개만 끄덕이며 또각또각 걸어나갔다.

지난날 나는 매일 악을 쓰지 않으려 애썼다. 하지만 그녀가 아는 일을 내가 다 꿰고 있다는 것, 사실 처음부터 나는 모든 업무를 스스로 깨쳤다는 것, 이 자리까지 오기 위해 그렇게 큰 노력은 쏟지 않았다는 것, 내가 일하는 층이 그녀의 층보다 더 높아졌다는 것, 이제는 그거면 충분했다. 지금 나는 슈퍼사우루스처럼 키가 3미터나 되고 아무도 손댈 수 없는 존재가 된 기분이었다.

5   2018년 1월

아빠는 찢어지게 가난한 집안에서 태어났다. 형제는 일곱
명, 부모님까지 해서 입은 아홉 개. 그런 상황에서도 아빠는
불평 한마디 하지 않았다. 살면서 나는 아빠가 불평하는 것
을 들어본 적이 없다.

어느 날 아빠가 내 운동화를 가리키며 말했다.

"신발이 너무 더럽구나."

"좀 더러워도 괜찮아, 아빠."

나는 그런 하찮은 일로 아빠와 말다툼할 필요가 없었다.
어차피 더러워도 다 떨어질 때까지, 구멍이 나거나 밑창이

떨어져나갈 때까지 계속 신을 거니까. 나한테는 하등 문제가 안 됐다. 아빠는 더 우기진 않았지만 얼마 안 가 또 나를 귀찮게 했다.

"메리엠, 그런데 그걸 왜 안 빼는 거야? 너무 더럽잖니."

나는 "알았어. 나중에 할게" 하며 대충 넘어갔다. 그후로 아빠는 신발 이야기를 다시 꺼내지 않았다.

할머니는 유독 청결에 집착했다. 여름방학 때 문명으로부터 수백만 킬로미터 떨어져 있고, 와이파이는커녕 전파도 거의 잡히지 않고, 산속 외딴 마을에 있던 할머니집에 가면 할머니는 종종 "우리가 가진 건 없어도 더럽게 살지는 않아!"라고 했다. 행방불명된 내 타일과 함께 그 집은 세상에서 자취를 감췄지만, 그 말씀만은 또렷이 기억난다. 할머니는 항상 머리도 단정하게, 옷차림도 깔끔하게 유지할 만큼 청결을 중시했다.

나는 집집마다 독수리가 하나씩 있다고 본다. 사체를 먹어 생태계를 정화하는 독수리처럼, 더러운 꼴을 못 보는 사람이 있다는 뜻이다. 할머니에게는 아들이 셋 있었는데, 첫째는 미국으로, 둘째는 스페인으로 갔고 셋째만 그곳에 남았다. 그렇게 셋째 아들은 할머니의 피를 물려받아 독수리가 되었다.

어느 날 부모님집에서 자취방으로 돌아가려고 신발을 신다가 신발이 새하얘졌다는 걸 알아차렸다. 맨날 더러운 물을 묻히고 바닥에 질질 끌고 다녀서 흙탕물색이었는데. 안 봐도 비디오였다. 아빠가 옥상 개수대에서 말없이 내 신발을 빠는 모습, 끈을 빼서 물과 세제가 섞인 양동이에 넣는 모습, 솔로 조용히 신발 구석구석을 닦는 모습이 그려졌다. 영화배우처럼 콧수염을 기른 아빠는 이제 당신보다 큰 자식들이 "걱정하지 마, 아빠"라고 해도 진실보다는 유머러스하고 철학적으로 받아들이는 분이었다.

그날 나는 현관에서 엄마 아빠와 작별인사를 할 때 별다른 말을 하진 않았지만, 로스다니엘레스 레스토랑이 있는 언덕길을 따라 혼자 버스 정류장으로 내려가며 눈물을 흘렸다. 헤드폰을 낀 채 두 손으로 얼굴을 닦고 콧물을 훌쩍이면서도 버스를 놓치지 않으려 걸음을 재촉하며. 나는 아빠한테 그 이야기를 꺼내진 않았지만, 다시는 더러운 운동화를 신고 다니지 않겠다고 다짐했다.

6   2018년 2월

나는 슈퍼마켓에서 눈길을 끄는 통조림 라벨을 읽고 있었다. '토마토크림소스를 얹은 부드러운 청어살.' 그때 한 어린 여자가 남자친구에게 "그들은 혼자 태어났으니 혼자 이 세상을 떠날 거"라고 말하는 소리를 들었다. 세상에 혼자 태어나는 사람은 없다. 우리 엄마들이 있는 힘껏 우리를 밀어내기도 하지만, 그녀들이 너무 고통스러워할 때는 두어 쌍의 손이 우리를 꺼내기도 하니까. 따라서 그 여자 말은 완전히 헛소리였다.

내 경험상 여성으로서 살아간다는 것은 청소년 때부터 죽을 때까지 온갖 신체적 고통을 겪는다는 것을 의미했다. 여간 힘든 일이 아니었다. 유방이 안 아프면 난소나 머리가 말썽을 부린다. 특히 생리 때는 난소와 허리가 쑤신다. 하지만 여성들이 겪는 통증은 당연시되기에 하소연할 수도 없다. 저 여자는 자기 엄마의 고통을 까맣게 잊고선 저런 헛소리를 내뱉은 걸까?

그때 '슈퍼사우루스, 카나리아제도 최저가!' 하는 안내 방송이 스피커로 흘러나왔다. 내 뇌의 가장 깊숙한 곳에 각인된 목소리였다. 곧바로 후아네스[*]의 〈하느님께 청하오니〉 첫 화음이 울려퍼졌다. 다시 그 독일산 통조림을 보면서, 과연 독일 슈퍼마켓은 그곳에 거주하는 스페인인들을 위해 스페인 제품을 들여놓을까 하는 의문이 들었다. 3센트라도 벌기 위해 우리는 스페인의 숨통을 조이기를 망설이지 않는 나라에 알아서 설설 길 만큼 굶주려 있다. 하지만 우리 경제가 관광산업에만 의존하고 있으니, 우리는 토할 때까지 계속 유럽을 빨아먹어야겠지. 그렇다고 나는 '토마토크림소스를 얹은 부드러운 청어살' 통조림을 먹을 생각은 추호도 없다. 그 잘나신 유럽 놈들과 그들 엄마나 먹으라지. 나는 통조림 사진을 찍어서 오마르에게 보냈다.

나는 그가 크리스마스에 보낸 엽서를 냉장고에 붙여놓고

● 콜롬비아의 록 뮤지션.

매일 들여다봤다. 그가 휴가에서 돌아온 후, 우리는 파티 때 끝맺지 못했던 '그 대화'를 나눴다. 나는 손과 팔을 바삐 움직이며 내 심정을 토로했다. 친구가 되기도 전에 그 이상으로 발전하면 내가 너무 불편할 것 같으니, 우선 친구로 지내다 시간이 조금 흐르면 관계를 발전시키고 싶다고. 그의 속도가 나보다 훨씬 빠르다는 건 알지만, 연애세포가 간만에 작동하는지라 내 마음이 온전히 정리될 때까지는 그를 남자친구라 여기며 키스할 생각은 없다고. 그는 내 입장을 이해한다며 자기도 내 친구가 되고 싶다고 말했다. 그는 답답해하지 않았다. 찐득찐득하고 무거운 침묵으로 나를 괴롭히지도 않았다. 나를 향한 마음도 그대로였다. 안도감이 들면서 내 얼굴이 활짝 피자 그는 내게 괜찮냐고 물었다. 그의 말을 듣자 내가 여태껏 남자들의 속도에 맞추느라, 남자가 내 말을 경청하고 존중하는 것보다 그가 화를 내거나 분통을 터뜨리지 않는 것을 우선시하며 관계를 시작했다는 사실을 깨달았다.

인생은 결코 혼자 살아가는 게 아니다. 파스타면도 1인분이 아니라 2인분을 기준으로 포장되어 나온다. 하지만 실제로는 양이 적어서 접시에 부어도 면이 접시의 반밖에 안 찬다. 포장지에는 파스타가 2인분씩 총 8인분이 들어 있으며, 2인분에 약 750칼로리라고 적혀 있는데 말이다. 사회에서 말하는 1인분은 1인 기구를 살찌운다. 뚱뚱한 건 혼자 사는 것보다 별로지만, 혼자 죽는 것보다는 낫다. 아이를 낳을 계획은 없지만 혼자 죽고 싶지는 않다. 이런 생각을 할 때마다 내 안에서 시계가 똑딱똑딱 돌아갔다. 변기에 내려보내는 난자 하나하나는 잃어버린 기회였다. 혼자 죽지 않을 기회.

월세는 돈 낭비라는 생각에 당신 혼자 32년 상한 주택담보대출을 받는다고 상상해보자. 하지만 혼자 10년 동안 악착같이 돈을 모아 집 계약금을 마련한다고 해도, 그 집은 당신이 예순 살이 넘어서야 당신 소유가 된다. 두 사람이면 시간이 덜 걸리겠지만. 당신에게 형제자매나 다른 가족이 없는 경우, 당신 집에서 악취가 난다는 이웃의 신고를 받고 출동한 경찰이 문을 부수고 들어가 거실에 49킬로그램밖에 안 나가는 당신의 시신을 발견할지도 모른다. 당신은 끝내 파스타 2인분을 다 먹지 않았다는 뜻이겠지.

내가 믿는 종교에서는 사람이 죽으면 땅에 묻히기 전까지 영혼이 계속 시신 곁에 머문다고 한다. 시신이 불에 타거나 심하게 훼손되면 어떻게 되는지는 잘 모른다. 그런 영혼들은 어디에 머무는지 물었다가, 돌아오는 대답이 너무 끔찍할까봐 나는 감히 물어보지 못했다. 이미 알게 된 것을 머릿속에서 지워버릴 수 없으니까.

나는 더블 침대가 거의 주방에 있다시피 한 23제곱미터짜리 허름한 집에서 살다가 남은 난자를 제대로 활용하지 못한 채 죽어서, 누군가 내 시신을 찾아주기만을 처량하게 기다리고 있는 내 모습을 상상했다. 계산대에서 줄을 서서 기다리는 동안 그런 망상을 하며 낄낄거렸더니 계산대 직원이 나를 이상한 눈으로 쳐다봤다.

7   2018년 2월

세상에서 아무도 모르는 나만의 트위터 계정이 있다. 어떤 지구인에게도, 어떤 외계인에게도 말하지 않았다. 나는 2008년에 트위터를 한번 써보려고 그 계정을 만들었는데, 2011년 에라스뮈스 프로그램*에 참여해서 몇 달 동안 지독한 외로움에 시달릴 때까지 그 존재를 까맣게 잊고 있었다.

나는 같은 수업을 들으면서 잘 어울렸던 대학 친구와 함께 에라스뮈스에 참가했는데, 거기에 가서야 그 아이가 멍청하다는 것을 알게 되었다. 그녀 이름은 파멜라였다. 파멜라는 강의실에서 같이 이런저런 이야기도 나누고 에라스뮈스

● 1987년에 제정된 유럽연합(EU)의 학생 교환 프로그램으로, 유럽연합 대학생들에게 일정 기간 동안 다른 나라에서 유학이나 인턴십을 할 수 있는 기회를 제공한다.

에도 같이 갈 만한 평범한 아이였다. 하지만 술만 마시면 완전히 개가 됐다. 걔는 자기가 술에 취해 무슨 말을 지껄이고, 무슨 짓을 저질렀는지 싹 다 잊어버렸지만 나는 술을 입에 대지도 않았기에 그 모습을 전부 기억했다. 에라스뮈스 내내 부어라 마셔라 하는 자리에 매일같이 나가지만 않았어도, 그 애는 그 기간 동안 뭐라도 됐을 텐데 싶다.

나는 에라스뮈스를 통해 그간 흥미롭다고 생각했던 벨기에에 갔다. 영국도 프랑스도 아니고. 그 당시에 내가 벨기에에 대해 뭘 알았겠는가? 오히려 아무것도 몰랐으니 거기로 갔을지도 모른다. 아무튼 나는 EU집행위원회와 EU의회가 있다는 이유로 벨기에를 선택했다. 그때만 하더라도 나는 허무맹랑한 꿈을 가진 사람이었으니까. 열심히 노력하고 열심히 공부하는 데 20대 청춘을 다 바치면, 반드시 꿈을 이룰 수 있다고 진심으로 믿었으니까. 그래서 나는 형편없던 프랑스어 실력을 향상시키고, EU기구 두 곳 근처에서 공부하기 위해 벨기에로 떠났다. 당시 내가 가장 잘하던 통번역을 열심히 공부하는 내 모습을 상상하면서.

학부에서는 에라스뮈스 연합 대학교로 리에주대학교를 제안했다. 추천을 받고 구글에 리에주를 검색해보니, 리에주가 유럽에서 두번째로 위험한 도시로 꼽혔다는 기사가 가장 먼저 나왔다. 매사에 철저한 사람이라면 기사를 읽고 낙담했겠지만 나는 그렇지 않았다. 그 당시에 내가 제정신이 아니긴 했다. 어차피 내가 가장 가고 싶었던 곳은 벨기에의 샤를루아였기에 리에주도 나쁘지 않을 것 같았다. 게다가 내가 공부하고도 살아남은 아르기네긴보다 더한 곳은 없다는 생각이었다. 결정 과정에서 부모님과 상의한 적은 없었다. 그저 8월 말에 짐을 챙기고, 공항에서 부모님과 헤어지면서 오열하다가 비행기에 몸을 실었다.

나는 그해에 가장 많이 들었던 노래인 매직 시스템[●]의 〈세리 코코〉를 따서 그 비밀 트위터 계정 이름을 '@cheriecoco'라고 지었다. 그 노래는 분명 웃기진 않지만 황당한 헛소리를 기세로 밀어붙여대서 오히려 피식하게 만들었다. 마치 누군가 '장난삼아' 나를 더듬고 그에 주변 사람들이 살짝 웃을 때, 나는 솔직히 하나도 웃기지 않지만 끝내 미소를 보이는 것처럼. 그러다 혼자가 되었을 때 '무슨 말이라도 꺼냈어야 했는데, 무슨 반응이라도 보였어야 했는데, 거기서 뛰쳐나왔어야 했는데' 하면서 분노의 눈물을 흘리다가 허탈해져 썩소를 짓는 것처럼.

그해 모든 파티와 모든 바에서, 내가 브뤼셀에 있을 때 딱한 번 가본 클럽에서도 〈세리 코코〉를 틀었다. 같은 음악 장

[●] 1996년 코트디부아르에서 결성된 그룹으로, 주로 코트디부아르의 전통 춤곡인 '줄루'와 '쿠페데칼레'에서 영감을 받아 곡을 만들었다.

르인 무시에 통불라*의 〈로고비통보〉도 계속 나왔다. 무시에는 '준비하시고, 준비하시고. 오른쪽에 탕탕탕, 왼쪽에 탕탕탕' 하는 중독성 있는 가사와 미친 듯이 날뛰는 안무로 대중들을 사로잡았다. 사람들은 바의 카운터나 테이블 위, 아니면 주변에서 가장 눈에 띄는 곳으로 올라가 다른 사람들의 텐션을 끌어올려주며 그 노래를 즐겼다.

그해 12월 중순, 한 남자가 리에주에 있는 생랑베르 광장 한가운데에서 수류탄 여러 개를 던진 후, 배낭에서 소총을 꺼내 자기 앞을 지나가는 사람들을 쐈다. 그렇게 그는 여섯 명을 살해한 다음, 권총으로 자살했다. 당시 나는 프랑스어로 된 과학 기사를 스페인어로 번역하는 시험을 치르고 있었는데, 갑자기 거리에서 사람들이 비명을 지르며 도망가는 소리가 들렸다. 동시에 폭발음과 총소리도 들렸다. 현실은 영화 같지 않았다. 아무도 히어로가 되지 못했다. 우리는 강의실에 갇혀 책상 밑에 숨어 있어야 했다. 그때 가장 먼저 떠오른 생각은 '다른 날 다시 시험을 쳐야 하는 걸까?'였다. 스스로 어이가 없어 시퍼렇게 멍이 들 정도로 허벅지를 세게 꼬집었다. 우리는 몇 시간 동안 갇혀 있었다. 다행히 나는 그 시험에서 20점 만점에 19점을 받았다. 그후로 몇 달 동안은 어디에서도 〈로고비통보〉를 듣지 못했고, '오른쪽에 탕탕탕,

* 세네갈 출신의 프랑스 코미디언.

왼쪽에 탕탕탕' 하며 소리지를 분위기도 아니었다.

그 무렵 나는 온종일 트위터를 붙잡고 있었다. 처음에는 테러 사건에 대한 보도를 쫓다가 점차 트위터에 내 생각을 여과 없이 쏟아냈다. 어차피 트위터에서는 내가 누구인지 아무도 모르니, 나는 그곳에서 누구든 될 수 있었고 뭐든 말할 수 있었다. 하지만 슈퍼사우루스에서 일하면서 더이상 트위터를 뉴스처럼 보지 않았다. 대신 0명인 내 팔로워에게 심정을 털어놓았다. @cheriecoco라는 이름으로 "죽고 싶다"고 표현해도 아무도 심각하게 받아들이지 않았다. 덕분에 나는 진정한 자유를 알게 되었다.

그러다 점점 팔로워들이 생겼다. 리트윗, 좋아요, 잠금 계정에서 내 게시물을 무단 인용한 사건, 원치도 않는 자기 성기 사진을 카메라 플래시를 켜서 찍어 보낸 놈들, 축구선수나 개구리 페페를 프로필로 단 놈들이 나를 '무어년'이라며 모욕한 사건, 그해에 웃겼던 일화 또는 유로비전 노래경연대회에서 재밌었던 장면에 관해 쓴 280자를 도용해서 기사로 올리는 웹사이트에 나는 질리기 시작했다. 나는 여성도 인터넷에서 아무런 대가를 치르지 않고 재밌는 짓을 할 수 있다고 굳게 믿은 채 태양 가까이에서 날았던 것이다. 결국 나는 햇빛에 산 채로 타버렸고, 계정도 완전히 불태워버렸다.

8

"저에게 이 문제는 21세기의 비극이에요. 이제 젊은이들은 가정을 꾸리는 것을 반대하죠. 우리 세대를 지지하는 사람은 없어요. 젊은 세대는 우리 세대가 희생해서 얻은 가치를 싫어하는 것 같아요."

나는 안경 너머로 오테로를 바라보며 이 대화에서 완전히 단절되겠다는 가장 현명하고 합리적인 결정을 내렸다. 21세기의 진정한 비극은 많은 사람들이 단 10분도 혼자 생각하기 싫어서 언론이 떠드는 곳으로 줄행랑치는 모습을 지켜보는 것이다. 내가 누군가의 머리에 총을 들이밀면서 아이 낳으라고 소리친 적이 있었나? 기억나진 않지만 그런 적은 없을 거다. 30년 상한 담보대출을 받으라고 한 적도, 디젤차를 사라고 한 적도, 아이를 두세 명 낳으라고 윽박지른 적도 없다. 하지만 나는 직장에서 '운이 좋네, 아직 자유잖아! 즐길 수 있을 때 실컷 즐겨. 아이가 생기면 모든 게 힘들어지니까' 하는 소리나 들었다.

여성들은 육아휴직이 끝나면 근무시간이 줄어들지만, 남성들은… 똑같다. 참 이상하다. 회식 때 여성들은 아이들을 재워야 한다는 이유로 일찍 자리를 뜨지만, 남성들은 일어나지 않는다. 한번 생각해볼 만한 문제다. 저녁 7시 반에 어떤 이들은 아이가 있어도 여전히 사무실에 남는다. 그럼 그 아이들은 누가 돌볼까? 지금 나는 그저 어떤 상황을 설명하고 있을 뿐이다. 나로서는 알 도리가 없다.

그럼에도 기성 세대들은 내 미래를 들먹였다. 대안책이 없어 지속 가능하지도 않은 인류의 생존 방식이라도 유지해야겠다는 이유로 말이다. 하지만 이런 상황에 숨 막혀 하는 사람을 현실에서는 못 봤다. 세상이 자신에게 해주는 것도 없으면서 떠맡기는 건 더럽게 많다고 불평하는 사람도 모두 인터넷에만 있었다.

사람들이 남쪽에서 보내는 부활절 주간을 제외하고, 마스

팔로마스의 방갈로는 1년 내내 예약이 꽉 차 있다. 덕분에 그곳에서는 항상 차가 이중주차되어 있거나 보도 한복판에 세워져 있어서 시비 붙은 장면이 펼쳐진다.

"잠깐이면 돼요. 학교에 아이를 데리러 가야 해서요. 지금 차 뺄게요."

"차를 이따위로 세워두지 말라고, 이 멍청아. 애가 학교에서 나오는 데는 1분도 안 걸리잖아."

아이를 위해 세워둔 차 하나 때문에 죽일 듯이 싸우고, 여름휴가 때 일본이나 페루를 잠깐이라도 둘러보겠다고 비행기에 타고, 〈라이온 킹〉이나 〈피의 결혼식〉*을 보겠다고 마드리드에 가느라 주말을 다 써버리는 인생. 숨 돌릴 틈조차 없는 인생. 가끔 시간이 생겨도, 칵테일 다 마시고 남은 체리를 억지로 입에 넣듯 여유를 먹어 치워야 하는 인생. 이런 인생 속에서 나는 어른이 되었다. 이렇게 살기도 퍽퍽한데 왜 내 또래가 아이를 안 가진다는 이유로 잔소리를 들어야 하지? 정말 기가 막히고 코가 막힌다.

나는 이 시답잖은 논쟁을 뒤로한 채 이곳 레스토랑의 메뉴를 연구하느라 여념이 없었다. 마티키가 팀 회식을 준비하라고 하면 나는 최고의 장소를 고르는 데에 발군의 실력을 발휘했다. 케 레체, 델리시오사 마르타, 엘 산토, 세군도

● 스페인의 시인이자 극작가인 페데리코 가르시아 로르카의 희곡 작품.

무에예, 피카로, 베비르 등 구글 지도 평점 4점대 고급 레스토랑은 이미 꿰고 있었다. 회사가 내게서 착취한 잉여가치를 급여로 되찾는 것이 나의 도덕적 의무라고 여겼기에, 몇 시간 동안 맛집을 찾는 데 아무런 양심의 가책을 느끼지 않았다. 마티키의 아메리칸익스프레스 카드를 단말기에 긁을 때마다 지지직 소리가 났다. 회사 방침상 마티키 외의 사람이 그 카드를 소지하는 것은 금지되지만, 사실상 나는 마티키의 그림자일 뿐 그를 위해 일하는 '사람'은 아니라서 괜찮았다.

갑자기 욜란다가 팔꿈치로 나를 툭 건드렸다.

"네?"

"당신 의견은 어떤지 말해봐요." 오테로가 나를 부르며 물었다. "당신은 젊은 여성이까요."

"제 의견이라니… 어떤 의견을 말씀하시는 거죠?"

"젊은이들이 가정을 꾸리는 대신 자전거나 비건 치즈 같은 쓸데없는 일에 너무 집착하는 거 같지 않아요?"

나는 몇 달 만에 처음으로 오테로의 얼굴을 똑바로 쳐다봤다. 그에게 무표정하고 공허한 시선을 보냈다. 오테로 같은 남자들은 자기가 무리에서 살아남은 마지막 늑대라고 믿었다. '남자들'이 문제를 해결하지 않으면 문명은 결국 몰락할 수밖에 없다고 생각하는 것이다. 늑대는 무슨, 텔레비전을 향해 고함치는 반나체들에 불과했지만, 누구도 감히 그들에게 이런 진실을 일러주지 못했다. 그들에게 동조하는 척하는 게 쉬우니까. "당신 말이 맞아요. 당신은 슈퍼맨이고 그리스로마 병사예요. 당신은 칼 하나로 사자도 적군도 무찔렀죠. 그런데 세상이 예전과 많이 달라졌죠? 모든 게 엉망이에요" 하는 반응만 해주면 짜증을 내지도, 끝없는 잔소리를 늘어놓지도 않을 테니까. 하지만 나는 헛소리를 조목조목 따지는 일에 쾌감을 느끼는 사람이다.

"개들이 짖어대는군, 산초. 이건 세상이 변하고 있다는 신호일세. 그만큼 겁에 질려 있다는 거지."

『돈키호테』의 대사를 마음속으로 외치며 반박의 시동을 켰다.

"제 또래들이 자전거를 타느라 아이를 낳지 않는다고요?"

내 말이 재밌는지 오테로가 웃었다. 아무래도 내가 태어났을 때 마녀가 내게 저주를 내린 모양이다. 주변 사람들 대부분이 내가 생각을 진지하게 표현하지 못한다고 믿어서 내 말이 유머처럼 들린다는 저주를.

"그런 뜻이 아니에요. 여러 사회정책을 지원한 결과, 과거에 비해 이공계 분야에 여성들이 많이 진출하게 됐잖아요. 그런 이유로 첫아이를 갖기로 결정하는 연령이 많이 늦어지는 것 같아서요."

웨이터가 주문을 받기 위해 다가왔다.

"그러면 여자들 혼자서 임신 결정을 내린다는 건가요?"

"그럼 당신 의견을 더 말해봐요." 그가 다그쳤다.

"도대체 무슨 의견을 더 말하라는 거죠?"

메뉴를 연구한 끝에 나는 모두를 위해 프티부르주아 와인 세 잔, 레자베이 와인 한 잔, 탄산수 두 병, 생수 두 병, 얼음과 레몬을 많이 넣은 코카콜라 제로 한 잔을 주문했다.

"당신의 생각, 주장, 이 문제에 대한 입장 말이에요."

그가 어깨를 으쓱했다. 눈 여덟 개가 나를 지켜보고 있었다. 나는 거북하고 불편해서 팔을 긁었다.

"더 할 말은 없어요. 저는 그저 여자 혼자서 아이를 갖는 시기를 결정하는 거냐고 물었을 뿐이에요. 제 또래 남자들이 아기를 낳아달라고 애원하는 걸 본 적이 없거든요. 그들도 가정을 꾸리는 데에 관심 없다는 뜻이죠."

예전에 셸리아 비얄로보스•가 텔레비전에서 젊은이들은 지금 당장 노후를 위해 저축해야 한다고 말하는 것을 들었다. 우리 세대가 공적연금을 제대로 받는다는 보장이 없으니, 적어도 한 달에 2유로, 즉 커피 한 잔이나 담배 한 갑 살 돈을 아껴 저축하라는 얘기였다. 그 충고를 듣자마자 그녀에

• 스페인의 보수당인 국민당 출신 정치인으로, 보건부 장관을 역임했다. 캔디크러시 게임의 열렬한 팬으로 알려져 있다.

게 소리치고 싶었다. "진정한 재테크의 천재이자 캔디크러시 게임의 달인이시여, 왜 아무도 그런 생각을 못 했던 걸까요? 제가 지금부터 매달 2유로씩 저축하면, 65세나 68세가 되었을 때 엄청난 갑부가 되어 연금이 아예 필요 없겠죠?"라고. 언제 은퇴할지 누가 알겠는가. 몇 달 후엔 은퇴 연령이 70세로 늘어날 수도 있는데. 어쨌든 은퇴한다고 해도 완전히 일을 그만두지 못하고 슈퍼마켓 계산원이나 주방 보조, 배달 앱 기사 일을 해야 할 것이다. 하지만 셀리아와 함께 토크쇼에 참석한 이들 중 단 한 명도 그녀에게 이의를 제기하지 않았다. 그들이 바로 우리를 못마땅하게 여기며 왜 집을 사고 가정을 이루지 않느냐고 비아냥거리는 꼰대들이다. 베이비붐세대 놈들, 너네랑 사정이 다르다고.

"설령 아이를 낳아달라고 조르는 남자가 있다 쳐도 그 남자는 물론, 아기와 엄마는 어디서 살라는 거죠?"

"마음만 먹으면 충분히 가능하죠. 허리띠를 좀 졸라매고, 저축도 하고… 담보대출을 받으면 돼요. 나는 스물일곱 살때 은행에 가서 집 매매가의 100퍼센트를 대출로 신청했어요. 물론 지금 당신보다 월급이 훨씬 적을 때였죠. 세전 연봉이 2만 7000유로였으니까요. 그래서 부모님이 보증을 서주셨죠. 마침내 15만 유로가 뿅 하고 들어왔어요."

"그럼 타피라지구에 있는 집을 그때 샀어요?"

빅토르가 끼어들었는데, 그가 마치 세차장 안에 있는 것처럼 목소리가 울렸다.

"아뇨. 10년 전에 타피라로 이사갔어요. 그 집에는 돈이 조금 더 들어갔죠."

오테로는 동물처럼 입을 크게 벌리고 하하하 웃었다.

타피라 빌라의 평균가는 30만 유로다.

"결국 저희 세대가 당연히 낳아야 할 아이를 낳지 않는 것이 비극이라는 말씀이시네요. 제가 이런 이유들 때문에 젊은이들의 선택이 지극히 정상적이라고 말씀드리려 했는데, 당신이 담보대출과 부모님 보증을 언급하시니 더는 할말이 없네요. 정말 대단하세요."

나는 불만을 표출했다. 그러자 그가 입을 열었다.

"하지만 당신은 혼자가 아니잖아요. 집은 여자 혼자 구입하는 게 아니에요. 당신도 있고, 당신 남편도 있을 테니 서로 돕는 거죠."

아, 나는 남편이 있구나. 나는 상상 속 남편과 함께 그림 같은 스키장에서 함께 스키를 타보았다. 우리는 아이들과 독일어로 소통할 여자 유학생을 불법으로 고용한다. 매사추세츠에 있는 우리집 마당에서 아이들이 귀여운 리트리버와 뛰어놓고 있다. 시어머니는 항상 지나가는 길이라는 핑계로 우리집에 들르곤 한다. 남편은 의사고, 나는 라리사 베이커라는 필명으로 여성들을 위한 포르노 소설을 쓴다. 내가 그보다 더 많이 벌지만, 그는 괜찮은 척한다… 는 상상을 하던 그때 마티키가 헛기침을 했다.

"오테로는 메리엠에게 의견을 물었고, 그녀는 당신에게 답을 했어요. 자, 이제 화제를 바꾸도록 하죠."

"메리, 이분은 성질 건드리는 데 선수예요. 그러니 너무 신경쓰지 말아요." 빅토르가 말했다.

여기서 입도 뻥긋하지 않는 사람은 욜란다밖에 없었다. 그저 우리를 유심히 지켜보기만 할 뿐이었다. 나는 손가락으로 조심스럽게 테이블 가장자리를 더듬었다.

"죄송하지만, 젊은 세대에 대한 오테로씨의 생각은 비현실적이고 심지어 터무니없기까지 해요."

"터무니없다고요?"

"네. 모두가 당신이 원하는 것을 추구하고 바라는 건 아니에요. 마지막으로 아파트를 빌리신 게 언제죠? 허리띠를 좀 조이고 남자친구를 사귀면 타피라 알타에서 듀플렉스* 정도는 살 수 있다고 믿는 게 너무 비현실적으로 느껴지네요."

"우린 모두 듀플렉스에 살아요."

● 아래층에 거실이 있고 위층에 침실이 있는 2층 구조의 단독 빌라.

욜란다는 이제 아예 팔짱을 끼고 테이블에 기댔다.

"당신도 나이가 들면 그런 집을 갖게 될 거예요."

"그런데 제가 왜 여러분처럼 저기 산동네의 듀플렉스에서 살고 싶어할 거라 생각하시죠?" 나는 웃으며 말했다. "사는 방식이 한 가지밖에 없나요? 게다가 이 테이블에 자녀가 없는 사람이 셋이나 있는데, 왜 저한테만 이야기하세요? 빅토르씨는 당신 또래인데다 자녀도 없으시잖아요. 욜란다씨도 마찬가지고요."

"기분 나쁘게 받아들이지 말아요. 우리는 지금 이야기를 나누고 있으니까요."

"나는 내가 얼마나 멋진 남자인지 아무 여자에게도 납득시키지 못해서 혼자인 거예요." 빅토르가 내게 대꾸했다.

누군가 얼음과 레몬이 듬뿍 담긴 콜라를 내 앞에 놓았다. 나는 침을 삼켰다. 부디 내 목소리가 떨리지 않기를.

"제가 당신과 생각이 다르거나 당신 의견에 동의하지 않으면, 항상 '기분 나쁘게 받아들이지 말아요. 우리는 지금 이야기를 나누고 있으니까요…'라고 얼버무리시잖아요. 저는 화를 낸 게 아니라 당신이 물어본 말에 대답했을 뿐이에요."

몇 시간 후, 회사에서 재회한 마티키가 내 책상으로 다가

왔다. 오늘은 수요일이었다. 보모가 페루에 가족을 만나러 가서, 그는 오늘 4시 반에 퇴근해 수영 교실에 간 딸을 데리러 가야 했다. 그는 나를 오랫동안 응시했다. 나는 절대로 사과하지 않겠다 마음먹었다.

"오테로는 상대방을 짜증나게 하는 걸 즐기는 사람이니 마음에 담아두지 말아요. 나쁜 사람은 아니에요."

미래의 메리엠은 지금 내가 한 말을 되새길 때마다 자기 머리를 220도로 예열한 오븐에 집어넣고 싶을 것이다. 하지만 참을 수 없다.

"나쁜 사람이 아니라는 건 장점이 아니라 인간이기 위한 최소한의 조건이죠." 내가 반박했다.

"그분은 상대방을 건드리지 않는 척 실실 웃으며 아주 기본적이고 분명한 문제에 대해 질문을 던진다고요. 그러고는 '우리는 지금 이야기를 나누고 있을 뿐이에요' 혹은 '지금 사회문제를 논의하고 있을 뿐이에요'라며 빠져나가죠. 제가 불평하고 그의 행동을 지적하면, 결국 저만 기분 나쁘게 받아들인 사람이 되고 말아요…."

그가 나를 보고 미소를 지었다.

"제가 주제넘은 소리를 한 것 같네요"

"아니에요. 당신 말이 맞아요."

그는 어깨를 으쓱하며 말했다.

"어떻게 말하면 좋을까요? 가끔 우리는 우리와 다른 사람들과 일하게 되죠. 뭔가 방법을 찾아야 하는데…."

그는 덧붙일 말이 떠올랐다는 듯 손짓을 했다.

"그래도 한번 견뎌봐요."

"네."

"하지만 당신이 의견을 밝힌 것에 대해 사과하지 않아도 돼요, 메리엠."

페란 마티키. 48세, 게이, 컴퓨터과학자와 결혼, 8년 전에 입양한 아시아계 여자아이의 아버지, 슈퍼사우루스 유한회사 준법감시팀 팀장이자 나의 상사. 그가 그 자리에 가기까지 얼마나 많이 할말을 삼키고 못 들은 척했을지 궁금했다.

"알겠습니다."

"좋아요."

그는 손가락으로 내 책상을 가볍게 두 번 두드렸다. 그 제스처에 갑자기 케빈 스페이시●가 떠올랐다.

"그럼 내일 봅시다."

"내일 뵙겠습니다."

어쩌면 돌처럼 무감각해지다 끝내 인간이기를 포기하는 게 높은 자리까지 올라가는 비결일 수도 있겠다. 지금 내가

● 미국의 배우이자 영화감독, 영화제작자, 각본가로, 넷플릭스 드라마 〈하우스 오브 카드〉에서 주인공 프랭크 언더우드를 맡았다. 영화에서 프랭크는 대화를 마치기 전에 책상을 두 번 두드리는 습관이 있다.

다른 사람들은 불도저처럼 우리를 깔아뭉개버리는데, 우리
는 무조건 참고 버텨야 한다는 사실에 진절머리난 건 아니
다. 정말로, 아니다.

나는 남자들에 관한 이론 하나를 세워두었다. 남자들은 여자를 한시도 내버려두지 않는 충치 같은 존재라는 것이다. 반면 여자들은 속에서 썩어 들어가다 결국 뽑아내야 할 때까지 충치를 대수롭지 않게 여긴다. 내가 남자를 일반화했다면 유감이다. 내 친구들 중에 남자도 있기에 내가 무슨 말을 하는지 잘 알고 있다. 나는 남성 혐오자는 아니다. 하지만 서로 알고 지낸 지 오래됐든 아니든, 대부분의 남자는 어느 순간 당신을 다음 두 가지 범주 중 하나로 분류할 것이다. '나랑 잔 여자'와 '나랑 안 잔 여자'로. 남자들은 어떻게든 여자를 건드리려 하는 존재니, 여자와 자고 싶어할 것이다. 정말 대단들하다.

몇 년 전부터 내 또래 남자들은 자기 존재에 대해 오랫동 안 고민하고 또 고민했다. 하지만 그들은 결코 자책하거나 여자들을 괴롭히지 않아야겠다는 결론에 도달하지 못했다. 어차피 여자들에게는 남자들이 세 부류로 나뉠 뿐인데, 왜 그리 오랫동안 자신의 존재를 고민했나 싶다. 새로운 남자, 알고 지낸 지 오래된 남자, 별 영양가도 없으면서 달걀이나 견과류처럼 알레르기 반응을 일으키는 남자.

핑크 셔츠를 입고, 축구경기를 보지 않는 남자가 게이인 지 아닌지에 대해 한참 논의하는 남자들을 어렵지 않게 상상 할 수 있다. 내가 남자들을 이해하지 못해서 색안경을 끼고 그들을 보는 걸 수도 있다. 그들도 어쩔 수 없이 그렇게 행 동하는 걸 수도 있고. 하지만 남자들은 자신이 주인공이 아 니면 죽는 줄 안다. 이게 명백한 사실이라는 데 내 손모가지 를 걸겠다. 여성의 날에는 남성의 날이 언제냐고 묻는 놈들 의 태반이 남자니까. 그러면서 여자들은 너무 히스테릭하다 고 불평한다. 물론 여자들이 히스테릭할 수도 있다. 하지만 거리에서 당신한테 휘파람을 부는 사람, 아니면 당신이 밤에 혼자 걸어가는데 차 한 대가 천천히 오다가 옆에 멈추더니

겁먹은 당신에게 "친구들은 다 어디 갔어? 차에 탈래?"라고
조롱하는 사람과 매일매일 싸워야 한다면? 설령 그 사람이
버스, 엘리베이터, 슈퍼마켓 계산대 줄에서 일부러 당신에게
몸을 부딪히진 않지만, 은근히 눈으로 위아래를 훑는다면?
그런 짓거리를 하는 이유가 그냥 지루해서, 혼자 있기 싫어
서, 때마침 당신은 여자고 자기는 남자여서라고 생각해서라
면? 그날 밤, 그 남자의 차가 거리에 나타나 똑같은 상황이
다시 시작된다면? 아무리 제정신이더라도 과연 이런 현실
속에서 히스테리를 부리지 않을 사람이 있을까 싶다.

남자들에게 여자들의 현실을 있는 그대로 이야기하면, 너
무 심각해지지 말고 좀 웃어보라고 할 것이다. 남자에게 예
민하게 굴지 말고 진정하라고 하면 어떻게 되는지 아는가?
더 흥분하고 미쳐 날뛴다. '모든 남자들'이 그런 건 아니라
고 반박할 것이다. 우리 할아버지, 아빠, 남동생 같은 남자들
도 두세 명 있긴 하겠지. 하지만 나는 내 가족이 아니고서야,
'모든 남자들'이 그렇게 반응하지 않는다는 것을 증명하기
위해 내 손을 불구덩이에 넣을 생각은 눈곱만큼도 없다.

단골 바에 갔다가 술 취한 놈이 내 앞을 가로막고 있을 때
화장실에서 나가고 싶으니 비켜달라고 말하지 못했을 뿐인
데, 그런 일 때문에 그 가게에 다시는 가지 않겠다고 다짐했

을 뿐인데, 왜 내가 "여자들은 꼭 단체로 화장실에 가더라" 하는 같잖은 농담을 들어야 할까? 누군가가 나를 붙잡아 자기 욕망을 채우고는 나를 우물이나 도랑 혹은 그가 나를 발견했던 곳에 버릴까봐 불안해하지 않고, 이른아침에 음악을 들으며 조깅할 권리는 나한테 없는 걸까? "엄마, 걱정 마. 지금 집이야" 하며 엄마를 안심시키지 않아도 되는 날이 올까?

나는 어릴 때부터 남자들이 여자를 얼마나 좋아하는지에 대해 귀에 딱지가 앉을 정도로 들었다. "너도 알 수도 있지만, 이미 누군가가 너에게 얘기해줬을 수도 있지만 남자들은 여자를 사랑하고, 여자라면 사족을 못 쓰지" 같은 말들을. 하지만 그들에게도 확고한 취향이 있다. 화장은 하되 너무 티나지 않고 자연스러워 보일 것, 외출 준비에 애썼다는 사실을 알아채지 못하게 할 것, 아이라인이 완벽하게 그려져 있고 긴 속눈썹이 붙어 있는 채로 침대에서 일어날 것. 섹시하지만 남자가 원치 않을 정도로는 자극하지 않을 것, 자신이 섹시하다는 건 모를 것, 개방적이지만 수줍음이 많을 것, 개성은 있지만 그걸 표출하지 않을 것, 곡선미가 있지만 날씬할 것, 엉덩이와 가슴은 풍만하지만 허리는 잘록할 것, 자신이 예쁘다는 것을 의식하지 않을 것, 항상 겸손할 것. 그들은 "당신이 자만하는 여자면 예쁘기는커녕 못생겨 보인다고!

그러니까 당신 때문에 헤어진 거야!"라고 할 게 분명하다. 내가 아는 남자들은 자기들 취향을 적어보라고 하면 종이 한 장은 거뜬히 넘기면서, 틴더 프로필에 180센티미터가 넘는 남자에게만 관심이 있다고 적은 여자들에게 몸서리를 쳤다.

저번에는 구내식당에서 줄을 서서 기다리다가 에스테반이 날씬하되 삐쩍 마르지 않고 아담한 여자를 좋아한다는 말을 듣고 우스워 죽는 줄 알았다.

"그러니까 뚱뚱하지 않으면서 섹시한 여자가 좋아요. 뼈만 남은 여자는 싫거든요." 그가 마르시알에게 말했다.

아내와 두 자녀를 둔 마흔다섯 살 대머리가 거울 앞에서 자기 얼굴은 대강 훑어보면서, 이상형 조건은 이렇게나 까다롭다는 게 어이없어서 나도 모르게 코웃음을 쳤다.

여자가 자기보다 크다는 상상만 해도 에스테반은 자존심에 스크래치를 입어서, 그는 작고 아담한 여자를 선호하는 게 아닐까? 이게 그에게는 남자다움의 문제인 거지.

"남자다움이 뭐라고 생각하세요?" 나는 검은 눈동자로 그를 빤히 쳐다보며 물었다.

'아예 눈동자 색깔도 정해놓지 그래, 이 한심한 인간아'라고 마음속으로 속삭였다. 나는 그를 바보라고 부르지는 않았지만 그를 멍청하다고 생각했다.

"에스테반씨에게 남자다움은 무엇이냐고요." 나는 그에게 되물었다.

그러자 그도 내 눈동자를 바라보며 입을 열었다 도로 다물었다. 그는 아무것도 몰랐다. 나는 그에게 당신은 짐승이나 다름없다고 퍼부어대고 싶었지만 끝내 그 말을 내뱉지 않았다. 난 그저 여자일 뿐이니까. 에스테반과 마르시알은 겁쟁이들처럼 속닥거리며 도망갔고, 나는 그런 모습을 지켜보며 팔짱을 꼈다.

마티키는 내게 여성의 날 기념 사내행사를 준비해줄 수
있냐고 물었다. 그 말을 듣자 당사자의 의견 따윈 상관없다
는 듯 여기저기로 넘겨지는 노예가 된 기분이었다. 마치 "오
늘 할일이 산더미처럼 쌓여 있었나요? 어쩔 수 없어요. 내가
당신한테 새로운 일을 주기로 이미 마음먹었거든요"라는 말
을 들은 기분.

"걱정하지 말아요. 혼자 하지 않아도 돼요." 마티키가 덧붙
였다.

그렇게 나는 사내행사 준비위원회의 일원이 됐다. 중년

여성들로 구성된 그 집단은 회사에서 시칠리아 마피아처럼 행동했다. 나는 전쟁포로가 된 것 같았지만 불평하지 않았다. 행사 회의에서 욜란다와 다른 여직원이 벌써 20분째 말다툼을 벌이고 있었다. 나머지 직원들은 조용히 그 둘을 지켜봤다.

오늘의 룩: 커프스단추로 마감한 소매와 라펠 칼라, 세상 사람들에게 자랑하고픈 재봉선 없는 주머니와 세일 때 득템한 단추가 포인트인 짧은 점프슈트, 지저분한 걸 감추려고 포니테일로 질끈 묶은 머리, 결국 변기 속으로 빨려 들어갈 또다른 난자가 이번 달에도 도착했음을 알리는 턱에 난 여드름 세 개.

장소: 회의실.

"책상용 화초처럼 심플한 선물을 나눠주면 어떨까요?"

루시아 1이 말했다. 3월 8일까지 이틀 남았고, 전 직원의 76퍼센트가 여성이었다. 몇몇 참석자들은 고개를 끄덕였다.

"괜찮네요. 다육식물이나 다른 간단한 걸로요. 요즘 일에 치여 사느라 더 머리 굴리고 싶지 않아요."

한 직원이 맞장구쳤다. 욜란다가 헛기침하더니 이내 입을 열었다.

"올해는 선물을 직접 나눠주진 않을 거예요. 시간도 많이 들고, 우리가 돌아다니면 직원들을 방해할 수 있으니까요."

그녀는 테이블 위에 두 손을 올려놓았다.

"대신 사람들이 이 회의실로 와서 선물을 하나씩 받아가도록 하는 게 어떨까요?"

"좋습니다."

"그러면 남직원과 여직원을 따로 불러서 한 시간 동안 선물을 나눠줘야겠네요. 한꺼번에 몰리면 정신없을 테니까요."

잠시 침묵이 흘렀다.

"그런데요, 여성의 날 행사를 왜 준비부터 실행까지 모두 여자들이 처리하는 거죠?" 마침내 내가 정적을 깼다.

"그거야 우리가 행사 위원회잖아요."

나는 지금 예능 프로그램 카메라가 어딘가에서 우리를 몰래 찍고 있는 게 아닐까 궁금했다. 진짜 카메라가 이 장면을 녹화했으면 좋겠다고, 오늘 오후에 트위터 광고 영상에서 나를 발견하면 좋겠다고 중얼거렸다.

"행사를 개최하는 게 위원회 업무인걸요." 루시아 1이 말했다.

"내 마음이 편치 않을 것 같네요. 당신이…" 욜란다가 무슨 말을 하려고 했다.

"그럼 아버지의 날은 남직원들이 준비하나요?"

"위원회에 남자는 없잖아요."

"그러니까, 왜 애초에 위원회에 남직원들은 차출이 안 된 거냐는 말이에요."

"미리암…."

나는 눈을 지그시 감았다. 욜란다는 나를 부르고 있었다.

"저분 성함은 메리엠이에요."

다른 사람들이 우리를 보고 있다는 사실을 까맣게 잊고 있었다. 아빠는 입버릇처럼 말했다. 상냥하게 대하라고. 때로는 하고 싶은 말도 삼켜야 한다고,

"메리엠."

그녀는 나를 뚫어져라 쳐다봤다. 지금만큼 그녀가 싫었던 적은 없었다.

"이게 무슨 태도죠? 우리를 도와주겠다고 했잖아요?"

"회사는 양성평등을 지지한다면서 잡무는 다 여자들한테 맡기네요. 아무래도 저는 3월 8일 당일에 연차를 써야겠어요." 나는 선언했다. "선물 대신 그 돈을 학대피해여성을 지원하는 단체에 기부하는 방안을 제안드립니다. 방금 생각난 아이디어지만, 더 자세히 알아보고 다음 회의 때 말씀드릴 수 있어요. 물론 원하신다면요."

내가 할 수 있는 건 이기는 것뿐이다. 지금 내 몸은 테이블 위에 한 손을 올려둔 채로 의자에 앉아 있지만, 내 영혼

과 정신은 아주 높이 올라가 있다. 다시는 이곳으로 못 내려올 수도 있다. 아니 어쩌면 여기저기 돈이나 뿌려대는 DJ 칼리드와 함께, 욜란다의 굳어버린 입술과 일그러진 표정과 함께, 여기 남을 수도 있고.

어느 누가 내 제안에 안 된다고 대답할까? "안 돼요. 학대피해여성지원 단체에 100유로를 기부하고 싶지 않아요. 여성의 날을 맞아 회사의 모든 남자들과 여자들에게 다육식물을 선물하는 편이 나아요"라고 거절하면서 말이다. 나는 과연 그녀들이 바로 회사의 모든 파티, 행사, 이벤트를 주최하는 협의회라는 사실을 인지하고 있을지 궁금했다. 욜란다가 나를 조용히 바라봤다. 방금 내가 한 말을 곱씹는 게 분명했다. 그녀가 옅은 미소를 짓길래, 나도 화답한다는 뜻으로 입꼬리를 살짝 올렸다. 입술 사이로 치아가 드러날 듯 말 듯했다. 어쨌거나 나중에 행사 뒤처리를 하고, 모든 과정이 완벽하게 진행되었는지 확인하고, 집으로 어떻게 돌아갈지 걱정하는 것도 바로 그녀들이었다. 선뜻 직무 외 업무에 참여하겠다고 나서는 남자들은 한 명도 없었다. 저 여자들은 화도안 날까? 왜 그런지 의문도 안 들까?

11 2018년 3월

"욜란다가 당신이 이번주 목요일에 출근을 안 한다고 하던대요?"

오전 8시 35분. 마티키는 내 책상 앞을 지나가다가 내게 그걸 물어봐야 한다는 게 기억났는지 돌아섰다. 나는 '저런 간사한 여자가 다 있나' 하며 그 여자의 머리채를 잡고 복도에 질질 끌고 가는 장면을 상상했다.

"제가 왜 안 나올 거라고 하시던가요?"

"그 이유는 모른다고 하더군요. 그런데 목요일에는 꼭 나와야 해요. 프리즈마* 회의가 있거든요."

● 객체와 데이터베이스를 연결시켜주는 개발 프로그램으로, 데이터베이스 작업을 쉽고 효율적으로 만들어준다. 여기서 객체는 속성과 기능을 가지는 프로그램 단위를 뜻한다.

그는 서 있고, 나는 자리에 앉은 채, 서로의 눈을 바라봤다. 저 안쓰러운 남자는 아이폰 최신 모델에 서류가방, 정장, 328유로짜리 구두로 한껏 치장했고, 휴대폰에서 눈을 떼지 않았다. 이 대화는 형식적인 절차에 불과했다.

"음, 3월 8일 여성의 날 기념 시위에 참여하려고 연차를 쓸 생각이었어요. 그럼 그날에는 회의를 마치고 11시 30분에 퇴근하겠습니다…."

"혹시 당신은 여성이라는 이유로 회사에서 차별받고 있다고 느끼나요?"

그는 휴대폰을 내려놓고 나를 봤다. 그의 목소리에는 분노가 아니라 놀라움만이 묻어났다. 마치 오랜만에 본 자기 얼굴에 놀란 것처럼.

"내게 미리 귀띔이라도 해줬으면 좋았을 텐데 아쉽네요."

좋은 남자들은 여자 말에 토를 달거나 여자를 귀찮게 하지 않는다. 그들은 여자가 거실의 소파와 테이블 사이를 빗자루로 쓸 때 발을 들어준다. 식기세척기 안에 있는 접시를 정리하기도 한다. 가끔 저녁식사를 준비할 때도 있다. 그들은 여자를 자기들 밑에 있는 존재로 여기지 않는다. 결코 여자를 해치지 않을 좋은 사람들이다. 하지만 회사 임원 열 명

중 아홉 명이 남자인 이유를 숙고하진 않는다. 그들은 인생에서 얻은 모든 기회가 자기가 필사적으로 일한 결과고, 여자가 그들과 어깨를 나란히 하지 못한 건 그만큼 노력하지 않았기 때문이라고 굳게 믿는다. 나는 그들을 싫어하진 않는다. 그냥 그런 남자들을 보면 지긋지긋하다. 선의가 반드시 미덕과 장점이 되지는 않으니까.

"행사가 어떻게 논의됐는지에 대해 당신과 먼저 이야기해보려 했는데, 욜란다가 자신에게 중요한 문제라면서 내게 다 털어놓더군요."

그뒤로 그는 그 문제를 입 밖에 내지 않았다.

어느 금요일, 집에 가려는데 오마르가 스카이프 채팅으로 내게 이번 주말에 계획이 있냐고 물었다. 나는 푸에르토리코에 내려갈 거라고 답장했고, 그는 "그렇겠죠"라고 반응했다. 그후로 그는 쓰고 지우기를 반복하다가(스카이프는 상대방이 메시지를 입력 중인지 아닌지를 표시해준다) 마침내 본론에 들어갔다.

"오늘밤에 할일 없으면 저녁 먹으러 갈래요? 집까지 데려다줄게요."

하도 그의 메시지를 계속 읽었더니 "너무 갑작스럽나요?

답장 안 해도 돼요. 가볍게 제안한 거예요" 하는 그의 목소리가 자동 재생됐다. 나는 오늘밤에 친구들과 저녁을 먹고 영화도 보기로 했다고 새침하게 대답하려 했다. 그러다 그가 일요일에 휴가를 가서 돌아올 때까지 못 만날 거라고 덧붙이자마자, 나는 오늘밤에 만나자는 답장을 보냈다. 그렇게 페미니즘과 여성 동지들 간의 연대를 저버리고, 절친 두 명까지 배신하며, 나도 평범하고 단순하고 심지어는 가벼운 사람이 될 수 있다는 사실을 알게 되었다.

욕실 거울에 최대한 가까이 다가가 내 얼굴을 찬찬히 뜯어봤다. 너무 큰 코, 조금 삐뚤어져 튀어나온 앞니, 피곤하거나 안경을 안 쓸 때는 약간 사시가 되는 오른쪽 눈, 이상하게 생긴 턱, 칙칙하고 누런 피부까지 하나하나 살폈다. 머리는 묶었다가 다시 풀었다. 예쁜 여자들이 머리를 땋거나 묶어서 스타일링하는 것처럼, 나도 나한테 가장 잘 어울리는 스타일로 머리를 손질할 줄 알면 좋을 텐데. 앞태, 배가 불룩하게 나온 옆태 등 모든 각도에서 몸을 돌아본 후 옷매무새를 가다듬었다.

나는 강하고, 똑똑하고, 독립적이고, 안정적인 직장을 다니며 월세와 각종 공과금도 내 힘으로 내는 21세기 여성이다. 다른 건 다 필요 없다. 아무도 나를 좋아하지 않아도 된다. 그가 나를 좋아하지 않아도 괜찮다. 나는 남자 없이도 잘 사니까, 하며 스스로에게 주문을 걸었다. 그러다 거울 속 나와 눈이 마주쳤다. 조금만 더 크고, 몸무게도 10킬로그램만 덜 나가고, 얼굴도 더 갸름하고, 치아도 더 하얗고, 다리도 더 길고, 허리도 더 날씬하고, 머리도 더 윤기나고, 숱도 더 풍성하고, 애니메이션의 꼬마 캐릭터 같은 목소리가 아니라 부드러운 여자 목소리면 좋을 텐데, 하며 스스로 외모를 지적했다. '조금 더 예뻐질 수 있다면 조금 멍청해져도 괜찮을 것 같은데' 하는 생각에까지 다다르자 화들짝 놀랐다. 급히 핸드백에서 휴대폰을 꺼내 카르멘에게 메시지를 보냈다.

"지금보다 15퍼센트 더 멍청해지는 대신 두 배 더 예뻐질 수 있다면 너는 그 제안을 받아들일 거야?"

그사이 테레사에게서 여러 통의 메시지가 와 있었다. 자기들을 배신해놓고 즐거운 시간을 보내고 있는지, 핑계를 대고 일찍 자리를 뜰 생각이라면 자기가 전화해줄 필요가 있는지 물었다. 마지막 메시지에는 가지와 복숭아 이모지가 잔뜩 있었다. 누가 봐도 성적인 의도를 담은 이모지들 때문에 얼굴이 화끈거렸다. 나는 "아직 집이야"라고 보내놓고, 바로 "스스로가 무서워"라고 덧붙였다. 그녀는 내 답장을 기다리고 있었는지 1초 만에 '입력 중…' 표시가 뜨더니 "왜?"라는 메시지가 도착했다. 그 이유를 털어놓으면 나더러 미쳤다고 할까봐 "그 남자랑 얘기하면 뇌가 멈춰버리거든" 하고 얼버무렸다.

나는 손, 얼굴, 목을 깨끗이 씻고 거울에 비친 모습을 천천히 살펴봤다. 이 원피스를 입지 말걸 그랬나 후회하다가, 원피스를 조금 올리고 다시 거울을 보니 웬 허리케인이 휩쓸고 지나간 몰골을 한 여자가 서 있었다. 눈은 미친 사람처럼 시뻘겋다. 차라리 얼굴도 몸뚱어리도 없어져서, 시리나 빅스비처럼 목소리로만 소통할 수 있다면 얼마나 좋을까.

우리는 페레스갈도스 극장 계단에서 만나기로 했다. 거기서 책을 읽으며 기다리려고 10분 일찍 도착했는데, 계단에 앉아 있는 그가 보였다. 나는 그가 있는 자리에서 100미터 정도 떨어진 곳에 멈춰 섰다. 지금이라도 너무 아파서 못 갈 것 같다고, 미안하다고 메시지를 보낼까 고민했다. 하지만 끝내 그가 있는 쪽으로 발걸음을 옮겼다. 지난번에 나는 누군가를 기다리는 걸 좋아하지 않는다고, 기다리다보면 왠지 내 시간이 다른 사람들의 시간만큼 중요하지 않다는 생각이 든다고, 그에게 슬며시 말했던 장면이 떠올랐기 때문이다.

"저기요, 지금 몇 시죠?"

그가 돌아서서 나를 보는 순간, 그의 미소에 나도 살포시 입꼬리를 올렸다. 누가 먼저 다가갔는지는 모르지만, 어느새 우리는 눈을 맞춘 채 이야기를 나누며 나란히 걸었다. 문득 우리가 처음 만났을 때 세상이 멈추지 않았다는 것을 깨달았다. 사랑이라는 감정은 영화나 텔레비전 드라마처럼 나를 휩쓸고 지나가지 않았다. 스스로가 아무것도 아닌 존재같이 느껴지지도 않았다. 온 세상이 알록달록한 빛으로 물들지도, 내 목소리가 사라지지도 않았다. 사랑에 빠져도 평소와 다름없는 일상이 지속됐다. 다만 지금 목에서는 약간 열기가 느껴지고, 뇌가 로그아웃된 듯 몸은 제멋대로 움직였다. 그가 먼저 내 고장을 알아차릴 것 같았다. 나는 몇 달 동안 이 장면을 곱씹고 곱씹다가 결국 소화시키고는 바보 같은 모습을 받아들일 게 뻔했다. 랍스터처럼 온몸이 완전히 빨개지고 나서야 내 상황을 깨닫는 꼴이었다.

말다툼은 보통 매우 사소한 이유로 시작되기에 몇 시간 후면 아무리 애써도 새까맣게 잊어버린다.

집에 들어가자마자 문을 쾅 닫고 문에 기댄 채, "남자 때문에 울지 않을 거야"라고 중얼거렸다. 핸드백, 스카프, 재킷을 바닥에 내던지고 발길질을 해서 다 헝클어뜨렸다. "오케이 구글, 스포티파이 플레이리스트에서 J 발빈의 〈레게톤이 필요하면 해줄게〉 틀어줘!" 하고 소리지르자, 오케이 구글이 "네, 스포티파이 플레이리스트에서 J 발빈의 〈레게톤이 필요하면 해줄게〉를 재생할게요"라고 대답했다. 그러고는 욕실에 들어갔다. 어떤 이유에서인지 깨끗이 씻어야만 오늘 있었던 일을 차분하게 되짚어볼 수 있을 것 같았기 때문이다. 하지만 샤워를 마쳐도 기분이 상쾌해지지 않았다. 그와 이야기해야겠다는 생각에 채팅방을 열었더니, 그가 이미 메시지를 보내고 있어서 나는 기다렸다. '입력 중…' 표시가 잠시 멈추더니 이내 다시 뜨기 시작했다. 그에게 전화할까 싶어 휴대폰을 들었다가 다시 내려놓았다. 그런 고민을 하는 나 자신이 초라하게 느껴졌기 때문이다. 마치 열네 살 때 같은 반 친구이자 오타쿠였던 라울이 집으로 돌아가는 버스에서 내 옆에 앉지 않아 울적해졌을 때처럼. "에라 모르겠다" 하며 소파에 앉아 텔레비전을 켰다. 5분 정도 가만히 있다가 결국 텔레비전을 끄고, 휴대폰과 열쇠를 챙긴 뒤 운동화를 신고 그의 집으로 갔다. 라스칸테라스 해안도로에 있는 그의 건물 앞에 도착했지만, 도저히 초인종을 누를 용기가 나지 않았다. 내가 여기 있는 걸 알면 내가 얼마나 한심해 보일까 싶어 집에 돌아가기로 했다. 고개를 빳빳이 들고 발걸음을 돌린 지 1초도 안 돼서 후드티 주머니에서 휴대폰을 꺼냈다. 그에게서 전화가 왔기 때문이다.

"여보세요?"

"여보세요?"

"지금 어디예요?"

나는 하늘을 쳐다보며 신을 생각했다. 어쩌다 내가 이렇게 되었냐고, 나를 왜 이렇게 만들었냐고 신께 묻고 싶었다.

"차 소리가 들리는 걸 보니 밖에 있는 모양이네요."

나는 발을 물끄러미 내려다봤다.

"밖을 내다보세요." 나는 마침내 입을 열었다.

과연 신께서 나를 흐뭇해하실까?

"뜬금없이 그게 무슨 소리죠?"

"발코니로 나와서 밖을 보라고요."

슬리퍼 끄는 소리가 들렸다. 나는 그가 밖으로 고개를 내밀면 무엇을 보게 될지 잘 알았다. 운동복을 입고 후드를 뒤집어써서 얼굴을 가린 약간 정신 나간 사람, 한마디로 광대를 발견하겠지.

"올라와요."

"아뇨. 괜찮아요."

"왜요? 지금 밖이 얼마나 추운데요."

"싫어요. 올라가면 이야기할 텐데. 당신과 말하고 싶지 않다고요."

그는 터져나오는 웃음을 억지로 참고 있었다.

"당신이 올라오지 않으면 내가 내려가야 하잖아요. 내 나이가…"

그가 문을 열어줄 때도, 내가 그의 소파에 앉을 때도, 그가 내 옆에 앉을 때도 나는 계속 후드를 쓰고 있었다. 그는 요리 채널을 틀어놓고 있었다. 그게 너무나 그다워서… 이 몰골만 아니었으면 피식 웃었을 거다. 나는 후드티에 달린 끈 두 개를 최대한 당겨서 얼굴을 아예 안 보이게 했다. 그 바람에 안경이 눌려서 조금 불편했지만, 보호받는 기분이 들어 마음은 편했다.

"운동복 멋진데요."

"고마워요."

"중학교 1학년 체육 시간에 입던 거예요?"

"내가 중학교 1학년일 때, 당신은 몇 살이었죠? 스물네 살이었으려나?"

그는 내가 꽂은 비수에 괴로워하는 척했다.

"학교 다닐 때 남자친구 있었어요?"

"당연히 없었죠. 남자애들은 멍청하고 못생기고 이상한 냄새까지 났으니까요."

내 말이 그렇게 웃겼는지 그가 배를 잡고 뒹굴었다.

중요한 문제를 말할 때조차 핵심을 짚지 못하고 빙빙 돌리다 마는 내 자신이 가끔 답답했다. 가슴속 응어리도 표현해야 눈에 보이고, 성가신 건 성가시다고 분명히 말해야 하는데. 그 말을 꺼내지 못하면, 분노를 또다시 삭여야 하는데. 하지만 나는 변화를 달가워하지도, 쉽게 변하지도 않는 사람이었다. 매번 후회만 할 뿐 바뀌지 않았다.

"당신을 처음 봤을 때, 당신은 코끼리가 그려진 검은색 셔츠를 입고 있었어요." 잠시 후 그가 말했다. "구내식당에서 팔미에의 영양성분을 읽고 있었죠…. 아주 집중해서요."

"좀 맛이 간 여자라고 생각했죠?"

"아뇨, 무슨 소리예요. 엄청 예쁘다고 생각했어요."

나는 못 들은 척했다.

"종종 페스츄리에 동물성 젤라틴이 들어가서요." 내가 설명했다. "그런데 그게 어떤 동물인지 모르니까요…."

"이제 알아요. 나는 소수자의 친구이자 보호자거든요. 아무튼 중요한 건 당신이 돌아서서… 나를 봤다는 거예요."

그가 계속 말했다. 하지만 나는 그가 지금 말하는 장면을 전혀 기억하지 못했다.

"그래서요?"

"안경을 올리면서 팔미에를 제자리에 놓고 가더군요."

"정말 괜찮은 여자네요."

"나도 그렇게 생각해요."

그는 손으로 턱을 문질렀다.

"당신은 정말 매력적이거든요. 그런데 누군가 당신을 칭찬하거나 당신에 관해 좋은 말을 할 때마다, 당신은 자꾸 그들의 생각을 바꾸려고 애쓰는 것 같아요. 왜 자꾸 내 말을 못 알아듣는 척하는 거예요. 난 당신을 좋아해요. 당신과 같은 회사에서 일하는 게 행복했었죠. 혹시 내가 당신을 좋아하지 않는 것 같아요?" 그는 말하다 말고 갑자기 입을 다물었다.

내 몸이 소파에 달라붙어서, 1밀리미터라도 움직이면 땅속으로 꺼질 것 같았다. 차라리 그렇게 되기를, 갑자기 소파에 구멍이 생기고 거기서 진이 튀어나와 나를 지구의 가장 깊은 곳으로, 용암 속으로 끌고 가서 나를 완전히 산산조각 내버리기를 바랐다.

"여하튼 그날 당신은 나를 쳐다보다가 돌아서서 가버리더군요. 잠깐이라도 당신과 이야기하고 싶었는데. 난 한동안 그 자리에 멍하니 서 있었어요."

"난 내향적이라서 먼저 다가가는 게 어려워요…."

나는 내 심정을 설명하려 손을 흔들어봤지만, 결국 실패하고 말았다.

"내 성격에 얽힌 사연은 나 혼자 조용히 간직할게요. 어쨌든… 당신 때문에 그 자리를 떠난 게 아니에요. 그냥 내가 문제죠. 나는 그런 일이 닥치면 고장나고 말아요. 처음 만나는 사람들에게 나를 소개하거나 친근하게 다가가는 일 말이에요. 항상 내가 봐도 재미없는 말을 하거나 말실수를 하거든요…. 정말 창피해 죽겠어요."

"그후로 욜란다가 당신을 소개해줄 줄 알았어요." 그가 계속 말했다. "그런데 아무 소식도 없더라고요. 그 이유를 모르겠어요."

"욜란다가 나를 아주 싫어하니까요. 난 그럴 줄 알았어요."

"우리가 처음 대화를 나누었을 때 기억나요? 당신이 아주 단호하게 '난 술 안 마셔요'라고 했잖아요. 나는 그 장면을 떠올릴 때마다 웃음이 절로 나와요."

"방금 말했듯이 나는 사람들과 어떻게 대화를 이어나가야 할지 모르겠어요. 가끔은 모두가 나에게 무언가를 기대한다는 생각에 사로잡혀 내 본모습을 드러내지 못하겠어요. 내가 무슨 말을 하든 상대의 기분을 상하게 할 것 같거든요. 난 친화력이 좋지 않아요. 사람들과 말다툼하고 싶지도 않죠. 내가 아는 대부분의 사람들은 서로를 이해하기 위해서가 아니라 이기기 위해 논쟁을 하더라고요. 그럴 바에는 차라리 아예 입을 열고 싶지 않아요."

"그래서 오늘 그냥 가버린 거예요?"

"당신이 면접 보러 간다고 미리 말해주지 않아서 속상했어요." 나는 잠시 뜸들이다 내 심정을 다 털어놓았다.

그는 항상 내게 질문하고, 뭔가를 알고 싶어했다. 그런 사람이 내게 자기 일은 감쪽같이 숨겨서, 나 혼자 우리 둘에 대해 별의별 상상을 다 했다는 생각에 상처받았다.

말다툼을 벌인 날 아침, 그는 지나가는 말투로 툭 말했다.

"있잖아요, 지난번에 로타에 갔을 때 다른 회사 면접을 봤어요…. 그냥 한번 봤는데, 나를 뽑을 거라고는 전혀 예상하지 못했어요. 오랜 고민 끝에 입사 제의를 받아들이기로 했고요."

나는 무슨 말을 꺼낼까 망설이며 입술만 달싹거리다 결국 그에게 축하의 말을 건넸다. 나는 오마르와 달리 중요한 이야기를 할 때 언제나 말을 조심스럽게 했다. 할말을 몇 번이고 꼼꼼하게 따지고 헤아린 다음, 내가 듣는 사람이라면 기분이 나쁠지 고민했다. 내게는 사람들의 감정이 중요했기에 항상 역지사지를 중시했다. 하지만 그날 오후, 모두가 꼭 그렇지 않다는 것을 깨달았다. 오마르는 하고 싶은 말은 여과 없이 다 뱉었고, 자신의 말과 행동이 내게 어떤 영향을 미치는지 전혀 신경쓰지 않았다. 내가 먼저 친구부터라고 선언함에 따라 우리가 커플은 아니니 서로에 대해 어떤 권리를 가지진 않았지만, 나는 이미 그를 사랑하고 있었다.

그 사실까지 깨닫고 나니 스스로가 우스워 보여서 후드를 벗었다. 나는 어린애가 아니라 어엿한 성인이니까.

"나도 그 회사 면접을 볼 줄 몰랐어요. 여동생이 거기 사람을 아는데, 연휴에 집에 내려갔을 때 넌지시 권하더라고요. 그래서 면접을 가게 된 거예요."

"당신에게 좋은 일이 생겨서 나도 기뻐요. 다만 전혀 예상치 못한…"

"그건 나도 잘 알고 있으니, 걱정하지 말아요."

그는 내 손 위에 자기 손을 포개더니 내 손을 부드럽게 잡았다. 그러고는 엄지손가락으로 내 손을 쓰다듬었다. 나는 속으로 SOS를 외쳤다. 내가 왜 화가 났는지, 왜 퇴근 후 그에게 인사도 안 하고 집에 갔는지, 그 이유들이 머릿속에서 삭제돼버렸다.

"당신이랑 자려고 온 게 아닌데요." 너무 떨려서 말이 툭 튀어나왔다. "그런 의도는 눈곱만큼도 없었어요."

그의 웃음에 소파가 떨렸다.

"그럴 생각이 없다고요?" 그가 물었다. "정말요? 나도 반대할 생각은 없어요."

"그렇다니까요. 이제 그만 집에 갈래요. 배고파요."

"내가 저녁 만들어줄게요." 그가 내 어깨에 기대며 말했다. "요리 채널을 같이 볼 수도 있어요. 당신이 엄청난 미식가라는 걸 알고 있거든요."

나는 그 말을 듣고 웃었다.

"난 당신을 정말 좋아해요. 당신 생각만 해도 심장이 빨리 뛴다고요."

그는 망설이지도, 속내를 감추지도 않고 모든 감정을 털어놓았다. 하지만 나는 그렇지 못했다.

"당신도 내게 반했다고 말했잖아요. 우리가 더이상 같은 회사를 다니지는 않지만, 조급해하지 않고 당신을 기다릴게요. 당신을 보러 올게요. 당신도 나를 만나러 와요. 그래도 괜찮죠?"

나는 누군가를 좋아할 때는 모든 할일을 제쳐두고 그 상대에게만 집중해야 한다고 생각하지 않는다. 물론 아무것도 하지 않고 사랑만 하기로 선택할 수는 있다. 하지만 세상은 끊임없이 시도하고, 계속 움직여야 한다고 우리를 몰아세운다. 앞으로 나아가야 하고, 안정적인 곳에서 벗어나 새로운 도전에 과감히 뛰어들어야 하고, 모아둔 돈을 사업에 투자해

야 하고, 앱을 만들어야 하고, 틴더를 다운로드해야 한다고
우리를 다그친다. 그런데 그렇게 살지 않으면 어떻게 될까?
느긋하게 즐기며 산다면?

"좋아요. 우선 샌드위치 좀 만들어줄래요?" 나는 물었다.

14

나는 주변을 보고 배우며 어떤 예기치 못한 상황도 잘 헤쳐 나가는 사람으로 성장하고 있다. 그 예로 내 책상 서랍에는 플랫슈즈 한 켤레, 반창고 한 상자, 생리대 한 상자, 머리끈 세 개, 데오드란트, 얼룩 제거제, 흰 티셔츠, 네이비블루색 재킷이 들어 있었다. 칫솔 두 개와 치약 한 개, 화장품 파우치, 각티슈도 같이. 어느 오후에 소염진통제 한 상자, 캐모마일 티백 한 상자, 핸드크림도 넣어두었다. 마티키와 재무팀 팀장인 에르네스토의 딸들을 위해 크레용과 컬러링북도 준비해두었다.

어느 날 오전, 마티키가 사무실에서 나와 내 책상으로 오더니 생각에 잠긴 듯 턱을 쓰다듬으며 나를 봤다.

"부탁할 게 있어서 왔는데, 뭔지 까먹었어요."

"내일 오전 10시에 있을 치과 예약을 목요일 오후 5시로 변경하고 싶어하셨잖아요. 혹시 예약이 됐는지 확인하러 오신 게 아닐까요?" 내가 넌지시 물었다. "그 문제라면 이미 다 처리했습니다. 팀장님께 확인 메일이 와 있을 거예요."

삶에서 가장 지저분하고 골치 아픈 부분만 해치우고 살면 어떨까 궁금했다. 작가 모하메드 슈크리에 따르면, 인생이란 대역병과 대홍수가 오기 전까지 추위와 더위를 느끼는 것이다. 여기서 홍수가 날 리 없으니 나에게 삶은 죽음이 찾아올 때까지 더위와 불안감을 느끼는 것이겠지.

"고마워요. 역시 일 처리 하나는 끝내주네요."

그는 뒤돌아서서 자기 사무실로 향하다 중간쯤에 멈추더니 다시 내게 걸어왔다.

"혹시 소염진통제 있어요?"

"네. 있기는 한데, 회사 규정상 드릴 수 없을 것 같습니다."

나는 두번째 서랍을 열고 진통제를 꺼내 그에게 건넸다.

"제가 알기로는 그 규정은…"

"맞아요. 제가 만든 규정이에요."

"고마워요. 나한테 준 걸 비밀로 하면 괜찮을 거예요." 그가 씩 웃으며 받아쳤다.

그는 사무실로 가다가 또다시 문 앞에 섰다. 내 오른쪽 눈꼬리가 가늘게 떨렸다.

"식사는 했어요?"

"지금 12시예요."

"먹었겠군요. 그럼 아마키한테 전화해서 내 점심 좀 주문해줄래요?"

"네. 도시락 D에 만두와 생수도 추가할까요?"

나는 눈을 비비며 그가 내 떨림을 눈치챘는지 살폈다.

"완벽해요. 내가 당신 없이 할 수 있는 게 있나 싶네요."

그럼 시험삼아 인사팀에 전화해서 란트스타트에서 다른 여직원을 알아봐달라고 하든가, 하고 투덜대면서도 내 의지와는 상관없이 어깨가 한껏 올라갔다. 10분 후 그에게서 전화가 왔다.

"그동안 생각해봤는데요," 그가 말했다. "당신한테 프린트 같은 잡일을 도와줄 사람이 필요할 것 같아서 알론소와 마카레나한테 인턴을 구해달라고 이야기하려 해요. 어때요?"

목덜미에서 끈적끈적한 뭔가가 나왔다. 그러더니 천천히 내 등을 타고 흘러내리기 시작했다.

"인턴을요?"

"당신 아래에 있을 젊은 사람이죠. 모든 업무를 당신에게 보고하게 될 테고요. 당신이 중요한 일을 처리하는 동안 인턴에게 일을 시킬 수 있을 거예요."

따지고 보면 나도 '그의 밑에서 모든 업무를 그에게 보고하는 젊은 사람'이었다. 나는 책상 아래에서 왼손을 폈다 쥐었다. 휴대폰을 너무 꽉 쥐고 있었는지 오른손에는 쥐가 나려고 했다. 40대 후반 남자가 나를 자기 보모로 불러대지만 않아도 내가 중요한 일에 전념할 수 있을 텐데.

"그렇게 되면 정말 좋겠네요."

그의 얼굴은 보이진 않지만 그가 미소를 지으며 자기 자신과 이 역겨운 아이디어에 만족해하고 있을 게 뻔했다.

"좋아요, 메리엠. 당신은 아주 값진 경험을 하게 될 거예요. 부하 직원을 가르치면서 보람도 느낄 테고요."

값진 경험은 개뿔. 내가 이 회사에서 총 537가지의 경험을 했는데, 죄다 쓰레기 같았다. 그리고 이제는 그 경험을 똑같이 이어받을 또다른 젊은 직원을 맞이해야 할지도 모를 노릇이었다.

15

　알론소는 인턴 자리에 지원한 서른네 명의 이력서를 내게 보냈다. 나는 그것들을 모두 출력해서 알파벳순으로 정리한 다음, 서랍에 넣었다.

관계가 소원해지고 있었다. 뭔가 잘못된 것 같았지만, 그 문제를 의식하고 싶지 않았다. 처음에는 하루, 그리고 이틀, 사흘, 일주일, 이주일이 지나도록 우리는 대화를 나누지 않았다. 남자에게 연락이나 기다리는 여자가 된 것 같아 스스로가 한심하게 느껴졌다. 무슨 일이 일어나고 있는지 자각했지만 굳이 그것과 직면하고 싶지 않았다. 그에게는 아무 잘못이 없었다. 그는 그저 피곤하고, 일이 너무 많고, 내게 다시 전화하는 걸 까먹거나 내 메시지에 답장하려다 잊어버렸을 뿐이다. 어쩌면 아예 내 존재를 기억하지 못할지도 모른다.

그가 보낸 수많은 'OK'와 답장 없이 띄워져 있는 '읽음' 표시를 변기에 던져버리고 싶었다. 내가 곱씹고 곱씹어서 내 내장에 달라붙어 있다가 변기가 삼켜버린 'OK'와 '읽음'만 해도 벌써 3억 개가 넘었다. 메시지를 주고받으면서 기분은 점점 나빠지고, 계속되는 의문에 사로잡혀 꼼짝 못하는 지경이 됐다. '그에게 무슨 일 있나?'에서 '내가 뭘 잘못했을까?'로, '내가 얼마나 멍청하면 이런 생각을 다 할까?'까지 의문이 꼬리에 꼬리를 물고 이어졌다. 게다가 그가 나를 만나러 오겠다고 해서 계획까지 다 세워놓았는데, 그에게 예상치 못한 일이 생기는 바람에 나만 우스운 꼴이 되고 말았다. 그렇게 나는 점점 작아지다 눈에도 안 보일 만큼 미세해졌고, 결국 자기 연민을 갉아먹으며 살아갔다. 그럼에도 그를 떠날 수 없었다. 내 곁에는 아무도 없으니까. 카르멘과 테레사가 했던 말이 계속 마음에 걸렸다. 그가 못돼먹은 놈인데다 거짓말쟁이라고, 다른 남자들과 똑같은 인간이라고 했던 말.

어느 날 밤, 잠이 오지 않아 그에게 전화를 걸어서 집에 들어왔냐고 물었다. 그는 나를 이쁜이라 부르며 집이라고, 새 집에 이사오면서 산 소파에서 졸고 있다고 대답했다. 그 말을 듣자 가슴이 답답해지더니 턱 막혔다. 다른 날에 바쁘냐고 물었을 땐, 방금 집에 들어왔다면서 샤워하고 다시 전화하겠다고 했다. 당연히 전화는 오지 않았다. 나에게 먼저 접근해놓고 이제 와서 나의 시간과 감정을 무시하는 그가 원망스러웠다. 그동안 알던 사람과 너무나 다른 모습에, 내가 미친 여자에 헛된 이야기나 지어내는 거짓말쟁이가 된 심정이었다.

결국 어느 날 오후, 더이상 참지 못하고 그에게 메시지를 보내버렸다. 상황은 이해하지만 더는 이렇게 지낼 수 없다고, 나도 혼란스럽고 지쳤다고. 나를 만나고 싶으면 어디 있는지 알 테니 찾아오라고. 그러자 그는 나에게 오겠다고, 내가 그에게 가장 소중한 사람이라고, 나에게 항상 고맙다고, 지금은 상황이 안 좋을 뿐이라고 했다. 그래서 "그렇지만 당신은 내 생각만 해도 심장이 뛴다고 했잖아요. 나를 만난 게 지난 몇 년간 당신에게 일어난 일 중에서 가장 아름다운 일이라면서요"라고 답장했다. 그가 했던 말이지만 잊어버렸을 수 있으니 다시 떠올리게 해야겠다는 마음이었다. 하지만 돌아온 건 '읽음' 표시뿐이었다.

그후로 며칠간 어떻게 살았는지 기억나지 않는다. 일어나고, 샤워하고, 옷을 갈아입고, 회사에 출근하고, 집으로 돌아오고, 이불 속으로 들어간다. 몇 시간 후에 일어나서 이 루틴을 반복한다. 이 여섯 동작으로 하루가 끝났다. 슬픔이 시간을 일곱 개의 요일로 나누는 선을 지워버리면서, 모든 날들이 똑같아졌다. 주말에는 가족들이 이상한 점, 그러니까 내가 며칠째 제대로 숨도 못 쉬고 헐떡거리기만 한다는 사실을 눈치채지 못하도록 무진장 애썼다. 나는 눈물 한 방울도 흘리지 않았다. 테레사에게서는 "점심 먹으러 와"라는 메시지가, 카르멘에게서는 "햇병아리, 잘 지내?"라는 메시지가 왔다. 몇몇 인터넷 친구들로부터 메시지를 받기도 했다. 하지만 나는 트위터 계정도 인스타그램 계정도 삭제해버렸다. 아예 인터넷을 끊고 그 존재도 완전히 잊어버릴까 고민했다. 평범한 시민이 되어 사회로 돌아갈 생각이었다. 비밀 요원이 자신은 할 만큼 했다고 생각하면서 평범한 일상으로 돌아가려는 것처럼 말이다. 이젠 집중해서 글을 세 줄 이상 읽지도, 시리즈물 한 회를 끝까지 시청하지도, 숨이 차서 음악을 제대로 감상하지도 못했다. 그래서 스포티파이 구독을 취소했다. 그렇게 내가 좋아하던 모든 것이 소음으로 변했다. 매일 매시간 똑같은 생각만 했고, 그 생각이 온종일 머릿속을 맴돌아서 머리가 어지럽고 지끈거렸다.

그가 나를 잊은 것처럼, 나도 그를 아주 쉽고 빠르게 잊었다고 거짓말하고 싶다. 하지만 인지하지 못한 기간까지 포함해 오랫동안 그를 사랑했기에 나는 가끔씩 그의 이름을 떠올리는 것조차 견디기 힘들었다. 그를 떠올리면 목 아래쪽과 쇄골, 가슴에 묵직하면서도 찌르는 듯한 통증이 느껴졌고, 아무데나 주저앉아 나를 덮친 고통이 지나가기만을 기다려야 했다. 괜찮은가 싶다가도 그가 좋아할 만한 것을 보거나 읽으면, 우울감이 어깨를 짓눌러 하루종일 말이 안 나왔다. 회사에서 자주 숨어 있던 창고에 가도 나를 달래던 그가 어른거려서 새로운 장소를 찾아야 했다. 복사를 할 때도, 월별 경비지출 예산안을 작성할 때도, 닭가슴살샌드위치를 주문하려고 라가리가 가게에 줄 서서 기다릴 때도, 고급 식료품 코너에서 파티에 가져갈 음식을 고를 때도, 슬픔은 나를 가만두지 않았다. 영 기분이 나아지지 않아서 결국 파티에 가지 않았다.

여러 날이 지나고 나서야 눈물이 터졌다. 한번 눈물이 나자 멈추지 않았다. 때로는 분노에 차서, 때로는 슬픔에 잠기다 지쳐서, 때로는 모든 잘못을 속죄한 기분으로 울고 또 울었다. 안 그래도 괴로운데 불면증은 갈수록 심해졌다. 끼니도 대충 때우기 시작했다. 욜란다가 발을 헛디뎌 계단에서 굴렀던 일, 에스테반이 튀르키예에 갔다가 사온 빨간색 대머리 가발, 라호이*에 대한 불신임 투표 같은 사소한 일조차 즐길 수 없게 되었다. 그렇게 몇 달을 보냈다. 언제 돌아봐도

● 스페인 국민당 소속 정치인으로, 2011년부터 2018년까지 스페인의 총리를 역임했다.

'가장 슬펐던' 때라고 회상할 이 시기를 여태껏 그래왔듯 입을 굳게 다물고 그냥 흘러가도록 내버려두며 견뎠다.

여름에는 온 세상이 노란색과 파란색으로 물든다. 머릿속에 떠오르는 색깔이 그 두 가지밖에 없다. 여름이 오면 다른 것은 전혀 보이지 않고 해변, 바다, 태양, 입에서 느껴지는 짠맛, 물에 젖어 곱슬곱슬해진 머리, 햇볕 때문에 벌게지다가 결국 까매지는 피부만 눈에 들어온다. 물론 나는 항상 조심해서 해변에 있어도 피부가 안 타긴 했지만.

어렸을 때, 그러니까 수영을 배우기 전에는 내가 바다에 빠진 척하면 부모님이 나를 구해주는 척하며 놀았다. 그때마다 부모님은 이렇게 말했다.

"우리 아기 물고기 대체 어디 있는 거니? 오, 안 돼. 죽었어!"

그러면 나는 웃음을 참다가 결국 소리쳤다.

"안 죽었지롱. 깜짝 놀랐지!"

6월 말에는 항상 독감에 걸렸다. 의사가 이틀 동안 푹 쉬라고 해도 나는 해변에 갔다. 물에 들어가지는 않고, 바다에서 멀찌감치 떨어진 곳에 앉아 있었다. 그러다 일곱 살 때 보트 한 척이 해변에 정박하는 걸 처음 봤다. 사람들은 배에서 서로 먼저 내리겠다고 밀치다가, 방향은 기억나지 않지만 어딘가를 향해 달려갔다*. 나는 너무 무서워서 그 반대 방향으로 도망갔다. 하지만 얼마 후부터는 그런 장면을 봐도 아무렇지 않았고, 두려워하지도 않았다.

그 담담한 마음으로 페미니즘, 기후변화, 개인정보보호 문제를 놓고 온갖 논쟁이 벌어지는 것을 지켜보기만 했다. 우리가 사용하는 단어들이 의미를 잃었다는 사실, 내가 쓰는 대부분의 기표와 기의가 과장되었다는 사실을 잊은 채 나는 논쟁들의 담론을 그대로 수용했다. 파도처럼 흔들리고 바람이 이끄는 대로 따라가듯이. 하지만 언뜻 보기에 그다지 중요하지 않아 보이는 논쟁에서 승리한 기분이 든 후부터, 그러니까 여성의 날 행사 준비 때 욜란다를 꺾어버린 후부터

● 여기서 사람들은 아프리카에서 작은 배를 타고 건너온 보트피플을 가리킨다.

는, 지금껏 사회적 이슈를 간과한 것을 후회했다. 그래서 이제는 이슈를 비판적으로 바라보려 했다. 누군가 유럽 국가들이 더 많은 이민자를 받아들여야 한다고 목소리를 내면, 나는 '받아들이다'라는 말과 '구조하다'라는 말을 분리해서 볼 수 있는지, 바다에 빠져 죽어가는 사람을 과연 받아들일 수 있는지, 내가 사는 섬의 해안에서 사람들이 죽어가는데 〈라 섹스타 노체〉*에서는 한가하게 토론이나 해도 되는지, 나 같은 제삼자는 이민자를 구조하는 것보다 받아들이는 게 더 낫다고 판단해야 하는지 의문을 가졌다. 물론 누군가를 받아들이려면 우선 구조해야 한다는 건 알고 있지만.

최근에 SNS에서 큰 화제가 됐던 동영상을 봤다. 영상에서 한 아프리카계 미국인 소녀는 마이크를 들고 월스트리트를 걷다가 주식 중개인들의 앞을 막는다. 멈춰 선 이들은 모두 백인이고, 소녀는 그들에게 "오늘은 누구를 착취했나요?" 또는 "혁명이 일어나면 어디에 숨을 건가요?"라는 질문을 던진다. 그 질문에 가끔 보트가 전복되어 어린아이들과 임산부들이 죽는다는 사실이 떠올랐다. 나는 결코 그런 일들에 익숙해지지 않았고, 오랫동안 그 광경을 잊지 못했다.

몇 주 동안 내 가슴을 쥐어짜고, 목을 움켜쥐어 숨도 못

---

* 스페인 TV 채널인 라 섹스타에서 2013년부터 2022년까지 방영한 시사 및 정치 토론 프로그램.

쉬게 하던 무언가가 물방울이 되어 떨어졌다. 물방울은 보이긴 하지만 들리지는 않았다. 내가 그 존재를 건드릴 때에만 구체적인 모양으로 나타났다. 그렇게 눈물이 속절없이 흐르고 그 원인조차 희미해지면서 나는 길을 잃고 말았다. 하지만 해가 질 무렵 라스칸테라스 해변에 누워 오렌지빛과 연보랏빛으로 물드는 하늘을 보고 있으면, 슬프기는 해도 내가 세상에서 가장 운좋은 사람이 된 기분이 들었다. 등에 소름까지 돋았다. 그렇게 노을을 감상하고, 알프레도크라우스 공연장에서 플라야도라다 호텔까지 바다를 따라 걸었다. 그다음, 산타카탈리나 공원에서 프리메로데마요 정류장까지는 2번 버스를 타고, 우체국 옆에서 내렸다. 카나리아제도의 바다는 내 마음도 파랗고 노랗게 칠했다.

대추야자 박스에 원산지가 튀니지라고 적혀 있었다. 아빠
는 검지로 그 글자에 네 번 밑줄을 긋고 박스를 툭툭 치며 이
게 매우 중요하다는 점을 강조했다.

"난 우리 팔레스타인 형제들을 몰살하고 착취하는 데 동
조할 생각이 없어."

"알았어, 아빠."

"그리고 원산지에 요르단계곡●이라고 적혀 있는 것도 절
대 사면 안 돼."

"알았어."

● 요르단 열곡에 있는 계곡으로, 계곡 대부분의 구간이 요르단과 이스라엘 사이 국경
에 위치한다.

나는 아빠의 말이 구구절절 옳다고 생각했다. 아빠도 그런 내 생각을 알고 있었으면서 의식적으로 내게 같은 말을 여러 번 반복했다.

"대추야자 산업은 착취적이야. 심지어 팔레스타인 노동자들이 학대받고 저임금에 시달리는 불법 정착촌에서 대부분의 사업이 이루어지지."

하지만 노동자를 착취하지 않는 곳에서 생산되는 대추야자는 내가 사 먹기에 너무 비싸서 아빠가 사다 줬다.

　문득 이런 생각이 들었다. 가까운 가족, 예를 들어 내가 가장 좋아하는 삼촌이나 할머니가 돌아가시더라도, 내가 심한 우울증에 걸리더라도, 몸이 아프더라도, 계속 일해야 한다는 생각 말이다. 우리의 삶은 무슨 일이 있어도 노동만은 멈추지 않아야 한다는 듯이 흘러간다. 사람보다, 다른 것들보다 일이 더 중요한 셈이다. 가장 두려운 점은 내가 다른 것들을 우선시하며 노동을 그만둘 경우, 나를 대체할 사람은 차고 넘친다는 것이며, 나 또한 그걸 알고 주저한다는 것이다. 세상이 미쳐 돌아가는 게 틀림없다.

우리 팀은 내 생일 선물로 비싼 와인 한 병을 주었다. 받을 때만 해도 그렇게 비싼지 몰랐는데, 나중에 가격을 알고 깜짝 놀랐다. 마티키는 내게 하루 휴가를 선물했다. 나는 덤덤한 척 선물들을 받았다. 회식이나 파티 때마다 내가 술을 거절하는 모습을 봐왔으면서, 아무도 그걸 기억하지 못한다는 사실에 조금 짜증났지만. 상사에 관한 나의 이론에 상사들은 직원들을 눈여겨보지 않는다는 사실을 새로 추가했다. 그들은 자신이 멍청이도, 부하 직원들을 착취하는 사람도 아니라고 스스로에게 상기하기 위해 나에게 관심 있는 척하겠지만, 실제로는 나의 특징 세 가지도 나열하지 못할 게 뻔하다. 와인은 카르멘과 테레사에게 줬다. 휴일에는 그동안 밀린 집안일을 하고, 일주일간 먹을 음식을 만들었다. 스물일곱 살이 된 지금도 스물여섯 살 때와 마찬가지로 여전히 마음을 다잡지 못한 채 방황했다.

휴일 저녁, 오마르에게서 연락이 왔다. 나는 잠시 휴대폰 화면 속의 그 이름을 멍하니 바라봤다. 진동이 멈췄을 때 휴대폰을 핸드백 안에 넣고, 핸드백을 옷장 안에 던져버렸다. 그래도 내가 앉아 있는 곳에서는 전혀 들을 수 없는 진동이 들리는 것 같았다. 문득 시인 에밀리오 프라도스가 시인 로르카에게 보낸 편지의 한 구절이 머릿속을 스쳐지나갔다.

'자넨 내게 편지를 보내지도 않았는데, 나는 바람 소리에 혼이 나갈 뻔했다네.'

나는 그가 어떤 말을 해도 흔들리지 않을 만큼 멘탈이 강해졌다는 확신이 들은 후에야 그의 메시지를 읽을 수 있었다. "고마워요 :)."라고 그에게 답장하고, 우리의 대화 기록을 모두 삭제했다. 채팅 지우기를 클릭하고 채팅방을 삭제하자 1년 9개월간의 세월이 모두 사라졌다. 그 채팅방이 없어지면 더이상 괴로워할 일도 없었다. 그후 며칠 동안 그가 보낸 메시지와 나의 답장에 대해 온갖 생각을 했다. 어떤 날에는 내 답장이 괜찮은 것 같다가도, 다른 날에는 너무 무미건조한 것 같았다. 그에게 먼저 연락해서 내가 너무 무심했다고 사과할까 고민했다. 그러던 어느 날 오후, 나도 모르는 사이에 메시지 초안을 쓰고 있었다.

며칠 전에 "고마워요 :)."라고 무뚝뚝하게 답장해서 미안해요. 사실 스마일 이모지로 분위기를 좀 부드럽게 만들고 싶었어요. 우리가 꽤 오랫동안 말을 안 했잖아요. 혹시 예전에 내가 얼굴 이모지는 가짜 같아서 싫다고 당신에게 말했던가요? 이모지를 가짜 같다고 하는 내 말도, 내 마음도 이해받지 못한다는 걸 잘 알고 있어요.

요즘 나는 열여섯 살 때로 돌아가 방바닥에 드러누워 샤키라의 옛날 노래를 들으며 당신 때문에, 청 반바지를 입고 출근하는 남자 때문에 울고 있답니다. 믿어지나요? 그래도 예전에는 똑똑했는데, 이제는 요 모양 요 꼴이네요.

내가 지난번에 이모지 뒤에 마침표까지 찍었었죠? 나는 문장을 마무리짓는 사람이지, 문장을 죄다 풀어헤쳐놓고 순서도 엉망으로 만들고, 마침표도 틀리고 쉼표도 제대로 찍지 않는 동물이 아니잖아요. 솔직히 우리의 상황을 고려하면 고맙다는 말과 미소, 마침표가 올바르고 성숙한 답장이라는 걸 인정합시다. 이렇게 말해봤자 싸우면 당신이 이기겠죠. 당신은 항상 청산유수로 말을 늘어놓으니까요.

아무튼 그렇게 보낸 후로 아무 생각도 안 하려고 애쓸 때마다 당신이 눈앞에 어른거려요. 마음을 비우려 하면 당신이 했던 말이 떠오르고, 눈을 감으면 눈꺼풀이 불붙은 듯 화끈거려요. 내가 무슨 뜻으로 그 마침표를 보냈을까, 그날을 되돌아보기도 해요. 그리고 그 키스, 그 농담, 당신이 나를 사랑했을 때 나에게 말하던 모습을 회상하죠. 당신은 그때를 기억하긴 해요? 어쩌면 모든 게 거짓말일지도, 나 혼자만의 상상일지도, 내가 지어낸 이야기일지도, 아무것도 없는 곳에서 내가 본 헛것일지도 모르겠네요. 이제는 다 허상 같아요. 나는 대체 무슨 일이 일어난 건지 이해하려고, 나보다 열 살이나 많은 남자의 메시지를 만 번도 넘게 곱씹는 여자애일 뿐이죠.

당신을 미워하고 싶어도 잘 안 되네요. 당신의 코, 눈가의 주름, 흰머리, 셔츠 칼라, 잘생긴 남자처럼 보이게 하는 스웨터도 모두 잊고 싶다고요. 당신의 얼굴도요. 할 수만 있다면 내 손으로 당신 얼굴을 갈기갈기 찢어서 살갗이 바들바들 떨리게 만들고 싶어요. 내가 당신 때문에 해가 떨어진 후부터 잠들기 전까지 울다가, 눈은 퉁퉁 붓고 얼굴은 엉망이 된 채로 아침에 일어나면 내 관자놀이가 쿵쿵 뛰는 것처럼요. 당신이 아무렇지도 않은 척 나를 이쁜이라고 부를 때마다, 부아가 치밀어올라 피가 거꾸로 솟는 것처럼 말이에요. 당신은 얼굴에 철판을 깔았는지 "생일 축하해, 이쁜이"라고 보냈더라고요. 당신은 진짜 개자식이에요.

그 메시지를 보내지 않으면 나쁜 일이 생길 것 같아 일단 휴대폰 메모장에 저장해뒀다. 하지만 끝내 메시지를 보내지 못했다. 그렇게 아무것도 하지 못했다.

　슈퍼사우루스 본사 건물에서 세 블록 떨어진 곳에 슬로우 커피라는 카페가 새로 생겼다. 마티키의 서류를 들고 공증인 사무실에 갔다가 돌아오는 길에 그 카페를 발견했고, 그곳에서 아침을 먹었다. 안은 그리 넓지 않아서 카운터가 거의 절반을 차지하고 있었고, 남은 공간에 겨우 테이블 세 개가 들어가 있었다. 하지만 커피가 정말 맛있어서 어느새 그 집 단골이 됐다. 게다가 거기는 오마르가 한 번도 간 적 없는 곳이라서 그의 환영이 보이지 않았다.

　요즘 나는 세상 모든 이들이 감정이 있고 때때로 슬퍼하니, 내가 그런 감정을 느꼈고 느끼고 있는 첫번째 사람도, 마지막 사람도 아니라는 사실을 되뇌었다. 하지만 언젠가는 이 감정도 극복해야 했다.

슬로우 커피에 자주 가다보니, 카운터 뒤에 있는 남직원이 가끔 커피를 공짜로 주기도 했다.

"이건 르완다 원두인데요, 드립커피로 한번 드셔보시고 어떤지 알려주세요."

나는 그의 말대로 해봤다. 커피를 내려 잠시 식히고 잔에 따라 마셨다. 커피를 마시는 내내 그의 시선이 느껴졌지만 모른 척했다. 이윽고 카르멘에게 메시지를 보냈다. "오늘밤에 영화 보러 갈래?"

내가 물어보자마자 카르멘은 "당근이지"라 답장했다.

"정말 맛있었어요."

나는 카페를 나가기 전에 계산하면서 그 남자에게 후기를 말해줬다. 그러자 그는 "맛이 달콤하지 않았나요? 꿀 같은 맛이 나더라고요"라고 반응했다.

며칠 뒤, 그는 테레사와 나에게 과테말라 원두도 한번 마셔보라면서 에스프레소 두 잔을 조심스럽게 우리 테이블 위에 올려놓았다. 가만 들어보니 그의 억양이 좀 이상했다. 간간이 's'를 'z'로 발음하는 것 같았다. 마치 그 발음을 어떻게 해야 할지 모르는 것처럼, 아니면 's' 발음을 강조하려는 것처럼. 이 과테말라 커피도 한번 마셔보'제'요, 이렇게. 다른 때 같았으면 굉장히 웃기다고 생각했을 것 같다. 그는 우리에게 카를로스라고 자기를 소개했다. 그래서 우리 이름은 메리엠과 테레사라고 알려줬다.

"두 분 다 이름이 예쁘시네요."

"고마워요."

"친절하시다!" 테레사가 들뜬 목소리로 말했다.

"맞아. 친절하더라고."

어느 날 그 남자는 내 커피 옆에 접시를 놓고 갔다. 접시에는 작은 도넛 한 개, 초코볼처럼 생긴 무언가, 화이트초코칩 쿠키 한 개가 있었다.

"드셔보시고 맛이 어떤지 솔직하게 말씀해주세요." 그가 내게 당부했다.

나는 쿠키를 한 입 베어 물면서 이 정도면 괜찮다고 중얼거렸다. 그러다 계피맛이 확 올라와서 남은 쿠키를 내려놓았다. 나는 계피라면 딱 질색이었다.

갑자기 나의 몸과 마음이 '이 정도면 괜찮잖아!'라고 내게 소리쳤다. 혼자 지내기에는 집이 너무 크지 않느냐며, 며칠만이라도 부모님집에 가 있으라는 비명처럼 들렸다. 그래서 나는 티셔츠 세 장, 청바지, 잠옷 한 벌을 캐리어에 넣고 푸에르토리코로 갔다. 그곳에서 머무는 2주 동안, 오전 8시에 사무실에 도착하기 위해 6시 40분에 91번 버스를 타고 차창에 머리를 기댔다. 항상 몬테펠리스 호텔을 지날 때쯤 해가 떴다. 버스 기사는 같은 사람이었다. 그는 언제나 〈페데리코의 아침입니다〉 라디오를 틀어놓고, 내가 극장 앞에서 내릴 때마다 "잘 가요, 아가씨"라고 인사를 건넸다. 문득 내가 무슬림이라는 사실을 알아도 기사 아저씨가 나에게 친절하게 대할까 하는 의문이 들었다. 라디오에서 히메네스 로산토스가 스페인에 사는 무어인, 이슬람교도, 이슬람 극단주의자들이 스페인을 침략했다고, 모두 미개한 테러리스트라고 불평할 때면 기사 아저씨가 고개를 끄덕였기 때문이다. 퇴근 후에는 항상 오후 6시 15분 차를 놓쳤기에, 7시 15분 차를 타려고 한 시간을 기다렸다. 하지만 그 정도 기다림에 전혀 개의치 않았다. 나는 고요한 바다처럼 점점 평온한 사람이 되어가고 있으니까. '오' 자를 봐도 더이상 그 사람이 생각나지 않았다. 이제 내 안에는 어떤 분노도 남아 있지 않았다. 단지 피로만 있을 뿐. 가끔 버스 안에서 일몰을 구경했다. 푸에르토리코에 가까워질수록 하늘은 오렌지빛, 장밋빛, 푸른빛으로 물들었다.

라스팔마스로 돌아와 슬로우 커피에 갔을 때, 카를로스는 평화로운 삶을 살겠다는 내 결심을 방해하려는 듯 내가 카페에 들어가자마자 내 앞을 막았다.

"자, 누가 돌아왔는지 보세요."

그는 소리지르며 내 어깨에 두 손을 얹었다. 내 동의도 구하지 않고. 테이블에 앉아 있던 한 커플이 우리 쪽으로 고개를 돌렸다.

"그동안 어디 있었던 거죠?" 그가 물었다.

나는 웃고 싶지 않았다. 웃으면 내가 그의 행동을 재밌어한다고 착각할 게 뻔했다. 재미있기는커녕 불쾌하기만 한데.

"휴가 갔다 왔어요." 내가 대답했다. "아메리카노 한 잔 주세요."

나는 조심스럽게 몸을 돌려 그에게서 벗어났다.

'이 정도면 괜찮아.' 속으로 같은 말을 반복했다.

'그는 예의상 그런 것뿐이야. 그런데 나는 싫은 티를 내며 건방지고, 심지어는 무례하게 굴고 있잖아. 진정하라고.'

그러고는 늘 앉던 자리인 맨 왼쪽 테이블에 앉아 휴대폰을 만지작거렸다. 토할 것처럼 속이 거북했다. 오늘은 공짜 커피나 과자가 없어서 그나마 다행이었다. 내가 어떻게 행동했기에 그가 나를 스스럼없이 대할까 궁금했다.

부정하고 싶지만, 최근 들어 하루도 마음이 편한 날이 없었다. 스스로를 갉아먹으며 내가 보고 듣는 것이 현실인지 아니면 상상인지를 의심하는 악순환에 빠져 있었다. 지금까지 일어난 일과 내가 느꼈던 감정들이 전부 헛된 꿈이고 아예 존재한 적도 없어서 밤에 흔적도 없이 사라지지 않을까, 내가 독립한 것도 다 거짓이어서 현관문에 '팔려고 내놓은 집'이라는 커다란 팻말이 붙지 않을까, 하는 질문들을 계속 스스로에게 던졌다.

이런 기분 탓에 커피 맛이 전혀 느껴지지 않아서 유리컵째 들이켜버렸다. 혀가 머리와 분리되어 미각과 연결이 끊긴 듯했다. 당장 여기서 나가야겠다는 생각에 커피를 다 마시자마자 카운터에 갔다. 내가 5유로를 건네자 슬로우 커피의 바리스타 카를로스는 내 손을 잡고 자기 가슴에 대며 이렇게 말했다.

"내 심장이 얼마나 뛰는지 느껴져요? 이제야 마음이 진정되네요. 한 달 동안 당신을 못 봐서 무지 힘들었다고요."

순간 내 안에서 무언가가 몸부림치고 꿈틀거리다 사라졌다. 그것의 정체는 혐오였다. 내가 맹한 얼굴로 그를 보자, 그는 내게 잔돈을 돌려줬다. 그의 손을 스치면 롯의 아내처럼 저주받은 소금 기둥*으로 변할지도 모른다는 생각에, 조

심해서 잔돈을 집었다. 거지같은 시간이었다고, 괜히 그곳에
발을 들였다고, 중얼거리며 출근길에 나섰다.

● 구약성경의 『창세기』에 나오는 이야기다. 아브라함의 조카 롯은 소돔으로 이주했
  으나 도시가 너무 타락해 하느님의 징벌을 피할 수 없었다. 이에 하느님은 롯의 가
  족을 구하기 위해 인간의 모습을 한 천사 둘을 보냈다. 천사들은 그들에게 당장 소
  돔을 떠나되, 절대 뒤를 돌아보지 말라는 하느님의 뜻을 전했다. 하지만 재산이 아
  까워 뒤를 돌아본 롯의 아내는 소금 기둥으로 변해버렸다.

건강한 삶에 대한 질문에 답해드립니다

작품: 슈퍼사우루스 (라스팔마스 2지구)

등장인물: 테레사

태그: 없음

카테고리: 일반

단어 수: 437자

테레사의 부모님은 커뮤니케이션 에이전시 정규직을 그만두고 유튜브 채널에 전념하는 딸을 이해하기 어려웠다. 하지만 사실 테레사는 누군가의 밑에서 일할 때보다 지금 훨씬 더 많은 돈을 벌고 있었다. 그녀의 채널 구독자는 73만 2550명이었고, 그녀가 동영상을 올릴 때마다 "100만 명 달성이 머지 않았네요!"라는 댓글이 달릴 정도였다. 가장 인기 있는 영상은 조회수 1300만을 기록했다. 괄사와 천연 오일을 이용한 ASMR 마사지 영상이었고, 별 내용은 없었다.

화면 앞쪽에는 그녀의 친구 카르멘이 의자에 앉아 있고, 테레사는 그뒤에서 카르멘의 머리를 조심스레 빗어주고는 두피와 목, 어깨를 천천히 마사지해줬다. 화면 뒤쪽에는 하얀 벽과 서랍장이 있었는데, 그 안에는 두 사람이 집 구석구석에서 찾은 양초가 모여 있었다. 영상 속 분위기는 따뜻하고 아늑했다. 테레사는 거의 말을 하지 않았고, 말을 할 때는 평소와 다른 목소리 톤을 사용했다. 얼굴을 자주 드러내지도 않았다. 인터넷에는 이상한 사람들이 너무 많았기에, 얼굴을 쉽사리 노출하지 않는 편이 나았다. 가끔 길거리에서 낯선 사람이 다가올 때면 그녀는 일단 경계하고 봤다.

그녀가 올린 동영상은 대부분 미니멀리즘 미학을 따랐고, 주로 '성공'과 '슬로우 라이프'를 해시태그로 걸었다. 그녀는 쇼핑 브이로그, 카페에서 일하는 브이로그, 자전거 타는 영상, 친구들과 술 마시는 영상, 브랜드에서 협찬받은 선물을 언박싱하는 영상을 찍었다. '외출 전 화장 브이로그' '테레사의 삼시세끼 먹방 브이로그' '이번주 일상 브이로그' 같은 영상도 올렸다.

팔로워 수가 50만 명을 돌파했을 무렵에는 이미 국내에서 가장 영향력 있는 패션 잡지 두 군데에서 연락을 해왔다. 두 잡지사는 그녀가 원하는 내용을 다루되, 그 결과물이 그들의 철학에 부합해야 한다고 했다. 그 제안을 수락하자 화장품, 옷, 액세서리, 인테리어 제품 등이 담긴 택배가 하루에 다섯 개, 많게는 일곱 개까지 도착했다. 그녀는 그 물건들을 친구들에게 나눠주곤 했다.

그녀는 이미 지칠 대로 지쳐 있었다. 그럼에도 불구하고 그녀의 부모님은 하루라도 빨리 제대로 된 일자리를 찾으라고 닦달했다. "구독자들을 잃으면 어쩌려고 그러니?" 그녀의 어머니는 수시로 그녀에게 물었다. 그녀는 설령 구독자를 모두 잃는다고 해도, 그동안 벌어들인 돈이 많아서 10년은 거뜬하게 놀고먹을 수 있다고 부모님에게 설명하지 않았다. 기를 쓰고 이야기해봤자, 그들은 그녀와 세대가 다르기에 그녀가 하는 일이 진짜 직업이라는 것을 이해하지 못했기 때문이다.

그녀는 카메라가 제 위치에 있는지 확인한 다음, 앞머리를 왼쪽 귀 뒤로 넘기고 촬영을 시작했다.

틴더 프로필을 쉰번째 열었을 때, 스물여덟 살의 이반과 매칭이 됐다. 그는 스페인 국기 이모지, 영국 국기 이모지, 맥주잔 이모지, 뛰어가는 원숭이 이모지로 프로필을 꾸미고 '빌어먹을 망상에 빠진 놈이 방을 나간다●'는 글귀를 올려놓았다. 그의 프로필을 오른쪽으로 넘긴 이유는 오로지 외모 때문이었다. 그에게서 인정받으면 나의 자존감이 한껏 올라가 감정적인 악순환에서 벗어날 수 있을 것 같았다. 그만큼 잘생겼다. 검은 눈동자, 짙은 갈색 머리, 까무잡잡한 피부, 수염 하나 없는 얼굴, '오'와 완전히 정반대였다. 더이상 그의

● 미국 드라마 〈석세션〉 시즌 3에서 등장인물인 켄달 로이가 한 말이다.

이름을 되새기지 않았고, 떠올릴 생각도 없었다. 울지도, 괴로워하지도 않았다. 과거는 과거일 뿐이니까.

이제 남자에게 궁금한 건 오로지 얼굴밖에 없다. 그 사람성격도, 그가 살아온 내력도, 심지어 그의 냉장고에 토막 난시체 여덟 구가 있다 해도 전혀 상관없다. 나도 그다지 훌륭한 사람은 아니니까.

내가 그를 선택한 다음 날 우리는 매칭됐고, 왓츠앱으로가볍게 대화를 나누다가 이틀 후에 만나서 커피를 한잔하기로 했다. 그날 나는 퇴근하기 직전에 회사 화장실에서 옷을갈아입었다.

오늘의 룩: 앞뒤로 절개선이 돋보이고, 앞쪽에 웰트포켓(사실 아무것도 못 넣는 가짜 주머니다)이 달려 있는 게 특징인 자주색 하이웨이스트 바지, 얇은 라운드넥 검정 스웨터, 트랙 밑창이 달린 평평한 가죽앵클부츠.

힙한 스타일에 화장까지 하고 눈물이 나올 정도로 향수를듬뿍 뿌린 다음, 사무실을 나섰다. 그런데 처음 신는 부츠라아직 길들여지지 않았는지 펭귄처럼 뒤뚱거렸다. 엘리베이터에서 몸을 숙이고 머리카락을 축 늘어뜨리고 마구 흔들었다. 대충 머리 손질을 하고 딱 일어나서 거울에 비친 모습을보니 교통사고에서 간신히 살아난 듯한 몰골이었다.

약속 장소에 가까워질수록 결심이 흔들렸지만, 긴장해서 그런 것뿐이니 괜찮다고 스스로를 세뇌했다. 그렇게 혼자 주문을 외며 트리아나 거리를 건넜다. 머리는 빙빙 도는 것처럼 어지러웠지만, 이제는 스스로와 담판 지을 시간이었다.

'계속 이렇게 살 수는 없잖아. 새로 시작하면서 상처도 치유해야지. 나는 강인하고, 독립적이고, 존재감 있고, 안정된 직업을 가진 여성이니까. 오…, 아니 그 사람은 더이상 내게 상처를 줄 수 없어. 나는 그를 잊을 거야. 지금 내가 비참하다 해도, 슬프다 해도, 지친다 해도 어떻게든 머릿속에서 그를 떨쳐버릴 거라고.'

당장이라도 눈물이 쏟아질 듯한 심정으로, 나는 엘리베이터를 타고 올라가면서 재빨리 콧물을 훔치고, 아이라이너가 번지지 않도록 오른쪽 손등으로 조심해서 눈을 닦았다. 아소테아 데 베니토 칵테일 바에 도착해서 보니, 스페인 국기 이모지, 영국 국기 이모지, 맥주잔 이모지, 뛰어가는 원숭이 이모지로 프로필을 꾸미고 '빌어먹을 망상에 빠진 놈이 방을 나간다'는 글귀를 올려놓은 스물여덟 살의 이반은 그가 업로드해놓은 사진과 똑같았다. 그는 나를 알아봤는지 미소 지으며 자리에서 일어났다.

"메리엠씨?"

"네, 안녕하세요. 늦어서 죄송해요. 일찍 퇴근할 수가 없었거든요."

그는 대수롭지 않다는 듯 고개를 젓더니 허리를 살짝 숙이며 내게 비주를 두 번 했다. 머리로는 '어, 잠깐만, 잠깐만' 하며 주춤했지만 어쩔 수 없이 그 인사를 받았다.

"걱정 마세요. 저도 방금 왔어요."

가까이서 보니 그가 너무 잘생겨서, 나는 그의 눈을 피하며 오른쪽 빈 의자에 핸드백을 내려놓고 자리에 앉았다.

"정말 오랜만에 이 지역에 왔어요. 제가 좋아하는 곳이죠."

나는 고개를 끄덕였다.

"맞아요. 매력 있는 동네예요."

"이 근처에 사세요?"

우리는 서로를 바라봤다.

"네, 여기 살아요. 이반씨는요?"

"저는 타피라에 살아요."

그는 슬며시 미소를 지으며 고개를 살짝 흔들었다.

"있잖아요, 사진보다 실물이 훨씬 나으세요."

"네?"

그는 손으로 왼쪽 뺨을 문질렀다.

"아무것도 아니에요. 너무 예쁘셔서 조금 놀랐거든요."

갑자기 영화 〈킬 빌〉의 사이렌 소리가 오른쪽 귀에서 아주 작게 울리기 시작했다. 나는 입을 열었다 다물었다. 무슨 반응을 해야 할지 도통 감이 안 잡혔기 때문이다.

"아, 고맙습니다."

사이렌 소리가 매 초마다 점점 더 커졌다. 소리의 근원지는 그가 아니라 나였다.

"사탕발린 말 하려는 게 아니에요."

"괜히 부끄럽네요. 감사합니다."

나는 핸드백을 들었다.

"잠깐 화장실 다녀와도 될까요?"

"물론이죠. 그사이에 메뉴를 좀 보고 있을까요?"

"네, 그게 좋겠네요!"

나는 실수로 그에게 토할까봐 입을 다물고 씩 웃었다.

일부러 천천히 움직였다. 한 걸음, 또 한 걸음 내디디며 그가 있는 쪽을 돌아보지 않고 앞으로 가려고 애썼다. 그 사람은 내가 무슨 생각 하는지 모르겠지. 내 마음을 들여다볼 순 없으니까. 나는 화장실에 가지 않고, 카운터를 돌아 입구로 나갔다. 그리고 엘리베이터를 지나 오른쪽으로 돌아서 계단을 뛰어내려갔다. 아직 그는 내가 자기를 내버려두고 나왔다는 사실을 알아채지 못했겠지만, 만약을 대비해 1층까지 뛰어갔다. 나는 모노폴 극장 입구에서 하늘을 올려다보며 평소보다 조금 더 큰 목소리로 외쳤다.

"신이시여, 저를 왜 이렇게 만드셨나요? 도대체 왜요?"

나는 왓츠앱에서 스페인 국기 이모지, 영국 국기 이모지, 맥주잔 이모지, 뛰어가는 원숭이 이모지로 프로필을 꾸미고 '빌어먹을 망상에 빠진 놈이 방을 나간다'는 글귀를 올려놓은 스물여덟 살의 이반을 차단했다. 집 가는 길에 틴더도 지워버렸다. 현관에 도착할 때까지 걸음을 늦추지도 않았다. 아무래도 이번 생에 남들처럼 평범하게 연애하기는 그른 듯싶다.

사촌인 사나가 말했다.

"지난여름에 아미라 숙모가 내 머리를 만지더니 너무 길다고 하더라고. 근데 그후로 머리가 0.5밀리미터도 안 자랐다니까."

그때 먹고 있던 바타타할와°와 세븐업°°이 목에 걸렸다. 바타타할와에 들어 있던 하리사°°°가 어찌나 맵던지 눈에 눈물이 고일 지경이었다. 나와 사나는 외할머니집 다락방으로 올라가는 계단에 앉아 있었다.

●   아랍식 샐러드로, 고구마, 양파, 올리브유, 으깬 마늘, 소금, 후추, 간 생강, 계피, 건포도, 고수 잎, 설탕, 물을 넣어 만든다.

●●   레몬과 라임맛이 나는 탄산음료.

●●●   튀니지를 비롯한 마그레브 지역에서 먹는 매운 양념으로, 홍고추나 불린 건고추에 마늘, 올리브유, 향신료와 소금을 넣어 만든다.

여름이면 가족들이 모두 외할머니집에 모였고, 나는 일가친척들과 여름을 보냈다. 놓치고 사는 게 너무 많은 탓인지 여기에 오면 하나도 빠짐없이 보고, 듣고, 참여하고 싶어졌다. 언젠가 친척들이 나의 존재를 잊어버릴까봐, 그들과의 거리가 좁혀지지 않을까봐, 그들에게 내가 어쩌다 한 번씩 찾아오는 낯선 사람, 손님, 관광객이 될까봐 두렵기도 했다.

"뭐라고?" 나는 목이 막혀 캑캑거리며 말했다.

"알라신께 맹세코 머리가 하나도 안 자랐다니까." 사나가 단호하게 말했다.

그녀는 오른쪽에 냅킨을 놓더니 진지한 얼굴로 나를 바라봤다. 그녀에게서 뭔가 심상치 않은 낌새를 맡았다.

"너 혹시 숙모가 안아줄 때 네 몸을 재는 것 같다고 느낀 적 없어? 이렇게 만진다니까."

사나는 숙모를 따라 하며 양쪽 엄지와 검지로 집게를 만들어 손가락을 접었다 폈다. 걔가 그런 동작으로 무슨 생각을 전달하려는지 이해가 안 됐다.

"먼저 어깨, 그다음엔 팔하고 허리… 으으. 숙모가 와도 난 인사하러 안 나갈 거야."

아미라 숙모는 내 삼촌의 아내였다. 수다쟁이인데다 입으로 비수를 꽂는 재주가 있어서 그녀와 대화를 나누고 상처받지 않는 사람이 없었다. 나와 사촌들이 어렸을 땐 우리가 처음 먹었던 이유식까지 캐내려 했다. 우리를 불러다놓고 얼마나 교묘하고 치밀하게 심문하는지, 사소한 이야기여도 소문으로 퍼지면 좋지 않을 정보를 쏙쏙 빼냈다.

"너희들 지난주에 뭐 했니?"

"칼툼 숙모집에 갔었어요."

"아, 그래? 칼툼 숙모가 아프진 않디?"

"아뇨, 괜찮으셨어요."

"다행이구나. 난 왜 그녀가 아플 거라고 생각했는지 모르겠네…."

늘 이런 식이었다. 우리가 다 큰 후에는 숙모와 한 공간에 5분 이상 같이 있지 않으려고 최대한 그녀를 피했다. 솔직히 그녀가 무서웠다.

"사나, 네가 말했듯이…"

가족끼리 아무리 사이가 좋다고 해도, 시커먼 속내를 숨기고 있기 마련이다. 우리집 숙모들은 사이가 좋지 않았다. 특히 오랫동안 우리 가족으로 지낸 숙모들은 집안에 새로 들어온 숙모들을 일종의 침입자, 다시 말해 신뢰할 수 없는 외부인으로 여겼다. 그들은 러시아 체스 선수나 KGB® 요원처럼 집요하게 서로를 공격했다. 아무런 악의가 없는 것처럼

● 냉전 시대에 있던 소련의 정보기관이자 정치경찰.

행동하다가도 차 트렁크를 닫을 때면 상대의 목을 조르는 듯한 말들을 내뱉었다. 가시 박힌 말을 들은 숙모들은 그저 입가에 미소만 띨 뿐이었다. 그래서 숙모들에게는 조금이라도 정확하지 않은 말은 절대 하면 안 됐다. 살짝이라도 틀린 말을 했다간 그 말이 또다른 말을 만들고, 또다른 말은 결국 거짓말을 할 수밖에 없는 질문을 낳기 때문이다.

"숙모가 그러는 건 사실이야." 내가 마침내 말했다. "네가 살쪘는지 확인하려고 만지는 거지."

"농담 아니야. 그 여자가 네 머리를 만지려고 하거든 못하게 해. 머리카락이 1년 동안 안 자랐다니까."

몇 시간 뒤, 아미라 숙모는 나를 보자마자 손을 내 어깨에 얹더니 꽉 잡았다. 이윽고 그녀의 손은 내 팔꿈치까지 내려갔다. 나는 그녀가 나를 더듬게 내버려뒀다. 유사流砂를 밟았을 땐 긴장을 풀고 모래가 자신을 삼키도록 가만히 있어야 한다고 다큐멘터리에서 봤기 때문이다. 빠져나오려고 발버둥칠수록 더 깊이 빠져드는 법이니.

"오, 메리엠. 네가 얼마나 보고 싶었는지 모른단다."

"살람*, 숙모. 정말 오랜만이네요!"

"안 본 사이에 예뻐졌구나!"

그녀는 내 어깨를 잡고 가볍게 흔들었다. 오후에 좀 독한

● 아랍어로 평화를 뜻하는 말로, 무슬림들이 나누는 인사말이다.

와인을 마신 모양이었다.

"알라의 축복과 평화가 깃들기를!"

"숙모도 여전히 예쁘세요."

"좋은 말이니 굳이 부정하진 않으마. 알라신께 모든 감사와 찬미를! 그나저나 너희 모두 힌드의 결혼식을 준비하느라 눈코 뜰 새 없이 바쁘겠구나."

"네."

"네 이모가 친한 사람들만 모이는 스몰 웨딩이라고 했지?"

"네."

"얼마나 스몰이라는 거지? 손님은 몇 명이나 온다니?"

그때 사나가 거실로 들어왔다. 그녀는 숙모를 봤고, 마치 진과 마주치기라도 한 듯 표정이 싹 바뀌었다.

"아, 사나! 안 그래도 널 찾고 있었어. 우유 사러 가야 하거든."

"우유 사러."

그녀는 내 말을 따라하고는 고개를 끄덕였다.

"맞다. 엄마가 우유랑 버터 사오라고 했어."

"너희 둘 다 가야 하니?"

나는 입을 열었다 다물었다.

"그게… 메리엠은 혼자 가기 부끄럽대요." 사나가 거짓말을 둘러댔다. "거리 표지판이 죄다 아랍어로 되어 있어서 길을 헤맬까봐요…."

사실 나는 아랍어를 아주 잘했다. 엄마처럼 표준말을 구사했고, 모로코에서 나고 자란 것처럼 욕도 야무지게 했다. 나는 후자에 큰 자부심을 가졌다. 물론 이집트 드라마를 완전히 이해할 만큼 아랍어에 능숙하진 않았지만, 그건 아랍어가 아니라 단어 때문인 것 같았다. 같은 단어라도 국가나 지역마다 부르는 명칭이 다르니까.

아미라 숙모는 알겠다는 듯 고개를 끄덕였다.

"그건 네 부모님 잘못이란다. 그러니 넌 부끄러워할 필요 없단다." 그녀가 한숨을 쉬며 말했다.

나는 숙모가 정말 하이에나 같은 사람이라고 생각했지만, 그냥 고개를 끄덕였다.

"애당초 네 부모님이 너를 잘 가르쳤더라면…."

몇 분 뒤, 나는 사나와 계단을 내려가며 숙모의 말투를 흉내냈다.

"네 부모님 잘못이란다. 넌 부끄러워할 필요 없단다."

우리는 타닥타닥 소리를 내며 계단을 내려갔다.

"숙모는 말할 때 본인 목소리가 어떤지 알까?"

그토록 기다려온 휴가 첫 주였다. 하지만 아침에 알람을 맞춰놓지 않아도 항상 같은 시간에 일어났고, 뭐라도 하면서 시간을 잘 활용해야 한다는 압박감에서 벗어나지 못했다. 뭘 해야 할지도 잘 모르겠어서 메일이라도 확인해야 하나, 고민했다. 아무래도 일이 내 삶을 지배한 듯싶었다. 심지어 잠까지 앗아가버렸다. 예전에는 밤 11시부터 아침 10시까지 푹 잘 수 있었지만, 이제는 새벽 3시에 잠들어도 아침 6시 15분, 늦어도 6시 반이면 저절로 눈이 떠졌다.

사촌들이 곤히 자고 있을 때, 나는 옥상으로 올라가 해가 뜨는 동안 책을 읽거나 기도를 했다. 세수하고 옷을 갈아입은 다음, 내 고통을 조금이라도 덜어주십사 하고 신께 기도를 올렸다. 그다음엔 부모님과 쌍둥이 동생들, 할머니, 하나네 이모, 온 가족을 위해 기도했다. 카펫에 이마를 대고 있는 탓에 기도를 마치고 일어나면 항상 이마에 눌린 자국이 남았다. 그러고는 외할머니가 아침 준비하시는 것을 도와드리고, 아직 자는 아이들을 베개로 때리거나 간지럽혀 깨웠다.

2층밖에 안 되는 외할머니집에 할머니 자식 열한 명과 손자 열한 명까지 대가족이 다 들어갔다. 저녁식사 후에는 모두들 자리에 앉아서 네 시간 동안 담소를 나눴다. 결혼식과 세례식도 다 여기서 열었다. 가끔은 어린 사촌들이 프로레슬

링 선수를 흉내내며 웃다가, 한 아이가 다른 아이를 때리면 다시 그 아이가 맞받아치는 상황이 반복됐고, 결국 서로 뒤엉켜 싸우는 통에 둘을 억지로 떼어놓아야 하는 사태가 벌어지기도 했다.

여기 있는 동안 때때로 오마르가 꿈에 나왔다. 그럴 때면 잠에서 깨자마자 눈물이 주르륵 흘렀다. 마치 슬픔이 서두르지 않고 천천히 사라질 시간적 여유가 필요하다는 듯, 감정을 조절할 수 있을 때까지 기다리라는 듯. 그가 내 머리를 감겨주는 꿈을 꾸기도 했다. 우리가 친구로 지내던 시절처럼, 내가 세상 물정 모르는 숙맥이던 시절처럼, 슈퍼사우루스 본사 옥상에서 정겹게 이야기를 나누기도 했다. 내가 해변에 앉아 있을 때, 그가 수영하러 가기도 했다. 그의 등은 점점 멀어지고 급기야 내 시야에서 사라졌다. 나는 말없이 미동도 않고 그 자리에 계속 있었다. 꼼짝도 하지 않았다.

어느 아침, 나는 소파베드에 축 늘어져 물끄러미 천장을 바라봤다. 카사블랑카와 라스팔마스는 시차가 없어서 아침 댓바람부터 테레사와 카르멘에게 메시지를 보냈다.

"내가 슬픔에서 벗어날 수 있을까? 끝나지 않을 것 같아. 아니, 사실 잘 모르겠어."

친구들한테 하소연하고 있는데, 갑자기 사촌동생인 파티

가 깨더니 벌떡 일어났다.

"왜 그래?" 나는 속삭였다. "괜찮아?"

"무서운 꿈을 꿨어."

"언니랑 다시 잘까?"

"응."

힌드 언니 결혼식 당일, 나는 구겨지지 않도록 조심해서 탁시타*를 입었다. 먼저 타티야를 입고, 그 위에 오버드레스를 걸쳤다. 할머니가 선물로 주신 맞춤복이었다. 특히 오버드레스는 어깨부터 허리, 옷소매까지 할머니가 코바늘을 이용해 손으로 일일이 짠 옷이었다. 처음 이 옷을 보자마자 엄청나게 비쌀 거라고 확신했고, 형언할 수 없는 부끄러움을 느꼈다. 내가 화려한 선물을 받을 자격이 없다고 생각했기 때문이다. 할머니는 음다마**를 매보라고 내게 손짓했다. 할머니가 젊었을 때 쓰던 벨트인데, 전부 금으로 되어 있었다.

"음다마엔 모든 것이 들어가 있단다." 할머니가 말했다.

내가 벨트를 두르자 할머니가 내 주위를 빙빙 돌았다. 실크가 어찌나 부드럽던지 영화배우가 된 기분이었다. 치마가 발을 덮을 정도로 길어서 부자들처럼 옷자락을 잡고 다녀야 할 것 같았다.

●   특별한 행사 때 입는 모로코 전통 여성복으로, 내복인 타티야와 외복인 오버드레스가 한 세트를 이루는 투피스 여성복이다.

●●   탁시타의 허리에 두르는 벨트로, 보통 금이나 은에 보석을 넣어 만든다.

주비다 할머니는 우리집 여자들 중에서 두번째로 키가 컸다. 제일 키가 큰 여자는 나인데, 할머니에게서 그 키를 물려받았다고 생각하고 싶다. 부모님에게서 한 번도 본 적 없는 성격도 할머니가 내게 물려줬듯이. 누군가의 도움 없이 모든 것을 혼자서 해내려는 성격, 누군가와 사이가 틀어졌다가 한참 후에 그 사람이 이상하다는 게 밝혀지면 "내가 그를 싫어하는 데에는 다 그만한 이유가 있었어. 뭔가 미심쩍은 구석이 있었다니까"라고 말하는 성격 말이다.

할머니와 나는 서로를 바라봤고, 할머니는 미소를 지었다.

"그잘라[●]."

내 다리가 뒤로 꺾여도, 치아가 다 부러져도, 한쪽 눈이 안 보여도, 할머니는 나를 그잘라라고 불러주겠지.

"만약 할머니가 나를 팔면 그 대가로 낙타를 몇 마리나 받을 것 같아?"

할머니가 웃었다.

"내가 낙타 때문에 널 팔 일은 없단다."

할머니는 내 머리를 쓰다듬으며 흐뭇한 눈으로 당신 손녀를 바라봤다.

"소나 닭을 준다면 모르겠지만."

"파트마 할머니는 소와 닭을 키웠었는데." 잠시 후 내가

● 가젤을 의미하는 말로, 예쁘고 아름다운 여성을 가리킬 때 쓰기도 한다.

말했다.

"알라신이시여, 그에게 자비를 베푸소서."

"알라신이시여, 그에게 자비를 베푸소서. 파트마 할머니가 자주 입던 옷을 입고 바그리르®를 굽는 모습이 아직도 생생해. 할머니도 기억하지? 파트마 할머니가 자주 걸치던 앞치마도 말이야…."

살면서 가장 가슴 아픈 일은 친할머니가 돌아가셨는데 장례식에도 가지 못했던 것이다.

"아, 파트마가 지금 널 본다면…"

할머니는 내 볼을 어루만지고는 나를 꼭 껴안아주었다. 할머니는 나이에 비해 힘이 아주 센 편이었다. 처음에는 내가 할머니를 안고 있는 줄 알았는데, 사실 할머니가 나를 안고 있었다.

"인생의 법칙이란 건 말이다, 메리엠. 네가 세상에 태어나고, 자라고, 아이를 낳고, 네 아이가 아이를 낳을 때면 결국 넌 죽는 거란다…. 그게 자연의 순리지."

"나도 알아…."

"언젠가는 나도 여기서 너와 이런저런 이야기를 못하게 되겠지."

"아, 할머니. 제발 그런 말 좀 하지 마. 할머니도 말하면서

● 마그레브 지역에서 먹는 팬케이크.

울컥하지?"

"내가 바라는 건 누군가에게 짐이 되기 전에 떠나는 것뿐
이란다."

휴, 할머니 때문에 못 살겠다. 며칠 전에 할머니는 나를 불
러놓고, 부모님이 돌아가시면 어떻게 여기로 데려오는지, 누
구에게 연락해야 하는지, 어떤 서류가 필요한지, 차근차근
설명해주었다…. 아이고, 정말!

"네 아빠는 좀 감성적인 편이지. 그런데 넌 누굴 닮았는지
모르겠구나."

"그걸 내가 어떻게 알아. 어디서 주워 왔나보지 뭐."

힌드의 결혼식 끝물에 나와 사나는 다락방의 가장 높은
창문에서 오렌지꽃 잎을 한 줌씩 던졌다. 3층 아래 거리에서
는 웨딩드레스를 입은 힌드가 차에 오르려고 했다. 꽃잎이
천천히 그녀의 머리 위로 떨어졌고, 꽃잎을 느낀 힌드는 고
개를 들고 우리에게 손을 흔들었다. 힌드의 언니는 내 옆에
서 결혼식의 모든 장면을 녹화했다. 이모, 숙모, 사촌들이 손
에 타리자, 다부카, 벤디르[●]를 들고 치며 노래를 부르는 동
안, 거리와 동네에서 다른 소리는 아예 들리지 않았다. 할머
니의 이웃 몇몇은 창밖으로 고개를 내민 채 노래를 따라 부
르고 박수를 쳤다. 나는 여기에 살지도 않고, 여기 출신도 아

● 타리자, 다부카, 벤디르는 모두 모로코의 전통 타악기다.

니고, 1년에 한 번씩 찾아올 뿐이지만, 여기서 나고 자란 사람처럼 어우러졌다.

문득 어렸을 때 나와 힌드, 사나가 동네 아이들과 함께 길거리에서 뛰어놀던 기억이 났다. 하지만 어느 해 여름, 힌드가 우리와 놀기에는 너무 어른이 되어버렸고, 얼마 지나지 않아 우리도 훌쩍 커버렸다. 더이상 숨바꼭질도, 줄넘기도, 카드놀이도, 구슬치기도 하지 않았다. 우리는 화장과 머리 스타일링을 이야기하고, 튀르키예 드라마나 모로코식 아랍어로 더빙된 멕시코 드라마를 보고, 남자애들에 대해 떠들었다. 하지만 나는 여전히 델 피에로[*]의 유니폼을 입고 축구공을 차는 아이였다. 다른 여자애들처럼 바보나 멍청이가 아니었다. 몇몇 애들은 나를 피에리타[**] 아니면 가우리야[***]라고 불렀는데, 나는 가우리야라는 별명이 정말 싫었다. 그 발음이 거슬렸을뿐더러 이방인, 외국인, 외지인이 된 기분이었기 때문이다.

다 크고 나서 길거리에서 그 애들을 마주쳤을 때, 누구는 나를 여전히 가우리야로 취급하며 내가 마음에 들지 않는다는 이유로 나를 못 본 척했다. 또 누구는 내게 자기 자식들의 사진을 보여줬다. 그러고는 어렸을 때 친구 중 하나였던 풀

라니토가 나를 꼬마 매춘부라고 놀렸는데, 내가 그의 얼굴에 돌을 던지며 "매춘부는 망할 네 엄마겠지!" 하고 악다구니를 썼던 일을 기억하느냐고 물었다. 당시 폴라니토는 돌을 피했고, 돌은 허공을 날아가다 가게 유리창을 깨뜨렸다. 그 참사를 목격하자마자 내 얼굴은 샛노래지는가 싶더니 이내 하얗게 질려버렸고, 나는 곧장 할머니집으로 달려갔다. 부모님이 계신 곳에 도착했을 땐 이미 콧물로 범벅이 된 얼굴을 하고 울고 있었다. 신께서 내가 무슨 짓을 했는지 다 보시고, "매춘부는 망할 네 엄마겠지!" 하는 소리를 들으셨다는 생각에 눈물이 절로 나왔다. 하지만 부모님은 화내지 않았다. 오히려 엄마는 나를 달래주었고 아빠는 내가 깨뜨린 유리창을 변상했다. 나는 그날로 내게 스스로를 방어할 권리가 있고, 부모님에게 무엇이든 다 털어놓아도 괜찮다는 사실을 배웠다.

이번 여름 어느 아침에 나는 폴라니토를 우연히 만났다. 그는 나를 향해 고개를 돌렸는데, 하얀 젤라바와 뾰족하게 기른 수염이 눈에 띄었다. 사나가 "정말 괴짜네" 하고 나직하게 속삭였고 우리 둘은 그를 보며 빵 터졌다.

거리는 온통 축제 분위기로 들썩였다. 사람들은 "선지자 무함마드께 평화와 축복을"이라고 외쳤고, 사나와 나도 그 소리에 "선지자 무함마드께 평화와 축복을" 하며 따라 외쳤다. 잔뜩 흥분한 우리는 다락방에서 꽃잎을 마구 뿌렸다. 신부와 함께 가려면 차에 타야 한다는 사실을 까맣게 잊어버릴 만큼 감정에 흠뻑 취해 있었다.

"언젠가 나도 결혼하면," 나는 사나와 계단을 급히 뛰어내려오면서 말했다. "결혼식을 사흘 내내 할 거야."

그녀가 내 말을 듣고 웃음을 터뜨렸다.

"네가 모로코의 여왕이 될 것도 아닌데, 뭔 헛소리야."

아래에는 사람들이 정말 많았다.

"진심으로 하는 이야기야." 나는 음악 소리와 사람들 소리보다 더 크게 소리쳤다. "파티를 열 거라고…. 뭐라고 하지? 마땅한 말이 안 떠오르네. 아무튼 끝내주는 파티를 열고 말겠어."

"그럼 지금부터 부지런히 돈을 모아야겠네."

"돈을 모은다고? 내가 빈털터리와 결혼할 것 같아?"

라스팔마스로 돌아가기 전날, 할머니와 함께 시장에 갔다. 나는 할머니의 흰색 젤라바를 입었는데 편하고 시원했다. 하즈*를 다녀온 후로 할머니는 흰색 옷만 입었고, 다른 색 옷은 손대지 않았다. 사촌들은 나와 함께 시장에 가는 것이 해외에서 소포를 받는 것 같다고 농담했다. 세관에서 검사하는

● 이슬람교에서 메카의 성지를 순례하며 종교적 의례에 참가하는 일로, 무슬림의 다섯 가지 의무 중에 하나다. 이슬람교도라면 일생에 한 번은 완수해야 하는 의무다.

사람에 따라 소포에 가짜 세금이 부과되거나 운좋게 부과되지 않는 것처럼, 가게 주인들이 내 정체를 알아채느냐 못 알아채느냐에 따라 물건 가격이 달라진다는 뜻이었다. 내가 여기 출신은 아니지만 나름대로 현지인처럼 말했는데, 가게 주인들은 항상 나를 외지인이라 단정짓고 우리에게 바가지를 씌웠다. 내가 쓰는 제스처나 문장구조 때문에 탄로났을 수도 있지만. 하지만 할머니 앞에서는 주인들이 그럴 엄두조차 내지 못했다. 할머니는 하자[●]였기 때문이다. 나는 더럽고 물이 고인 바닥에 할머니의 쇼핑 카트를 끌면서 할머니를 따라갔다. 우리는 생선, 감자, 빨간 피망, 매콤한 수제 올리브, 절인 레몬, 후추, 버터를 샀다. 그 과정에서 우리는 500만 명과 교류하고 소통했다. 모두들 할머니를 알고 있었고, 할머니와 이야기를 나누고 싶어했다. 나는 깨끗하고 깔끔하지만 할머니한테는 익숙지 않은 슈퍼사우루스 슈퍼마켓에서 과연 할머니가 장을 보고 싶어할까 짐작해봤다. 할머니가 셀프계산대와 배경 음악을 얼마나 질색할까? 할머니집 근처에도 범, 라벨비, 카르푸 익스프레스 등 슈퍼마켓 체인점이 여럿 있었다. 하지만 할머니는 그런 곳의 물건은 품질이 좋지도, 신선해 보이지도 않고, 식탁에 올릴 가치도 없다는 이유로 그 슈퍼마켓에 한 발자국도 들이지 않았다.

● 하즈를 다녀온 여성.

우리는 시장에서 집으로 돌아와 차를 마시며 칼툼 숙모가 지난번에 사온 과자를 먹었다. 차가 너무 뜨거워서 후후 불었다. 텔레비전에서는 할머니가 몇 달째 보고 있는 튀르키예 드라마 〈큄으시〉가 방영되고 있었다. 나는 줄거리를 쫓아가려고 애썼다. 큄으시는 가난한 집안 출신이고, 패션 디자이너로 일한다. 백만장자인 그녀의 삼촌은 그녀에게 자신의 손자인 메흐메트와 결혼해 그를 바로잡아달라고 부탁한다. 그녀는 평생 삼촌을 연모해왔기에 그 청을 받아들인다. 메흐메트는 수려한 외모에 재산도 많지만, 오래 만나던 여자친구가 교통사고로 사망한 후로 엄청난 우울증에 시달리고 있다. 큄으시는 그 문제에 전혀 개의치 않는다. 진정한 사랑의 힘이 어떤 어려움도 이겨낸다고 믿었으니까. 두 사람은 결혼하지만 큄으시는 여러 회차 동안 괴로워한다. 메흐메트가 죽은 연인을 그리워하며 큄으시에게 손도 대지 않기 때문이다.

내가 보기에, 사랑의 힘은 두 사람이 서로 사랑할 때만 작용하는 것 같다. 어느 한쪽만의 마음으로는 힘이 발현되지 않았다. 나도 익히 아는 사실대로.

"말해봐라." 할머니가 불쑥 말했다.

"뭘 말하라는 거야?"

"너한테 무슨 일이 있는지 말이다."

나는 찻잔을 들고 한 모금 마셨다. 혀가 데인 것 같았지만 아무 내색도 안 했다.

차를 잘 달이는 비결은 찻잎을 세 번 씻어내는 데 있다. 아빠가 종종 설명해준 비법이다. 아빠의 설명을 들을 때마다 나는 마치 아빠가 차 만드는 방법을 처음 가르쳐주는 것처럼 호기심어린 표정을 지으며 아빠의 말에 주의를 기울였다.

"물을 불 위에 올려놓고 기다려. 그사이에 박하 잎을 세 번 씻으면 돼. 씻은 찻잎은 찻주전자에 원을 그리며 넣어줘. 이때 데지 않도록 조심해야 한단다. 그게 중요해. 몇 분간 차를 더 끓이고, 차를 찻잔에 따라 마시면 돼. 쉽지?"

아빠가 알려준 대로 했는데도 그 맛이 나지 않았다.

"바보 같은 일이 있었지." 나는 마침내 입을 열었다.

"난 사람들에게 의지하고 싶지 않아. 하지만 기대지 않을 수는 없잖아, 그렇지? 할머니도 다른 이들에게 의지하고, 다른 이들도 할머니에게 기대는 것처럼. 아마 할머니가 죽는 날까지 계속 그렇겠지. 할머니에게는 그들이 필요하고 그들에게도 할머니가 필요하니까. 하지만 할머니도 알다시피…. 때로 그들이 할머니를 원치 않는다고 해도, 할머니는 죽지 않는다는 걸 말이야. 하지만 조금씩 말라가겠지. 조금씩 죽어가는 채로 길거리를 돌아다니겠지. 말도 안 되는 소리라는 거 나도 알아. 왜냐하면 아무도 날 원치 않아도, 날 좋아하지 않아도 내가 여기 멀쩡히 살아 있으니까. 요즘 나는 다른 사람이 내 안에 들어간 것처럼 살아. 그동안 겪었던 일을 제삼자로서 객관적으로 바라보려고 애쓰고 있지."

할머니는 가만히 나를 보더니 찻잔을 테이블 위에 올려놓고 텔레비전을 껐다. 오늘따라 할머니가 더 왜소해 보였다. 하얗게 센 머리, 거의 뼈만 남은 주름 잡힌 손.

"아무 감정도 안 느끼기를 바라니?"

나는 어깨를 으쓱했다.

"가끔은 그랬으면 좋겠어."

"얘야."

할머니는 내 손 위에 당신 손을 얹더니 살며시 내 손을 잡았다.

"넌 아직 젊잖니. 지금 아무것도 느끼지 않으면 대체 언제 느낄 건데? 내 나이가 돼서? 다 늙어빠져서 손자들이 뛰어노는 걸 보고도 쫓아가지 못할 때?"

"하지만 할머니는 그렇게 늙지 않았는걸. 지금도 내 손을 얼마나 세게 쥐고 있는지 한번 보라고. 조금만 더 세게 쥐었다가는 내 손이 으스러질 판이야."

할머니는 웃었다.

"아가, 나를 믿어라. 넌 잘 이겨내고 있단다. 시간이 약이 잖니."

할머니는 손가락을 탁 튕겼다.

"시간이 지나면 그 시시한 남자 때문에 네가 왜 그리 슬퍼하고 괴로워했는지 이해가 안 될 거야. 그에게서 어떤 매력을 느꼈는지도 기억나지 않을 테니까. 전생에 일어난 일일까 싶을 거야."

"할머니, 나는 시시한 남자를 얘기한 적 없는데."

"그럼, 알고말고. 네 할머니가 그 정도도 이해 못할 것 같니…. 나도 한때는 젊었단다."

"어라, 할머니는 태어날 때부터 할머니인 거 아니었어?"

할머니는 다시 텔레비전을 켰다. 입가에 미소를 띤 채.

"네가 까불 때면 옛날 네 엄마가 생각나는구나."

여름휴가 후 사무실에 돌아온 첫날인 오늘, 나는 오후 8시 직전에 퇴근했다. 칼에 여러 번 찔린 것처럼 엉망진창이 된 얼굴을 하고 파김치처럼 축 늘어져서 아파트 현관에 다다랐을 때, 두 아이가 그 앞에서 짐승처럼 격렬하게 서로의 입술을 먹어치우고 있었다. 내가 헛기침을 세 번이나 했는데도 키스가 끝날 기미가 보이지 않아 결국 네번째로 목을 가다듬었다. 열 시간 넘게 좁아터진 공간에 갇혀 있던 사람이, 지금 이 순간에도 머리가 빙빙 돌아서 제정신이 아닌 사람이 자기들 앞에 있다는 것을 알려주기 위해. 나는 그들에게 고함을 치지도, 악을 쓰지도, 소란을 피우지도 않았지만 그 아이들이 사과하면서 길을 비키는 동안 살기 도는 눈으로 노려봤을지도 모른다. 너무 낡고 지친 상태라서, 저 애들이 나를 엿먹이려고 태어났다고 확신하며 두 주먹을 불끈 쥐었을지도.

"지금이야 서로 죽고 못 살겠지만, 2주 뒤면 왓츠앱이나 인스타그램에서 서로 차단할걸" 하고 소리지를까 고민했지만, 실행에 옮기진 않았다. 꿀꿀한 기분 좀 풀고 싶은데 어떻게 해야 할지 모르겠어서 일단 집에 짐을 내려두고 쇼핑하러 나갔다.

슈퍼마켓 통로에는 일일 특가 상품(오늘은 천도복숭아가 1킬로그램에 0.98유로였다), 인체에 무해하다는 신제품 완두콩후무스와 우루과이식 폴비토아이스크림*, 배경음악까지, 항상 머리를 맑게 해주는 편안하고 친근한 무언가가 있다. 매장에 들어가 쇼핑 카트를 끌며 그 안을 가득 채우는 기계적인 행동은 내가 무언가를 통제하고 있다는 착각을 불러일으킨다. 그렇게 주의를 기울이지 않고도 물 흐르듯 움직이며 내가 살 물건의 라벨을 읽다보면, 어느새 몸과 마음이 차분해진다. 외부로 시선을 돌리며 긴장을 풀어서 그런지 슈퍼마켓에서 나올 때는 새로 태어난 기분이 든다.

슈퍼마켓 자체브랜드 우유 1.5리터 한 병과 통귀리 한 상

---

* 으깬 비스킷과 녹인 버터를 섞어 만든 쿠키 믹스, 캐러멜 잼, 부순 머랭쿠키, 휘핑크림을 겹겹이 쌓아 만든 아이스크림이다.

자를 집어 카트에 실었다. 나는 통귀리를 싫어해서 그걸로 아침식사를 만들 때마다 올리버 트위스트가 된 것 같았다. 올리버는 가난해서 오트밀밖에 선택지가 없었겠지만, 나는 돈이 아니라 건강 때문에 오트밀을 먹어야 했다.

오늘 나는 2주간 모로코에서 일상과 '단절'한 대가를 치러야 했다. 모니터 화면을 멍하니 바라보며 휴가 동안 쌓여서 끝없이 이어지는 '참고 사항'들을 확인하고 나니, 뇌가 완전히 뒤엉켜버렸다. 살면서 한번쯤 겪을 법한 불안발작과 흡사했다. 그래서 내일 출근을 위해 잠들기 전까지 편히 뒹굴 시간이 두 시간밖에 남지 않았다는 사실을 굳이 상기하지 않았다. 안 그래도 머릿속이 복잡하니까.

오랫동안 나는 슈퍼마켓을 훤히 꿰는 사람이 되고 싶었다. 그런 사람들은 '왔노라, 보았느라, 이겼노라' 하는 마인드로 슈퍼마켓에 올까? 그들은 어떤 통조림 토마토를 골라야 하는지, 어떤 걸레가 어떤 바닥에 가장 적합한지, 평소 마시는 생수의 미네랄 함량이 어떤지, 그 물이 자기 몸에 맞는지 안 맞는지 잘 알고 있겠지. 일일, 주간, 월간 특가 상품까지 전부 다. 반대로 나는 아는 게 없어서 어떤 수박이나 멜론을 골라야 하는지부터 어떤 표백제를 사용해야 하는지까지 부모님에게 일일이 묻는 사람이었다. 이제는 일주일에 한 번 필요한 것만 딱 사오고, 식단을 계획해서 철저히 지키는 사람이 되고 싶다. 매일 여덟 시간씩 자려고 밤 10시에 잠자리에 들고, 주 4회 헬스장에 가고, 팜유가 들어간 제품을 전혀 섭취하지 않는 사람 말이다. 하지만 나는 내가 가장 좋아하는 설탕 도넛 한 상자를 카트에 담고 말았다. 양심상 카트에 넣었던 초콜릿 팔미에는 원래 자리에 돌려 놓긴 했지만.

내 문제는 건강하게 먹지 않고, 물건을 재활용할 줄도 모르고, 집 안의 화초와 식물은 다 죽이고, 1년에 책 50권을 읽자는 목표를 세워도 달성하지 못하는 거겠지. 나는 언제나 필요 이상으로 물건들을 사들이고, 일상의 사소한 것들에 끌려다니다 쇼핑하며 아주 잠깐 숨을 돌린다. 이미 그 과정에 익숙해졌다. 하지만 날 죽이지 못한 날들이 나를 더 단단히 만들겠지.

오늘 저녁에는 내 머리만한 그릇에 스파게티를 가득 담아 먹을 계획이다. 나는 충분히 그럴 자격이 있으니까. 나는 강인하고, 독립적이고, 완전히 정신 나간 여성이다.

달리기와 걷기를 기록하고 그 추이를 지켜보기 위해 라스
아레나스 쇼핑센터에서 분홍색 만보기 시계를 샀다. 곧장 매
일 시간과 걸음 수를 적는 엑셀 파일을 만들었다. 이건 지루
하지 않으면서 내게 3밀리그램의 열정을 불러일으키는 몇
안 되는 일 중 하나가 되었다. 처음에는 시계 때문에 손목이
아팠지만, 그래도 벗지 않았다. 나는 스스로와 경쟁하기 시
작했고, 매일 전날보다 더 걸으려고 노력했다. 1만 보의 장벽
을 깨고, 1만 2000보, 더 나아가 1만 5000보에 도달했다. 웬
만한 곳은 걸어 다니기 시작했다. 산텔모 공원에서 라스아레

나스 쇼핑몰까지, 루이스도레스테실바 거리에서 라라하 해변까지. 불면증에 힘들어하던 게 무색하게도, 이제는 밤만 되면 너무 피곤해서 생각할 겨를도 없이 텔레비전을 켜둔 채 잠들었다. 한번 효과를 확인하고 나니까 걷기에 완전히 중독되어버렸다. 하루에 2만 보씩 걷고, 20층은 걸어서 올라갔다.

직접 음식을 만들기로 결심하고는 간단하게라도 차려 먹기 시작했다. 걷기 말고 다른 운동도 시작했다. 토요일 아침에는 요가 수업을 듣고 월요일, 수요일, 금요일 저녁에는 헬스장에 갔다. 공상에 빠지지 않으려고 여러 일정들을 겹쳐서 하루를 꽉꽉 채웠다. 처음 며칠간은 몸에 성한 데가 하나도 없었다. 온몸이 쑤시고 아파서 제대로 걷지도 못했다. 하지만 포기하지 않고 끈질기게 몸을 움직였고, 어느 날 아침부터는 그 사람이 아예 생각나지 않았다. 눈을 뜨면 머릿속을 가득 메우던 존재였는데. 물론 운동에 몰두하던 때에는 통증에 시달리느라 그 사실을 알아차릴 겨를도 없었다.

저녁에 걸으려 했는데 오늘따라 라스팔마스가 너무 더워서 해변에 수영하러 나갔다. 바다로 가다가, 지난번에 마티키가 커피를 마시면서 나한테 한 말이 생각나 피식 웃었다. "수영은 가장 완벽한 스포츠예요." 당연히 그의 면전에서 웃진 않았다.

파도에 몸을 맡기며 물속을 오르락내리락하고 앞뒤로 쓸려다녔다. 물 위에 뜬 채로 하늘을 보며 모든 푸른색과 그 빛깔을 상상했다. '세상엔 다양한 푸른색이 있겠지만 내가 본 적이 없으니 그 색들의 존재를 모르고 있는 거겠지' 하며. 공상을 멈추고, 서핑 초보자들과 방학을 맞아 수영을 즐기고 있는 청소년들 사이를 헤엄쳐나갔다. 그들의 눈동자 색깔을 보고 싶었는데 뒤돌아보니 그들이 없었다. 문득 여태까지 지나온 모든 일들이 전생의 메리엠에게 일어났던 게 아닐까 하는 의문이 들었다. 그 사람에 대한 기억이 조금씩 희미해졌기 때문이다. 나는 좋은 일을 겪으면 아무리 사소하더라도 그 일에만 몰입했기에, 그 사람 따윈 전혀 신경쓰이지 않았다. 근래에는 엄격한 규칙에 따라 생활하고 있다는 사실에 사로잡혀 있었다. 그토록 바랐던 워너비처럼 살게 되었으니.

만보기에 539가 적혀 있었다. 수영을 한 시간도 안 했는데 539칼로리나 태웠다.

카르멘과 메르세데스는 다나를 내게 맡기고 열흘 동안 휴
가를 떠났다. 그들이 다나에게 작별인사를 하고 문을 나설
때 강아지와 나는 서로를 마주봤다. 다나는 아주 영리한 강
아지라서 잘 짖지도, 귀찮게 굴지도, 집 안에 오줌을 싸지도
않았다. 하지만 그 아이는 조금 우울한 분위기를 풍겼다. 어
디를 가든 슬픔이 녀석을 휘감고 있었다. 나와 처음 만났을
때부터 그랬다.

부모가 자기 자식이 뛰어나다고 여기듯 나도 다나가 재
능과 능력을 가진 천재견이라고 확신했다. 내가 "다나, 앉아"

하면 녀석은 그 자리에 앉았고, "다나, 가자" 하면 자리에서 일어나 문 앞까지 나를 따라왔다. "다나, 밥 먹자!" 소리치면 주방으로 왔다. 그래서 다나가 사료를 먹는 동안 나는 개가 인간보다 1000배는 더 똑똑하다는 결론에 도달했다. 저 아이는 나의 명령을 알아듣지만, 나는 100만 년이 지나도 개의 언어를 이해하지 못하겠지, 하며.

나는 매일 다나의 상태를 카르멘과 메르세데스에게 보고했다. 휴대폰에는 저 아이의 사진과 동영상이 가득했다. 토마스모랄레스 거리를 산책하던 중에 한 소녀가 다나에게 아주 예쁘다고 했을 때의 모습도, 루이스도레스테실바 거리를 걷다가 내가 잠시 쇼윈도를 들여다보고 있는데 어떤 여자가 내 허락도 없이 샌드위치 반쪽을 다나에게 줬을 때의 모습도 다 저장되어 있다. 이 시간은 퇴근하고 집에 들어올 때가 하루 중 내가 가장 좋아하는 순간이 되었다. 지루한 사무실에서 벗어나는 시간이기도 했지만, 내가 출근한 순간부터 다시 문을 열고 돌아올 때까지 마치 100만 년이 지난 것처럼 다나가 매번 나를 반겨줬기 때문이다. 나도 직장에서는 녀석과 똑같은 기분이었다. 몇 시간 동안이나 답답한 사무실에 갇혀서 이리저리 바쁘게 돌아다니고, 문서 5억 장을 복사하면서 아마존 밀림을 파괴하고, 동의 없이 동료를 만졌는지, 지원자의 스펙이 아니라 누군가의 부탁 때문에 특정인을 채용했는지 등에 관해 직원들을 조사하는 불쾌한 회의에 참석해 회의록을 작성해야 했으니까.

다나를 돌봐준 지 닷새째 되는 날, 누군가 우리집 문을 주먹으로 쾅쾅 두드렸다. 그러자 소파 한구석에 누워 있던 다나가 눈 깜짝할 사이에 바닥으로 내려왔다. 나는 최대한 소리를 내지 않고 문까지 발끝으로 걸어가느라 시간이 좀 걸렸다. 문구멍을 슬쩍 보니 집주인이 구멍에 코를 바짝 대고 있었다. 난 그가 너무 싫다.

"네."

"미리안! 문 열어요."

"무슨 일이시죠?"

"안에 개 있어요?" 그가 고함을 질렀다.

나는 문 안쪽에 버티고 서서 꼼짝도 하지 않았다. 다나와 나는 서로를 멀뚱멀뚱 바라봤다. 집주인이 소리를 지르자 다나도 덩달아 긴장한 게 보였다.

"왜 그러시는데요?" 내가 되물었다.

"집에서 개를 키우면 안 돼요, 미리안. 금지예요!"

"어디에 그런 말이 적혀 있죠?"

나는 뒤로 두 걸음 물러섰다. 개는 꼬리를 빳빳이 세운 채 그 자리에서 미동조차 하지 않았다. 내가 나직한 목소리로 "다나, 이리 와"라고 속삭여도 녀석은 움직이지 않았다.

"지금 당장 문 열어요!"

집주인이 미친 듯이 문을 두드리기 시작했다. 상황이 너무 비현실적이라 나는 손으로 입을 막고 우왕좌왕했다. 다나는 딱 한 번 짖고는 문을 쳐다보며 이빨을 드러냈다.

"프란시스코씨. 지금 가지 않으면 경찰을 부르겠어요."

잠시 정적이 흐르더니 집주인이 고함치기 시작했다.

"여긴 내 집이라고! 문 열지 않으면 다 부숴버릴 거야!"

다나도 흥분했는지 문을 향해 몸을 날렸다. 폭력적인 저 남자의 머리를 물어뜯을 테니 문을 열어달라는 듯, 문을 사납게 긁기 시작했다. 다나는 페미니스트 개였구나.

만약 두 달 전에 이런 일이 벌어졌다면 나는 거실에 숨어 온몸을 잔뜩 웅크린 채 벌벌 떨면서 부모님에게 와서 구해달라고 애원했겠지만, 지금의 나는 두 달 전과 확연히 다른 사람이다. 발을 잘못 디뎠다가 눈을 떠보니 땅에 얼굴을 댄 채로 누워 있고 이빨은 사방에 흩어져 있어서, 이게 어떻게 된 영문인지 모르던 사람이 아니다. 나는 정규직으로 올라오는 동안 나를 괴롭히던 진들의 유해와 그을음을 뒤집어쓴 채 지옥에서 기어나온 사람이다. 더는 그 무엇도, 그 누구도 두렵지 않다. 내가 무서워하는 것은 신과 소득세 신고서뿐이다.

나는 문에 최대한 가까이 붙어 있었다.

"신께 맹세하건대, 지금 당장 꺼지지 않으면 경찰에 신고하겠어요. 오늘 일뿐만 아니라 지난 몇 달 동안 당신이 했던 모든 일도 같이 문제삼겠다고요. 내 우편물을 훔치고, 나를 감시한 것까지 전부 다요. 하여간 나중에 바지에 똥을 싸는 건지, 죽어가고 있는 건지도 모를 만큼 강력한 법적조치를 취할 테니 당신 마음대로 하세요!"

나는 5분간 가쁜 숨을 몰아쉬었다. 부모님이 이 일을 알게 되면 어떻게 될지 헤아려보다가, 두 분이 나 때문에 속상해 하거나 스트레스 받지 않았으면 해서 경찰을 부르지 않았다. 그냥 다나를 데리고 노트북을 챙겨 방으로 갔다. 지난 몇 달간 냉장고도 시원찮고, 온수기도 제대로 작동하지 않고, 햇빛도 거의 들지 않는 원룸에 매달 615유로와 각종 공과금을 꼬박꼬박 내며 살았다. 다른 곳으로 이사가면 보증금과 그달 월세, 중개수수료까지 한꺼번에 지출해야 하니까. 최근 세 달 치 급여명세서 사본과 은행 거래내역서도 내야 하고. 심지어 새 집주인이 내 혈액이 정상인지 확인하길 원하면 내 혈액 샘플도 제출해야겠지. 남의 집 문을 두드리지도 않고, 우편물을 훔쳐가지도 않고, 그저 조용한 곳에서 살길 원하는 사람의 피를 말이야… 하며 이사를 망설였다. 집주인은 이런 사정을 잘 알고 있었고, 영화 〈쏘우〉의 살인마가 피해자들을 감금하듯 나를 붙잡아두고 있었다.

다나와 함께한 지 일주일째 되는 날, 다나를 사무실에 데려갔다. 마티키는 다나를 보자마자 멋지다면서 그가 살면서 본 개 중에서 가장 온순하다고 말했다.

"물지 않으니 안심하세요." 나는 멀찌감치 떨어져 우리를 바라보는 오테로에게 말했다.

"개를 별로 좋아하지 않거든요. 침을 너무 많이 흘려서." 그가 대답했다.

"침은 당신이 더 많이 흘리는데, 아무도 당신한테 뭐라 하지 않잖아요"라고 그에게 대꾸하고 싶었다. 도대체 어떤 사람이 개를 안 좋아할까? 불행한 사람 아니면 사이코패스?

그날 오후 다나와 함께 해안 도로를 산책하며 왕복 20킬로미터를 걸었다. 우리 둘은 걷다가 여러 번 쉬었는데, 대부분 다나가 아니라 나 때문이었다. 그 무렵 그 사람은 기억조차 나지 않았다. 당시에는 그 사실을 전혀 눈치채지 못했지만. 내가 살던 아파트를 나가기로 결정했을 때(집주인에게 말하지도, 마지막 달 월세를 내지도 않고. '엿이나 먹어라. 원하면 고소하시든가' 하는 마음이었다)도, 둘러보고 싶은 아파트 리스트를 쓸 때도, 새 아파트 열쇠를 손에 쥐었을 때도 그를 떠올리지 않았다.

나는 베니토페레스갈도스 거리에 있는 아파트로 이사했다. 월세 700유로에 공과금은 별도였다. 세후 연봉으로 3만 유로를 받았고 모아둔 돈도 있어서 그 정도는 충분히 감당할 수 있었다. 다른 가구는 없지만 오븐은 있고, 자연광이 들어오고, 방 두 개, 거실, 주방, 욕실, 발코니, 큰 창문이 있었다. 새 집주인은 내 또래 여자인데 섬에 절대 오지 않았다. 집을 태우지만 않는다면 뭐든 해도 된다는 식이었다. 나는 그녀가 껄끄러웠지만 전 집주인만큼은 아니었다.

어느 날 아침, 새 거리에 있는 새 아파트의 새 창문 아래 새 매트리스 위에서 눈을 떴다. 오랜만에 햇살이 얼굴로 쏟아졌기 때문이다. 나는 천장을 향해 팔을 뻗고 손을 폈다. 마치 손 안에 빛을 간직하려는 것처럼.

어쩌면 행복이란 영원히 곁에 존재하는 것이 아니라 잠시 스쳐지나가는 것일지도 모른다. 항상 행복할 수는 없으니. 가끔 한번씩 행복할 뿐이니.

불현듯 찾아온 깨달음을 뒤로하고 다시 잠에 들었다.

거리에 세워진 차의 선팅된 유리창으로 내 모습을 보며 냅킨으로 입술을 닦았다. 점심시간이라 여유를 부릴 수 있었다. 핸드백을 열어 드래곤 걸이라고 쓰인 매트 립스틱을 꺼내 아래에서 위로 천천히 입술을 칠했다. 오늘따라 유달리 예뻐 보였다. 다 바르기도 전에 갑자기 윙 하는 소리와 함께 차창이 서서히 내려갔다. 뒷좌석에 있던 여자가 나를 위아래로 훑더니 "계속할 건가요?"라고 물었다. 그러고는 "색깔 예쁘네요. 어서 출발하죠" 하며 떠났다. 나는 멍하니 서 있다 나지막이 속삭였다. "감사합니다."

카르멘과 정신없이 산책하다가 그 사람이 살던 건물 앞을 지나갔다. 해변 바로 앞 3층 집. 여러 번 가봤기에 정확히 기억하고 있다. 그가 그 집 발코니에서 찍어 보내준 사진들은 아직 휴대폰 비밀 폴더에 있었다. 차마 그것들을 지우지 못했다. 그와의 이야기가 모두 다 내가 지어낸 것일까봐, 전부 다 거짓일까봐, 불안했기 때문이다. 그렇다고 미친 건 아니다. 모든 일이 내 기억대로 일어나긴 했으니까.

"그 남자가 여기 살았어." 나는 조용히 말했다.

"어디?"

나는 손을 들어 발코니를 가리켰다. 이제 그를 떠올려도 눈물이 나오지 않은 걸 보니 상처가 아물어가는 모양이다. 대신 가슴속 깊이 자리한 분노, 짜증, 불편함이 꿈틀거렸고 오른쪽 관자놀이에는 피가 몰리는지 맥박이 느리게 뛰다가 갑자기 빠르게 뛰곤 했다. 카르멘은 내가 가리킨 곳에 시선을 고정한 채 고개를 끄덕였다. 나는 그가 이직한다고 말했던 그날을, 후드티를 뒤집어쓰고 두근거리는 가슴을 부여잡은 채 그 집 아래에 서 있던 나를 되돌아봤다. 그때 그가 나에게 솔직하게 털어놓았다면 좋았을 텐데. 그랬다면 마음은 아팠겠지만 속았다는 기분이 찝찝하게 남지 않았겠지. 목에 가시가 걸린 것처럼 아무리 기침을 해도 그 느낌은 사라지지 않았다. 그는 내 자존심을 떨어뜨렸을 뿐만 아니라 내가 평생 맹목적으로 믿었던 한 가지, 내 직감마저도 짓밟았다.

"금방 돌아올 테니 기다려."

나는 바람막이 주머니에 손을 넣었다.

"알았어."

카르멘은 길을 건너 자기 집 옆에 있는 허름한 슈퍼마켓에 들어갔다. 몇 분 후 그녀는 달걀 한 상자를 팔에 들고 나왔다. 그러고는 엷은 미소를 지으며 내게 다가왔다.

"저 빌어먹을 발코니에 달걀을 던지자."

그 말에 웃음이 절로 나왔다.

"뭐라고?"

"그 자식은… 사탄 같은 놈이라고." 그녀가 말했다. "무슨 수를 써서라도 너한테서 그 자식을 몰아내야 해. 반드시 네 손으로 이 일을 끝내야 한다고, 알겠어?"

나는 고개를 끄덕였다.

"누가 우리를 보진 않을까?"

"걱정 마. 내가 망보고 있을게."

그녀는 내게 달걀 열두 개가 든 상자를 건넸다.

"자, 던져."

"휴."

주인이 누구인지도 모르는 집의 발코니에 달걀을 투척할 생각에 손이 저렸다. 던지기 가장 좋은 위치를 고르느라 잠시 애를 먹었다. 처음 두 번은 모두 실패로 돌아갔다. 첫번째 달걀은 어느 차 보닛에, 두번째도 그 부근에 떨어졌다. 세번째는 발코니 난간에 닿았다.

"가보자고!" 카르멘의 목소리가 등뒤에서 들려왔다.

네번째 시도는 성공적이었다. 달걀이 발코니에서 집 안으로 통하는 창문에 부딪혔다. 다섯번째 달걀은 다시 난간에 떨어졌다. 여섯번째는 난간을 가로질러 창문 앞에 달린 전구에 명중했다. 그래서 조금 오른쪽으로 움직여 일곱번째 달걀을 날렸다. 다시 창문에 맞았다. 달걀로 엉망이 된 문짝이 마치 잭슨 폴록●의 작품처럼 보였다. 여덟번째를 던지려는 찰나, 전구에 불이 켜졌다. 나는 그 자리에 얼어붙었다.

"젠장."

곧이어 발코니 창문이 바깥쪽으로 열렸다.

"뛰어!"

"젠장 젠장 젠장."

"어서 도망가라고!"

나는 내 집에 가는 길과 반대 방향으로 달렸다. 달걀 상자를 더는 들고 갈 수 없어 바닥에 내팽개쳤다. 카르멘은 나를 바짝 쫓아오고 있었다. 우리는 라스칸테라스 해안도로의 길게 뻗은 길을 정신없이 달렸다. 나는 페냐라비에하 아이스크림가게를 지나칠 때쯤에야 뒤를 돌아봤다.

"하느님 맙소사."

죽는 줄 알았다. 이렇게 필사적으로 도망치느라 폐가 아프지 않았다면 엄청 웃었을 텐데.

"우린 멍청이야."

"멍청이는 너겠지." 나는 그 말을 바로잡았다.

"아무튼 지금 네 얼굴이 어떤지 아니? 샛노랗다니까."

● 미국의 추상표현주의의 화가로, 1947년 화포 위에 공업용 페인트를 떨어뜨리는 액션 페인팅 기법을 창안해 유명해졌다.

우리는 산책로 난간에 기대 있었다. 숨을 쉬는 것조차 힘들었다.

"잠시 생각해봤는데…"

"뭔 말인지 알아."

"하지만 그럴 리가 없어."

"맞아. 그럴 리 없지."

나는 고개를 끄덕였다. 나를 미친 여자가 아니라 정상적인 사람으로, 마땅한 사정이 있어서 이런 감정을 느끼는 사람으로 대해주는 그녀가 고맙기만 했다. 해변 너머로 해가 뉘엿뉘엿 넘어가고 있었다. 우리는 발걸음을 돌려 폴비토아이스크림과 초콜릿아이스크림을 샀다. 산책로 벤치에 앉아 아이스크림을 먹었다. 한참 동안 우리 발아래에서 부서지는 파도 소리만 들렸다. 하늘은 분홍빛, 오렌지빛, 자줏빛, 짙은 파란빛으로 물들었다. 저녁 어스름이 머리 위로 내려앉고 공기도 제법 쌀쌀해졌지만, 우리는 꼼짝 않고 있었다.

"괜찮아?"

"응. 이제 괜찮아."

나는 숨을 깊이 들이쉬었다. 몇 달 만에 처음으로 희망 비슷한 감정이 움트기 시작했다.

29   2018년 12월

올해는 감기에 걸린 척하면서 크리스마스 파티에 가지 않을 생각이다.

30   **2019년 1월**

점심시간에 천천히 의자를 돌려 뒤를 돌아봤다. 사무실에
아무도 없었다. 두 손으로 얼굴을 쓸었다가 목과 어깨를 주
물렀다. 의자에 녹아내려 완전히 사라질 때까지 천천히 흘러
내리는 내 모습을 지켜보고 싶었다. 딱히 밀린 업무도, 할일
도 없었다. 그러다 문득 가슴을 복사해보면 어떨까 싶었다.
그냥 심심해서, 어떻게 프린트되어 나올지, 어떤 느낌이 들
지 궁금해서. 잠시 집 나갔던 이성을 찾아 또다시 의자를 아
주 천천히 돌렸다. 어지러움을 느끼고 싶지 않아서 느릿느릿
하게 한 바퀴를 돌았다. 만약 의자를 너무 빨리 돌린 탓에 현

기증이 나거나 속이 매스꺼웠다면, 그 증상을 가라앉히는 데 정신이 팔렸겠지. 그러면 지금처럼 가슴이 푹 파인 기분을 느끼지 못하겠지. 나는 오랫동안 손을 바라보고 한숨을 내쉬다 마음속으로 외쳤다.

'됐으니까 이제 그만 좀 해! 아스타그피룰라.'

나는 몇 달 동안 미뤄왔던 일을 처리하기로 마음먹었다. 이 회사에서 유일하게 알고 지내던 친구가 내 곁에 없으니, 매일 이 의자에 몇 시간씩 앉아 있는 대가로 월말에 받는 돈만 보고 여기 남기로 결심했으니, 내 후배가 나처럼 힘든 일을 겪지 않도록 내가 얻어낸 0.5밀리그램의 권력을 쓰겠다. 서랍에 넣어두었던 인턴들의 이력서 뭉치를 꺼내 내 앞에 놓았다. 그중 남자 세 명과 여자 한 명을 제외했다. 미안하지만 이들은 모두 이베리아반도 출신이었기 때문이다. 슈퍼사우루스는 회사에 들어온 돈을 모두 카나리아제도로 돌려주는 것을 원칙으로 삼았고, 나는 단지 이를 알리는 전달자일 뿐이니 제도 출신이 아닌 그 넷을 배제할 수밖에 없었다. 남은 이력서 중에서 구아시마라 페르도모라는 여성을 선택했다. 나이는 스물다섯 살이고, 6개월의 인턴 경험이 두 번 있었으나 경력은 없었다.

며칠 후 그녀를 채용하고 싶다는 의사를 밝혔을 때, 알론소는 아무런 문제도 제기하지 않았다. 알겠다고 짤막하게 대답할 뿐이었다. 이후 채용에 대해 더는 이야기를 나누지 않았다. 말로 설명할 수 없는 묘한 감정이 며칠 동안 나를 따라다녔다.

'누군가 지시하면, 다른 이가 처리한다.'

회사의 모든 곳에서, 모든 직급에서, 업무가 이런 방식으로 진행된다는 것을 이제야 깨달았다. 나는 이런 방식을 혐오했다. 회사가 이렇게 돌아가면 안 된다고 믿었다. 하지만 어쩌다 딱 한 번, 나에게도 지시할 기회가 왔고, 해보니 나도 익숙해질 것 같았다. 그 익숙해진다는 감각이 회사생활의 가장 큰 문제였다.

헬스트레이너인 베고냐가 내게 물었다.

"당신의 목표는 뭔가요? 무엇을 이루고 싶나요?"

나는 잠시 손을 보다가 대답했다.

"사람의 목을 잡고 들어올리고 싶어요."

그녀가 웃었다.

"알았어요. 그런데 덜 위험한 건 없을까요?"

"남의 도움 없이 턱걸이를 한 번이라도 했으면 좋겠어요."

나는 어깨를 으쓱하며 말했다.

내게는 직장에서의 목표와 헬스장에서의 목표가 있었다.

우선 헬스장 목표는 가장 작은 박스에 점프해 오르는 것이었
다. 그다음엔 중간 박스에, 최종적으로는 가장 큰 박스에 뛰
어오르고 싶었다. 마지막 목표는 달성하기가 너무 어려워서
심한 좌절감에 빠져 눈물을 흘리기도 했다.

몇 달 동안 열심히 체력을 기른 끝에, 나는 헬스장에서 가
장 큰 거울 앞에 있는 철봉에서 첫 턱걸이를 성공했다. 팔근
육의 자잘한 움직임이 보이는 게 좋았다. 더 강해진 기분이
었다. 그러다 주의가 산만해져서 철봉을 놓쳤고, 바닥에 얼
굴을 찧을 뻔했지만.

나는 기도 시간을 놓칠세라 서둘러 머리에 스카프를 둘렀다. 여동생이 나를 위아래로 훑어보더니 갑자기 노래를 부르기 시작했다.

"멋진 파티 열리는 아그라바, 이제 시작합니다●!"

나는 그 아이를 무시한 채 카프탄●●을 입었다. 몇 년 전만 해도 세례식이나 약혼식에서 카프탄을 입었는데, 세월이 지나면서 카프탄이 많이 헐어서 이제는 기도할 때나 입었다.

"어서 입어봐! 눈부실 거야!" 릴리는 꿋꿋이 흥얼거렸다.

● 월트 디즈니 애니메이션 〈알라딘〉(1992)의 OST 〈There's a Party Here in Agrabah, Part Ⅱ〉 가사다. 작중 알라딘과 자스민의 결혼을 준비하는 장면에서 노래가 나온다. 아래 릴리의 말은 모두 그 노래 가사다.

●● 모로코 전통 드레스로, 실크 같은 고급 직물에 화려한 끈, 구슬, 스팽글이 달려 있다.

나는 참았던 웃음을 터뜨리고 말았다.

"얄미워 죽겠어, 정말." 나는 눈을 흘기며 말했다.

"알라딘, 어서 서둘러! 네 결혼식이 곧 시작된다고!"

릴리는 전혀 개의치 않은 눈치였다.

33   **2019년 2월**

나는 슈퍼사우루스 슈퍼마켓의 꽃집에서 50퍼센트 할인
하던 커다란 몬스테라 화분 두 개를 샀다. 화분 두 개에 단돈
10유로였다. 시들시들 죽어가고 있었지만 싼 맛에 지갑을 열
어버렸다. 게다가 까맣게 잊고 있던 슈퍼사우루스 고객 카드
를 긁어봤더니 12유로나 남아 있어서 따로 돈을 내지도 않
았다.

우선 그것들을 엘리베이터에 욱여넣고(그 정도로 정말 컸
다), 내가 일하는 층으로 올라갔다. 퇴근 후에는 다시 엘리베
이터까지 그것들을 질질 끌고 가서 1층에 내려놨다가 입

구에 있는 쇼핑 카트에 실었다. 그러곤 그것들을 택시에 태워 집으로 데려갔다. 과거의 메리엠은 카트를 보관대에 갖다 놓았겠지만, 현재의 메리엠은 택시 승강장에 버려두었다.

건물 현관에 도착하자마자 먼저 몬스테라 하나를 계단에 옮겨놓고, 다시 내려가 나머지 하나를 들고 올라갔다. 화분을 구석에 처박아둘 생각은 전혀 없어서, 하나는 집 현관문 바로 옆에, 다른 하나는 거실에 놓았다. 그후 몇 주 동안 인터넷에서 몬스테라를 돌보는 방법이란 방법은 모조리 찾아 읽었다. 일단 그것들을 소생시키는 게 급선무였기 때문이다. 마치 스스로에게 부여한 '식물 소생'이라는 임무의 결과가 내 정신건강과 내가 그동안 저지른 모든 죄의 사면을 좌지우지하는 것처럼 몬스테라에 전념했다. 저 행운의 식물보다 택시비가 훨씬 더 비쌌지만 상관없었다. 짙은 초록색의 이파리들을 보고 있으면 행복해졌으니까. 카르멘과 메르세데스에게 그 이야기를 해줬더니 메르세데스가 웃으며 말했다.

"정말 구세주 콤플렉스* 증상이네."

그녀는 신경정신과 의사였지만 나는 그녀의 말을 부정적으로 듣지 않았다.

● 개인이 구세주가 될 운명이라는 신념을 가진 심적 상태를 가리키는 말.

어느 아침, 알람도, 몽둥이로 두들겨맞은 듯한 통증도 없이 일어나 새벽기도를 마쳤다.

가끔 누군가 나에게 이런 질문을 던졌다.

"어떻게 신을 믿을 수 있죠? 눈에 보이지도 않는 존재를 어떻게 믿어요?"

그날 아침, 아직 의자 두 개를 사지 못한 터라 발코니 바닥에 앉아 아침을 먹었다. 그리고 자라 홈에서 7억 오일달러●를 주고 산 이불을 몸에 둘둘 말고선 오렌지꽃, 꽃꿀, 파라과이 향이 나는 에티오피아산 커피를 한 모금 마셨다. 발코니에

● 산유국이 원유를 팔아서 벌어들인 잉여 외화로, 오일 머니라고도 한다.

앉아 조금씩 올라오는 해를 봤다.

오히려 내가 그런 사람들에게 이렇게 묻고 싶다.

"매일 아침 해가 떠오르는 것을 보면서도 어떻게 신을 믿지 않을 수 있어요?"

　인턴 구아시마라는 입사하고 처음 며칠 동안 그림자처럼 나를 졸졸 따라다녔다. 그녀는 말도 별로 하지 않고, 그저 나만 뚫어져라 쳐다봤다. 아침에 출근하면 그녀는 항상 나를 기다리고 있었고, 퇴근할 때는 반드시 내게 인사했다. 그녀를 보고 있으면 바보 같던 시절의 내가 생각났다. 그때의 메리엠을 회상하면, 관자놀이의 정맥이 평소보다 더 튀어나와 맥박이 조금 느리게 뛰다가 다시 조금 빠르게 뛰었다.

　그러던 어느 날, 구아시마라가 내 컴퓨터를 가리키며 "혹시 이살[*] 좋아하세요?"라고 물었다.

---

[*] 가수 겸 작곡가인 미켈 이살이 결성한 스페인의 인디 밴드.

화면에 열어놓은 음악플레이어를 봤던 모양이었다. 그녀는 미소 지으며 친절한 목소리로 말했다. 하지만 나는 바로 그 순간부터 구아시마라가 싫어졌고, 앞으로 그녀가 무슨 말을 하든, 무슨 행동을 하든, 절대 내 마음에 들지 않을 거라고 확신했다.

"당신의 인생 이야기는 네 부분으로 나눠질 거예요." 그녀에게 이렇게 말하고 싶었다. "태어나고, 자라고, 일하고 일하다, 죽겠죠. 끝."

"안 좋아해요."

나는 끝내 대답했다. 그러고는 컴퓨터 화면을 껐다.

"자, 서둘러요. 내 말을 잘 따르도록 해요. 오늘 하루종일 시간이 없으니까요."

그녀는 물론 나를 잘 따랐다. 그녀에게 '따르지 않는다'는 선택지가 있긴 할까?

New message   _ ↗ ✕

To:

Subject:

감사의 말

Send

2019년 4월 29일, 작가이자 편집자인 호르헤 데 카스칸테 씨가 나에게 메시지를 보냈다.

"메리엠, 책 써볼 생각은 없어요?"

우리는 얼굴을 본 적은 없고, 트위터에서 서로를 팔로우하고만 있었다. 나는 그의 메시지를 여러 번 읽었지만, 답장을 미룬 채 회사 화장실에 숨어 가장 친한 친구에게 10분짜리 음성메시지를 보냈다. 이 소식을 전하면서 내가 꿈꾸고 있는 게 아니고, 그의 메시지가 농담이 아니라는 것을 그녀에게 확인받고 싶었다.

지금도 여전히 의심이 들 때가 있지만, 모든 정황이 그 메시지가 사실임을 가리킨다. 『Supersaurio(원제)』는 존재한다. 이미 출간되었고, 내 손에 한 부가 들려 있기도 하다.

먼저 두 사람에게 감사의 뜻을 전하고 싶다. 10분짜리 음성메시지뿐만 아니라 다른 모든 메시지를 잘 들어주고, 우리가 친구로 지낸 15년 세월 동안 나를 잘 챙겨준 비올레타에게 감사의 마음을 전한다. 아무리 높은 곳에서 추락하더라도, 아래에서 그 충격을 완화시켜주기 위해 최선을 다해줄 사람들이 있다는 확신만 있으면 두려움도 줄어드는 것 같다.

그리고 호르헤씨에게도 감사드린다. 글을 쓴다는 것은 굉장히 어려운 일이었고, 그 과정에서 종종 혼자라고 느낄 때도 있었다. 그는 항상 내가 필요할 때마다 나를 올바른 방향으로 이끌어주며 조언과 격려를 아끼지 않았다.

우리 동네에 과일가게가 일곱 군데나 있는데도 푸에르토리코에서 손수 운전해 과일과 채소를 사다주고, 나를 학교에 보내주신 부모님께도 깊은 감사의 마음을 전한다. 가끔은 그분들이 글을 읽을 줄 몰랐으면 좋겠다는 생각이 들 때도 있지만 말이다.

나의 형제들에게도 고맙다. 모쪼록 나와 함께 자란 것이

고통스럽지 않았기를 바란다.

앙헬라, '감동에 굶주린 여성' 멤버들, '다문화 쓰레기통' 멤버들, 내 친구가 되어주고 책 제목을 지어준 유디트와 메르세데스에게도 감사의 마음을 전한다. 훌륭한 공무원인 호타헤와 안투안에게, 최고의 강아지 친구가 되어준 다나에게도 고마움을 전한다.

인터넷의 어두운 구석에서 거친 여자아이로 자란 나를 믿고 기회를 준 블랙키 출판사에게도 감사드린다. 그리고 한때 팬픽션을 비웃었던 모든 이들에게도 감사하다. 기어코 나는 책을 한 권 냈다. 여러분은? 당신들이 어떻게 지내는지 내가 모르긴 하지만.

마지막으로, 나의 인생 선생님 중 한 분인 래퍼 스눕 독의 말로 이 책을 마친다.

"나는 스스로를 믿어준 나에게, 이토록 힘든 일을 끝까지 해낸 나에게 고맙다."

짜증나니까 퇴근할게요

초판 인쇄 **2025년 2월 19일** 초판 발행 **2025년 2월 28일**

지은이 **메리엠 엘 메흐다티** 옮긴이 **엄지영**

책임편집 **오예림** 편집 **변규미** 디자인 **최정윤** 마케팅 **김도윤 최민경**

브랜딩 **함유지 박민재 이송이 김희숙 박다솔 조다현 배진성 김하연 이준희**

제작 **강신은 김동욱 이순호**

펴낸이 **이병률** 펴낸곳 **달 출판사** 출판등록 **2009년 5월 26일 제406-2009-000034호**

주소 **10881 경기도 파주시 회동길 455-3** 이메일 **dal@munhak.com** SNS **dalpublishers**

전화번호 **031-8071-8682(편집) 031-8071-8681(마케팅)** 팩스 **031-8071-8672**

ISBN **979-11-5816-189-7 (03870)**